A MAGIA QUE NOS PERTENCE

Livros de **Fernanda Nia** publicados pela **Plataforma21**

MENSAGEIRA DA SORTE

NOSSO LUGAR ENTRE COMETAS

A MAGIA QUE NOS PERTENCE

FERNANDA NIA

A magia que nos pertence

PLATA FORMA 21

A magia que nos pertence

Plataforma21 é o selo jovem da VR Editora

GERÊNCIA EDITORIAL Tamires von Atzingen
EDIÇÃO Thaíse Costa Macêdo
EDITORA-ASSISTENTE Marina Constantino
ASSISTÊNCIA EDITORIAL Michelle Oshiro
REVISÃO João Rodrigues, Alessandra Miranda de Sá e Letícia Nakamura
PROJETO GRÁFICO DE MIOLO E DIAGRAMAÇÃO P.H. Carbone e Pamella Destefi
DESIGN E ILUSTRAÇÃO DE CAPA Fernanda Nia
PRODUÇÃO GRÁFICA Alexandre Magno

Dados Internacionais de Catalogação na Publicação (CIP)
(Câmara Brasileira do Livro, SP, Brasil)

Nia, Fernanda
A magia que nos pertence / Fernanda Nia. — Cotia, SP :
Plataforma21, 2024.

ISBN 978-65-88343-86-9

1. Ficção brasileira 2. LGBTQIAP+ - Siglas I. Título.

24-217473 CDD-B869.3

Índices para catálogo sistemático:

1. Ficção : Literatura brasileira B869.3
Tábata Alves da Silva - Bibliotecária - CRB-8/9253

VR EDITORA S.A.
Via das Magnólias, 327 – Sala 01 | Jardim Colibri
CEP 06713-270 | Cotia | SP
Tel.| Fax: (+55 11) 4702-9148
plataforma21.com.br | plataforma21@vreditoras.com.br

Para todos aqueles que ainda estão
procurando a própria magia.
Ela já faz parte de vocês.

Dizem que inventei o realismo mágico,
mas sou apenas um observador da realidade.
Há, inclusive, coisas reais que tenho que deixar
de lado porque sei que são inacreditáveis.

Gabriel García Márquez

– 1 –

Amanda

TODO MUNDO É BOM em alguma coisa. Eu, muito especial, decidi não ser. Parece que, no auge de minha magnanimidade, cheguei ao mundo e falei: "Deixa comigo, galera, toda regra precisa de uma exceção e eu aguento essa pelo time!".

Daí eis que cresce a criança desprovida de qualquer talento em um mundo de gente extraordinária. Primos colecionando troféus, coleguinhas da escola encontrando os maiores feitiços. Não demora muito para que a criança perceba que, se quiser que as pessoas a levem a sério, vai ter que conseguir o que quer da vida de outra forma. Com jogo de cintura, argumentos afiados.

Feitiços são legais e tudo o mais, mas nada supera a magia do *jeitinho*.

Me debruço atrás de uma pilastra, sondando a festa. Nessa noite de outono amena, estamos em uma comemoração de um canal de fofoca pequeno em um casarão histórico em Botafogo. O salão principal de piso de azulejos coloridos em mosaico e os jardins estão decorados com tudo o que chama atenção: flores gigantes que brilham feito *glitter*, tecidos que mudam de tom com a música graças a algum feitiço. Drinques passam em bandejas cintilando cores que não existem no mundo natural. Os convidados, pequenos influenciadores e subcelebridades, competem pelo figurino mais extravagante de verba limitada. Se aglomeram em volta dos painéis e decorações com os celulares na mão, desesperados para gerar qualquer conteúdo.

– Qual dessas pessoas você acha que tem menos fama negativa? – pergunto, analisando a fila para gravar videozinhos no chafariz. Pagaram alguém com um feitiço de antigravidade e água corre para o teto por magia, subindo pelos dois andares do salão. – Não conheço ninguém.

– Todo mundo que tá aqui já deve ter sido cancelado pelo menos uma vez – Madu responde atrás de mim, encostada na parede enquanto mexe no telefone. Minha prima evidentemente preferia ter ficado em casa.

– Tá, então vou escolher por quem parece ser mais popular. Toma. – Dou meu celular a ela. – Vou passar atrás daquela mulher segurando o cachorrinho com um monte de gente em volta. Você tira foto na hora em que ela virar, pra parecer que nos conhecemos e estamos conversando.

– Amanda! – O tom dela é repreensivo. – Você tá aqui a trabalho, não pra se autopromover!

– Não pode ser as duas coisas? É a oportunidade perfeita pra eu vender pra todo mundo que tenho altos contatos com gente famosa!

– "Gente famosa" é um exagero. A maior parte da lista de convidados aqui é o quê, ex-BBB? No ano em que a gente tá, praticamente vinte por cento da população brasileira já deve ser ex-BBB. Checa o site do IBGE.

– É bom começar de baixo. Ia ser estranho eu aparecer, do nada, entre pessoas de fama *premium*. – Cutuco minha têmpora com um dedo. – Tem que planejar o *storytelling*, Madu!

– Larga de vigarice, Amanda!

– Não é vigarice, é exposição de informações de forma artística, com liberdade poética. E todo mundo sabe que nós devemos incentivar a arte!

Madu revira os olhos.

– Mas é sério – insisto, um pouco mais contida. – Tenho que melhorar minha reputação. Não quero passar o resto da vida sendo a bruxa de aplicativo que só consegue serviço pequenininho pra resolver no Geniapp. Ficar correndo atrás de fadinha incendiária que entrou pela janela aberta da senhorinha, ficar descobrindo qual fruta ganhou vida e tá roubando as facas da cozinha da cliente durante a madrugada.

Não sou bruxa de verdade, no sentido cartunesco. Esse é só o apelido que pegou na boca do povo, de quem se cadastra no Geniapp para resolver os percalços mágicos publicados pelos clientes precisando de ajuda Brasil afora.

– É por isso que eu dei duro pra negociar esse serviço molezinha pra você, de empresa com CNPJ e tudo! – Madu insiste. – É um caminho de ascensão lento, mas é um caminho!

Bufo pela boca, de pirraça.

– Tá bom. – Aceito meu celular de volta dela. Vamos pelo caminho lento, até eu descobrir o próximo atalho. – Sorte sua que sou muito profissional.

– Ahã.

Abro o aplicativo de que preciso para monitorar o ambiente e aperto meu fone *bluetooth* em um ouvido. A imagem na tela abre para uma série de gráficos levantando e abaixando a cada segundo. Um ruído constante toca no áudio. Ergo o celular, escaneando a festa.

– Tudo certo nos níveis de magia? – Madu pergunta. – Nenhuma criaturinha estranha ou anomalia mágica querendo entrar de penetra?

– Nada fora do normal pra uma festa dessas – respondo, entediada. – Desconfio que a organizadora quer que eu monitore isso e a avise não pra tomar medidas de segurança, mas pra ter tempo de preparar as câmeras e gravar bons vídeos virais de qualquer confusão.

Um anúncio aparece na tela e o fecho rápido. Madu não precisa saber que estou usando um desses aplicativos gratuitos de detectar magia, e não estou cem por cento certa de que ele funciona mesmo.

– Pelo menos ainda é um serviço mais tranquilo do que os com que você tá acostumada – ela tenta me animar. – Até agora nada queimou, explodiu em gosma, te estapeou, grudou chiclete imaterial no seu cabelo...

Não dá um minuto de monitoramento e meu olhar já escapa de volta aos convidados. Tem um rapaz que pagou alguém com um feitiço estético e anda com os olhos feito fogo, deixando um rastro vermelho pelo ar onde passa. Tem uma moça com um feitiço de manipular calor, assando minicrepes. Todos usam magia de um jeito tão... banal. Mas, no fundo, os entendo. Se eu tivesse um feitiço único como esses, também aproveitaria cada oportunidade de desfrutá-lo.

Meus olhos seguem pelas pessoas.

– Você tá procurando *ele*? – Madu pergunta, seu tom muito mais brando, cuidadoso. – Ou essa festa tá abaixo dos padrões das que Diego tem postado?

– Não sei de quem você tá falando e não quero saber dele.

– Isso não fez sentido.

– Nós não trabalhamos mais juntos. – Forço desinteresse no meu tom. – Que Diego tenha muito sucesso nessa nova carreira de postar videozinho dele na internet. Vamos seguir com nossas vidas.

– Você sabe que não precisa se fazer de forte pra mim, né?

Espio Maria Eduarda sobre o ombro. Ela me olha apreensiva. Ao contrário de mim, que estou com minhas calças pretas esportivas e top laranja-vivo brilhante porque só se vive uma vez, minha prima está usando o vestido creme de corte simples na altura do joelho que sempre escolhe quando quer parecer profissional. A cor complementa de um jeito suave o marrom médio da sua pele, mais escuro que o meu claro. Na mistura de ascendências da nossa família, enquanto fico naquele limbo em que não consigo me sentir nem totalmente branca, nem negra, nem indígena, Madu nasceu riscando da lista a possibilidade de ser lida como branca. Ela prende parte das *box-braids* que fez semana passada em um coque, e as tranças que ficaram soltas descem loiras pelas suas costas. É a única parte do conjunto em que Madu se dispõe a elaborar mais do que eu, com meu cabelo marrom-escuro, ondulado e grosso que deixo caindo sem graça até os ombros, nada de especial.

– E você não precisa ficar me acompanhando nos serviços mesmo sem ter tempo pra nada – rebato. Aponto para o celular dela. – Eu sei que tá aí tentando estudar pra prova de matemática de amanhã. Devia ter ficado em casa pra isso. Alguma de nós duas tem que passar no Enem. Eu não vou me autodestruir se você não vier comigo de vez em quando, sabe?

Ela aperta os lábios com uma cara de "há quem duvide", mas desencosta da parede e guarda o celular na bolsinha à tiracolo.

– Está muito enganada – levanta o queixo –, porque vim pelo bufê. Vamos ver o que eles prepararam no quesito "canapés espalhafatosos".

Madu se afasta e começa a se misturar ao resto dos convidados.

As luzes do salão piscam. A música engasga, acompanhando, e tudo se apaga de uma vez. Gritos surpresos e entretidos dos convidados crescem como uma onda varando a noite. Sobram apenas as telas acesas dos muitos celulares iluminando a festa.

Reconheço a silhueta de Madu na penumbra correndo de volta até mim. Ela lê minha expressão séria, a luz do meu telefone refletindo no meu rosto.

– Não é só uma queda de energia porque um gambá andou no fio do poste, né? – pergunta.

– Se fosse isso, as baterias de emergência estariam funcionando. – Olho em volta, tensa. – Só não entendo por que os celulares ainda estão…

Eles começam a piscar também. Os gritos de entretenimento se convertem em confusos, incomodados. Nervosos. Por um momento, todas as telas desligam. Então algumas acendem de novo, brilhando forte uma após a outra, como se a luz estivesse saltitando de celular em celular, trilhando um caminho. Segue pelos convidados sob o portal do fundo do salão e, assim que sai, se materializa em algo quase transparente, uma criatura de quatro longas patas, que encurtam e alongam conforme ela pula.

A luz volta de súbito, luminárias acendendo aos poucos. A música demora uns segundos a mais, se perde nos aplausos de comemoração.

Não há mais sinal da criatura.

– Devemos nos preocupar? – Madu pergunta, já preocupada.

– Graças a Deus! – vibro. – Achei que esse serviço seria um tédio.

Levanto o celular. O aplicativo de monitoramento já reiniciou. Aponto-o para o local onde a silhueta de luz sumiu.

As barras indicando os níveis de magia sobem erráticas. Um *bip* suave apita no meu ouvido.

Avanço pelo salão. Em volta, a festa segue como se nada tivesse acontecido. Estamos no Rio, afinal: a escala do que nessa cidade é considerado estranho o suficiente para impedir algo de continuar rolando é bem alta.

– Dez meses já que você tá como bruxa de aplicativo – ouço Madu resmungar enquanto me segue –, qual é a dificuldade de acharmos uma única tarefa sem estresse pelo menos uma vez?

Saio pelo portal dos fundos que dá para um pequeno saguão. Serve como passagem para os jardins da parte de trás do palacete e abriga a subida para o segundo andar, com a escada de mármore desgastado em formato de "L" e carpete vermelho tomando um canto inteiro para si. Ela está bloqueada na quina com uma faixa para que os convidados não subam, e eles se limitam a tirar fotos fingindo suntuosidade nos primeiros degraus.

As barras no meu aplicativo descem quando aponto o celular para o jardim e o *bip* no meu fone silencia. Miro o aparelho para cima, no segundo andar.

Bip, bip, bip, bip.

– Vou ter que subir pra descobrir o que é – digo para Madu. – Avisa à cliente e não deixa ninguém subir atrás de mim.

– Você acha que é algo perigoso?!

– Sei lá. – Abro um sorriso empolgado. – Mas, se for algo legal, quero gravar um videozinho sem que ninguém atrapalhe.

– Amanda! – Desvio dos convidados e subo as escadas enquanto Madu engata na bronca de costume. – Você tem que parar de sair correndo em direção ao problema toda vez que surge a mínima oportunidade de ser completamente inconsequente, burra, e de se quebrar toda!

– *Staff*, com licença – peço às pessoas, e me esquivo por baixo da faixa de proteção.

– A sua sorte é que eu tenho *muita* paciência – Madu fica embaixo enquanto eu subo –, porque senão ia...

O segundo andar parece dividido em vários quartos interligados por portas em arco, julgando pela arquitetura de palacete antigo. No primeiro em que estou, o piso e a metade de baixo das paredes são de madeira decorada. Quadros antigos de pessoas importantes me observam entre móveis cobertos feito fantasmas. Em um canto, uma pequena sacada com guarda-corpo de ferro em arabesco se abre para o jardim dos fundos. A única modernidade está nas pilhas de mesas e cadeiras para eventos, guardados aqui e ali como em depósito.

Sem a decoração psicodélica, o palacete se torna um lugar sóbrio, escuro. O burburinho dos convidados e da música da festa sobem abafados, se esforçando para me lembrar de que há algo acontecendo lá embaixo. As únicas luzes que cortam a penumbra são a que escapa do vão da escada por onde subi, a que entra da noite pela pequena sacada e a iluminação tímida vindo de um arco mais à frente.

Ando até ele com cuidado, os níveis de magia cada vez mais elevados na minha tela, o *bip* soando alto. Isso nunca é um bom sinal. Pode ser qualquer criatura mágica escondida aqui.

As portas em arco cortando por dois longos quartos se alinham na minha frente. Terminam adiante em um arco duplo entalhado para o que parece ser uma varanda interna do palacete. Deve ser a faixa de varandas que circundam parte do salão principal, só que do alto, como camarotes para a festa – reparei nelas quando estava lá embaixo. A luz da agitação escapa por entre os balaústres de madeira entalhada. Para além deles, a água do chafariz encantado brotando no térreo encosta no teto do salão, escorrendo por um ralo instalado provisoriamente.

E no meio da varanda, alinhada com o arco duplo, está a criatura.

Uma silhueta translúcida, porém estranhamente material. De brilho furta-cor suave, com detalhes cintilando colorido. Na distância, parece um cachorro sentado de costas para mim, observando a festa lá embaixo, as orelhas apontando para cima.

Me aproximo com cuidado, entrando no primeiro quarto. Já vi muita coisa, mas nunca uma criatura exatamente como essa. Os níveis de magia na tela do meu celular já estão altíssimos, estourando o medidor. O *bip* berra no meu ouvido. A criatura pode ser capaz de fazer o que quiser comigo. Me aniquilar em um piscar de olhos.

Mesmo assim, continuo. Quero vê-la melhor. Descobrir o que é.

Entro no último quarto antes da varanda interna. As sombras da mobília se esticam distorcidas pelo chão antigo. Meu peito é um tambor de adrenalina; meus músculos, cordas tensas prendendo meu corpo. Convenço os clientes de que posso lidar com qualquer coisa, enfrentar qualquer monstruosidade, mas isso está longe de ser verdade. Estou arriscando minha vida aqui. Estou…

– CRIE SUA PRÓPRIA FAZENDA E ENCONTRE CENTENAS DE FEITIÇOS PLANTANDO RABANETES! – grita um anúncio de joguinho no meu ouvido. Me encolho de susto, minha alma saindo e dando uns três mortais em volta de mim antes de voltar pro meu corpo.

– Droga de aplicativo gratuito – resmungo baixinho. Deslizo para fechá-lo e tiro meu fone com raiva, guardando-o no bolso. – Eu devia ter pago a versão *pro*.

Me detenho, olhando para a tela. Quando fechei o aplicativo, outro de rede social estava aberto embaixo. Nele, vejo que a linha do tempo enlouqueceu, as publicações piscando e trocando freneticamente.

Levanto o rosto. A criatura me observa, o perfil do seu focinho marcado contra a luz da festa, a água do chafariz. Paraliso por um momento, aterrorizada, hipnotizada.

Uma cadeira de plástico voa contra ela. Veio da lateral da varanda, de um canto onde não enxergo. A criatura cai para o lado com um baque.

– Então você é corpóreo quando quer – uma voz diz lá na frente.

Ah, não. Antecipação automática acende cada nervo no meu corpo. Eu conheço essa voz.

– Agora vamos conversar – continua.

Um garoto de cabelo curto escuro e vestindo roupas esportivas arrumadas aparece pela lateral da varanda. Eu reconheceria até no escuro essa postura, esse porte atlético, esse perfil.

– Diego?! – exclamo.

Ele me olha surpreso, me percebendo ali. Franze aquele rosto atraente, que mistura os traços de ascendência branca e japonesa dos seus pais.

– Amanda?! O que você tá...

A criatura aproveita a distração para arremessar a cadeira de volta no garoto, pegando-o de raspão. Poderosa, não sentiu nem um peteleco com o ataque. Dá um salto ligeiro e foge da varanda.

Na minha direção.

Pulo para fora do caminho. Ela trota direto, fugindo por onde vim.

– Espera! – Diego grita, endireitando-se e já indo atrás do lobo. Levanta uma mão na direção dela. Vai tentar puxá-la para si com seu feitiço. O garoto não sabe o quão forte aquela criatura é?!

– Não! – Me jogo no caminho do garoto, tarde demais para que desvie. Bate contra mim e desabamos no chão em uma bagunça de cotovelos e joelhos. Com agilidade, ele me gira e absorve o impacto maior com o ombro. Sem agilidade, acho que quebro uma costela dele. Diego morde um gemido de dor.

– Ai! – ele grunhe. – Você quer me matar?!

Estou com metade do meu corpo em cima dele, seus braços ainda me seguram, e por um momento fico profundamente consciente disso.

– Quero *impedir* que você se mate! – O empurro para longe, bruta, meu peito arfando. Faz meses que não ficamos tão próximos assim. Meses que eu…

– Me impedir?! – Ele balança a cabeça. – Depois a gente discute. Tô com pressa agora.

Pula de pé com a energia de uma criança que tomou muito achocolatado de manhã. Olha para a batata em forma de garota ainda no chão e, sem encostar em mim, me levanta com magia. Eu já tinha me esquecido de como é desconcertante a sensação de ser movida pelo feitiço de Diego. Seu próprio corpo abaixa um pouco na direção do meu, pagando o meu movimento com o seu inverso, ação e reação. Quando estou quase de pé, a força invisível me solta e o próprio garoto me pega firme pelos ombros, me equilibrando feito um manequim.

– Fica aí – diz.

Vira e se adianta atrás da criatura canina, que já sumiu para o quarto dos fundos.

– Ei! – Seguro o braço dele, fazendo-o virar de novo. – Você tá maluco?! Não viu o nível de magia desse bicho?! Ele pode acabar contigo com um peteleco!

– Eu sei o que tô fazendo.

– Como pode estar tão calmo?! – Aperto os olhos, acusadora. – Não me diga que foi você que invocou ele pra cá?!

Diego solta uma risada amarga:

– Se você conhecer alguém que saiba como invocar um *bug* de algoritmo, por favor me apresenta, que faria meu trabalho muito mais fácil.

– Aquilo era um *bug* de algoritmo?!

Um algoritmo de redes sociais que ganhou vida por magia? Uau, eu nunca tinha visto um pessoalmente! Dentre os tecbichos – apelido popular para as criaturas nascidas de tecnologias digitais –, um *bug* de algoritmo está sem dúvida no grupinho dos mais raros.

E dos mais poderosos também.

O garoto aproveita minha surpresa para desvencilhar o pulso de mim. Tento capturá-lo de novo, mas Diego é mais rápido. A força invisível me desliza para longe dele e me larga sob o arco para a varanda interna, onde a criatura observava a festa. Agarro a madeira para me equilibrar. Diego, empurrado para a direção oposta, já está sob o arco para o outro quarto.

– Para de ficar me arrastando pra lá e pra cá feito uma boneca! – reclamo. – Se eu tivesse histórico de labirintite na minha família, você ia ver só…

– Briga comigo outro dia, tá bem?

Ele vira e dispara pelo caminho da criatura. Corro atrás dele, mas o garoto é muito mais rápido e já cruzou o outro quarto inteiro enquanto mal cheguei na metade do meu. Cerro os dentes.

Jogar na roleta da magia é sempre minha última opção, já que sou péssima perdedora – e quase sempre perco –, mas no momento estou sem alternativas.

Busco rápido as memórias para tentar trançar em um feitiço que o impeça Diego de seguir. A lembrança de caminhar contra a correnteza no mar, meus pés afundando na areia. O vento batendo forte contra o meu corpo num dia em que subi com alguma tia a serra para Petrópolis e o tempo mudou. Entrelaço essas duas memórias, pedindo à magia que me dê o efeito certo.

Nada acontece. Diego entra sem dificuldade no quarto com a escada por onde subi.

Tento de novo, a pressa me tornando afobada. Procuro dessa vez algo que o puxe de volta. A memória de segurar na camiseta de algum primo durante uma partida de pique-pega. A sensação áspera da corda nas minhas mãos em um cabo de guerra de gincana do colégio, meus músculos dos braços queimando.

Nada.

Diego está prestes a sair para a pequena sacada que dá para o jardim dos fundos do palacete.

– Espera! – chamo, parando sob o arco da porta deste último quarto.

Chamá-lo é a única coisa que posso fazer, já que, ao contrário de todas as outras pessoas com feitiços, nasci incapaz de trançar um único que funcione quando preciso.

De fato Diego para. Vira de lado e me olha, a luz suave da noite e da festa nos jardins marcando sua silhueta.

– Amanda... – ele diz, uma expressão indecifrável no rosto. Não fala mais nada, só isso. Meu nome.

Perco meus argumentos também. De repente, não estamos mais discutindo por criatura esquisita nenhuma. A um quarto escuro de distância, encaramos um no outro a montanha de palavras não ditas que deixamos crescer entre nós, tão alta que nenhum dos dois sabe mais como escalá-la.

– Foi bom te ver – Diego diz enfim, sincero.

Me dá as costas, pronto para ir bater de frente com a criatura perigosa.

O desespero que me toma buscando as memórias dessa vez vem súbito e intenso. Junto qualquer uma que o prenda no chão. A pistola de cola quente de minhas tias grudando as escamas na minha fantasia de peixinho para a peça de teatro da escola quando eu era criança. A pá do meu avô afundando no cimento fresco e se tornando escultura quando ele a esqueceu lá de um dia para o outro depois de consertar a calçada. As raízes das árvores engolindo as grades da rua da casa da minha avó, mais fortes que ferro e igualmente imóveis.

Diego tenta dar um passo para sair para a sacada.

Não consegue.

Tem algo translúcido subindo do chão até o meio das suas canelas. Raízes, só que com a rigidez geométrica de pedras preciosas, que cintilam com um brilho azulado suave.

– Você me prendeu?! – Diego torce o corpo para me olhar, estupefato.

O sorriso que abro é o de uma leoa que encurralou sua presa.

– Tô só fazendo o meu trabalho. – É uma meia-verdade. – A organizadora da festa me contratou pra vigiar qualquer atividade mágica clandestina. Não posso te deixar ir sem me contar tudo o que sabe.

– Você só pode estar de brincadeira. – Diego coloca a mão na testa. – Qual é, Amanda! Eu já te disse o que ela precisa saber: era um *bug* de algoritmo e já foi embora. Agora, se você tiver a bondade no coração de me soltar, talvez eu ainda o alcance.

– Erro seu ficar esperando bondade do meu coração. Parece até que não me conhece.

– Conheço, sim. Sei que vai inventar uma história linda pra contar pra sua cliente depois que me deixar ir. Que tal? Não precisa se preocupar com a criatura nem comigo. Volta pra festa, vai curtir um pouco!

– Que fofo, você tentando me enrolar. Logo *eu*. – Dou uma risada de chacota. – *Você* devia voltar pra festa. Ir tirar foto com gente bonita pra ganhar curtida. Não é esse o seu trabalho agora? Tá se dando muito melhor como influenciador que como bruxa de aplicativo comigo. Fez bem em mudar de área. Vai lá se divertir e deixa o trabalho perigoso de verdade pra quem ainda é profissional.

– Ah, então é por *isso* que você tá me prendendo aqui? – Diego cruza os braços. – Pra jogar coisas na minha cara? Bom saber que continua me acompanhando, pelo menos. Achei que tinha me cortado da sua vida depois que sumiu.

– Sumiu?! Eu nunca... – Bufo em deboche, nervosa com o assunto. – Pra que você quer tanto ir atrás de um tecbicho desses? Já tem mais de um milhão de seguidores! Não precisa de alguém que manipule o algoritmo por você.

– Amanda. – O tom de Diego desce a uma seriedade

incisiva. – Não preciso é que ninguém me proteja à força. Só me solta, por favor. É *importante*. Prometo que já sou grandinho. Sei me cuidar.

Aperto os dentes, me negando a reparar que ele está mais alto do que da última vez que nos vimos (e reparando, por consequência).

– Tá bom – cedo. – Pode ir lá dançar quadrilha com o homem do saco se quiser, não vou te impedir. Não devia nem ter me preocupado.

Só que, quando vou me aproximar dele para tentar descobrir como soltá-lo, não consigo me mover também. Meus pés estão presos no meu próprio feitiço.

– Ah, não! – Olho em volta, furiosa. – Magia, você tá de sacanagem?!

– Achei que já tivesse percebido – Diego aponta. – Não pode fazer outro feitiço pra quebrar esse?

– Tô tentando! – Rebolo o quadril de um jeito honestamente vergonhoso enquanto busco as memórias para trançar. Partir palitos de biscoito e vê-los esfarelar, vidro se estilhaçando quando uma criança chutou a bola na janela de casa.

– Droga! – Diego desce as mãos até um joelho e tenta puxá-lo à força. – Tô há meses esperando essa chance de chegar perto do *bug*...

– Calma, vou dar um jeito! – Levanto a cabeça para o ar, exasperada. – Magia, me quebra essa só dessa vez, o que que custa?!

As raízes se partem como gelo e se desfazem no ar.

Diego cai para trás na sacada e se apoia no guarda-corpo em arabescos de ferro. Ergue as sobrancelhas para mim.

– Fico feliz em saber que, mesmo depois desse tempo todo, você continua a mesma pessoa – diz.

– Extremamente profissional e competente?

O cafajeste ri, chacoalhando algo adormecido dentro de mim.

– Empenhada em entrar no top três de pessoas que o diabo teme – completa.

Isso me arranca uma risada sincera de volta.

Uma garota branca de cabelos ondulados escuros e soltos sobe as escadas apressada.

– Diego, você precisa me ouvir! – ela grita, indo direto na direção dele.

– Eu disse que não pode subir, amiga! – Minha prima Madu vem atrás dela, esbaforida. Vira pra mim quando chega no segundo andar: – Foi mal, ela não quis parar!

– Eu posso ajudar! – a garota continua para Diego.

Ele franze a testa para a multiplicação de meninas estranhas querendo prendê-lo ali. Balança a cabeça em negação e faz o que, confesso, eu mesma faria no lugar dele: desliza sobre o guarda-corpo e pula da sacada para a noite.

– Não! – A garota corre e parece que vai tentar ir atrás dele, mas Madu a segura.

– Já vi Diego cair de três andares sem um arranhão quando trabalhávamos juntos no Geniapp – me forço a dizer, encostando as costas na parede mais próxima. Estou subitamente exausta, todos os nervos no meu corpo latejando pela adrenalina do encontro. – Um andar não é nada pro feitiço dele. Achou algo pra empurrar e aparou a própria queda.

A garota se desprende de Madu e se recompõe em tempo recorde, quase robótico. Olha a festa lá embaixo com o rosto tenso.

– Não adianta – Madu observa, a voz suave. – Ele sumiu no meio dos convidados. Já deve estar longe.

– Você é o que dele? – encontro energia para perguntar e me arrependo. Não quero ouvir que ela é mais uma das pessoas com quem Diego tem se engraçado, pelos vídeos que posta de vez em quando.

– Você mencionou o Geniapp. – A garota ignora a pergunta. – Já trabalhou com Diego como bruxa de aplicativo?

– Ele parou há mais de seis meses. Eu continuo. Por quê?

A garota finalmente tira os olhos da festa e os dirige, intensos, a mim.

– Porque aquele garoto é meu irmão, e acho que tenho um serviço pra você.

– 2 –

Madu

TER JUÍZO DEMAIS É a minha maldição.

Em toda família grande, há uma quantidade limitada de sementinhas de responsabilidade para serem distribuídas. Quando se nasce com o azar de vir com uma delas, grandes tarefas recaem sobre você. Botar ordem nos primos constantemente arrumando confusão. Impedir os tios de se endividarem. Saber sempre onde estão os documentos importantes. Não importa o quão desgastante seja, não te dão a opção de parar, porque cabe apenas a você proteger a família do perigo que é ela mesma.

Observo Alícia pensando em como vou barrar Amanda de aceitar a sua proposta.

– Você quer que eu vigie o seu irmão durante as festas? – minha prima pergunta, cruzando os braços de um jeito descrente. – Olha, já fui contratada muitas vezes pra lidar com bestas mágicas, mas bestas humanas confesso que é a primeira vez.

Chuto Amanda por baixo da mesa.

Estamos em uma lanchonete de mate e pão de queijo a um quarteirão do palacete. Alícia queria privacidade. Amanda enrolou a organizadora da festa inventando que ia monitorar a criatura estranha que apagou as luzes pelas redondezas e partiu com a garota antes que eu pudesse impedi-la, ávida para me arrumar novas fontes de enxaqueca.

O rosto aparentemente cuidado de forma impecável de Alícia é uma máscara que não consigo ler. Seu cabelo preto desce pelos ombros em ondas brilhosas e arrumadas. Por alguma razão, me remetem ao reflexo da lua no mar da noite. Algo sereno e cheio de segredos, porém capaz de te afogar se tentar se aproximar demais.

– Me preocupo com ele – Alícia diz. – Vocês viram o que Diego tá fazendo. Brincando de ir atrás do tecbicho que tem aparecido pelas festas do Rio. Perco o sono vendo meu irmão correr um risco desses. Não tenho como ficar de olho nele o tempo todo, então preciso de alguém para monitorar se ele está se mantendo seguro. Alguém que já conheça meu irmão fora da fama, pra não ficar intimidado e perder o foco. Melhor ainda se já trabalhou com ele e sabe como pensa.

Tem algo muito estranho nessa garota. Não gosto do jeito como oferece o serviço sem nem nos conhecer direito. Parece fácil demais. Esmola grande, o santo desconfia.

É por isso que, assim que chegamos, comprei uma porção grande de pães de queijo e a coloquei no centro da mesa. Assim que Alícia morder algum, vou poder bisbilhotar exatamente o que está escondendo de nós.

Amanda não é a única que sabe fazer feitiços.

Minha prima come um pão de queijo, sem fazer ideia da minha armadilha. Não posso culpá-la. Nunca contei a ela. Nunca contei a ninguém.

– É a primeira vez que vejo um *bug* de algoritmo – Amanda diz, entre mastigadas. – E eu já vi *muita* coisa. – Limpa a ponta dos dedos em um guardanapo, liga a tela do celular e faz uma pesquisa rápida. Resume o que lê: – Surge quando magia dá vida a algoritmos de redes sociais. Como eu suspeitava, é capaz de manipular linhas do tempo de publicações, e também ocasiona conflitos sociais. No campo material, há relatos de que pode causar disrupções de energia. Nível de periculosidade estimado: alto. E é isso. Ao que parece, é um tipo de criatura raro e relativamente recente, com poucos estudos disponíveis. Por que Diego quer mexer com um bicho desses?

Alícia balança a cabeça e solta o ar pelo nariz, cansada.

– Deve ter entrado na onda de algum desses grupos de *fanboys* de assombração ou criaturas encantadas pela internet.

Amanda aperta o rosto em uma careta rápida. Pode não parecer nada para Alícia, mas para mim, que cresci quase como irmã, lendo os pensamentos e expressões uma da outra, Bibiana e Belonísia, sei que minha prima acabou de engolir um deboche descrente.

– Chegou a questioná-lo? – ela se limita a perguntar.

– Sim. Diego não quis me contar. Não quer falar sobre isso comigo.

– Ele não é o tipo de pessoa que ficaria irritado com a sua preocupação de graça – Amanda observa. – A menos que vocês já tenham uma relação complicada. Desculpa soar indiscreta, mas preciso saber se vou me meter no meio de uma briga de família.

Alícia demora um momento para dizer, devagar:

– É verdade que eu e meu irmão não estamos em um momento... bom. Ele não se dá com a minha parte da família. Somos irmãos de mães diferentes e temos os dois 18 anos. Pensa como deve ter sido a briga na família quando nascemos na mesma época. O que o nosso pai teve que explicar, e a quantidade de rancor acumulado pelos anos. Esse é o tom da situação.

Isso explica o fato de os dois não se parecerem tanto. Apesar de ambos serem altos e terem o cabelo de um liso ondulado escuro, Diego tem alguns traços de ascendência leste-asiática (japonesa por parte de mãe, como Amanda me contou uma vez), enquanto Alícia julgo ser só branca.

– Briga de família é sempre algo complicado – ela termina. – Mas nada que vá te atrapalhar no trabalho.

Espio os pães de queijo em que ela não tocou ainda. Amanda come mais um. Eu mesma já parei, com medo de que acabem. Preciso de dois para o meu feitiço.

– Você já lidou com criaturas digitais como essa do Diego? – Alícia pergunta a minha prima.

Amanda sorri de um jeito convencido.

– Pode ficar tranquila quanto a isso. – Ela liga o celular de novo e o desliza pela mesa até Alícia. – Minhas avaliações no aplicativo são excelentes, como você pode ver, porque tenho ampla experiência contra todo tipo de anomalia mágica. Já dei um jeito em mascotes digitais ganhando vida e sede de vingança, *doppelgängers* nascidos de contas *fakes*, e mais de uma assombração em grupos de *chat*. Esse último teve um na semana passada mesmo. A conta fantasma apareceu no grupo da família da cliente e ninguém conseguia expulsá-la por nada nesse mundo. Aí vai Amanda correndo encontrar a mulher nervosa lá em Realengo, duas horas de ônibus pra chegar, aquele dia castigado de quente, calor subindo em ondas do asfalto…

Amanda desembesta a contar alguma das suas histórias de trabalho, que ela faz parecerem as próprias viagens de Jasão. Espio a garota de expressão e gestos polidos do outro lado da mesa, uma pintura fascinante que parece desencaixada na paisagem mundana de uma lanchonete. Alícia cruza o olhar comigo. Fico hipnotizada pelo marrom-escuro penetrante nos seus olhos atentos. Minhas bochechas fervem quando percebo que estou a encarando. Viro para Amanda e assinto, fingindo que estava prestando atenção.

Tá tudo bem, Madu, digo para mim mesma, tentando me controlar. *Você só está olhando tanto para a Alícia porque precisa analisar os clientes.*

Definitivamente não é bi panic.

A espio de novo, coragem renovada. Como se lesse minha mente, pego Alícia reparando no meu celular, que repousei virado para baixo sobre a mesa, o adesivo da bandeira bissexual se destacando entre os outros coloridos que colei na capinha. Seus olhos se delongam no símbolo. Meu coração dispara, termina uma corrida de obstáculos inteira.

– … Foi um trabalho de umas duas semanas, mas resolvi – Amanda termina. – Se você mandar mensagens de bom-dia e correntes de *fake news* políticas o suficiente, consegue que qualquer ser pensante saia de um grupo de *chat*. Inclusive assombrações sobrenaturais.

– Reconheço a sua experiência – Alícia diz, voltando ao assunto como se nunca tivesse se distraído. – Mas preciso que seja cem por cento sincera comigo: você teria capacidade de se defender do *bug*, caso algo acontecesse? Conseguiria defender o meu irmão?

– Posso garantir que sim.

Tenho certeza de que Amanda não sabe como lidar com esse tecbicho, mas morreria antes de admitir isso para um cliente. Prefere tentar resolver tudo na marra, nem que seja batendo com a própria cabeça contra a criatura.

– E o resto da sua família? – pergunto. – Não querem proteger o garoto também?

– Não sabem de nada, e prefiro não envolver ninguém nisso por enquanto.

Se a família é hostil como ela está dando a entender que é, vai recriminar Diego pela rebeldia e retaliar Alícia por, sabendo, não os ter avisado.

– Presumo que você não quer que o próprio Diego saiba que me contratou também – Amanda adiciona.

– É uma briga que prefiro evitar. Se aceitar o serviço, pode se aproximar dele como te facilitar, mas é melhor fugir de qualquer assunto envolvendo família. Ele vai entrar na defensiva e pode dificultar as coisas.

– E você só precisa que eu o vigie durante as festas, certo? Porque não posso ficar o tempo todo atrás dele. Sou bruxa de aplicativo, não detetive particular.

– O bicho tem aparecido nos eventos de pessoas e

empresas famosas, então vamos focar nisso. Se Diego chegar perto dele, você me avisa imediatamente. Vou usar os meus contatos pra tentar colocar vocês nas listas de convidados a que eu tiver acesso. Quando não conseguir, vão ter que dar um jeito de entrar mesmo assim.

– Pode deixar. – Amanda fala mais rápido do que consigo negar. – Dar um jeito é a minha especialidade.

Então ela hesita. Sua próxima pergunta carrega uma ponta de ressentimento:

– Diego encontrou outro feitiço que eu deva saber? Não tinha nenhum além do de puxar e empurrar quando trabalhamos juntos, mas faz alguns meses.

– Não que eu saiba. Qual é o seu, que usa para trabalhar no Geniapp?

Minha prima pausa, como sempre, se recompõe e levanta o queixo:

– Uso magia dissonante.

Procuro os resquícios de preconceito se formando no rosto de Alícia. Quem contrata pessoas feito minha prima, que não são capazes de manter um feitiço próprio como eu e Diego mas conseguem arrancar da magia pequenos truques de momento, sempre desconfia. É algo falho e aleatório demais. Pessoas com magia dissonante acabam virando a última opção dos desesperados atrás de um milagre, que mesmo assim pagam com a dúvida permanente de estarem sendo enganados por um trambiqueiro.

– Mas saber como lidar com o seu irmão é mais importante que qualquer magia, pra esse serviço – Amanda adiciona. – Pode contratar as bruxas de aplicativo mais caras, com feitiço de levitar, explodir, o que for, que ninguém vai conseguir se aproximar de Diego tão bem quanto eu.

Alícia a escuta vestindo no rosto a mesma máscara neutra perfeitamente calculada e não opina.

Imagino essa garota misteriosa usando magia. Por algum motivo, ela me parece o tipo de pessoa que combina com uma bola de fogo na palma da mão.

– E você, tem algum feitiço? – pergunto.

– Sei fazer um pudim muito bom. Não é um feitiço, mas dizem que é quase magia.

– Então nenhum? Não tem algo como o de puxar e afastar do seu irmão?

– Me conta o seu que eu te conto o meu.

Está brincando comigo, mas tem algo de perigoso no seu sorriso contido. É um sorriso de rede, que tenta me pescar, fisgar os meus segredos.

Se ao menos *sua alteza* nos desse a *honra* de comer um pãozinho de queijo *sequer* para eu espiar o que está pensando...

– Bom. – Amanda encosta as costas na cadeira.

A encaro com placas de pare nos olhos. É cedo demais! Tá tudo muito estranho ainda! Mas nos olhos da minha prima já estão os cifrões.

Amanda cruza os braços, começando nossa dança coreografada de negociação.

– Olha, eu consigo fazer esse serviço, mas as condições todas deixam ele um pouco complicado.

As cortinas se abrem no balé. Primeiro ato: o choro.

Ih, essa gosma antimagi TODA aí? Vai dar um trabalhão pra limpar depois.........

Nossa, um fantasma que já tá há OITO MESES na casa? Isso aí não desencana fácil, não.........

Eita, uma porta para a quarta dimensão apareceu na área de serviço? Ih, sumir com uma dimensão INTEIRA assim, demooora.........

– E ainda tem que enganar alguém – Amanda continua. – É uma chance grande de dar errado.

– Posso procurar outra pessoa, se você não se sentir capaz.

– Capaz eu sou, com certeza! É moleza.

Um sorriso milimétrico aparece no canto da boca de Alícia. Droga. Ela já leu minha prima e soube apelar para a sua vaidade. Essa garota é mais perigosa do que achamos.

Suspiro e entro na dança, sem escolha.

Segundo ato: o valor.

Mexo na tela do celular de Amanda sobre a mesa, ainda ligada no seu perfil do Geniapp. Mostro a aba com a faixa dos valores que cobramos.

– Amanda é capaz – digo –, pelo valor certo. Essa é a nossa base.

– Posso pagar esse preço. – Alícia aceita.

– Com um adicional de cinquenta por cento pelo serviço especial fora dos nossos padrões – continuo.

– E por ter que mentir para Diego – Amanda adiciona, em tom moralista. O que é irônico, porque ela é a pessoa mais mentirosa que conheço.

Alícia me estuda. Soma meus números, me calcula feito um problema de matemática.

Terceiro ato: a pechincha.

– Dez por cento – oferece.

– Cinquenta por cento ou não fazemos negócio.

– Você quer economizar na segurança do seu irmão? – Amanda faz uma careta teatral.

– Vinte por cento. Considerando o valor total, não estou economizando nada.

– Quarenta por cento é o mínimo que nós podemos fazer – rebato. – São muitos serviços envolvidos.

– É um serviço simples. Só quero que vigie um menino.

– Não, porque não é só isso que você quer. – Apoio os cotovelos na mesa e me debruço, algumas tranças escorregando para frente, para que Alícia veja direitinho nos meus olhos que não me engana. – Se a questão fosse só vigiá-lo, poderia contratar qualquer detetive particular da cidade. Com certeza tem verba pra isso, julgando pela forma como disse que ia usar os seus "contatos" antes. Como se fosse de alguma dessas famílias de ricos de série de TV. Mas a questão é que você também quer que Amanda descubra *por que* Diego tá atrás do *bug* de algoritmo. É por isso que a escolheu. O fato de já terem trabalhado juntos facilita, é verdade, mas o que te chamou a atenção foi ver os dois brigando feito um casal de idosos.

– A gente não briga feito um...

– Reparei em como ficou ouvindo os dois antes de subir a escada na festa. Percebeu que eles têm intimidade para que minha prima se aproxime, mas uma relação conflituosa o suficiente para que ela aceite mentir para ele sem peso na consciência. É nisso que está apostando. Que minha prima vai conseguir irritar Diego até ele contar tudo e então repassar a fofoca pra você. Tudo isso sem atrair atenções indesejadas, porque ninguém suspeita de uma garota aleatória de 18 anos.

Pela primeira vez, a máscara neutra na expressão de Alícia ganha uma pequena rachadura.

Em vez de negar, a garota aperta os lábios em um sorriso pequeno.

– Quarenta por cento, então – aceita. – Se for um serviço bem-feito.

As cortinas se fecham. A plateia aplaude o fim do espetáculo.

A verdade é que Amanda aceitaria o serviço pela metade do valor, só para poder ficar atazanando Diego. Mas é por isso que quem cuida das suas negociações sou eu. Pechinchar é que nem flertar em aplicativo. Na sede pelo prêmio, ninguém se importa muito em falar a verdade.

Cérebro, pare de pensar em flertar com a Alícia!!!

– Me diz o seu e-mail no aplicativo – peço –, que eu vou cadastrar o serviço.

Alícia levanta uma palma e a estica até mim. Meu coração engasga no susto. Ela abaixa meu celular suavemente.

– Prefiro fazer direto, sem o aplicativo. As taxas são muito altas.

Troco um olhar com Amanda. Ela pensa o mesmo que eu. Alícia não está preocupada com taxas. Não quer usar o aplicativo para não deixar rastros digitais do nosso acordo.

– Sem problemas – Amanda decide, mesmo assim.

– Tudo bem – Desligo a tela do celular escondendo minha irritação. – Como esse serviço vai acontecer por tempo indeterminado e sem o aplicativo, o pagamento vai ser por semana e à vista, sendo o primeiro agora.

Alícia pega o próprio celular e me mostra a tela com a confirmação da transferência. Eu estava certa. A completa tranquilidade dela ao ver tanto dinheiro assim saindo da conta só pode significar que está nadando na grana.

Espio de novo a cesta de pães de queijo em que ela nunca tocou. Sobraram exatamente dois. Quem resiste a pão de queijo, meu Deus?! Isso é o mais suspeito de *tudo* até agora, a maior bandeira vermelha!

– Estamos combinadas, então. – Amanda levanta.

Droga, acabou meu tempo!

– Não vamos deixar os pães de queijo sobrarem. – Aponto para a cesta um pouco desesperada. – Alícia, você não comeu nenhum.

– A preocupação me tira a fome. Podem comer.

– Pão de queijo sobrando é até crime. – Amanda pega um e morde. – Dá cadeia em Minas Gerais.

Pega o outro para viagem e sai da lanchonete sem fazer ideia de que arruinou meus planos.

Alícia se prepara para levantar também. Sorte minha que, com a família que tenho, já aprendi a sempre trazer um plano B.

– Quer uma pastilha? – Tiro a caixinha que sempre levo no bolso para momentos como esse. Não funciona tão bem, mas é melhor que nada. – Pra adoçar o dia?

Alícia demora a responder, avaliando mais o meu rosto do que a bala em si. Meu coração acelera sob o seu escrutínio enigmático, penetrante. Quando estica a mão para aceitar a bala e nossos dedos esbarram, um raio queima minha pele e sobe até o meu peito. E não tem nada a ver com magia.

– Não espere que eu vá ser boazinha só porque ganhou na negociação dessa vez. – Ela sorri torto, ainda sem mostrar os dentes. – Tô de olho em você.

Enfia a pastilha na boca. Seus lábios cor-de-rosa ficam molhados onde encostam na língua. Pego outra pastilha e a coloco na boca também.

Sinto as condições para o meu feitiço se alinharem como um cubo de Rubik que finalmente gira para as cores certas.

É isso o que posso fazer: quando divido uma refeição com alguém, consigo bisbilhotar o que a pessoa está escondendo de mim no momento. Nem sempre vem de forma nítida – sou como um rádio sintonizando uma estação específica na mente da outra pessoa. Se conseguir trançar as memórias certas para me conectar, posso captar diálogos inteiros ou até imagens. Se for alguém cujos labirintos internos não consigo navegar, pesco apenas uma palavra ou outra. Uma sensação.

Hora de descobrir o que Alícia esconde de mim.

Começo trançando no feitiço memórias gerais sobre segredos, porque não a conheço o suficiente. Confessar no ouvido de Amanda sobre um vaso de barro que quebrei de uma tia quando éramos crianças. Trocar com um primo na encolha quem tiramos no amigo oculto de Natal. É uma combinação de memórias que costuma funcionar com quem já contou seu segredo para outras pessoas.

Com Alícia, não sinto nenhum avanço.

Adiciono ao feitiço a memória da pequena caixinha de joias da minha mãe, com um único par de brincos de ouro, que ela tranca e guarda no armário, escondido do mundo para sempre. Funciona contra pessoas mais materialistas.

Ainda nada.

Tento a memória das cartas de amor que eu recebia

do primeiro menino da escola que se declarou para mim, e como eu, envergonhada, pedia para Amanda escondê-las nas suas coisas para que minha mãe não as encontrasse. Funciona contra quem é mais romântico ou emotivo.

Silêncio.

Franzo a testa milimetricamente. A essa hora já era para eu ter conseguido pelo menos *alguma coisa* de Alícia. É como se a garota tivesse uma muralha impenetrável em volta de si.

Ela me observa de um jeito curioso, sua boca movendo suave enquanto mastiga a bala. Estou demorando demais. Me desespero. É agora ou nunca. Tranço a memória de golpe mais baixo que tenho, que evito usar porque não gosto de pagar o preço: minha própria culpa por não contar do meu feitiço para a minha família. As noites em claro com peso na consciência, as horas trancada no banheiro na frente do espelho ensaiando contar, as palavras ficando entaladas depois. A sensação constante de que sou uma pessoa horrível por não ser sincera.

O feitiço enfim captura algo bem sutil vindo de Alícia – não é uma imagem, nem uma palavra, apenas o reconhecimento de um fato.

Ela está mentindo. Não só para Diego e para a sua família. Mentindo para mim.

Não vejo sobre o quê. Não sei o motivo. Tateio apressada pelas paredes da sua mente, de dentro do seu peito. E tranço mais de mim, buscando a conexão certa. Junto o medo que tenho de que minha família se decepcione comigo quando descobrirem o que posso fazer. O medo de que pensem que traí a todos, roubando os segredos deles por tanto tempo. De que nunca vão me perdoar.

A sensação que capturo de Alícia começa distante, abafada, então se intensifica como um grito que se aproxima.

Medo. Angústia. Desespero sincero.

Mas por quê? O quê...?!

– Você não queria que a Amanda me ajudasse – Alícia me interrompe, seus olhos perspicazes. Seus sentimentos reais escondidos muito bem dentro de si. – Você me julga por eu estar mentindo.

Não apenas para Diego...

– Não acho certo mentir – digo, me recompondo. O tempo para o feitiço acabou. – Mas... sei como relações familiares podem ser complicadas.

Ela me avalia mais um pouco, lendo meu rosto como um livro de mil páginas. Me surpreende quando diz, as palavras custando a sair:

– Às vezes o sorteio da vida te joga com pessoas que são... difíceis. Não estou falando de Diego, mas de outras pessoas da família. Com quem a gente convive como se estivesse operando uma usina nuclear. Com o mínimo erro seu, elas explodem e queimam por semanas. Destroem tudo o que te faz feliz. Quando você tem parentes assim, descobre que mentir às vezes não é uma escolha.

Ela desvia os olhos, desconfortável. É a parte mais real sua que se permitiu compartilhar comigo até o momento.

– Alícia – digo, suave, surpreendendo a mim mesma dessa vez. – Eu sinto muito que você tenha que passar pelo que quer que esteja passando. Se precisar de alguém pra desabafar, você tem o meu número.

Após um momento de surpresa, ela assente.

Quando levantamos para nos despedir, percebo quanto ela é mais alta que eu. Deve ter mais de um metro e setenta, uma montanha contra os meus um e cinquenta e oito. Dá a volta na mesa e se aproxima de mim. Seus ombros são atléticos, como os de uma nadadora. Seu cabelo escuro não tem cheiro de mar à noite, e sim de cloro de piscina.

– Mas não tenho a consciência pesada por mentir, nesses casos. – Quase não consigo ouvi-la além do som do meu coração batendo forte. – Todos mentimos o tempo todo. A diferença é que a maior parte do tempo mentimos pra nós mesmos.

#1

Um vídeo gravado na vertical começa a ser reproduzido na sua tela.

Uma jovem branca de 20 e poucos anos está com os cotovelos sobre a mesa em que a câmera está apoiada. Seus ombros e braços têm os músculos suavemente definidos e ela usa um par de óculos de aro arredondado. O brilho do celular reflete neles. O enquadramento corta o topo da sua cabeça, de cabelo escuro curto terminando em pontas pintadas de rosa. Atrás dela, você vê um quarto escuro, ofuscado pela luminária na mesa que ela ligou para iluminar o próprio rosto. Tem uma cama encostada na parede com blocos de anotação espalhados, um cabideiro pendurado com bolsas e casacos, um armário, decorações e bagunças espalhados. No canto, uma janela de cortinas abertas mostra que é noite lá fora.

– Não acredito que estou fazendo isso – ela diz, aproximando o dedo da tela e apertando algumas vezes. A luminosidade balanceia, mas a imagem inteira se move abruptamente. Você só enxerga o teto por um momento. – Droga de celular. – O rosto dela ressurge em ângulos que não a valorizam. – Bom que a gente já começa com você tendo uma visão linda de dentro do meu nariz.

Ela reequilibra o aparelho de volta na mesa. Se recosta na cadeira, olha para a câmera e sorri.

– Oi. Eu não faço a menor ideia se você vai ver esse vídeo, mas, na remota hipótese de achá-lo, cá estou eu, nessa tentativa ridícula de contato imediato de quarto grau, ou sei lá. Direto ao ponto: meu nome é Júlia e, como você já deve ter reparado, eu tô atrás de você. Aliás, desculpa pela correria e tal na última festa. Tô tentando manter tudo sob controle, mas… não sou a única tentando pescar um encontrinho contigo, como você também certamente já reparou, e às vezes as coisas descarrilham.

Sua expressão ganha um peso sério pela primeira vez.

– Eu sinto muito que você seja obrigado a fugir de humanos dessa forma. As pessoas te tratam feito um brinquedo, e não uma criatura racional, que entende todas as maldades que elas fazem. E você entende, não é? Eu vi nos seus olhos. Já lidei com criaturas mágicas o suficiente nos últimos anos de trabalho pra saber quando elas falam as línguas dos humanos. Elas sempre desenvolvem um medo muito mais… específico de nós.

Sua expressão se torna sombria. Ela se esforça para voltar ao tom normal:

– Prometo que não sou uma dessas pessoas. Não quero te usar. Mas ainda preciso da sua ajuda. Tem gente atrás de você que não tem medo de provocar um acidente, e muitas pessoas podem se machucar. Pessoas com quem eu me importo. E você também. Não quero que me dê fama nem dinheiro, e sim me ajude a proteger todo mundo. Por isso tô aqui pedindo, com toda a humildade, um segundo de sua atenção. Preciso que aceite conversar com essa pessoa. Podemos convencê-la a desistir da ideia. É só um bate-papo, nada mais. Quebra esse galho pra mim?

A confiança de Júlia desmorona subitamente. Ela respira fundo, deixa a cabeça pender para frente, segurando-a com os dedos entrelaçados no cabelo colorido. Fica assim vários segundos. Levanta os olhos.

– Droga, esqueci de parar o vídeo! Ah, tanto faz. – Ela apoia o queixo na mão, os olhos semiperdidos. – Eu me meti nessa situação que não sei resolver, e sabe qual é a pior parte? Que eu sequer tenho coragem de admitir isso. Depois de tantos anos construindo essa imagem tão cuidadosa de pessoa competente e inabalável, não tenho coragem de contar pra minha própria família que nem sempre sei o que tô fazendo. É uma sensação um pouco solitária, a de não ter com quem reclamar.

Ela ri para si mesma.

– Olha só pra mim, desabafando pra um *bug* de algoritmo. – Se ajeita melhor na cadeira, recobrando a postura. – Enfim. Vou postar esse vídeo de qualquer jeito e espero que você o encontre nas suas rondas pela internet. Pessoas desesperadas são mais propensas a inventar ideias absurdas, e isso já te diz muito sobre a minha situação.

Ela pausa um momento, então adiciona:

– Eu sei que disse que não tenho ideia se você vai me ver, mas… minha intuição diz que vai. Então pensa aí e a gente conversa. Quem sabe não viramos bons amigos?

O sorriso de dentes perfeitos dela é charmoso enquanto aproxima a mão da tela.

Fim da gravação.

– 3 –

Amanda

– **AINDA DÁ TEMPO** de negar o serviço – Madu diz assim que entramos pelo portão de grade para o jardim de casa.

– E devolver o dinheiro?! – Rio de deboche. Sigo o caminho de pedras por entre a selva de plantas, delineada pela luz amarelada dos postes, que entra por entre as grades sobre a mureta que dá para a rua. – É mais fácil eu cuspir fogo do que devolver algum dinheiro que já puseram nas minhas mãos. E você sabe o quanto feitiços de cuspir fogo são raros.

Nossa casa, moradora antiga de uma das ladeiras do bairro de Cosme Velho, acolheu nossos avós há mais de dez anos, deixando que transformassem o grande sobrado rosa-claro de telhas marrons e varandinhas no segundo andar em um lar. Agora, já ouço do jardim da frente o burburinho de vozes lá dentro, a sonoplastia diária de nossa casa, cantada pelas tias e primos que moram perto ou vêm sempre visitar. Pessoas que colecionam uma miríade de cores de pele, na mistura que começou com o marrom de minha avó e o branco de meu avô, e que ostentam compêndios inteiros de diferentes religiões, gostos, ideais. Todas unidas, independentemente dos percalços, com um único propósito primordial: arrumar confusão sob o mesmo telhado.

("Essa família é para-raios de gente doida", minha avó diz de vez em quando para meu avô, que ri e concorda.)

Madu se adianta e fica entre mim e a porta da frente. A vassoura mágica que alguma tia comprou no centro do Rio, quando era moda por causa de um filme, passa tirando o pó sobre seus pés, dançando para cá e para lá. Madu não arreda.

– Você não acha a Alícia suspeita? – pergunta.

– Além do fato de que ela tem a cara tão perfeita que toda vez que abre a boca acho que vai gravar um vídeo com os recebidinhos da semana? – brinco. – Não me olha assim. É claro que a Alícia é estranha. O esquema todo de vigiar Diego é esquisitíssimo. Mas você tá fazendo a pergunta errada. Não é "se eu suspeito de algo". É: "tem alguma chance de dar ruim pro meu lado?". – Abro as palmas vazias. – Ela só quer que eu vá a lugares públicos e vigie um garoto que, convenhamos, eu já vigio. Resta pegar o meu dinheirinho fácil e ser feliz.

Dou a volta por ela e entro em casa. A sala parece a Central do Brasil no horário do *rush*, de tanto parente falando e andando de um lado para o outro. Procuro minha mãe, mas ainda está cedo para chegar das aulas que ela dá no período noturno da faculdade. Já a de Madu se senta em um dos dois longos sofás em "L", assistindo à novela e determinada a ignorar as pessoas em volta, que parecem estar brigando para conversar mais alto que a televisão. O resto é caos. Tias procurando espaços sobrando nas paredes para pendurar novos enfeites e plantas. Tios trocando móveis de lugar, se arrependendo e trocando de volta. Primos na mesa de jantar maior testando feitiços com uma pilha enorme de comida de procedência duvidosa e brinquedos diversos, por algum motivo. Primos na mesa de jantar menor interrompendo uma partida de Banco Imobiliário para desenvolver um novo sistema econômico que supostamente salvaria a humanidade. Primos sentados no chão para jantar, porque não sobraram cadeiras. O cachorro Benedito, com seu próprio prato ao lado deles.

– Faz menos barulho, pelo amor de Deus! – alguém grita.

Imediatamente o zunido de uma furadeira treme as paredes.

– Aposto que isso tudo é você ainda me punindo – Madu insiste para mim, ignorando o barulho –, porque no outro dia não te deixei pegar o serviço daquela mansão possuída botando toda bruxa de aplicativo pra correr.

– Ah, ainda sonho com ela todos os dias. Quanto mais difícil a batalha, maior a glória!

– Se você não se importar de colher essa glória sete palmos debaixo da terra.

– Ai, Madu. – Balanço a cabeça. – Não estou te punindo por nada. O serviço da Alícia é como outro qualquer.

– Só que muito mais suspeito e moralmente duvidoso!

Estamos sussurrando, mas nós duas sabemos que não é necessário. Acontece tanta coisa o tempo todo nessa sala que cada parente só presta atenção em seus próprios desastres pessoais. De vez em quando gosto de gritar algo ultrajante e ver se alguém reage: “descobri que unicórnios-homens existem, fui mordida e agora preciso virar unicórnio toda lua cheia!"; "não me arrependo de ter investido todo o dinheiro da nossa avó em criptomoedas, tenho certeza de que vai subir!". Tudo passa batido enquanto eu não mencionar time de futebol, escola de samba ou grupo de K-pop.

Madu me deixa e vai até a mãe. Tia Lourdinha beija a bochecha dela e ajeita seu vestido, trocando palavras que não consigo ouvir. Não lembro a última vez que minha mãe me ajeitou desse jeito. Talvez nunca.

– Por que estão trocando os móveis de lugar de novo? – Desvio os olhos e pergunto a Bruninho, um dos primos mais novos, encolhido numa poltrona enquanto joga em um *tablet*.

– Eliana Guia fez vídeo inventando o próprio *feng shui* da magia – me informa. Eliana Guia é a *socialite influencer* favorita das minhas tias no momento, uma senhora mais velha, branca e podre de rica. Ficou mais famosa desde que fez um investimento gigantesco em ações do Geniapp no ano passado e agora não param de me mandar vídeos dela esbanjando bolsas caras feias e falando besteira alucinadamente. Minhas tias se divertem, mas em mim só desperta uma profunda consciência de classe.

– Duas coisas que essa família adora – brinco –: gente doida e pseudomagia.

– Vocês já querem me arrumar mais gente doida?! – Madu volta, ouve a conversa pela metade e entra em pânico preventivamente.

– Um dia você vai morrer de estresse se não aprender a se preocupar menos com tudo. – Atravesso a sala.

– Me preocupar menos?! – Ela ri incrédula, indo atrás

de mim. – Essa casa desmorona na hora! Se não eu, quem vai passar a vida apagando os incêndios dessa família?!

Fogo roxo brota magicamente da pilha de comida e brinquedos sobre a mesa de jantar maior. Os primos em volta se assustam e se afastam. Madu pega com a prática do hábito o copo de refresco mais próximo e molha o desastre flamejante. Ele se apaga em fumaça com o cheiro de enxofre de criaturas noturnas quase invocadas. Madu arqueia as sobrancelhas para mim.

– Pros *meus* incêndios – rebato –, pode deixar que sei usar o extintor.

Ela me segue para o corredor.

– Sabe o que eu acho? – diz. – Que você só quis aceitar o serviço porque é obcecada por Diego.

– O quê?! – Giro com a boca aberta em choque. – Que absurdo!

– Você sempre olhou pra ele como se o garoto fosse o próprio Sol!

– Algo que incomoda minha vista e me causa problemas de saúde após exposição prolongada?

– Chegava toda contente em casa, na época em que saíam pra resolver os serviços do Geniapp juntos. Nunca vou esquecer o sorriso no seu rosto enquanto me contava do serviço da senhorinha com saguis viajantes. Se não fosse o teto, daria pra vê-lo da Lua, de tão brilhante.

Uma senhora gostava de deixar comida para passarinhos na janela da cozinha. Um bando de saguis viajantes descobriu e os bichinhos mágicos vieram pulando de várias dimensões até a casa dela. Depois não quiseram ir embora.

Na hora de pedir ajuda para controlar a infestação, a mulher não sabia mexer no aplicativo direito e acabou contratando Diego e eu ao mesmo tempo. Dois novatos. Chegamos, brigamos entre nós. Percebemos que tínhamos companhia com instintos bem territoriais, então brigamos contra eles. Foi Diego puxando e atirando panela pela cozinha, eu quebrando vaso de planta, os bichos derrubando os eletrodomésticos.

– Foi um dos meus primeiros serviços. – Me perco na memória. – No final, a cozinha da cliente pegou fogo inteira. – Dou um sorriso saudosista. – Bons tempos.

– Amanda, às vezes você não é uma boa pessoa.

– Eu era inexperiente. Não sabia de nada. E Diego só tinha um mês ou dois a mais que eu de Geniapp.

– Me lembro bem desse dia porque fazia tempo que não te via animada daquele jeito. Quando me contou depois que Diego tinha te mandado mensagem e vocês iam pegar mais serviços em dupla, cheguei até a pensar, por mais inacreditável que parecesse, que esse negócio de virar bruxa de aplicativo talvez nem fosse algo tão ruim assim pra você.

Trechos das nossas poucas aventuras juntos me voltam como um filme antigo. Um quarto com a porta trancada que ficava aparecendo e desaparecendo esporadicamente na casa da cliente. Uma televisão assombrada que precisávamos exorcizar porque a família não aguentava mais assistir à Ana Maria Braga com uma sombra sempre lá no fundo do estúdio, olhando para eles. Um coelho-cavalo de corpo translúcido que comia o som da casa do cliente estava começando a comer a sua voz e corremos para capturá-lo antes que comesse as batidas do seu coração. Lesmas de luz. Gosmas antimagi. Fadinhas urbanas.

Só que, por uma falha de direção de fotografia, o *cameraman* das minhas memórias focou demais em detalhes irrelevantes. Na sensação de como o corpo de Diego bateu contra o meu na primeira vez que ele me puxou com magia para me salvar da morte certa. Nos dias em que eu demorava um pouco mais para me arrumar, escolhendo qual roupa poderia pegar fogo, rasgar e sujar, e ainda me deixar bonitinha. Na risada sincera de Diego enquanto esperava meu ônibus no ponto após um serviço desastroso.

Aos poucos, meu próprio sorriso saudosista se desfaz em algo frio.

– Aí ele me largou – observo, distante. – Dois meses de Geniapp comigo foi o suficiente para convencê-lo a largar a vida de bruxa de aplicativo para sempre.

Diego tinha outros objetivos, ele me disse um dia. Ia tentar algo novo. Nessa época, já tinha publicado os primeiros vídeos despretensiosos nas redes – algumas piadinhas com roteiro divertido, dancinhas despreocupadas. Um ou outro *take* rápido e com edição interessante do seu feitiço funcionando, gravados até em serviços nossos. Seu perfil já começava a viralizar.

Reconheço que Diego sempre teve potencial para atrair a atenção das pessoas na internet: é bonito, esperto, debochado sem cruzar a barreira do maldoso. Sabe rir de si mesmo. Tem um feitiço raro e visualmente interessante, uma barriga de tanquinho mais visualmente interessante ainda. Eu só não esperava que fosse crescer *tão* rápido, depois que começou a de fato investir nisso. Até uma pessoa que zera toda prova de álgebra como eu sabe reconhecer que a curva de ascensão do perfil dele foi quase de 180 graus (espera, eu quis dizer 90, né? Isso, 90 graus). Em poucos meses, Diego já estava batendo mais de um milhão de seguidores.

A decisão de me largar *deu certo* para ele. Está vivendo bem, saindo só com gente bonita (como faz questão de postar nas redes). Enquanto isso, eu continuei no mesmo lugar, raspando a xepa dos serviços mais medíocres do Geniapp. Os serviços mais mal pagos das pessoas mais pães-duras, que são quem aceita contratar uma aprendiz de 18 anos sem nenhum feitiço registrado bom o suficiente para luta, esforço físico ou qualquer encantamento específico.

Porque é isso o que uma garota como eu está destinada a fazer.

Não é que eu tenha rancor por ele ter escolhido um caminho melhor. O que me magoa é que escolheu um caminho pelo qual eu jamais poderia segui-lo.

– Ele nunca foi uma bruxa de aplicativo muito boa mesmo – me forço a dizer. – Precisava mais da minha ajuda que eu da dele. Tomou a decisão certa em parar.

Não respondi às mensagens de Diego depois que me deu a notícia. Ele não insistiu. Mudou de celular e nem tenho o número novo.

– Só que você continuou acompanhando ele obsessivamente nas redes sociais – Madu retoma seu argumento, triunfante. – Não pense que não sei do perfil *fake* que usa para observá-lo das sombras. E agora viu nesse serviço da Alícia a oportunidade de bisbilhotar a vida do menino de perto.

– Se formos discutir algo tão subjetivo quanto *razões*,

vamos ficar aqui o resto da vida – desconverso. – Melhor focar no nosso objetivo prático, que é fazer o serviço e pronto.

– Não, o nosso objetivo prático é pensar melhor antes de...

– Antes de abordar Diego, porque não quero que desconfie de nada. Você tá certa, vamos pensar nisso.

Madu geme de frustração.

– Que cara é essa, Madu? – Vovô desce das escadas no fim do corredor e passa por nós. É um senhor branco e está vestindo a camisa do Vasco, então deve ter jogo rolando em breve no botequim da esquina. – Amanda está de trambique novo?

– Um trambique só é errado quando não é inteligente – digo, sorridente.

– Para de criar *slogans* novos! – Madu briga.

Nosso avô ri e segue para a sala. Minha prima aguarda que se afaste para continuar:

– E tem a questão de ser um *bug* de algoritmo, pra piorar tudo! Não temos quase informação nenhuma sobre ele.

– Melhor ainda! Estamos diante de uma oportunidade única de estudá-lo e difundir conhecimento! Você não vai ser contra divulgação científica, vai?

Madu é imune ao meu tom moralista.

– Você sabe muito bem que, na dúvida, o certo é já considerar qualquer tipo de criatura digital nova como altamente perigosa – aponta.

– Uau, você decorou o livro inteirinho de Biomagia que o professor passou pro último simulado, ein? Mas releva. Só dizem isso porque esse tipo de criatura lida com dados massivos e energia, e isso assusta as pessoas. O *nosso tecbichinho* não é perigoso. Se fosse, teria atacado Diego quando o garoto veio pra cima dele, e não só revidado a cadeirada e fugido. Ele não tá interessado em brigar.

Já convenientemente apaguei da minha memória todo o medo que senti por mim e por Diego quando vi o bichinho na festa. Não é só os outros que sei enrolar. Posso enganar a mim mesma com o mesmo nível altíssimo de habilidade. Escrever minha própria narrativa interna com o que for mais adequado no momento.

– Aliás, sabe o que eu acho? – continuo.

– Ah, pronto. – Madu lê minha mudança de tom. – Vai ligar o Gerador de Enrolação.

– Eu acho que, se a gente quer viver em um mundo melhor, precisamos parar de catalogar imediatamente tudo o que é novo e diferente como perigoso e errado, sabe? – Avanço devagar pelo corredor como a própria Madre Teresa de Calcutá. – Eu diria que presumir que todos os seres vindos de magia querem o nosso mal é um tipo de preconceito, até! Me sinto constrangida de falar da criatura como se fosse um monstro. É bem capaz de ela estar com mais medo de nós do que nós, dela. Coitada, uma incompreendida! Seria injusto chamá-la de perigosa ou maldosa. E nós não vamos ser injustas, né?!

Paro teatralmente na frente da porta da cozinha.

– Pensando filosoficamente, o que configura uma criatura como maldosa? – monologo. – Se ela machuca alguém sem ter entendimento disso, é má? Tendo entendimento, e se ela só estiver em um dia ruim? Essencialmente, *o que é* o bem e o mal?!

– Deus nos salve de um dia Amanda virar política – nossa

avó comenta da cozinha. É uma mulher de pele marrom-clara, ancestralidade negra e indígena pelas histórias que já nos contou, o cabelo cacheado curto embaixo da faixa turbante florida. É também a única com ouvidos funcionais na casa, aparentemente. (Exceto pelas paredes, que ocasionalmente têm ouvidos também desde que alguém comprou um feitiço de espionagem duvidoso na internet.)

– Vó – Madu a chama –, alguma palavra de sabedoria pra fazer nascer bom senso em uma neta com menos miolo do que um pão francês?!

– Você quer dizer *todos* os meus netos? – Ela ri e nem sequer levanta os olhos da panela em que mistura algo doce, pelo cheiro. – Todo dia um entra aqui com uma ideia de jerico diferente. "Ah, vó, eu comprei uma excursão pra ir tirar *selfie* com dragão no Cerrado de Goiânia, será que eu consigo montar nele?"; "Ah, vó, eu arrumei briga com a torcida organizada do bairro no futebol de domingo e agora quero invocar um belzebu menor pra me proteger, a senhora me arruma dois quilos de sal pro círculo no chão?"; "Ah, vó, eu conheci um vampiro no barzinho e a gente tá pensando em se casar, não, ele não é igual ao último, é amor de verdade, me dá a bênção?"

– Tá vendo – digo para Madu –, a minha ideia de jerico é muito mais contida. Você devia me agradecer.

– Mas, de todo jeito – vovó continua –, lembrem que todo cuidado é pouco. Essas são as minhas palavras de sabedoria sempre: na dúvida, corre primeiro e pensa depois.

– Só isso?! – Madu se exaspera. – Vó, você dá liberdade demais pros seus netos!

– Se você choca o passarinho pra sempre, ele não aprende a voar! – Ela ri. Eu tinha que puxar a minha inconsequência de alguém, não tinha? E certamente não foi da minha mãe, a mulher prodígio, grande seguidora de normas.

Avançamos para o fim do corredor.

– Tem tanta rebeldia nessa família que vovó precisa racionar preocupação pra sobrar uma porção pra cada um – Madu observa, amarga.

– Você devia aprender com ela.

Paro na base das escadas para o segundo andar, onde ficam os quartos de nossos avós, os pais de Madu, minha mãe e o nosso. Viro para minha prima, me lembrando de mais uma coisa:

– Você acredita que a Alícia acha que o irmão dela tá atrás do tecbicho só pra tirar foto feito um *fanboy* de monstro qualquer? Coitada, não conhece o próprio irmão. O Diego nunca perderia tempo com isso. Ele quer outra coisa com o danado. Usá-lo? Capturá-lo? Não sei, mas pode ter certeza de que vou descobrir. – Apoio uma mão no corrimão, concentrada no raciocínio. – Bem que eu estava achando estranho ele indo a tantas festas seguidas, postando tantas fotos e vídeos com as meninas e os meninos famosos que ele pega. As legendinhas misteriosas com letra de música. Diego não é o tipo de pessoa que conta vantagem com isso. Agora acho que entendi. O *bug* de algoritmo deve ser atraído por engajamento virtual, e Diego tá usando as próprias curtidas pra montar uma tocaia. Festas recheadas de influenciadores famosos compartilhando conteúdo já devem ser um banquete por si só, e que melhor forma de bombar ainda mais o engajamento do que com Diego postando conteúdo sugestivo com gente bonita pros fandoms irem à loucura?!

– Vai com calma nas teorias da conspiração – Madu alerta. – A fama muda as pessoas. Leva isso em consideração.

– Não nesse caso. – A encaro com toda a certeza do mundo nos olhos. – O que ele tá fazendo é uma caçada. Eu sei como Diego trabalha.

– Amanda... – Madu respira fundo, resignada. – Esse serviço só pode acabar em desastre. O Diego descobrindo tudo e vocês brigando. O bicho machucando alguém. Por que você luta com unhas e dentes pra seguirmos mesmo assim?

Madu me encara com aquele olhar cheio de esperança na capacidade humana de fazer a escolha certa. Um olhar que te faz ajeitar a postura, se arrepender dos seus crimes, querer ser alguém melhor.

Por um segundo, penso em ceder. Em ser sincera.

O telefone toca na parede do corredor. Biazinha, prima de 9 anos, sai do banheiro esbaforida para atender.

– Quer falar com meu avô? – Ela abaixa a voz em tom de suspense. – Mas ele morreu faz cinco anos...

Madu corre para arrancar o telefone dela e fala:

– Ele já vem. – Olha Biazinha com uma expressão de bronca e lhe entrega o telefone sem fio. – Vai ver se ele ainda tá em casa e para de inventar história!

A menina vai, toda risonha.

Essa é minha prima Madu. A pessoa que você chama para resolver qualquer problema. Alguém que todo mundo admira e em quem você pode confiar.

Já eu... Eu sou chamada quando algo sumiu da cozinha e perguntam se fui eu que troquei de lugar "de novo".

Minto. Sou chamada também quando algum primo precisa mentir e quer ajuda para montar a história.

Não posso ser sincera com Madu. Ela nunca ia me entender.

Quando vira de volta, já subi pelas escadas.

Mais cedo, enquanto negociávamos com Alícia e abri a página da Wikipédia, confirmei uma habilidade particularmente valiosa do nosso querido tecbicho. Ele nasceu de um algoritmo, então pode controlá-lo. Tem a capacidade de mostrar qualquer conteúdo publicado nas redes para qualquer pessoa. Para o mundo inteiro, se quiser. Pode espalhar qualquer notícia até que se torne real. Tornar qualquer um famoso da noite para o dia. Eu não tenho perfil para ser famosa como influenciadora, mas se fosse possível usar um poder desses para divulgar o meu trabalho como bruxa de aplicativo...

Então não, Madu. Não é só pelo Diego. Não é só pelo pagamento do serviço. Não é só porque tô a fim de quebrar umas regras (apesar de que, de vez em quando, é mesmo).

Não existe bibliografia sobre ser possível controlar um *bug* de algoritmo para uso próprio. Fiz a pesquisa no ônibus de volta para casa. Há rumores de que já tentaram, é claro. Especialmente para fins políticos. Controlar a narrativa durante as eleições seria uma vantagem astronômica. Mas ninguém foi muito bem-sucedido. Pelo contrário. Todos os rumores terminaram em desastre.

Mas não corro riscos. Não vou tentar controlá-lo.

Só vou ter uma conversinha com ele.

– 4 –

Madu

ENCONTRAR UM FEITIÇO NÃO é uma tarefa fácil. Qualquer um pode tentar, graças ao caos democrático da magia, mas a busca é sempre um caminho incerto e cheio de desafios. Como feitiços são manipulados trançando memórias e sensações, descobrir um e depois invocá-lo significa navegar dentro do próprio peito. E se revirar desse jeito é assustador. Às vezes a memória de que precisa está bem fundo dentro de si, em um lugar que você não gosta de tocar. Muitas pessoas preferem nem tentar, acreditando que correr o risco de encarar o que se tem de mais vulnerável é um preço alto demais pela chance ínfima de acertar na loteria da magia.

Outras aceitam tentar a sorte. Ainda que paguem o preço, não é garantido que vão achar a combinação de memórias certas capaz de encontrar um feitiço. Magia é, afinal, imprevisível. Inúmeras teorias duvidosas infestam a internet tentando entender esse processo. O mercado de produtos e cursos que prometem ajudar está sempre superaquecido. E tem quem defenda que a criação ou a ascendência influenciam, já que alguns feitiços cismam em reaparecer na mesma família. Mas a verdade é que ninguém sabe muito bem o que faz o feitiço escolher dar o ar da graça. É bem capaz de que seja só sorte, mesmo. No final, daqueles que se dispõem a procurá-lo, alguns vão encontrá-lo com facilidade, enquanto outros vão precisar de anos de trabalho duro, e a grande maioria vai sair de mãos abanando independentemente de qualquer esforço. Isso se nada der errado e não levarem para casa algo ainda pior que nada. Um acidente ou até uma maldição, se o azarado for bem ruim dos trançados.

Então a pessoa é boa, deu sorte e encontrou um feitiço. Agora ele é seu para repetir sempre que quiser. Hora de adicioná-lo aos seus perfis na internet como algo que você sabe fazer para contar vantagem, dar entrada no registro civil para exercê-lo profissionalmente e começar a vida boa, certo?

Jamais. Mesmo que marque o feitiço que encontrou no mapa dentro de você, o caminho até ele pode ser um pouco diferente todas as vezes que tentar invocá-lo. Todo tipo de variável pode demandar um trançado com memórias diferentes: o local em que você está, o seu alvo, as condições climáticas. Suas emoções na hora, seu momento de vida. Com experiência, é normal acertar a combinação de memórias com mais facilidade, mas feitiços mais complexos podem se mostrar verdadeiros quebra-cabeças mutantes que nunca se tornam mais simples. No fundo, uma pessoa habilidosa com magia é aquela que sabe explorar bem a sua conexão com o mundo, consigo mesma e com as outras pessoas em volta.

A maioria das pessoas passa a vida sem encontrar feitiço nenhum. Quando encontra, tem uma chance significativa de ser algo simples: acender uma vela sem fogo, fazer bolhas de sabão no ar. A ocorrência de uma pessoa que encontra um feitiço útil é estatisticamente minúscula.

Espremida nessa faixa estatística estou eu, com o feitiço que encontrei há quase quatro anos e nunca contei a ninguém.

Fico em pé no nosso quarto, sem poder dizer para Amanda por que sei que Alícia está mentindo para nós.

Minha prima se senta na nossa cama com cuidado, uma *box* de solteiro com cama auxiliar de puxar embaixo. Já se esqueceu de toda a discussão no andar de baixo e se debruça na janela, ajeitando o fio de luzes que pendurou nos galhos do cajueiro quase entrando no nosso quarto. Ele sempre cai com o vento, e minha prima, diligente, o arruma de novo. A árvore no quintal dos fundos cresceu como parte da nossa casa, florescendo conforme cuidávamos dela, e se tornou família, mas Amanda sempre teve uma ligação especial com ela. Diz que é encantada, e não duvido. Eu vejo como o cajueiro balança as folhas nas mãos dela, mesmo em noites como a de hoje, em que não há brisa lá fora.

A faixa estatística de manipuladores de magia em que Amanda foi se enfiar é a mais minúscula de todas. Previsível, já que ela nunca foi muito de seguir as mesmas regras de todo mundo, né? Pessoas como ela não conseguem manter um feitiço próprio, que possa repetir sempre, mas encontram inúmeros pequenos feitiços diferentes, buscando-os de momento em momento, torcendo para algo funcionar. Na maior parte do tempo, acabam falhando. Os estudiosos chamam de "manipulação dissonante ou não harmônica" da magia. A boca do povo chama de "magia de raspadinha", porque você tem que se raspar todo para ver se ganha algo e normalmente não dá em nada (o que é um pouco pejorativo).

Pessoas com magia dissonante são raríssimas e acabam juntando pena tanto de quem encontrou feitiços normais quanto de quem não tem nenhum. Quem tem feitiços sabe que dissonantes estão restritos ao cercadinho de pequenos truques, sem nunca produzir algo poderoso de fato. Quem não tem pelo menos vive com o sonho de algum dia encontrar o seu grande feitiço valioso, enquanto Amanda já tem para o resto da vida a certeza do fracasso.

Nada impediu minha prima de ser bruxa de aplicativo na pura força da teimosia. Diz que não se importa, que sua magia é melhor que qualquer feitiço único. Mas faz anos que já aprendi a enxergar pelas brechas da soberba de Amanda. Reparo como só tenta trançar feitiços como última alternativa, para economizar fracassos. Como só escolhe o tipo que parece mais fácil no momento, para garantir.

– Eu nunca entendi por que você decidiu virar bruxa de aplicativo do nada – digo, pensativa.

Amanda liga as luzes nos galhos:

– Pelo mesmo motivo que noventa e nove por cento das pessoas, ué. Pelo dinheiro.

– Só pelo dinheiro mesmo? Porque tem um monte de outros empregos pra jovens que você poderia ter escolhido. Que seriam mais seguros e ainda te deixariam com mais tempo pra estudar. Pra se preparar pro vestibular.

– Mas pagariam menos. E preciso ter um bom dinheiro guardado pra caso alguém me convide para o Oscar de supetão e eu precise encomendar às pressas na internet uma cópia daquele vestido bordado com água do mar por um feitiço que a Taylor Swift usou no Grammy do ano retrasado. Ou o de fogo da Iza no Grammy latino, vai depender do meu humor.

Faço um "tsc" com a língua, exausta demais para continuar discutindo com alguém que só sabe defletir. Vou arrumar as maquiagens na mesa. Tenho uma apostila inteira para estudar antes de dormir.

– Não tô mentindo – Amanda diz um tempo depois, um pouco mais séria. – Quero mesmo o dinheiro. A verdade é que... Eu sei que as contas andam apertadas aqui em casa. Ouço minha mãe falando com nossos avós. De vez em quando, eles atrasam o pagamento de alguma conta. O boleto do financiamento da casa. Eu sei que ainda tem o salário do seu pai e o da minha mãe pra pagar as coisas, a aposentadoria do vovô. E que, além disso, ainda tem muito tio e primo mais velhos pra inteirar qualquer vaquinha antes de mim. Mas eu quero ter algo guardado também. Pra caso um dia eu precise. Se eu não me garantir por mim, quem vai?

Ela aperta os lábios, incomodada de estar sendo obrigada a ser sincera por tantas frases seguidas.

– Além disso – ela não consegue se segurar –, o país tá em crise, as coisas tão cada vez mais caras no mercado, a economia mundial tá no buraco, a especulação imobiliária...!

– Tá bom, já entendi! – Dou uma risada suave do esforço dela. – Se é só por dinheiro, por que nunca quis contar pra sua mãe? Acha que ela vai se sentir mal de ver a filha se preocupando com essas coisas, ou trabalhando como bruxa de aplicativo? Porque eu sei que ela não te proibiria de trabalhar. Tia Giselle é tão tranquila...

Tão *distraída*, na verdade. Se concentra tanto nos alunos e na vida acadêmica que esquece o mundo de fora. Nem sei se ela saberia o que é o Geniapp ou no que consistem os serviços, para se preocupar em proibir.

– Não quero incomodá-la. – O tom de Amanda é seco. – Só isso. Não quero incomodar ninguém, na verdade. É melhor assim, que ninguém da família saiba. Nem você eu queria incomodar.

– Você não me incomoda.

– Madu. – Ela me lança um olhar descrente. – Você nem sequer sabe perceber que algo te incomoda, de tão acostumada que tá a se sacrificar por todo mundo o tempo todo. Com todo o respeito, você é boazinha demais a ponto de ser trouxa.

– Não sou trouxa! Não estou me *sacrificando* por aí.

Amanda coloca a mão na cintura.

– Quem já desfilou duas vezes em escola de samba porque tia Suzane precisava de companhia, mesmo odiando o Carnaval?

Abro a boca, mas não tenho argumentos. Amanda aproveita a brecha:

– Eu nunca quis te arrastar pra esse negócio de bruxa de aplicativo. Já te disse tantas vezes que pode parar de me acompanhar nos serviços. Que não precisa me ajudar. Mas adianta? Não adianta. Você continua comigo, teimosa.

– Alguém precisa te impedir de se quebrar toda!

– Eu não vou… – Ela se interrompe, desiste do argumento. – Madu, olha. Sou muito grata pelo tanto que você me ajuda. Reconheço que não é fácil trabalhar comigo no Geniapp. Que te faço arrancar os cabelos de frustração. Hoje é o maior dos exemplos. Mas eu... Eu não quero parar. Eu sei que você quer mais que tudo que eu deixe isso pra lá, e que é egoísmo da minha parte não querer te dar pelo menos isso em troca de tudo o que já fez por mim. Mas eu tô juntando dinheiro, tô ganhando experiência. E pela primeira vez na vida eu sou *boa* em alguma coisa. Não de um jeito *convencional*, mas... de *algum* jeito. Não quero parar. Não me peça pra parar, por favor.

Ela me encara com uma honestidade rara. Tão vulnerável quanto no dia em que me confessou seus planos de se inscrever no Geniapp pela primeira vez e decidi no meu coração que iria ajudá-la, independentemente de aprovação.

– Do que você tá rindo? – Amanda pergunta.

– Tô lembrando de quando a gente começou. Você falava no *chat* com os clientes enquanto eu procurava correndo no Google sobre o problema deles, pra que fingisse que sabia do assunto. Atendia o telefone forçando sotaque paulista pros clientes acharem que tínhamos uma secretária.

– Sempre fui um gênio incompreendido do marketing. – Ela perde os olhos na janela. – Você organizava as fichas dos clientes com canetinhas coloridas. Aprendia todas as técnicas de otimização de busca digital mágica pra melhorar o meu perfil no Geniapp. Mas depois nunca queria aceitar dividir os pagamentos comigo. Ficava pegando o dinheiro que eu te dava e escondendo de novo nas minhas coisas.

– Eu deixo você pagar as minhas trancistas e as minhas roupas hoje, não deixo? – Aponto para minha cabeça. – E essas *box-braids* não foram baratas!

– Uma pequena porcentagem do que te devo por direito.

Paro ao lado dela e também olho o quintal dos fundos.

– Acho que uma parte pequena de mim até ficou meio chateada nos meses em que o Diego apareceu e tomou o meu lugar – confesso, rindo. Espio minha prima. – A gente já passou por muita coisa juntas nessa sua aventura como bruxa de aplicativo, né?

Amanda não quer, mas aperta a boca em um sorriso também. Troca a vista da janela pelo meu rosto.

– Tem seu lado divertido, não tem? – pergunta.

– Tem, sim. – Respiro fundo, me preparando. – Promete ter o dobro de cuidado? Eu falo sério, Amanda. Pessoas já morreram nesses serviços de aplicativo. Magia é algo que nem sempre a gente pode prever. Você sabe disso melhor do que ninguém.

Ela trinca os dentes, algo no seu maxilar se movendo.

– Eu sei – diz depois de um momento. – Eu prometo.

Se comêssemos algo juntas agora, o que meu feitiço contaria sobre Amanda?

– Você tá certa – digo, sem ele. – Eu sou trouxa mesmo, por sempre acreditar em você.

Minha prima solta uma risada despreparada e o clima pesado se dissipa. Respiro fundo e espreguiço minhas costas.

– Tá, vamos lá. – Me sento à mesa e abro meu caderno das fichas. – O que o Diego já te contou sobre a Alícia?

Amanda caminha até o lado dela do armário.

– Surpreendentemente, muito pouco – responde. – Acho que me lembro de ele mencionar a irmã mais velha em um momento ou outro, mas sempre foi meio fechado quando o assunto era a família.

– Nas redes dele, nunca postou nada?

– Não que eu tenha visto. – E tenho certeza de que ela viu *tudo* o que ele já postou até hoje. – O único parente que já vi aparecendo nos vídeos dele foi a mãe. Era na época em que Diego estava postando algumas coisas sobre os desafios que pessoas de ascendência amarela enfrentam no Brasil. Chamou a mãe pra falar sobre a experiência dela. Como é ser filha de imigrantes japoneses, como foi se casar com um cara branco e ter medo de que o filho dos dois fosse sofrer por não se encaixar. Foram vídeos ótimos.

Amanda repara que parei de prestar atenção e me espia de canto de olho.

– Não entendo por que desconfia tanto da Alícia – diz. – Pra mim ela pareceu só uma garota normal. Meio *misteriosinha*, mas nada de mais. Acho que ainda me garanto no soco, mesmo com aqueles ombros dela.

– Esse é seu padrão pra medir a periculosidade das pessoas?

– Só se você sabe de algo dela que eu não sei.

Gelo por um momento, mas Amanda está brincando. Ela não tem como saber o que senti quando Alícia aceitou minha bala. Quando meu feitiço me fez ter certeza de que a garota estava mentindo. Porque Amanda nunca soube que eu posso fazer isso.

Espiei a primeira mentira que um primo tentava esconder de mim três anos antes. Não contei para ninguém. Não sou a primeira pessoa da família com um feitiço – vários de nós já encontraram alguns –, mas o meu feitiço ser tão indiscreto me deixou acanhada. A Madu de 14 anos já sabia que alguns segredos nossos ficam mais seguros quando não saem do nosso peito. Eu poderia contar depois, quando digerisse melhor o que tinha acontecido. Quando entendesse melhor como ele funcionava.

Comecei a experimentar, a curiosidade encobrindo os limites entre o certo e o errado. Capturava um segredo aqui, outra mentira ali. Alguns vinham mais difíceis. Outros vinham até sem que eu os chamasse, à mesa do almoço ou do jantar. Especialmente quando eram de pessoas mais próximas a mim. Pessoas cujo coração eu já sabia como funcionava, cujos caminhos internos eu sabia como navegar.

O problema é que a cada dia que passava, revelar meu feitiço se tornava mais difícil. Como você conta para alguém que passou meses espiando segredos que mais desejam esconder? Segredos íntimos e constrangedores? Como admitir que você, a prima com fama de ser o avatar moral da família, é na verdade uma farsa cometendo por aí pequenos crimes por capricho?

Em algum momento, percebi que era tarde demais. A verdade sobre meu feitiço se tornou um fardo que eu carregaria por anos sozinha. Que carrego até hoje.

É engraçado como um segredo pode surgir assim, pequeno e discreto, e ir aos poucos se transformando em um Godzilla capaz de destruir famílias inteiras. Se todos soubessem o que sei...

– Se você tá tão preocupada com a Alícia – Amanda se cansa de esperar minha resposta –, por que não a investiga? Vê o que tem dela na internet. *Diga-me o que postas e te direi quem és.* Se não descobrir nada, sai com ela de novo. É até bom, que une o útil ao agradável.

– O que você tá insinuando?! – Meus olhos se arregalam, meu rosto queima.

– Ah, Madu. Eu vi como você olhava para a garota. – Ela imita minha voz. – "Como se ela fosse o próprio Sol".

Pego o travesseiro na cama ao lado e jogo na minha prima.

– Por acaso é culpa minha se você tem a capacidade de expressões faciais de um personagem da Pixar e nenhum controle sobre isso? – Amanda se defende, rindo. Agarra o travesseiro e o joga de volta para a cama.

– Eu sou profissional! – certifico, entre dentes. – Não vou me envolver com cliente.

– Ai, que sem graça! – Minha prima gargalha enquanto pega o pijama no armário e anda em direção ao corredor, para o banheiro. – Mas é sério, Madu. Relaxa um pouco. Você tem que aceitar que não pode controlar todo mundo sozinha. Esse nível de preocupação seu pode até ser saudável em pessoas normais, mas em alguém que vive em uma família como a nossa, com essa quantidade de gente arrumando problema, só vai te deixar com a cabeça toda bagunçada. Não leva tudo tão a sério. No fim, vamos todos morrer mesmo! E o mundo já tá acabando de qualquer jeito! Se anima!

Ela fecha a porta atrás de si, me deixando sozinha com o cenário apocalíptico e, no centro dele, a imagem da garota de cabelo de mar e sorriso de rede mentindo para mim.

#4

Um vídeo gravado na vertical começa a ser reproduzido na sua tela.

Dessa vez, a jovem branca com o cabelo de pontas rosa está em uma cozinha de apartamento. A iluminação natural dá a entender que é dia. Atrás dela, a geladeira tem uma foto de crianças e um bebê presa com ímãs.

Júlia levanta a palma aberta para a câmera:

– Três motivos pelos quais um *bug* de algoritmo não quer te responder – diz, animada. – Um: a internet é tão grande que até um tecbicho não consegue achar o seu vídeo em uma conta anônima qualquer, e você foi inocente achando que poderia só jogá-lo no mundo e esperar que a magia fizesse seu trabalho de colocá-lo no caminho certo. Dois: ele odeia a todos os humanos, e você não é um alecrim dourado pra ser exceção. Três: o seu cabelo é esquisito.

Ela cai na risada sozinha.

– Ainda bem que não ganho dinheiro fazendo vídeo, porque sou horrível nisso! – Ela sobe a mão que estava fora do enquadramento, segurando um garfo. Abocanha algo, mastiga e engole.

– Enfim. Essa já é minha quarta mensagem pra você. Eu devia desistir, mas ainda preciso da sua ajuda. E, para o azar geral desta nação, descobri que até gosto de gravar. É bom botar as coisas pra fora, mesmo que ninguém vá ouvir, sabe? Além disso, hoje tô de bom humor. Ganhei um bom dinheiro no serviço e comprei bolo. Tem que aproveitar as pequenas coisas, não é?

Ela levanta o celular e mostra o bolo em cima da mesa. É redondo com um buraco no meio e está numa embalagem de plástico etiquetada. Ela volta a imagem para si e sorri com a boca fechada para a câmera, mastigando.

– É engraçado eu ser tão desinibida com você. No dia a dia, sou bem mais fechada. Reflexo de crescer numa família que avança em qualquer vulnerabilidade demonstrada e a usa contra você. E expor sentimentos é a maior das vulnerabilidades, eu acho. Dá acesso direto ao que tá aqui dentro.

Ela bate com o dedo no próprio peito. Morde mais um pedaço de bolo e mastiga, pensativa.

– Talvez eu esteja sendo um pouco dura por reclamar tanto da minha família. Sei que me amam, do jeito que sabem amar. Enchem a boca pra dizer o quanto se orgulham de mim.

A criança mais habilidosa da geração. (Por mais que por trás me encham o saco por ser bruxa de aplicativo, "trabalho de gente sem dinheiro".) É só que… às vezes me canso um pouco de ser quem eu sou pra eles. E sempre que vacilo na fachada de rocha que esperam de mim e deixo transparecer uma gota de quem realmente sou – uma garota que fica contente com um pedaço de bolo –, sinto que diminuem um tiquinho o quanto me consideram boa.

Ela abaixa o telefone enquanto fecha com cuidado a embalagem do bolo de novo.

– Não precisa se preocupar. Também tem pessoas na minha família que querem meu bem sem pedir tanto em troca. Mas…

Ela torce o pescoço de súbito para algo fora de enquadramento. Aguarda.

– Achei que tinha chegado alguém em casa. – Relaxa de novo. – Vamos mudar de assunto. Não quero falar de família. Nem de trabalho. Nem de problemas no geral. Não vou desperdiçar meu chá da tarde. Deixa eu pensar… Ah, hoje tinha um grupo de meninos da Rocinha fazendo rap no metrô! Acho que guardei o panfleto que me deram. E o Jacarandá amarelo da minha rua finalmente deu flor! Meio fora de época, mas tá valendo. Tá tão bonito!

O vídeo continua por mais doze minutos e treze segundos.

– 5 –

Amanda

– **QUER DIZER QUE** bateu saudades da vida de bruxa de aplicativo? – digo para Diego, me aproximando dele em um dos raros momentos em que está sozinho na festa de sábado. É um aniversário de 15 anos de uma atriz no top dez de maiores influenciadoras digitais mirins do país. Alícia nos arrumou convites. Toda a decoração é de efeito holográfico, inclusive o bolo, que deixa Madu hipnotizada gravando vídeos do outro lado do salão.

Estou usando meu vestido vermelho mais chamativo e um delineado colorido que poderia cortar aço. Mesmo assim, Diego, ridiculamente bonito de camiseta branca de *designer* e *jeans* preto rasgado – um dos raros casos em que a pessoa na vida real é tão impecável quanto aparenta ser na internet –, não parece surpreso em me ver.

Já sabia que era só questão de tempo até que eu viesse tirar satisfação com ele sobre nosso último embate.

– Não sei do que você tá falando – ele responde, observando a festa.

– Por que outro motivo você estaria brincando de caçar um *bug* de algoritmo?

– Quer saber pra poder me atrapalhar de novo sem absolutamente nenhum motivo?

– Pelo contrário. Você tá com sorte, porque quero te ajudar. Que tal ressuscitarmos a nossa parceria?

Ele finalmente vira o rosto para mim.

– Por meses você some, do nada aparece querendo parceria. Quase uma marca pedindo publi no mês da visibilidade bissexual.

– Pra ser uma marca, eu teria que ter ferido pelo menos dois direitos humanos desde o início dessa conversa. Você teria percebido.

Um cantinho da boca dele sobe, e eu começo a sombra de um sorriso também.

Essa época já se foi, Amanda.

Corto o sorriso na raiz. Diego faz o mesmo.

– Olha – volto ao tom profissional. – O outro dia foi um mal-entendido. Agora que já sabemos que temos um objetivo em comum, podemos encarar a situação com maturidade, deixar tudo pra trás e concordar que unir os nossos esforços é a melhor estratégia no momento.

– Temos um objetivo em comum? – Diego arqueia as sobrancelhas.

– Nós dois queremos encontrar a criatura. E vamos fazer isso juntos.

As sobrancelhas descem. Sua expressão fica tão séria quanto um acidente prestes a acontecer.

– O que você quer com o *bug*? – pergunta.

Não vou admitir que quero sondar se consigo passar a conversa na criatura. Qualquer pessoa em sã consciência riria de mim. (Não, não estou disposta a refletir acerca do que isso significa.)

– Pode considerar que eu tenho... curiosidade científica.

– Pra isso existe a internet. Tem toda a informação pra sanar essa sua curiosidade sobre tecbichos no conforto da sua casa.

– Aprendo melhor pondo a mão na massa.

– Talvez seja uma boa considerar o ramo de padaria. Começar a fazer uns pães artesanais.

Por que toda pessoa bonita e famosa tem que ser irritante? Diego não era tão debochado quando era só bonito.

– Seu cabelo tá mais curto – ele comenta, devagar, me olhando de lado.

– O seu tá mais despenteado. – Não adiciono que fica bem nele. – A fama acaba com a pessoa, né?

Não é só o cabelo que mudou. Diego está mais forte. A definição sem opulência de alguém que malha não por estética, mas por funcionalidade. Como um atleta ou um dançarino.

Por um momento ficamos os dois nos estudando, contando as mudanças que perdemos na vida um do outro. A música da festa em volta desce a um ruído abafado. É uma sensação estranha, a de tê-lo me examinando desse jeito depois de tantos meses. Uma sensação que me prende, que não quero que pare. Como se saciasse a sede que tanto senti daqueles olhos.

A sede que sofri tanto para abafar. E que vou sofrer de novo, se der mole e me reacostumar com o que não devo, quando inevitavelmente Diego me deixar de novo.

Foca no seu trabalho, Amanda, e segue a tua vida, que ele segue a dele.

– Por que você tá atrás dele? – volto ao assunto, amassando a comichão perigosa bem fundo em mim. – Tô quebrando a cabeça há dias e não consegui descobrir. Você já tem seguidores o suficiente pra ganhar a exposição que quiser sozinho. Não precisa da criatura pra te divulgar. Por que se arriscar atrás dela?

Diego me considera por um momento, mas qualquer porta aberta que tivéssemos entre nós para que respondesse já se fechou há muito tempo.

– Ambos somos pessoas muito curiosas, ao que parece – diz, enfim.

– Tá bom. Não precisa me contar. Mas nada muda o fato de que queremos a mesma coisa e devíamos trabalhar juntos.

– Você sempre foi muito convincente, mas não vai rolar. Hoje trabalho sozinho.

Ele faz menção de me deixar, mas vou atrás dele.

– Ei, calma! Não se recusa uma proposta tão boa, tão rápido assim. Quer ficar pra sempre aí, correndo de festa em festa em vão, postando fotinho pra tentar atrair migalhas de atenção do *bug* com engajamento barato, ou prefere ter a minha ajuda altamente qualificada pra montar uma estratégia de busca decente?

Ele aperta os lábios, descontente.

– Acertei o seu plano, não acertei? – Não escondo um sorrisinho de triunfo. – Pensa bem, Diego: eu sei que você tá atrás da criatura há um tempo e fez a sua pesquisa. Mas eu sou bruxa de aplicativo há dez meses e já acumulei muito mais experiência com anomalias mágicas que você. Seja sensato, nós dois juntos de novo é a melhor...

Sinto de súbito a força invisível me puxando. Meus pés deslizam para trás e, no contrabalanço do movimento, Diego se afasta na direção oposta. Paramos dois metros de distância um do outro. O encaro surpresa por um momento. Sua expressão é séria, mas o conheço o suficiente para ler a ponta de angústia por trás.

– Não gosto que use o seu feitiço pra me afastar – digo, minha voz dura e seca para esconder que me magoou.

– Também não gosto que use os seus contra mim, e olha o que aconteceu na última festa. – Ele respira fundo e balança a cabeça. Remorso aparece no seu rosto, um vislumbre do garoto bondoso que conheci, que apesar dos músculos, nunca aguentou carregar uma consciência pesada. – Não quero te afastar, Amanda. Mas o *bug* de algoritmo é perigoso.

– Mais um motivo pra aceitar a minha companhia: te dou cobertura.

– Mais um motivo pra seguir sozinho. Melhor só eu correndo risco do que nós dois.

Dessa vez, quando recua, tenho medo de segui-lo. Tenho medo de que me afaste de novo. No desespero, tento prendê-lo no lugar como fiz no outro dia. Não ligo se não gostar. Torço memórias apressadas em um feitiço, qualquer coisa que me remeta à prisão, à imobilidade. A sensação de enterrar o tênis na lama e não conseguir levantá-lo. O nervosismo de não conseguir mexer o tornozelo quando o fraturei e tive que usar gesso por duas semanas. Um castigo por fazer besteira que me prendeu em casa durante as férias de inverno inteiras no primeiro ano do ensino médio.

Nada acontece.

Diego se mistura aos convidados e some. Meu rosto queima de humilhação.

Quando reconto a conversa para Madu do outro lado do salão, já transformei o sentimento em raiva.

– Minha vontade era xingá-lo de teimoso a cada resposta – reclamo. – Mereço um troféu por ter me contido.

– Agora você sabe como eu me sinto lidando contigo – Madu observa. – Bom, o plano de se aproximar dele falhou miseravelmente. Vamos seguir com a ideia de vigiá-lo à distância?

– Ele acabou de tomar a pior decisão da vida dele.

– Calma, eu sei que ir atrás de um tecbicho sozinho é perigoso, mas...

– Não tô falando disso. Diego acabou de comprar uma briga de teimosia comigo. E se tem uma coisa que eu sei fazer, é ser a pessoa mais cabeça-dura dessa cidade.

Madu aponta o celular para mim.

– Pode falar de novo, que eu vou gravar um vídeo pro grupo da família?

Meus olhos acompanham o garoto na distância como adagas afiadas arremessadas por entre as pessoas. Diego está tirando fotos com meninas e meninos mais novos que o abordaram na pista de dança.

Amoleço a expressão quando lembro a ponta de angústia no seu rosto. De onde veio tanta vontade de querer ficar sozinho? Ele não era assim quando trabalhávamos juntos. E é particularmente irônico que seja agora, quando tem um milhão de seguidores e posta enquete nos stories perguntando o que acham que devia comer no café da manhã pelo menos uma vez por semana. Será que a briga com Alícia e sua família tem raízes mais profundas do que imaginávamos?

– Você sabia que tamanduás dançarinos amam K-pop? – pergunto a Diego, pegando-o de tocaia à porta do banheiro durante uma premiação de uma revista famosa. Diego chega a pular de susto. Continuo, falando rápido: – Eu sei, pois foi assim que controlei um grupo vivendo nas notas musicais da caixa de som em uma escola de dança de salão lá em Vila Isabel. Os bichinhos apareciam sempre que ligava a música e faziam tanta confusão que ninguém conseguia dançar. Botei dez minutos de BTS e eles vieram correndo pra minha caixinha de som *bluetooth*. Entreguei à patrulha animal do BioParque do Rio. Mês passado inauguraram uma sala de K-pop na ala de criaturas mágicas. Deram *tutus* pra eles e estão fazendo o maior sucesso. Se o pelo de tamanduás-mirins normais já faz parecerem que estão de colã de balé, imagina o de dançarinos, que a magia os deixa cintilando! Uma gracinha.

– Você tá me convidando pra ir ao zoológico contigo...? – Diego pergunta, confuso.

– Tô compartilhando a valiosa experiência que acumulei desde que você desistiu de ser bruxa de aplicativo porque era muito difícil.

– Nunca foi difícil, e eu não desisti de nada, só decidi parar...

– Quero que saiba que hoje sou uma excelente profissional renomada. Na próxima vez que o tecbicho aparecer, você vai me implorar pra te ajudar a falar com ele.

Não abaixo meu queixo orgulhoso, mas uma parte de mim tem medo de que Diego me afaste agora, como no outro dia. Em vez disso, ele solta uma risada pequena, triste.

– Senti falta disso – admite.

Disso o quê? Da minha teimosia? Da minha proeza argumentativa?

... Falta de mim?

Não deixa o peito esquentar com isso, Amanda. Você não quer cutucar esse vespeiro.

– Mas tem uma falha nesse seu plano novo – Diego aponta, já virando para me dar as costas. Está sendo chamado pela dupla de outros rapazes influenciadores de quem estava acompanhado antes. – Eu sou vacinado contra a sua teimosia. Pode funcionar com as outras pessoas, mas não comigo. Não vou mudar de ideia sobre o *bug*.

– Vamos ver. – E uso o provérbio que minha avó adora sobre a cidade andante de Barnabé, que os cientistas calculam que se move magicamente alguns quilômetros todo ano. Saiu de Minas Gerais no ano anterior e agora segue pela Bahia. – De pouquinho em pouquinho, até Barnabé chega.

Essa se torna minha nova estratégia: contar minhas histórias para ele, festa após festa. Parte para que Diego veja o quanto sou boa, como lhe disse.

Parte para que saiba tudo o que perdeu desde que escolheu ir embora.

A próxima vez em que nos encontramos é em um

coquetel chique de alguma campanha de marketing sobre futebol. Caço Diego perto da mesa de bufê.

– Um dia desses me chamaram pra cuidar de uma bola de tristeza-viva que surgiu flutuando pela casa do cliente – digo para o garoto enquanto ele reúne canapés. – O senhor disse que ela estava crescendo e tinha medo de ser engolido enquanto dormia. Posso ter ingressado nesse ramo de bruxa de aplicativo nova demais, mas ter pouca experiência me obrigou a ser uma pessoa que aprende rápido, o que funciona ou não. Receitei logo que botasse para tocar pelo menos uma hora de Ivete Sangalo por dia (é a estratégia da minha tia Suzane em todo churrasco de família quando as pessoas começam a brigar por política e ela quer que parem e se animem). A tristeza encolheu em uma semana. Não sumiu – não se mata tristeza assim –, mas ficou pequena o suficiente para o cliente aprender a lidar com ela.

– Que metáfora impressionante – Diego observa.

– Metáfora? Ele colocou uma coleira na bolinha azul e a leva como um cachorro pra passear no parque todos os dias. Agora ela não cresce mais. Mas, sim, acho que o cliente está mais saudável também. Um pet sempre alegra a pessoa.

Na festa seguinte, o casamento de um influenciador que ninguém lembra direito como ficou famoso na cobertura de um hotel caro, encontro Diego gravando um vídeo das estrelas enfeitiçadas da decoração voando pelo ar.

– E quando aceitei o serviço de um colégio pra lidar com uma loira do banheiro atormentando os alunos no espelho? – conto, animada. – Fiquei até nervosa, como se fosse conhecer a celebridade das assombrações. Mas não se deixe enganar, ela é bem mais simpática ao vivo. E um pouco mais baixa. Enfim, a chamei pra uma conversinha e a convenci de que, se realmente gosta tanto de aparecer no reflexo das pessoas, devia expandir o escopo para câmeras de *selfie*. Agora ela surge se você repetir três vezes o nome dela com a câmera frontal ligada. Virou desafio de TikTok, a galera se aterroriza e todo mundo se diverte.

– A loira do banheiro do TikTok foi culpa sua?!

Abro as palmas em um gesto de "culpada".

– Li esses dias que a loira do banheiro de Curitiba ficou sabendo porque viu as fotos da carioca – adiciono. – Reza a lenda que agora são um casal porque foram vistas atormentando as pessoas juntas.

– Se isso não é meta de relacionamento, eu não sei o que é.

Na outra festa, um baile de máscaras de uma *socialite* influenciadora amiga de Eliana Guia, preciso gritar para Diego me ouvir acima da música.

– Uma senhora me chamou porque as frutas estavam amanhecendo destruídas no cesto da cozinha – conto. – Eu falei: "Mas senhora, isso é gambá". Sempre dá em casa, tem na minha também. Mas ela não quis saber, jurava de pés juntos que tinha algo mágico ali. Fiquei de tocaia e, depois de horas, descobri que de fato uma das frutas estava possuída por uma magia estragada. Provavelmente de algum vizinho que errou um feitiço. E foi assim que eu passei uma tarde inteira correndo atrás de uma banana segurando uma faca... a banana, não eu.

– Uma verdadeira batalha de gladiadores. – Diego prende o riso.

– Não ri! – brigo, mas estou rindo também. – Para, a máscara não esconde a sua boca, sabia! E o pior foi a cliente me contando depois que eu nem era a primeira opção dela. Que ela preferia ter comprado uma gosma antimagi pra comer a banana, só não sabia "o número do mercado ilegal pra arranjar uma" (sim, essas foram suas palavras exatas).

– Porque é claro que sempre que as pessoas puderem substituir o serviço humano de bruxas de aplicativo por algo barato, de qualidade duvidosa e perigoso, pode ter certeza de que farão exatamente isso, com um sorriso no rosto.

– Exato. Imagina a minha cara ouvindo ela dizer na maior naturalidade que eu era uma alternativa um pouco pior que uma criatura sintética que come magia e é basicamente incontrolável. – É trágico, mas ambos estamos sorrindo. – Lembra aquela vez que você quase foi engolido por uma?

– Nunca mais chego perto de gosmas antimagi e, agora, de frutas possuídas. Anotado. E qual o desfecho? Como você ganhou de uma criatura tão assustadora quanto uma banana?

– Bom, ela era uma banana correndo nas suas cascas, né? Uma hora ou outra, ia tropeçar em si mesma. – Diego ri sem conseguir se segurar mais. Talvez eu devesse estender essa história, fazê-la render indefinidamente. – Fui lá e PAH, pisei de uma vez só. Não gosto de matar nada, mas aquilo ali era magia pro mal. Coisa de filme de terror mesmo. Um perigo.

História após história, me acostumo com o riso dele de novo.

– 6 –

Madu

ALÍCIA ME MANDOU A primeira mensagem duas semanas atrás, no dia seguinte ao que combinamos tudo na lanchonete.

Alícia
Vamos marcar de nos encontrar de novo. Quero saber como vai ser a estratégia da sua prima com o meu irmão.

Acompanhei os longos momentos em que pontinhos apareciam na tela enquanto ela digitava mais alguma coisa, sumiam, apareciam de novo.

Alícia
Quem sabe eu aceito a sua oferta e conversamos sobre outras coisas também.

Eu estava colocando minha touca de cetim para dormir na hora e tive que parar um minuto inteiro para acalmar o pulo estranho que meu coração malcriado deu. Me lembrei do rosto perfeito dela me estudando, seus olhos tão precisos e calados, buscando minhas verdades mas guardando as suas por atrás das íris, fora do meu alcance. A sensação contida de medo e desespero que pesquei como o peixe mais esquivo quando meu feitiço fez efeito. E, acima disso tudo, a certeza de que ela estava mentindo para mim.

Cheguei a abrir o teclado do celular para responder à mensagem, mas me detive. Para arrancar a verdade de Alícia, eu precisava pensar numa estratégia com calma. Já era tarde, eu estava cansada. Não podia responder algo de qualquer jeito, sem planejamento, sem eficácia.

Deixei para depois.

Reli a mensagem de manhã, nos intervalos das aulas do colégio, mas não podia me distrair muito. Tinha um simulado de quarenta perguntas para terminar se eu quisesse tirar dúvidas com o professor de magifísica ainda naquele dia. De tarde, reli a mensagem no mercado, mas precisava me concentrar em seguir a lista de compras para caber no nosso orçamento apertado enquanto meu avô e dois primos tentavam esconder besteiras no carrinho. O mercado emendou em ir pegar uma das minhas primas na escolinha e deixá-la em casa, porque os pais trabalham. Que emendou em ajudar outros primos com o dever de casa. Que emendou em sentar com uma tia para organizar as finanças porque ela arranjou mais uma dívida. Que emendou em ajudar minha avó na cozinha. Que emendou em usar meu feitiço no jantar para descobrir quais planos terríveis os parentes estavam tramando e impedi-los antes da autodestruição. Que emendou em discutir com Amanda sobre o serviço da casa possuída que ela tenta me convencer a deixá-la pegar uma vez por semana. Quando me deitei na cama no fim do dia, estava exausta demais para pensar, e a resposta ficou para o dia seguinte.

Os dias passaram assim, como é a minha rotina. Escola até tarde, estudar no ônibus de volta – porque o Enem é daqui a pouco e esse é o único tempo que tenho. Preparar as listinhas de remédios dos parentes mais negligentes consigo mesmos, separar comprimidos nas caixinhas e convencê-los a tomar tudo de acordo com as prescrições. Passar o sermão semanal de que feitiços comprados na feira não são confiáveis para resolver todos os problemas médicos da família. Apartar as brigas eclodindo depois disso por motivos bobos. Passar o sermão extra de inteligência emocional. Explicar o que é inteligência emocional pela décima vez na semana. Engatar em responder a todas as perguntas das gerações mais velhas sobre o que viram na internet e não entenderam. Ensinar o "novo" termo da sigla LGBTQIAP+ em que esbarraram, lembrando que já expliquei isso pelo menos oito vezes, e que primo fulano já contou para a família que é, inclusive. Ficar sem palavras quando uma tia perguntar por que uma prima colocou nos *stories* que é uma "Wesley Sapatão". Ser salva por Amanda e descobrir que era uma armadilha, porque temos que ir a mais uma festa atrás de Diego. Chegar tarde em casa depois, ouvir Amanda contando obsessivamente sobre o que conversou com o garoto até cair num sono de defunto na cama de baixo, enquanto eu, na de cima, demoro e imagino como deve ser bom ter apenas uma única preocupação na cabeça desse jeito.

Mensagem de Alícia? Amanhã eu respondo.

Escola. Simulado de vestibular. Brigar com primos irresponsáveis. Brigar com pais negligentes de primos irresponsáveis. Brigar com Amanda.

Uma semana depois, já tinha ficado tarde demais para responder Alícia, e eu me sentia uma pessoa horrível. Fui eu que me ofereci para ouvi-la, caso ela quisesse conversar. Por que estava sendo incapaz de cumprir uma promessa tão simples?!

– Por que essa cara amarrada olhando para o telefone? – Amanda perguntou um dia, a voz embargada em esforço. Nem sei como reparou em mim, pois estava deitada de barriga no chão, se arrastando pela sala da cliente do serviço. Olhava com cuidado os espaços entre as tábuas de madeira antigas, procurando todas as frestas pelas quais algum círculo do inferno estava conseguindo se infiltrar. "A proximidade com um portal pro inferno não é tanto o problema", a cliente tinha dito quando chegamos, "tem gente muito pior que demônio onde eu trabalho. Meu chefe mesmo bota qualquer um pra correr. Mas o cheiro de enxofre é ruim e a fumaça tem deixado a sala muito quente de tarde". Amanda pesquisou na internet como misturar rejunte resistente a forças interdimensionais, preparou um potinho e foi aplicando-o aqui e ali. Meu trabalho era avisar caso a cliente chegasse, porque quando estão olhando minha prima gosta de fingir que está preparando um feitiço ultraespecial.

– Era pra eu ter respondido a uma mensagem da Alícia desde semana passada – eu disse do sofá que arrastamos. – Mas... enrolei.

– Então foi por isso que ela pediu atualizações sobre Diego direto pra mim.

Me sentindo incompetente, olhei no celular pela milésima vez a segunda mensagem que Alícia tinha me enviado. "Quem sabe eu aceito a sua oferta e conversamos sobre outras coisas também."

– Madu. – Amanda pincelou rejunte numa fresta. Um pequeno gritinho raivoso de "*nãooo*" foi mutado conforme o buraco se cobriu. – Você não é alguém que enrola pra fazer as coisas. Se não respondeu até agora é por algum motivo. Do que você tem medo?

A pergunta me acompanhou pelo resto do dia. Mais tarde, na cama, o sereno da noite entrando pela janela e refrescando minhas bochechas, Amanda já enrolada nos lençóis na cama de puxar de baixo, o eco veio na minha cabeça: "Do que você tem medo?".

Abri a mensagem de Alícia para respondê-la.

Só que a segunda frase não está mais lá.

Franzi a testa, encarando a tela por longos momentos. Não fazia sentido. O aplicativo só deixa apagar mensagens durante os primeiros minutos após o envio. E as palavras ainda estavam lá quando eu olhei o *chat* poucas horas antes. Como fiz tantas vezes nos últimos dias.

Respondi mesmo assim, me recusando a aceitar que estava ficando louca.

Madu

Queria te mandar mensagem antes, mas os meus dias têm sido corridos e me enrolei. Vamos sair. Conheço uma sorveteria que dá pra conversar, que tal?

A resposta demora segundos para vir, porque aparentemente Alícia tem tanta insônia quanto eu.

Alícia

Tenho outro lugar legal.

Mas só posso daqui a alguns dias.

Ela me envia o dia e o lugar. Por uma coincidência terrível, não tem nada a ver com comida.

Madu

Não é melhor um lugar em que a gente possa sentar com calma e pedir pelo menos um cafezinho?

Alícia

Por quê, você planeja me deixar esperando?

Madu

Não, só valorizo sempre uma oportunidade de lanchar.

Alícia

Podemos comer outro dia. Vamos nos encontrar onde eu falei. Tá bem?

É por isso que duas semanas depois da primeira mensagem de Alícia me encontro aqui, observando do outro lado da rua a biblioteca pública da Universidade de Magia do Rio de Janeiro. Deixei Amanda ir sozinha de penetra a uma festa atrás de Diego, e isso traz uma sensação de culpa por um desastre que nem sequer aconteceu. Mas trinco os dentes e atravesso na faixa de pedestres em direção ao meu encontro.

***

A beleza única que elevou a biblioteca da UMARJ ao patamar de ponto turístico na cidade é o salão central bicentenário sob a abóboda de vitrais claros. Suas estantes são de madeira escura, subindo três andares de mezaninos que se erguem com pilares e sacadas de madeira entalhadas com as ranhuras de troncos. No meio de tudo, um Jacarandá encantado – que é o símbolo da universidade – se ergue quase até o círculo de vidro no teto, seus galhos se esticando na direção das prateleiras em volta, como se os livros fossem mera extensão de seus ramos, sabedoria nascendo da magia poderosa que é a natureza. Além do salão, nas salas anexas, longos corredores modernos de estantes intermináveis catalogam em livros e arquivos o conhecimento mágico acadêmico brasileiro e internacional.

Estamos sentadas a uma das mesas de grupos de estudos espalhadas pelo salão central. É uma das mais discretas, colada na enorme janela na alcova do fundo. Do lado de fora, os jardins do campus no bairro do Centro da cidade se estendem com árvores igualmente antigas, bancos e passeios de terra. Prédios comerciais altos nos espiam curiosos por cima da vegetação.

– Foi isso o que Amanda monitorou na última semana – termino o relatório.

– Diego não fez contato com a criatura? – Alícia pergunta.

Ela veste uma camiseta larga e cinza, seu cabelo escuro escorrendo solto pelos ombros. Ainda assim, estranhamente arrumada, e isso faz minha atenção de estudiosa buscar que detalhes constroem a sua beleza. As linhas polidas do seu rosto parecem ter sido organizadas com a proporção áurea da sequência de Fibonacci. Seus olhos castanhos me observam sob cílios tão impossivelmente longos que imitam postiços. No cenário da biblioteca antiga e banhada pela luz lateral da janela, Alícia parece uma pintura. Daquelas que seriam lembradas por séculos.

Eu certamente a encaro como uma.

– Não fez contato. – Acordo do transe para responder. *É só uma garota branca padrão, Madu. Se controle.* – Não que nós tenhamos visto.

– Me atualizem na hora, se algo acontecer – pede. Ela apoia as palmas sobre a mesa dos lados do leitor digital em que lia enquanto me esperava. Sua pele parece tão clara, comparada ao marrom suave das minhas mãos descansando no colo. Eu nem sabia que havia na genética humana a possibilidade de ter unhas naturais, ainda que cortadas, tão compridas. – Então acho que é isso. Mais tarde faço o pix pela semana. Obrigada por ter vindo.

Sua postura e o tom seco são muito diferentes da fatídica segunda mensagem que desapareceu.

– Escolha interessante de lugar – enrolo, porque não me parece certo ir embora ainda. – Vim nessa biblioteca só uma vez, quando era criança. Era mais vazia. Me lembro até hoje do meu pai comentando como era triste ver um lugar tão bonito caindo aos poucos no esquecimento. Reclamando que o mundo de hoje anda rápido demais pra parar e olhar em volta. Bom saber que agora olha.

Aponto com a cabeça para os grupos de turistas espalhados, tirando fotos e cochichando mais alto que nós duas.

– Os influenciadores descobriram como a biblioteca fica bonita em videozinhos, de uns anos pra cá – Alícia explica.

– Você vem sempre aqui?

– Isso é uma cantada?

Meu rosto queima e Alícia me mostra um dos seus sorrisos contidos, perigoso como uma decisão tomada de madrugada.

– Vinha com a minha mãe quando ela trabalhava aqui – continua ela, sem que eu tenha que responder, piedosa. – Virou um lugar de conforto pra mim.

– Bem que estranhei o próprio bibliotecário me indicar você aqui quando cheguei, dizendo que estava sentada "à sua mesa". E o fato de ele estar o tempo todo correndo atrás dos turistas para pedir silêncio, mas nunca atrás de nós. Estamos recebendo tratamento especial.

Ela não nega, mas não elabora. Olha em volta, distraída de um jeito incomum à sua perspicácia usual.

– As pessoas preferem quando o Jacarandá floresce – conta. – Um feitiço deixa as flores que caem suspensas no ar por alguns dias. É lindo de se ver. Mas meu momento preferido é logo antes de florir, quando fica sem folhas. Dá um ar meio triste, mas... Sinto simpatia por coisas que não estão na sua melhor fase. E me conforta saber que, todo ano, as coisas melhoram pra ele depois. – A garota solta o ar em um riso seco. – Estou falando demais.

– Pode falar o que quiser. Vim porque disse que aceitaria a minha proposta de conversar.

Alícia parece surpresa por um momento, mas logo esconde sua reação.

– Então você leu mesmo a minha mensagem? – pergunta.

– Então você enviou mesmo a mensagem e apagou. Como fez isso?

– Você demorou a responder. Pensei que tivesse mudado de ideia e não quisesse mais conversar.

Balanço a cabeça, a porção de tranças que não prendi no meu coque dançando pelo meu ombro.

– Queria te responder com calma, mas acabei demorando demais. Depois fiquei com vergonha. Não imaginava que a mensagem ia sumir. O aplicativo não deixa apagar depois de alguns minutos do envio.

– Eu consegui. – Ela se concentra em arrancar uma cutícula escapando das unhas perfeitas.

Tenho certeza de que não está me contando a verdade de novo.

– Quer uma bala? – ofereço, tirando o pacote de pastilhas da bolsa. Torcendo para que ela caia no truque do meu feitiço mais uma vez.

Alícia encara a bala antes de dizer:

– Não, obrigada.

Aperto os lábios, frustrada. Estou condenada a decifrar sem a ajuda da magia logo essa garota, cuja verdade tenho que revelar talhando lasca por lasca como a mais detalhada das esculturas?

– Que foi? – ela pergunta.

– Estou pensando em como você é difícil de ler – admito, sincera. – Não sei o que se passa na sua cabeça, ou como se sente de verdade. E não tem quase nada sobre você na internet. Nem foto no *chat* põe. Alícia, você é um grande mistério!

– Gosto de ser a garota misteriosa. É atraente. – Olha, ela não está errada quanto a isso... – Por que quer tanto me desvendar?

– Você quer a verdade? Tudo bem. – Entrelaço minhas mãos sobre a mesa. – Porque esse esquema todo de contratar a minha prima é esquisito. Sinto que está escondendo algo de mim, mas não consigo decifrar o quê. Talvez eu precise desenhar um mapa mental com canetas coloridas sobre você pra esquematizar as informações e tentar te entender, sei lá.

Uma expressão enigmática enevoa suas feições, mas, em vez de se ofender com a minha desconfiança, Alícia aperta os lábios em um dos seus sorrisos de rede.

– Você, por outro lado – diz –, com essa sinceridade de cara lavada o tempo todo, me deixa te ler feito um *outdoor*. Já sei que é o tipo de garota certinha e inteligente que fica maluca quando não consegue organizar algo na caixinha correta. Tá acostumada a sempre acertar no que se propõe a fazer, e como não consegue me "resolver" virei o seu novo desafio pessoal.

Meu rosto arde. Não é justo que ela seja um vidro fosco e escuro, enquanto eu sou totalmente transparente!

– Então se prepare – digo, encarando-a de queixo erguido –, porque eu nunca desisto de um desafio. E sempre encontro a solução no final.

– Tudo bem. – Ela apoia os cotovelos na mesa. – Vamos ver quanto tempo eu consigo resistir a você.

Meu coração esperneia no peito. Trinco os dentes, controlando-o. Se Amanda estivesse aqui, riria de mim, virando gado tão fácil assim de um rostinho bonito.

– Me fala de algo que você ama – digo.

Isso faz Alícia se surpreender.

– Você tá me entrevistando pra um site de fofoca? – brinca.

– Tô falando sério. É assim que conheço as pessoas. Meu pai me ensinou há muito tempo e levei pra vida: quando você não consegue entender alguém muito diferente ou fechado, presta atenção no que essa pessoa gosta.

Foi assim que se apaixonou pela minha mãe, ele me contou uma vez. Ela sempre foi uma mulher calada e, convenhamos, reclamona. Mas quando começava a falar das flores que plantava no jardim... Meu pai podia ouvi-la por horas.

– Nossas paixões dizem muito sobre o que temos aqui dentro – termino. – Sobre quem nós realmente somos.

Alícia calcula o que tem a perder no nosso jogo se ceder nem que seja uma migalha de si a mim.

– Eu te digo algo – aceita, enfim –, mas só se você falar primeiro.

– É fácil, eu amo muitas coisas. Dias de sol sem uma nuvem no céu, feitiços de neve caindo no calor do verão, pessoas muito grandes passeando com cachorrinhos minúsculos, o contrário também...

– Não, não, não. Assim não vale. É fácil demais pra você. Quero o contrário. Me dá algo que você sente de ruim. Não adianta fazer essa careta. Eu disse que já te li. Você ama falar do que gosta, mas duvido que admita fácil os seus podres. Fala algo que detesta, algo que te perturba. Prometo que não vou julgar.

Meu maxilar enrijece. Alícia está brincando comigo.

– Você sempre gira o assunto pra me colocar em xeque – resmungo, constrangida.

Sei que não devo ceder, mas a garota me observa sem desviar os olhos, ansiosa pela minha reação. Pela minha resposta. Quando foi a última vez que tive a oportunidade de desabafar sem consequências para alguém de fora da minha família, que não depende de mim?

Para alguém tão absolutamente sedenta por me ouvir?

– Eu tirei nove na prova de Biomagia ontem – admito.

Alícia late uma risada automática. É a primeira vez que ri abertamente. Coloca a mão na boca, checando em volta se alguém percebeu o barulho. É um gesto tão doce e incomum a ela que me distraio um segundo.

– Eu disse que não ia julgar – ela ri –, mas ficar *arrasada* por causa de um nove?!

– A nota não é o problema! – Meu rosto queima até as minhas orelhas. Olho apenas para a mesa ao continuar: – Você não me deixou terminar. Fiquei supercontente com a nota. Fui até comemorar postando foto. Só que a primeira pessoa que comentou foi logo minha mãe, dizendo que, do jeito que estudo, era pra ter sido um dez, mas que vou conseguir uma nota melhor da próxima vez. Só isso. Sei que minha mãe é quase que *incapaz* de elogiar alguém normalmente, mas custava ter começado com um "foi bom, mas pode melhorar"?! Ela nem sequer entendeu que eu estava comemorando por ter conseguido a nota mais alta da turma na prova da professora mais rígida do colégio! Só pegou aquilo que estava me dando orgulho e transformou em mais um momento em que eu não fui suficiente para ela. Que eu não fui perfeita. Pensei até em apagar a foto, mas a família toda já tinha visto e não quis que soubessem que me afetou. Só que ainda me sinto um pouquinho humilhada toda vez que releio o comentário dela.

Preciso pausar, em choque por ter admitido tanta coisa tão fácil. A vergonha se alastra como fogo em mato seco. Quando tomo coragem para espiar Alícia, porém, ela não está com as sobrancelhas arqueadas, entretida com minha explosão. Sua expressão é séria, sentida.

– Deve ser uma sensação muito ruim – diz, sem um pingo de dissimulação na voz. Tem cuidado ao continuar: – Você conta pra sua mãe como se sente?

– Eu não sei se ela ia entender. Amo minha mãe, mas com os anos aprendi a evitar os silêncios julgadores dela. – Respiro fundo, deixando minha postura encolher um pouco, relaxando minhas palmas sobre a mesa. – Eu devia ter escolhido outra coisa pra dizer. Falar que eu odeio jiló, sei lá. Ou a Eliana Guia.

– Eliana Guia? – Alícia franze a testa, um pouco assustada.

– É uma senhora influenciadora aleatória que minhas tias e minha mãe adoram. Ficam me mandando vídeo dela o tempo todo e eu acho um saco. Enfim, foi só um exemplo ruim. Qualquer coisa seria melhor que meter logo um problema de família.

Uma expressão estranha pisca pelo rosto de Alícia, mas logo ela se controla.

– Tá tudo bem. – Estica uma mão sobre a mesa e a repousa com cuidado quase em cima da minha, apenas a ponta dos seus dedos encostando nos meus. O toque é como um raio subindo pelo meu braço, um calafrio eriçando meus pelos. – Eu sei o que é ter que manter as aparências pra família. O que é moldar com cuidado o que escolhemos compartilhar para não arranjar problemas.

Me lembro do que ela disse dos parentes dela na primeira vez que conversamos. Pessoas que explodem como usinas nucleares.

– Você não está falando de... homofobia, tá? – pergunto, com a maior delicadeza que consigo.

– Flertar ininterruptamente contigo deixou óbvio que eu gosto de meninas? – diz, com um sorrisinho. Parece que ela reparou mesmo na bandeira bissexual na capa do meu celular no outro dia. Junto todas as minhas forças, as dos meus futuros filhos e as dos meus ancestrais para me manter imóvel e não demonstrar que uma parte grande de mim quer dar um pulinho de comemoração com isso. – Eu sou bi também, e minha família sabe, mas tenho a sorte de não me incomodarem tanto por isso. O meu problema é... outro.

– Desculpa a pergunta. Considerando a briga de Diego com a sua família, e o fato de ele ser tão abertamente bi nas redes sociais, achei que podia ter algo a ver. Como pessoa bi também, e que sofreu por um tempo com uma mãe que não sabia lidar com isso, me sinto no dever de me assegurar de que você tá bem.

Ela estica os lábios em um sorriso de agradecimento, mas não elabora o tema.

Uma lasquinha da verdade aparecendo na escultura aqui. Uma lasquinha da verdade aparecendo ali. Nesse ritmo, vou demorar anos para ter a obra completa.

– Tem certeza de que não quer uma bala? – ofereço a

pastilha de novo, na displicência do desespero. Coloco uma na minha boca.

– Eu tô com bafo?

– Não! Claro que não. É só que é gostosa.

Alícia aperta os olhos.

– O que tem nessa pastilha? – pergunta.

Enrijeço os ombros e gaguejo algo genérico. Só que Alícia continua me lendo como um livro que não consegue largar e arregala os olhos.

– Tem mesmo algo na pastilha?! Eu estava brincando, não achei que... Madu, o que você queria me dar?! É uma pastilha enfeitiçada?!

Abaixo o rosto quase quebrando o pescoço, desesperada para me esconder dela, mas é em vão.

– Eu sabia!! Desde que aceitei a pastilha no dia da festa, fiquei desconfiada. Você me encarou de um jeito que parecia que ia me engolir por vários minutos! Só alguém que está trançando um feitiço olha assim! Isso, ou você tinha ficado subitamente embasbacada pela minha beleza!

– Eu não estava embasbacada!

– Então estava trançando um feitiço!

É assim que se sente alguém que está afundando em areia movediça?

– O que você tentou fazer comigo?! – O tom de Alícia começa a ficar na defensiva, a ganhar espinhos. – Queria me convencer à força?! Alterar meus sentimentos?! Caramba, eu achei que você fosse toda certinha, não alguém capaz de usar magia de manipulação sem consentimento!

– Não!! – Levanto o rosto para encará-la. Meu sangue

tropeça de tão rápido que corre, meu coração esbaforido. – Não ia te forçar a nada. Só queria saber o que estava escondendo de mim!

– Você tem um feitiço que lê mentes?!

– Não! Bom, não assim, eu só...

– Lê segredos?! – Alícia olha em volta. Exclamou alto demais. O bibliotecário lá longe nos espia, volta ao que estava fazendo no computador da sua mesa. Ela retorna a mim com fogo nos olhos. – Você consegue ver os segredos que escondo quando como a sua pastilha?!

Por que ela está arrancando a verdade de mim tão fácil?! Por que estou deixando?! O que está acontecendo?! Por anos, meus pesadelos foram povoados por situações como essa. As pessoas descobrindo meu feitiço. Me atacando. Se decepcionando comigo.

O pânico começa a capturar meu peito, inebriar meu julgamento. E se ela contar para todo mundo?!

– O que roubou de mim?! – Alícia insiste.

– Desculpa, eu não queria... – Levanto da cadeira. – Eu não devia ter vindo. Vou te deixar em paz.

Agarro minha bolsa e me afasto sem nem sequer olhar para onde estou indo. As palavras acusadoras de Alícia gritam na minha cabeça. Queimam no meu pescoço, no meu nariz. Minha respiração acelera, mas nunca parece ser suficiente.

Uma mão segura meu pulso. Ela me alcançou. Paro no susto e Alícia avança sobre mim. Tento me afastar, mas minhas costas batem em alguma estante.

– Que segredo você roubou de mim?! – ela repete, não tanto com raiva, mas com uma angústia que me faz pausar.

– Não roubei nada – me forço a dizer, meus olhos molhados. – Eu juro. Só senti que estava mentindo pra mim. E que no fundo estava amedrontada. Desesperada.

– Não tô! – Ela nega rápido demais, nervosa demais.

Estamos em um dos inúmeros corredores de livros e não tem ninguém por perto. Quanto tempo vai demorar para o segurança que nos vigia pelas câmeras vir ver se está tudo bem (e nos separar caso estejamos nos pegando)?

– Desculpa – peço –, é que eu preciso entender o que tá acontecendo de verdade! Não só porque não quero que aconteça nada de errado com a minha prima, mas também porque... porque fiquei preocupada contigo!

– Preocupada? – Ela repete a palavra como se nunca a tivesse ouvido. – Você nem me conhece direito.

– Não me impede de querer que fique bem!

Alícia continua me olhando como se eu falasse outra língua.

– Não vi mais nada – insisto. – Como eu disse, não consigo te ler, nem com meu feitiço! Você é, sei lá, a Bella Swan do meu Edward Cullen!

Sério, Madu? Referência a *Crepúsculo* em uma hora dessas?!

Um nó se forma entre as sobrancelhas escuras dela. Enfim me solta, se afasta.

– Então isso é mesmo tudo o que viu em mim? – pergunta. – Medo?

Assinto com a cabeça. Alícia respira fundo, como quem desiste de discutir para apenas acreditar.

– Não conta pros outros, por favor – imploro. – Você

diz que roubei os seus segredos, mas arrancou de mim o que guardo de todos com mais cuidado. Minha família não sabe que eu tenho esse feitiço. Nunca contei a ninguém. Não faço ideia de como você adivinhou tudo tão mais rápido que as pessoas que convivem comigo vinte e quatro horas por dia. Não faço ideia por que eu... – Minha voz, já baixa, cai a um sussurro: – ... Por que eu deixei que adivinhasse.

Alícia demora um longo momento para falar de novo. Quando o faz, sua voz soa baixa:

– Quem convive acha que nos conhece e nem sempre presta atenção. Ainda mais em você, que é quem parece ficar com a responsabilidade de prestar atenção nos outros, na família. Já eu... Você teve toda a minha atenção, totalmente indivisível.

Mesmo do outro lado do corredor, sinto como se ela ainda estivesse aqui, perto demais, seus ombros de nadadora bloqueando minha visão, seu corpo ardendo contra mim.

– Não acha meio irônico que você colecione o segredo dos outros – Alícia continua –, mas não conte os seus pra ninguém?

O nervoso abriu brechas nas minhas muralhas perfeitas, sempre tão altas. Sem que possa me controlar, as palavras saem de mim em torrentes:

– Você fica dizendo que sabe me ler, mas não faz ideia do que guardo aqui dentro. Eu sei que sou uma pessoa horrível por invadir a intimidade dos outros. Por roubar segredos às vezes só porque quero bisbilhotar. Porque *posso*. Não sou nada do que minha família acha. Não sou responsável e muito menos sincera. Sou uma hipócrita, que prefere morrer mentindo do que perder o meu pódio de garota perfeita.

Sinto uma lágrima escorrendo pela minha bochecha.

– Meu Deus. – A enxugo com raiva. – Faz anos que não choro. Fico imaginando minha família inteira me chamando de traidora, se afastando de mim... – Outras duas lágrimas escorrem. – Enfim. Prometo não te ler de novo, a menos que consinta. Vou te deixar em paz.

Tento ir embora e, pela segunda vez, Alícia me segura pelo pulso. Agora é um toque leve, inseguro.

– Me mostra o comentário da sua mãe – ela pede. – O que te deixou chateada.

– Do nada?!

– Só me mostra.

– Você quer me punir mais ainda?! Eu sei que tá chateada comigo, mas...

– Não é isso! – Ela bufa. – Só me mostra, por favor.

A súplica no seu tom me faz, ainda que hesitante, pegar o celular e procurar a mensagem. Quando a encontro, dou o aparelho rápido para Alícia. Não quero lê-la.

Os olhos da garota dançam pela minha tela. Então se fixam. Ela se concentra. Aperto meus próprios. Ela está...?!

Alícia me devolve o telefone.

Na publicação da minha foto não existe mais o comentário da minha mãe.

Abro a boca e a fecho de novo. Em processamento máximo, meu cérebro consulta as vastas bibliotecas de feitiços conhecidos que já estudei.

– Você apaga mensagens...? – sussurro.

Ela checa se não tem ninguém em volta ouvindo antes de responder:

– Posso apagar a foto também, se quiser.

– Dados, então. Você apaga dados.

Ela aperta os lábios e me encara com um silêncio que confirma. Tomada pela curiosidade científica, já começo a imprimir uma lista de perguntas.

– Tem limite de quantidade?

– Quanto mais informação, mais difícil. Tem foto que pode me dar um trabalho de horas e me deixar cansada por dias. É mais fácil quando é um assunto mais próximo do meu universo.

– E limite de tempo? Distância geográfica? Linguagem de programação? Dispositivo?

Alícia se encolhe um pouco.

– Tenho alcance suficiente pra deixar pessoas preocupadas – admite.

– "Pessoas" é um eufemismo, né? Quem tem feitiço de manipular informações assim consegue mudar o rumo de sociedades inteiras! Apagar os extratos de todo mundo no banco, evaporar dívidas! Nossa. Tem políticos que matariam pra ter a sua ajuda na hora de controlar discurso nas redes sociais.

– Não é pra tanto. Não consigo mudar muita coisa de uma vez. E os sistemas mais importantes têm cópias de *backup* e escudos contra pessoas com feitiços desse tipo. Eu não conseguiria sumir com o dinheiro de ninguém no banco. Só posso apagar detalhes em campos abertos como as redes sociais e sites normais, com cuidado e precisão, torcendo para que ninguém perceba.

– Ainda assim. Nas mãos de gente dissimulada e inteligente, o seu feitiço faria um estrago. Deixa eu adivinhar... Você não é registrada, né?

Certamente um feitiço como o dela está na lista da legislação de alta periculosidade social, em que o registro na identidade é obrigatório mesmo sem exercê-lo profissionalmente. Mas sei que a maioria das pessoas com feitiços tão valiosos acabam elidindo o conhecimento público. Não querem ter que cumprir requerimentos oficiais de órgãos governamentais ou do exército, nem atrair a atenção de pessoas privadas poderosas com fins escusos. Além disso, agir ilegalmente sempre confere à pessoa uma liberdade que sobe o preço dos seus serviços. Não passa de uma aposta, porque ainda correm o risco de receber uma multa astronômica caso sejam pegas por algum fiscal farejador de magia.

Alícia balança a cabeça negativamente.

– É segredo – diz. – Só algumas pessoas da família sabem.

– Diego?

Ela nega de novo com a cabeça.

Percebo que a garota já encostou as costas na prateleira de livros oposta, de tanto que recuou das minhas perguntas. Mas ainda falta a mais importante de todas.

– ... Por que me contou? – Minha voz é suave.

Cada palavra da sua resposta sai com cuidado, medindo minha reação:

– Um segredo meu por um segredo seu. Por mais que eu esteja chateada contigo, não gostei de te ver chorar. Queria te fazer parar.

Nos encaramos, cada uma do seu lado inseguro do corredor. O cabelo de Alícia pende em ondas nos seus ombros antes de descer pelas costas. O jeito acanhado como me olha por baixo dos cílios não tem nada a ver com a garota de expressões enigmáticas e esquemas manipulativos que conheço. Atrás dela, livros de história da arte lhe formam uma moldura na prateleira. Apropriado.

– Não vou mais te perguntar sobre o seu feitiço – decido. – Me conta só o que quiser. No seu tempo. Se ainda... Quiser continuar conversando comigo, claro. Se não, voltamos ao profissional e tratamos só de Amanda e Diego. E eu vou embora. O que você prefere?

A garota aperta os lábios e não responde. Meu peito desaba mais rápido a cada segundo de silêncio. A 9,8 m/s² de aceleração gravitacional, quanto demora para o meu coração atingir o centro da Terra?

– Tá bem – digo, responsável demais para deixar que ela ouça o embargo na minha voz. Ajeito minha bolsa no ombro e me preparo para ir. – Se tiver alguma novidade sobre o serviço, te mando mensagem.

– O mar – ela diz, a voz me levando como uma onda.

– O quê?

– Fiquei te devendo algo que amo. Eu amo o mar.

Levo um momento para me relocalizar na conversa.

– Sempre achei que você tinha ombros de nadadora – admito. – Gosta de nadar?

– É. Mas não só nadar. Eu gosto de tudo. Das ondas. Do azul-esverdeado profundo. Da sensação de respiro de olhar a imensidão no horizonte. Do jeito com que a água toca o meu corpo como um ser vivo, às vezes gentil, às vezes brutal.

Ela fala com uma expressão nua, os olhos brilhando de anseio. Essa é a Alícia de verdade. A garota por trás da fachada confiante e dos sorrisos de rede. Meu Deus, ela esteve aí o tempo todo?!

– Isso é suficiente? – Ela abaixa o rosto, coloca uma mecha de cabelo atrás da orelha. – Não tenho muitas coisas que amo. Amor sempre foi algo precioso demais pra desperdiçar com qualquer coisa.

Dou uma risada suave.

– Amor não é um recurso finito que você precisa economizar – brinco. – Tenho certeza de que vamos achar muitas outras coisas, se procurarmos com cuidado.

Ela morde o lábio de baixo. Tomo uma decisão.

– Quer ir comer alguma coisa antes de irmos pra casa? – pergunto. – Não estou chamando pra usar meu feitiço em você nem nada. É só que eu conheço um restaurante baiano muito bom aqui perto. Sempre ia com meus pais. Podemos conversar melhor lá. Me sinto uma criminosa falando tanto aqui, em plena biblioteca.

Por que estou tão nervosa?

Alícia passa os dedos pela lombada de um livro cuja etiqueta de catalogação está descolando.

– É melhor eu não ir... – diz, a voz baixa. Murcho mais um pouco, minha última esperança aniquilada. – Mas vamos.

– Vamos?!

– Eu acredito que está sendo sincera e não vai usar o feitiço, porque agora te entendi. Você se condenou a uma eternidade de honestidade obrigatória pra compensar o único segredo que nunca quis contar a ninguém.

– O quê?! Eu não... Isso não é... – Meus argumentos se esfarelam.

Alícia sai andando e, me afogando no mar de segredos que é essa garota, vou atrás dela.

– Quero ver como vai se sentir quando eu encontrar a sua pedra de Roseta pra te decifrar também – ameaço. – Não preciso de feitiço. Vou fazer origamis dos seus segredos. Montar uma exposição.

Ela me lança uma risada curta sobre o ombro, mas a graça some dos seus lábios assim que olha para frente e abre a porta de saída da biblioteca.

– 7 –

Amanda

SEIS FESTAS SE PASSARAM em duas semanas atribuladas. Na de hoje, sem meu nome misteriosamente aparecendo na lista de convidados, tive que contar com a escolha das palavras certas na portaria, alguns favores cobrados e uma pequena pulada de muro.

(Ainda bem que Madu aceitou ficar em casa. Ela é péssima com mentiras. E depois que chorou por tirar nove em Biomagia ontem, prefiro deixá-la investir o seu tempo em atividades mais importantes do que ser minha babá. Como estudar, por exemplo, para não terminar imitando as minhas notas medíocres. Difícil foi convencê-la a *me deixar vir* sem, bom, um convite. "Um dia você vai encontrar o limite do quanto pode se passar como pessoa branca e vai de fato ser punida por essas suas contravenções penais", ela disse enquanto eu me arrumava.)

Estou com Diego em uma cerimônia vespertina de inauguração de um festival de filmes no Centro Cultural Banco do Brasil, o CCBB. É uma das poucas festas em que ele tem paz, já que os atores globais no tapete vermelho atraem a atenção do salão. Eu e o garoto nos recolhemos atrás do bufê do coquetel, observando a cerimônia através da fonte em pirâmide com dez andares de taças enormes. Espumante rosa-claro sai de diversas garrafas em volta e sobe de andar em andar com magia (a pessoa com o feitiço de repulsão gravitacional deve ser muito popular no mercado de decoração de festas, ao que parece).

Visto uma calça simples e um top curto estilizado, meu cabelo descendo em ondas grossas até os meus ombros. Diego está de calça também, mais escura que a minha, e uma camiseta roxa com mangas que marcam os músculos dos seus ombros de um jeito que fica atraindo meus olhos (talvez eu precise de um pouco desse feitiço de repulsão gravitacional também).

– Não sei qual tem sido a sua estratégia, mas ela não parece estar funcionando – digo para ele. – Duas semanas, e nem sinal do *bug* de algoritmo.

– Vai ver ele foi embora. É até bom, assim você não precisa mais se esforçar pra me convencer de nada, né?

Seu tom é despreocupado, mas sua expressão guarda uma tensão que já estou mapeando há dias. Uma tensão que tem refletido nas suas postagens, cada vez mais escassas. Até nas suas escapadinhas sociais, que desapareceram. Não surgem mais *hashtags* em alta porque Diego foi visto conversando próximo demais de alguma influenciadora famosa ou saindo de algum evento com um jogador do Flamengo sub-20 com fama de beijar rapazes.

(Não gosto de reconhecer a minha parte que fica contente ao saber que não estou dividindo a atenção dele com mais ninguém no momento.)

– Quem disse que eu tô me esforçando? – Encolho os ombros. – Parei de querer a sua opinião e decidi sozinha que estamos trabalhando juntos há umas cinco festas.

Diego faz uma careta sofrida.

– Mas o *bug* não foi embora – continuo. – Vamos repassar o que sabemos. Tem pouquíssimas notícias sobre as aparições dele. Não encontrei nem da última festa, o que é estranho, já que é um tecbicho historicamente muito visado. Mas perguntei pelos grupos de bruxas de aplicativo e para algumas criaturas mágicas fofoqueiras com quem já cruzei e que me ajudam de vez em quando. Deu pra montar uma linha do tempo. Tem indícios da presença do nosso amiguinho pelo Brasil há pelo menos dois anos. Ele pulava de estado em estado, mas sempre apresentou uma preferência por festas e eventos públicos. Há treze meses, sumiu, visto por último no Rio de Janeiro. Algumas pessoas citaram um acidente envolvendo vítimas humanas, mas não encontrei notícias acerca disso na internet e não pude confirmar. Dois meses depois, ressurgiram avistamentos na cidade, e como a descrição das pessoas condiz com a forma que esse *bug* em especial escolheu pra se materializar... a criatura quadrúpede com longas pernas de raios... dá pra presumir que é o mesmo.

– ... Você fez o dever de casa – Diego comenta.

Estou concentrada e só continuo:

– A diferença é que, quando voltou, o bicho passou a se concentrar exclusivamente em festas do Rio. Até o nosso incidente há duas semanas, em que você chegou perto dele com uma carinhosa cadeirada. Desde então, só foi visto uma vez, fugindo completamente do padrão: ele piscou as luzes da Assembleia Legislativa do Rio na semana passada. A minha teoria é de que o bichinho ficou com medo de você e agora tá trocando os ares. Mas não foi embora, nem acho que vai. Porque, veja bem: o *bug* caminha pela internet. Ele poderia ir pra qualquer evento do Brasil, ou do mundo, até. Se alimentar das curtidas e do engajamento da festa do Oscar, da final de qualquer campeonato de futebol. Mesmo assim, tá há onze meses aqui, no Rio de Janeiro. Sabe por quê? Porque ele tá procurando algo.

Percebo que acabei falando demais, como sempre, e uma rara onda de modéstia me faz abaixar o tom.

– Mas é só uma teoria – emendo. Diego me estuda como se lesse em mim algo além das minhas hipóteses e fico nervosa. – Que foi?

Sua expressão atenta se dissolve e ele brinca:

– Sempre fico impressionado com o quanto você consegue falar rápido e sem respirar.

– Mais um dos meus grandes talentos profissionais. Tenho que argumentar o mais rápido possível, porque o tempo de atenção que as pessoas dão ao que garotas da minha idade e bonitinhas como eu têm a dizer, antes de ignorá-las de forma condescendente, às vezes não passa de alguns segundos.

Ele fica sério.

– Não precisa ter pressa comigo – diz. – Eu sempre te ouço.

... Eu sei, penso, mas não admito.

– Não exagerei quando disse que sou ajuda qualificada. – Ergo o rosto, soberba. – Uma hora você não vai ter escolha a não ser reconhecer que precisa de mim do seu lado.

Os olhos escuros dele descem para os meus lábios por um segundo. Meu peito dá um salto.

– Sabe qual é a minha teoria? – Diego diz. – Não sobre o *bug*, mas sobre você.

Minha boca fica seca.

– O seu número de serviços completados no aplicativo tem aumentado mais rápido que qualquer pessoa da nossa idade, que ainda tem que se preocupar com escola e vestibular. Mesmo assim, você dá um jeito de aparecer em todos os eventos importantes atrás de mim e do bicho. Seu rosto tá cada dia mais cansado. De vez em quando vem falar comigo mancando ou massageando alguma parte dolorida do corpo sem perceber. Sei que sempre foi de se esforçar demais, desde que trabalhamos juntos, mas evoluiu e agora você tá se exaurindo de um jeito autodestrutivo. De um jeito que me preocupa. Parece que tá desesperada por dinheiro, ou pra provar algo pra alguém. Não sei. Mas isso tudo me faz ter certeza do que você quer com o *bug*.

– E o que eu quero, ô sabe-tudo? – Forço calma, apesar de meu sangue correr ao som de tambores. Ele estava me observando com tanto cuidado todo esse tempo?!

– Quer usá-lo, é óbvio. Obrigar a criatura a colocar na linha do tempo de todo mundo uma foto sua escrito "a Amanda é dez", sei lá. E você não tá preocupada se isso é possível ou não. Eu sei como a sua cabeça funciona. Acha que na hora vai conseguir dar um jeito. Mas dessa vez não vai rolar. Sabe por quê?

– Me diz – minha voz sai quase sem fôlego.

– Porque ninguém consegue domar um algoritmo.

Especialmente um que esteja vivo. Tentar por si só já é arriscado demais. É por isso que não vou mudar de ideia e te ajudar a encontrá-lo. Eu sei o quanto você consegue ser inconsequente e não vou te dar corda nenhuma pra amarrar no pescoço.

Ele se aproximou enquanto falava. Uma parte desconectada de mim fica contente que Diego ainda cheire a sabonete de erva-doce.

– Talvez eu consiga fazer uma barganha – admito, colocando o máximo de orgulho na minha voz fraca.

– Você quer convencer o *bug* a te ajudar na conversinha?! – Ele ri, incrédulo. – Eu devia ter imaginado. Isso é a sua cara.

– Se a minha teoria estiver certa, ele tá em busca de algo. Eu posso ajudá-lo. Em troca, o bichinho coloca meu perfil de bruxa de aplicativo na lista de ouro de profissionais do Geniapp. Todo mundo ganha.

– Amanda, conversar com um *bug* de algoritmo não é tão fácil assim!

– Você já tentou?! – É minha vez de ficar incrédula.

Ele solta o ar pelo nariz antes de admitir, reticente:

– Postei um *story* uma vez chamando ele, mas era uma tentativa desesperada mais que qualquer coisa. Já sabia que não ia funcionar. O bicho lê as publicações de milhões de pessoas ao mesmo tempo. Não vai responder a qualquer maluco tentando entrar em contato. Não sem um bom motivo.

– O que você quer conversar com ele? – pergunto, devagar, a testa franzida.

Diego dá um passo para trás. Fui longe demais.

– Chega. É sério, Amanda. Não vou te ajudar. Não insiste mais. Por favor.

Seguro o pulso dele antes que se afaste. Não quero que se vá de novo. Não quero que desista de mim.

– Vou fazer o *bug* te responder – prometo, prendendo o olhar dele no meu.

Arranco sem dó as memórias para trançar no feitiço onde quer que elas estejam guardadas em mim. Reviro gavetas, quebro vasos. Quero memórias que façam Diego encontrar o que busca. Pego a sensação de enfiar minhas mãos no pote de feijão cru, catando pedrinhas entre os milhares de grãos. De passar os dedos pela areia debaixo d'água no mar, filtrando pequenas conchas preciosas.

Preciso de mais que isso. Não se trata só de busca. Se trata de respostas. Junto o dia em que o magicista do registro civil diagnosticou meus feitiços como dissonantes. A sensação de alívio que senti, por mais decepcionante que fosse, porque pelo menos agora eu sabia o que tinha de errado em mim.

Não é isso que preciso, ainda. Tem que ser mais específico. Mais profundo. Varo por memórias de respostas a mensagens especiais. A alegria que eu sentia quando era criança e minha mãe enviava no telefone que ia chegar a tempo de jantar comigo. Tranço com o oposto. A angústia que eu passava esperando novas notificações de Diego quando ele disse que ia largar o Geniapp, achando que a qualquer momento ia vir a mensagem de "mudei de ideia". De "brincadeira, tô zoando". A dura espera por mensagens que nunca vão chegar.

Magia, por favor…!

Sinto a sensação sutil do feitiço tomando forma, como

um fio se encaixando no buraco de uma agulha. Mas tem algo estranho. Passou por fora do buraco também?

É quando percebo a pirâmide de taças de espumante tremendo.

– Ah, pronto – é o que tenho tempo de dizer, antes de ela tombar de uma vez só.

Diego me agarra pelos ombros e atira nós dois para longe. Na direção oposta, as cinco pessoas que petiscavam no bufê deslizam para trás com uma fração da nossa velocidade. Batemos contra alguma parede, Diego amortecendo meu corpo. As taças se quebram ao desmoronar, o som de uma cachoeira de vidro se estraçalhando. O feitiço da fonte se desfaz também, espirrando espumante para todas as direções. Em dois segundos, algo belo se transforma em uma pilha de estilhaços escorrendo da mesa, uma poça se alastrando pelo chão.

Ninguém parece ter se machucado. As pessoas que Diego afastou sofreram apenas um respingo ou outro. Parte dos passantes em volta, inclusive repórteres, já ligaram as câmeras dos celulares, ávidos por gerar conteúdo do pequeno acidente.

– A gente conversa depois – me recomponho rápido –, que eu não tenho dinheiro pra pagar por essas taças todas. Preciso dar o fora daqui antes que os seguranças rastreiem o meu feitiço.

Já espio um no canto oposto do salão, se aproximando apressado com um tablet na mão. Provavelmente já abriu o aplicativo de tecnomagia necessário.

– Isso foi você? – Diego sussurra atrás de mim, mas não respondo, já fugindo por entre as pessoas.

Só paro quando estou na escultura da pira olímpica,

na praça do outro lado da rua do CCBB. Pedaços de gramado verde e bancos formam ilhas pelo espaço amplo no coração do centro do Rio. De frente para tudo, a Catedral da Candelária em toda a sua imponência nos vigia diligentemente. É um sábado à tarde, e os trabalhadores que estariam passando com pressa foram substituídos por turistas e moradores a lazer. E, é claro, pela massa de paparazzi e fãs acumulados à porta da cerimônia da qual acabei de fugir.

– Esse tipo de evento sempre tem seguro contra desastres – Diego observa. – Isso inclui feitiços dando errado.

Tomo um susto por um segundo. Não reparei que me seguiu até aqui. Se tivessem fãs dele na multidão da porta do evento, o garoto corria o risco de ser engolido. Muita gente levaria pedacinho de Diego para casa como lembrancinha.

– Depois de tantas festas fugindo de mim, agora você me segue? – Arqueio as sobrancelhas.

– Vim descobrir o que você estava tentando fazer – ele diz, os olhos intensos, o cabelo ainda mais desarrumado pela correria.

Ignoro-o e observo a aglomeração na entrada do CCBB.

– Você agiu bem rápido lá – desconverso. – Escolheu as memórias num piscar de olhos e ainda usou quatro pessoas como alvos diferentes. Impressionante.

Teve que calcular em milésimos de segundo o peso aproximado de todas elas e a trajetória em relação a nós dois. É assim que o feitiço dele funciona, como me contou há tanto tempo. À base da força de ação e reação. Para que Diego puxe ou empurre algo, seu corpo precisa pagar com o próprio movimento inverso. A velocidade é maior ou menor dependendo da intensidade do feitiço que ele aplicar, e da diferença do peso do alvo com o corpo do garoto (e o que estiver segurando – no caso agora, eu). Se alguma das partes não puder se mover, o feitiço falha. Uma casa, que é imóvel, ou um caminhão, cuja força de atrito estática necessária para entrar em movimento só seria compensada pelo peso de Diego com um feitiço bem poderoso. Ou o contrário, com objetos leves demais – uma pena, uma moeda, uma caneta –, que nem com o feitiço mais intenso teriam força para movimentar o corpo do garoto em contraponto.

(Pois é, eu também me estranho sabendo o que é uma força de atrito estática. Madu deve estar certa: eu só posso estar obcecada por Diego para ter decorado conceitos de física.)

Nenhum feitiço que envolve movimento está isento de riscos, mas sempre achei o de Diego particularmente perigoso. Se ele não calcular bem o peso do que empurrar, a força do feitiço e a trajetória, pode acabar sendo atirado a uma velocidade mortal, aterrissando direto na ambulância do Samu. Por isso precisa manter o corpo forte: para aguentar o tranco, quando algo der errado. E nem sempre é suficiente, como contou em um vídeo que postou uma vez, respondendo à caixa de perguntas: "já quebrou algum osso treinando?".

"Olha", ele disse para a câmera, "contando todo o tempo de recuperação de todas as vezes que eu já quebrei, contundi, lesionei ou desloquei algo enquanto treinava ou experimentava desde que encontrei o feitiço, com 10 anos, já passei pelo menos seis meses da minha vida com alguma parte do corpo imobilizada. Isso responde sua pergunta?"

(Falta criatividade às pessoas. Ninguém perguntou

como é usar o feitiço debaixo d'água ou jogando futebol de sabão, como já perguntei ao vivo. Em resumo, Diego já quase se afogou algumas vezes e detesta futebol de sabão.)

– Tive tempo pra treinar desde a última vez que trabalhamos juntos – ele diz. – Escolher as memórias do momento já é algo que faço no automático, depois de tantos anos repetindo. São mais sensações que outra coisa.

– Nem parece o garoto que atirou as panelas tão errado no nosso primeiro serviço que tacou fogo na cozinha da senhorinha – provoco.

– Ei, calma lá – ele briga, mas reprime a sombra de um sorriso com a lembrança. – Nada teria pegado fogo se você não tivesse quebrado a garrafa de cachaça em um ambiente altamente inflamável que é um fogão!

– Fogo era a única coisa que espantaria os saguis viajantes! Você tinha espalhado farofa de banana pela cozinha inteira! Os bichinhos estavam em êxtase! Quem poderia prever que a cachaça causaria uma pequena explosão?

– Literalmente qualquer pessoa!

– Pelo menos funcionou!

Diego balança a cabeça, o sorriso saudosista cada vez maior no seu rosto. O meu o acompanha.

– Esse serviço foi um fracasso total – diz.

– Um fracasso espetacular! Porque nós éramos *tão bons* que não podíamos aceitar qualquer fracasso, não. Tinha que ser o fracasso mais bem executado! Um *case* de sucesso de fracasso!

Ele engasga em uma risada.

– Só você mesmo pra enxergar dessa forma.

– Você enxergou também, tá? Porque qualquer pessoa em

sã consciência teria recomendado que nunca mais trabalhássemos juntos. Mas você *sentiu*, assim como eu, que isso aqui – aponto para mim e para ele – ia funcionar. Por isso mandou mensagem e me chamou. Não adianta negar. E não deu outra: serviço após serviço, nós melhoramos. Em duas semanas já estávamos gabaritando as cinco estrelas da avaliação de todos os serviços no Geniapp. Eu aprendi a te salvar com a maior facilidade de ser engolido por gosmas antimagi...

– E eu fiquei mestre em te impedir de ser carregada por fadinhas urbanas.

– Se nós tivéssemos continuado, hoje era capaz de estarmos derrotando até a casa possuída do serviço que Madu não me deixa pegar!

– Tá bom. – Diego assente com a cabeça. – Nós funcionávamos muito bem juntos.

– Nós éramos os *melhores*!

O sorriso vai sendo lavado dos nossos lábios. Atingimos o limite do quanto podemos nos lembrar do que foi bom antes de chegar no que doeu.

– Então por que me abandonou? – deixo a pergunta sair. Não tenho mais nada a perder.

– Amanda... – Diego aperta as sobrancelhas em uma expressão dolorida. – A minha intenção nunca foi te abandonar.

– Não foi o que pareceu, quando você surgiu do nada querendo parar de trabalhar comigo.

– Eu estava em um momento ruim, lidando com vários problemas de família, da minha irmã e... – Ele não completa. Bufo, cansada de ele e Alícia evitando o assunto porque não conseguem se resolver. Que briga é essa que tiveram para fazê-los retrair tanto seus sentimentos?! – Enfim. Foi a decisão que me pareceu a melhor de tomar naquele momento. Trabalhar como bruxa de aplicativo não era o caminho certo pra conseguir o que eu estava buscando. Não queria parar de falar contigo nem nada, só ia largar o Geniapp.

– Você nem confiou em mim pra conversar sobre isso! Eu teria, sei lá, tentado te ajudar!

– Como a gente ia conversar se você nem respondia às minhas mensagens depois que eu te contei?!

– Eu estava chateada! E rapidinho você parou de falar também! Nem insistiu!

– Porque doeu ser largado sozinho por mais uma pessoa da minha vida!

– Eu não… – gaguejo, surpresa. – Eu não quis te deixar sozinho!

– Eu também não quis te deixar.

– Mas é o que aconteceu!

A expressão dele é um espelho da tormenta que sinto. Absorvemos no silêncio a dureza do que realmente aconteceu na tragédia de nós dois. No fim, abandonamos um ao outro. E não tem como voltar atrás.

– E o que você estava buscando? – Meus olhos estão molhados, e estou a um passo de procurar um feitiço para secá-los antes que Diego perceba.

– Amanda…

– Não estou cobrando que tivesse feito nada diferente. Eu sempre soube que em algum momento você ia embora. Na verdade, até concordo que foi melhor pra você. Olha como a sua vida tá boa agora!

– Nada disso é verdade.

– Nunca fui ingênua a ponto de achar que eu era a sua prioridade nem nada – continuo. – Mas queria saber, só por curiosidade, o que era tão importante assim pra você a ponto de valer jogar fora o que nós tínhamos.

Ele demora um longo momento para responder. Quando o faz, sua voz soa baixa contra o burburinho do sábado na praça:

– Eu precisava de uma estratégia diferente pra encontrar o *bug*.

E a conversa volta ao início, um círculo completo.

– Desde aquela época você já estava caçando ele? Por quê?

– Porque acho que o bicho matou alguém da minha família. E eu preciso saber o que realmente aconteceu.

Perco as palavras, em choque. Então o acidente do ano passado que meus contatos tinham me contado foi real e realmente teve vítimas humanas?

– Eu sinto muito... – consigo murmurar. – Quem era?

Diego trinca o maxilar e balança a cabeça. Já aprendeu, assim como eu, o que acontece quando confiamos demais um no outro.

– Não quero te envolver nisso – diz.

– Tarde demais, porque já estou envolvida até o pescoço. Eu sei que tenho meus motivos egoístas, mas também... Também quero te ajudar. – Mordo os lábios, desconfortável por estar *cometendo* uma honestidade. – O feitiço que tentei agora na festa era pro *bug* responder ao *story* que você disse que postou uma vez. Falou como se fosse importante pra você, e eu... Sei lá, só queria que você conseguisse a resposta que buscava. Na hora senti como se tivesse funcionado, mas aí a pirâmide de taças caiu.

– Amanda – a voz dele ganha uma suavidade nova –, você não precisa...

– Sei que não preciso – brigo. A vergonha me deixa agressiva. – Mas quero.

Seus olhos angustiados saltam pelo meu rosto, tentando costurar sentido na bagunça que eu sou.

– Não te entendo – diz. – Por que ainda se importa comigo? Ignorou todas as minhas mensagens. Achei que quisesse me cortar da sua vida.

– Eu... Eu sei que devia ter te respondido. – Falo mal-humorada, irritada, porque é só assim que consigo admitir um erro. – Mas logo depois você mudou de número também e nem me deu o novo.

– Como, não dei? Eu te mandei quando troquei de telefone. Tinham vazado o meu número antigo.

– Não mandou, não.

– Mandei, sim. O seu contato foi um dos poucos que passei pro chip novo.

Aperto os olhos, confusa. Ele não...

Conforme a memória vem, minha irritação vai sendo purgada pela descrença, pelo alívio singelo de talvez não ser verdade algo que sempre me machucou.

– ... Vagamente me lembro de deletar uma mensagem de "oi" de um número desconhecido há alguns meses – digo. – Por acaso você... se esqueceu de colocar o seu nome?

– ... Talvez...

– ...

– ...

– Nós somos dois idiotas, não somos? – digo.

A risada pequena que ele solta é um sopro tão triste, tão amargo, que me parte o coração.

– Diz o seu número que vou te mandar mensagem. – Tomo a iniciativa de corrigir pelo menos esse erro do nosso passado, de uma lista tão grande.

– Posso te mandar direto. Nunca tirei o seu da minha lista.

Só que, quando Diego saca o telefone, um nó confuso surge entre suas sobrancelhas. Espio a tela. Abaixo do ícone de "modo silencioso" ligado, tem uma notificação de mensagem de um número desconhecido.

Trocamos um olhar tenso.

– Você disse que tinha sentido que o feitiço funcionou? – ele me pergunta.

Assinto com a cabeça e ele aperta o botão para abri-la. Um vídeo começa, de uma garota branca de cabelo escuro curto com as pontas pintadas de rosa.

"Não acredito que estou fazendo isso", ela diz. A imagem balança. "Droga de celular. Bom que a gente já começa com você tendo uma visão linda de dentro do meu na..."

Diego pausa o vídeo. Seu rosto está pálido feito uma folha de papel.

– Júlia... – ele murmura.

– Eu queria que o *bug* te respondesse, não essa pessoa – me defendo. – Quem é ela?

Diego relaxa a boca, antes apertada a uma fina linha, e se recompõe para dizer:

– Alguém que não vejo há muito tempo. – Desliga a tela e guarda o celular. – Parece que o seu feitiço se confundiu na hora de escolher que mensagem me mandar.

Ele não explica, doido para me deixar de fora de novo, mas já é tarde. Já juntei os pontos.

Para o meu feitiço ter enviado aquele vídeo, é porque a mulher de cabelo com pontas rosa provavelmente tem algo a ver com as respostas que Diego busca. E são grandes as chances de ela estar, assim como nós, atrás do nosso tecbicho.

- 8 -

Madu

O PROBLEMA DA PESSOA responsável é que é um caminho sem volta. As pessoas começam a depender de você. E você, que morre de medo de decepcioná-las, de mostrar que não é capaz, segura a barra de todo mundo. Aguenta os B.O. Vira o exemplo dos mais novos, o orgulho dos mais velhos. No fim, está acumulando tanto peso nas costas que não sobra espaço para o que você mesma tem que carregar. Então compacta tudo bem dentro de si, para que não ocupe espaço. Medos. Inseguranças. Ansiedades. Para que pelo menos você não os veja. Para que consiga segurar mais coisas ao mesmo tempo.

O problema é que compactar tudo lá dentro não faz nada perder o peso. Quando percebe, você está se arrastando pela vida, exausta. Está pulando de tarefa em tarefa sem sentir realização, apenas um vago alívio por terminar algo. Por ter menos um problema para ser resolvido.

Você passa maquiagem em casa todo dia de manhã para as pessoas não perceberem o quanto está cansada. Você faz sua rotina de *skincare* todo dia de noite, não tanto para ficar com o rosto bonito, mas para sentir que está fazendo algo por si mesma. E ninguém estranha, porque você sempre foi perfeita assim. Especialmente se sua pele for marrom, e todo mundo já espera cruelmente que você seja mais forte por definição.

Até que aparece alguém especial o suficiente na sua vida para te fazer ser egoísta.

Alícia vira minha primeira negligência.

Quando ela precisa ir embora do restaurante e nos despedimos, decido não contar para Amanda o que conversamos na biblioteca além do mínimo necessário. Guardo a menina-mistério em um bolso dentro de mim, separado do resto da minha vida. Uma tentativa de fazer parecer menos ameaçador o tanto que dividi meus sentimentos com ela. Que não foi pouco, no fim. Porque, por mais que eu a tivesse convidado para comer decidida a parar de me expor tanto, dei de cara com o pior imprevisto: Alícia me *ouvia*. Não com o olhar perdido de quem só quer que você cale a boca para contar a própria história, mas com o interesse de quem absorve. Degusta. Nunca pensei que ouvir pudesse ser uma habilidade mensurável, algo com que se pudesse elogiar alguém. "Aquela menina! Ouvidora incrível!" Com ela, descobri que é possível.

E que é aterrorizante.

Passei muito do ponto em que eu normalmente me afasto das pessoas. Que fujo do perigo de me abrir demais, de mexer no que guardo compactado, de me machucar. Mas faz parte do meu plano. Porque, quando você se divide tanto com alguém, a outra pessoa inevitavelmente devolve algo de si em troca. Como física. Como magia. Ação e reação.

Verdade, lasca por lasca.

Não sei se vou descobrir tudo o que Alícia esconde a tempo de ainda ser possível me afastar. Ou se vou tomá--la como um coquetel doce demais para sentir o álcool, me intoxicando até que seja tarde.

Mas sou uma garota com uma missão. Pela primeira vez em muito tempo, decido continuar.

#54

Um vídeo gravado na vertical começa a ser reproduzido na sua tela.

O rosto de Júlia treme de um jeito constante e atrás dela há uma janela escura em movimento. A tela do celular reflete nos seus óculos.

– Prometi a mim mesma que não ia te mandar mais nenhum vídeo hoje – ela fala, baixo –, mas tô no metrô e tenho um tempinho pra matar, então vamos pro terceiro. Confesso que a essa altura achei que você já teria me mandado algum sinal de vida. Quantos vídeos gravei nas últimas semanas, uns cinquenta? Que fiasco.

Uma musiquinha animada toca ao fundo e uma voz feminina robótica anuncia: "próxima estação: Maria da Graça".

– Nos últimos dias, antes de dormir, tenho tentado explicar pra mim mesma de onde veio toda essa confiança de que me responderia. Você vê o que nós postamos todos os dias. Consome uma quantidade gigantesca de informação, com tudo o que temos de melhor e de pior. Eu acho que acreditei que surgiria em você um pouco de nós. De... Humanidade. Humanidade por osmose. - Ela ri. - No ano em que a gente tá, há quem argumente que isso não é nem uma coisa boa. Mas sei lá. Por mais que tenhamos nossas falhas, ainda temos muito amor aqui dentro. Eu tinha esperança de que pudesse nascer em você também. Não que seja obrigado a ter sentimentos iguais aos nossos, mas achei que pelo menos poderia… sei lá. Se importar comigo.

Sua expressão fica pensativa.

- Mas acho que eu tentaria conversar contigo mesmo se não pensasse isso. Sempre que te vejo pulando pelas festas, você parece tão… solitário.

O trem para, a imagem do seu rosto fica firme. O trem anda de novo.

- Enfim. Demorou cinquenta vídeos, mas comecei a duvidar disso tudo. Talvez eu deva parar. Hoje tive um dia ruim, com um cliente que não consegui ajudar, outro que deixei que me tratasse mal. Tô em clima de repensar minhas escolhas de vida. Bruxa de aplicativo não é uma carreira com muito futuro, sabe? - Ela sorri, mas seus olhos estão molhados. - Ah, a sensação maravilhosa de já ter 23 anos e não fazer a menor ideia do que está fazendo com a própria vida.

Uma caixinha branca de mensagem pisca no reflexo da tela nos seus óculos.

– "Você se cobra demais" – Júlia lê para si mesma e paralisa. Arregala os olhos e fica encarando o celular em silêncio, os lábios semiabertos de surpresa. – ... É você?

Outra mensagem pisca na tela.

– "Sou".

A imagem balança freneticamente. Quando para, Júlia não tem mais a janela atrás de si, mas um canto liso de vagão que parece mais reservado. Sua respiração está acelerada. Demora quase um minuto olhando para a tela antes de dizer:

– Se soubesse que era só eu chegar no fundo do poço que você viria, teria me jogado mais cedo.

Nenhuma mensagem pisca nos seus óculos.

– Você consegue me ouvir ao vivo? – A resposta vem imediatamente. – Só porque estou gravando direto do aplicativo? Aposto que também é porque estava prestando atenção em mim, não estava?

Júlia abaixa um pouco o rosto, constrangida pela primeira vez.

– Então você assistiu mesmo a todos os meus vídeos?

Seus olhos batem pela tela enquanto lê a resposta.

– "Você é uma humana curiosa." Er… Foi mal pelos desabafos sinceros demais e pelas piadas de qualidade duvidosa.

Nenhuma mensagem.

– Você finalmente vai aceitar conversar comigo e com a Daiana? Esse é o nome da pessoa com quem eu preciso que converse.

Demora minutos para a resposta vir. Quando chega, a expressão de Júlia desanima.

– Não vai. Nada nunca é fácil, não é?

Ela encara o telefone longamente, quase como se estivesse tentando entender o que está por trás do reflexo do próprio rosto, na magia a espiando por entre os *bytes*.

– Se não vou te convencer a conversar com ela, perco o propósito de gravar esses vídeos.

Duas estações de metrô de silêncio passam antes de Júlia tomar uma decisão. Sua voz é bem baixa, fina, sem nada da confiança usual:

– Posso te contar sobre o meu dia mesmo assim?

Ela não lê em voz alta a resposta dessa vez, mas, conforme seus olhos dançam pela tela, sua boca se aperta em um sorriso tímido.

– Foi uma droga, mas pelo menos aumentei os pesos na academia. De manhã, eu…

O vídeo continua por dez minutos, e é seguido por outro de cinco em que Júlia faz o percurso de retorno no metrô, pois passou da estação.

– 9 –

MADU E AMANDA

Amanda

Cheguei em casa agora e vc tá na rua!

Pensei que ia ficar estudando.

Madu

Fui encontrar com a Alícia. Ela queria saber de vc.

Amanda

Finalmente tomou coragem, é?

Madu

Como foi a festa? Sua água mole e argumentativamente insuportável enfim furou a pedra dura de Diego?

Amanda

Primeiro, isso soou sexual. Segundo, nós... conversamos.

Madu

Ele te contou se realmente pegou aquele atacante do Flamengo?

Amanda

Madu, eu JÁ DISSE que não vou inserir isso na minha pauta de investigação.

Madu

Mas o jogador tem coxas ridículas de grossas! É de suma importância pro mundo saber essa informação!

Amanda

Enfim, nós conversamos. Não só sobre o tecbicho, mas sobre nós dois. Te conto mais quando chegar em casa.

Madu

!!!

Amanda

Só que depois disso aconteceu algo estranho. Fiz um feitiço que deu ruim e apareceu um vídeo gravado de uma garota no celular do Diego. Tenho a sensação de que ela tem algo a ver com o *bug*. Talvez também esteja atrás dele.

Diego pareceu saber quem ela era, mas não quis me dizer muita coisa. E não sei ainda se vou insistir no assunto. Ele parecia que tinha visto um fantasma quando deu play no vídeo. Sei lá, acho que infelizmente tô sendo acometida por uma doença chamada CONSCIÊNCIA e não quero encher o saco dele sem pensar em como se sente dessa vez.

Madu

Que orgulho da minha prima, finalmente se tornando um ser moral e ético.

Amanda

Olha o quanto tô decaindo...

Madu

Quer que eu pergunte à Alícia se ela sabe de algo?

Amanda

Prefiro não contar a ela sobre isso. Pode ser? Não foi um contato direto com o bicho então não estamos quebrando nenhum acordo do serviço.

Madu

É impressão minha ou você finalmente começou a
se sentir mal em estar escondendo de Diego
que foi contratada pra vigiá-lo? Uau!

Amanda

Esse troço de ter consciência é um horror,
preciso me curar urgentemente.

Madu

Daqui a pouco a família vai acreditar que você
se reformou e cancelar o seu ban de cinco anos
nas partidas de buraco da quinta-feira
por roubar demais.

Amanda

E a Alícia? Você descobriu algo sobre ela?

Madu

Não acho que ela tenha pegado o jogador do Flamengo.

Amanda

... A pessoa mais inteligente que eu conheço, se fazendo de burra.

AMANDA E DIEGO

Diego

Chegou em casa bem?
Vc nunca esquecia de me avisar antigamente.

Amanda

Cheguei. Foi mal, acho que perdi o hábito.
Eu sei que pra vc é importante por causa da sua família,
e depois de hoje eu imagino o porquê. Sua mãe ainda
briga contigo quando vc esquece de avisar?

Diego

Não briga, porque eu não esqueço. Já tivemos traumas suficientes na família.

Amanda

Ela deve ficar preocupada em Brasília, sabendo que você passa a maior parte do tempo sozinho em casa. Ainda vem pro Rio nos fins de semana, pelo menos?

Diego

Um ou outro. O trabalho com meu avô tá puxado. Enfim, acho importante deixar quem se preocupa contigo tranquilo.

Amanda

Tá bom, tá bom. Não sabia que você se importava tanto assim comigo. Tenho a obrigação legal de te alertar que pessoas que se preocupam comigo são estatisticamente mais propensas à hipertensão e à queda de cabelo. Nesse ritmo, ter a mim de novo na sua vida vai ser um caminho sem volta rumo à calvície.

Diego

Você nunca saiu da minha vida.

Amanda

... Vou tentar não esquecer de te avisar, da próxima vez.

MADU E ALÍCIA

Madu

Ontem, quando cheguei em casa, Amanda me contou que descobriu o que Diego quer com o bug de algoritmo. Arrancar do bicho o que realmente aconteceu quando alguém da família de vocês faleceu. Passei a noite inteira remoendo isso. Cheguei à conclusão de que... Você já sabia, né? Porque não tinha como não saber.

Mesmo que a pessoa que se foi não seja parente sua também, já que Diego é seu meio-irmão, vc pelo menos deve desconfiar do que se passa na cabeça dele. Tenho certeza disso. Pode tentar esconder de mim os seus segredos de todas as formas possíveis, mas a mentira que nunca vai colar é a de que você é trouxa.

Alícia

... Tudo bem. Eu já sabia.

Madu

Por que não nos contou desde o início???

Alícia

Não faria diferença. Além disso, não vou sair explanando todos os problemas da minha família pra qualquer desconhecida logo de cara.

Madu

... Será que algum dia eu vou deixar de ser só uma desconhecida?

Alícia

Não fica assim. Foi mal. Não foi algo pessoal. É só que... O acidente foi um evento traumático pra todo mundo. Pra mim, em especial. Não gosto de falar.

Madu

Vc tá certa. Desculpa. Eu não devia nem estar aqui te cobrando isso. Não é sua obrigação me contar esse tipo de coisa. É só que, sei lá... Toda vez que acho que avancei um tantinho em te decifrar, percebo que estou mais perdida do que nunca.

Alícia

Talvez deixar que me decifre não tenha sido uma boa ideia. Talvez seja melhor pararmos.

Madu

Não diga isso. Alícia, veja bem. Eu nunca desisti de um desafio na minha vida, e não vai ser agora que vou começar. Ainda mais por um motivo desses. Esquece isso e bola pra frente. O que eu preciso é de uma estratégia mais eficiente. Metas numéricas. Quantificar parcelinhas de segredos seus pra monitorar o nosso progresso.

Alícia

... A sua cabeça evolui raciocínios de forma assustadora.

Madu

Fiz os cálculos aqui e, depois das coisas que me contou na nossa conversa de ontem na biblioteca, ainda vou precisar saber pelo menos umas cem coisas de que vc ama pra começar a te entender. Pode ir se preparando pra gostar de MUITA COISA a partir de hoje.

Alícia

Eu já disse que não gosto de tanta coisa assim.

Madu

Gosta. Quer ver? Livros. Aposto que ama livros. Marcou de conversar em uma biblioteca e tinha um em cima da mesa.

Alícia

... Acho que sim.

Madu

Que gênero você prefere? Eu e Amanda temos um pacto: eu leio as fantasias dela, e ela lê meus romancinhos. Assim sempre temos com quem surtar. Mas tenho a impressão de que nenhum dos dois gêneros são seus favoritos.

Alícia

Prefiro drama.

Madu

Ama uma boa choradeira?

Alícia

Gosto de ter o controle de ficar triste por escolha.

Madu

O jeito como você fala isso faz parecer que fica triste sem escolha a maior parte do tempo.

Alícia

Hoje tô bem melhor do que já fui.

Madu

Alícia...

Alícia

Tá, desafio aceito.

Me arruma os livros mais tristes que você já leu.

Madu

Ok... Vou te mandar a minha lista de histórias que atormentaram o meu psicológico, destruíram a minha alma e pisotearam o meu coração como uma manada de antílopes. Eu os amo. Você vai amar também.

Alícia

Manda ver. Aguento qualquer desastre.

Madu

Já que insiste... Conhece "Os sete maridos de Evelyn Hugo"? É sobre...

AMANDA E DRA. MÃE

Amanda

Vc vem jantar em casa hj? Fiz um vídeo engraçado do feitiço de tia Efigênia pintando o cabelo de tia Suzana de azul sem querer.

Dra. Mãe

Não vai dar, tenho que orientar os mestrandos. Você não jantou no evento? Eu tinha pedido para a Madu ficar de olho em você.

Amanda

O evento foi ontem.

Dra. Mãe

O do CCBB?

Amanda

Esse foi no sábado, já faz dias.
Ontem foi um lançamento de marca de maquiagem em Copacabana. Amanhã tem uma festa em Niterói.

Dra. Mãe

Queria eu estar nessa vida boa de festa todo dia. Tem que aproveitar mesmo. Depois me apresenta a essa amiguinha de vocês que está arranjando convite para tudo.

Amanda

Você tb vai a um monte de festa, quando os alunos te homenageiam na formatura.

Dra. Mãe

Se cuida e dorme cedo.
A escola começa às 7h, não às 7h15, viu? Não é porque tem festa que vai parar de estudar. Te amo, abacaxi.

Amanda

Tbm te amo, mãe.

AMANDA E DIEGO

Amanda

Não deu pra falar contigo direito na festa de hoje, mas na

próxima vc não me escapa. Tive que ir embora com pressa porque Madu precisa estudar e o ônibus pra voltar de Niterói para a nossa casa demora. Enfim, desculpa derramar o guaraná na sua camiseta e sair correndo. Foi o meu feitiço.

Diego

Ele deu errado?

O que vc estava tentando fazer?

Amanda

Derramar o guaraná na sua camiseta.

Diego

...

Amanda

É que vc não saía do meio das pessoas nunca, e eu queria falar contigo!

Diego

Você pode sempre ir até mim e me chamar como uma pessoa normal.

Amanda

Aí não tem graça.

Aliás, já cheguei em casa.

Caso esteja se perguntando.

Diego

Obrigado por avisar.

MADU E ALÍCIA

Madu

Vc já tá me devendo alguns dias sem dizer nada.

Alícia

Não é fácil.

Madu

Tem um hospital pegando fogo e a única forma de salvá-lo é me falando algo que vc ama. Vai!

Alícia

... Morangos.

Madu

Hummm. Uma resposta excelente. Já estou começando a te entender profundamente.

Alícia

É? O que a sua psicanálise diz de pessoas
que gostam de morangos?

Madu

Deixa eu pensar... Hoje comprei uma caixinha de morangos na feira. Os de cima estavam LINDOS, mas os de baixo estavam todos podrinhos, tadinhos. O moço da feira sempre arruma assim. Talvez nós sejamos todos feito caixinhas de morango de feira, colocando a parte mais bonita dos nossos morangos por cima pra mostrar pros outros, escondendo os mais feios por baixo, onde ninguém consegue ver.

Alícia

Você deve tirar notas altas nas suas redações.

Madu

É claro que não. Tiro notas altas em todas as matérias.

Alícia

E não tem nenhuma modéstia!
Aposto que vc é uma daquelas garotas nerds com caderno
superorganizado, coloridinho com vinte tons de caneta.

Madu

Meus advogados me aconselharam a não me pronunciar.

Alícia

Você é!! Ah, não.

Me manda uma foto de matéria. Eu preciso ver.

Madu

Alícia

É a coisa... mais adorável...

Madu

Bom, pelo menos vc nunca mais vai olhar um caderno de matéria frescurento sem lembrar de mim.

Alícia

E nunca mais vou comer morangos da mesma forma.

AMANDA E DIEGO

Diego

Não te vi na festa da Globo ontem. Vc teria aproveitado.

Amanda

Tive um imprevisto com uma tarefa que
peguei no Geniapp e não deu tempo de chegar.
Não me diga que o *bug* escolheu especificamente
esse momento pra dar as caras?

Diego

Nem sinal ainda. Mas tinha o Emicida e ele deu uma palhinha.
Vc adora também, não é? Sempre me lembro daquela vez em
que vc ficou empolgada quando descobriu que eu gostava
do musical de Hamilton e passou horas me mandando
links de rappers e vídeos de poesia *spoken word*.

Amanda

... Admiro pessoas que sabem usar as palavras
pra construir algo poderoso.

Diego

Como você, tentando convencer as pessoas.

Amanda

Ah, vá. Enfim, estou preocupada com nosso amigo que
nunca mais apareceu. Precisamos de novas ideias.

Diego

Que imprevisto aconteceu no serviço hoje?

Amanda

Lá vai vc, mudando o assunto.

Diego

Você me deve uma história doida, já que
não me contou a da festa de hoje.

Amanda

Tá bom, vou deixar passar dessa vez.
Já que meus ouvintes insistem...
Hoje peguei um trabalho de espantar na surdina
uma infestação de pixies em uma cafeteria
de rede cuja marca sou legalmente proibida de falar.
Acontece que algum funcionário vazou a notícia de que
os cafés do dia estavam saindo "batizados" com pó de fada.
Em quinze minutos, já tinha surgido uma fila de quase cem
pessoas querendo provar, na esperança de que desse barato.

Diego

Não acredito...!
As pessoas bebem qualquer coisa que meterem
dentro de um copo de café superfaturado.

Amanda

Pois é. Resultado, a vigilância sanitária fechou o lugar,
o gerente me fez esperar pra fugir pelos fundos,
e eles foram obrigados a cancelar o meu serviço
e contratar uma "empresa certificada".

Diego

A carreira de bruxa de aplicativo não dá muito
dinheiro, mas diverte pra burro, ein? Mil histórias
suas depois e continuo me surpreendendo.

Amanda

Quer ouvir a do serviço de ontem também?

Diego

Sempre.

Amanda

Deixa eu subir pro quarto que gravo áudio.

Então. O cliente veio reclamar pra mim que comprou um livro de cordel encantado de um homem na rua que desapareceu assim que ele virou as costas, e desde que leu ficou amaldiçoado a só falar em rimas. Aí eu disse: "Mas, senhor, falar em rima assim é tão bonito, já pensou em ganhar dinheiro como repentista?" [...]

MADU E ALÍCIA

Madu

Segundo minha planilha de análise de resultados dessa primeira semana do projeto "entendendo Alícia", concluí que há espaço para intensificar nossos planos de ação. Me diz DUAS coisas que ama.

Alícia

Dias de chuva. E... Shrek.

Madu

.... Tá, eu não esperava por isso.

Alícia

Eu vi umas cinquenta vezes quando era criança. Minha mãe até comprou pra mim aquele feitiço que virou moda que fazia as orelhinhas dele crescerem na cabeça por alguns dias, vc lembra?

Madu

Vc fez parte da Febre Shrek??? Ahhh, que inveja! Minha mãe não me deixou participar. Disse que filha nenhuma dela ia ser chacota. Se pudesse, teria me vestido com terninho feminino desde que eu era pequena.

Alícia

Minha mãe não ligava muito pro que os outros achavam.

Madu

Ela se foi?

Alícia

Sim.

Madu

Meus sentimentos...

Alícia

Ei, quer ir à biblioteca amanhã? Talvez eu tenha algumas fotos da Febre Shrek aqui.

Madu

Aimeudeus!! Não perderia isso por nada.

MADU E MÃE

Mãe

Você nunca está em casa, então só me resta falar por aqui, ao que parece. Você seria a melhor aluna que já pôs os pés no seu colégio, passaria em primeiro em qualquer vestibular, se não deixasse essa família arrancar todo o seu tempo. Em especial a Amanda.
Como pode, uma menina com mãe acadêmica, com doutorado e tudo, ter tão pouco interesse nos estudos. Você devia sair menos com ela.

Madu

Consigo equilibrar tudo, mãe.

Minhas notas não vão cair. Eu prometo.

Mãe

Vamos ver no próximo boletim.

MADU E ALÍCIA

Alícia

Tá tudo bem?

Madu

Amanda não conseguiu ir a uma festa no fim de semana, mas já voltou ao cronograma normal. Tudo indica que Diego não fez nada de mais.

Alícia

Ótimo. Mas eu estava perguntando sobre vc. Tá quieta.

Madu

Estudando muito.

Alícia

Os cadernos não vão se colorir sozinhos, né?

Madu

É que minha mãe andou me cobrando. Ela... me deixa cansada de vez em quando. Tem dias que mal fala comigo. Que interage mais mandando vídeo da Eliana Guia que outra coisa. E aí aparece do nada pra me dar sermão, só porque acha que não estou sendo perfeita o suficiente pra ela. Me dá vontade de fazer tudo ao contrário do que fala só de birra. De gritar, jogar tudo pro alto. Às vezes parece que não importa

o quanto eu faça exatamente o que ela quer quase o tempo
todo, nunca é suficiente. Tem sempre algo que me falta.

Alícia

Não falta nada. Ela podia andar o Rio de Janeiro inteiro atrás
de uma filha mais exemplar e não ia encontrar nenhuma.

Madu

... Obrigada por ser boazinha.
Ai, agora me sinto mal de reclamar dela assim,
como se eu fosse uma filha ingrata...

Alícia

Não precisa se sentir. Você é humana.

Madu

Devo estar assim porque foi um dia cansativo. Tive
muito o que resolver pra minha família. E dois serviços
do Geniapp com a Amanda. Talvez minha mãe esteja
certa. Talvez eu sacrifique tempo demais por eles.

Alícia

Bom, de fato você aparenta sempre estar vivendo
uma maldição autoimposta de carregar o mundo
inteiro nas costas sem qualquer explicação.

Madu

Mas o que eu vou fazer,
deixar todo mundo na mão?!
Esse bando de cabeças de vento?! Não dá.
Olha só a Amanda. Se eu a deixar sozinha,
tenho certeza de que vai sair pegando
todo serviço de casa possuída com instinto
assassino que aparecer pela frente.

Alícia

Pensar um pouco em vc mesma não é errado.

Não são crianças de quem precisa cuidar.

Aposto que sua família não se preocupa com vc um décimo do que vc se preocupa com eles.

Madu

Calma. Também não é assim. Eu reclamo, mas sei que se preocupam e fariam tudo por mim. Do jeito deles. Como eu posso explicar...?

Há uns anos passei dois meses na casa da minha avó paterna no interior. Eu tinha 15 anos e achava um saco, mas aceitei ir, porque ela precisava de ajuda no sítio. Mesmo sem eu dizer nada, Amanda sabia que eu estava entediada, então me mandava mensagem todos os dias perguntando se eu queria sair pra ir tomar açaí, pra ir na casa de algum parente. Me avisava quando tinha bolo quentinho saindo na cozinha da minha avó aqui no Cosme Velho, mandava eu descer pra lanchar. Mesmo que estivéssemos a trezentos quilômetros de distância uma da outra. Sim, eu sei que soa como se ela estivesse esfregando na minha cara o que eu perdia. Confesso que Amanda tem umas ideias um pouco... fora da caixinha. Mas não era isso. Ela só queria que eu soubesse que estava pensando em mim. Queria que eu me sentisse incluída, porque, segundo ela, era legal ser chamada pro rolê, mesmo que não pudesse ir. Minha prima nunca teve muitos amigos fora da família e não costuma ser chamada pros rolês do colégio. Quando viu que os convites me animavam, ela foi mobilizando os primos, que foram mobilizando outros primos. De repente, todo dia eu recebia dezenas de mensagens da família me chamando pra todo passeio

que você imaginar. Até minha mãe me convidou pra ir a lugares de que eu sei que ela nem gosta. Nunca me senti tão querida.

Enfim, acho que o que quero dizer é que as pessoas cuidam de quem amam de formas diferentes. Seja com convites impossíveis. Seja dando uns cascudos em uma ou outra pessoa que já me fez sofrer (meus primos têm a mão BEM pesada). E eu entendo meus cabecinhas de vento. Uau, comecei reclamando, agora tô aqui, defendendo minha família com unhas e dentes.

Alícia

Desculpa a amargura. Esse papo de "você precisa fazer tudo pela família" me deixou na defensiva. Acho que desde que a minha mãe se foi, não tem sido fácil morar com minha avó. Ela é complicada. Apesar de todo mundo achar que é a melhor pessoa do mundo... Deixa pra lá. Falei de você, mas também me sinto desconfortável falando mal dela. Não quero continuar nesse assunto.

Madu

Foi um erro meu ter começado esse trem de desabafo descarrilhado. Desculpa. Preciso aprender a controlar melhor a minha frustração com a minha família. Com a minha mãe.

Alícia

Quer um segredo meu?

Madu

Todos.

Alícia

Gostei de te ver perdendo a cabeça com eles. A garota de ouro, a própria arauta dos bons costumes, finalmente irritada, maldosa.

Madu

Você é péssima!

Alícia

Exatamente por isso. Quando tá maldosa,
me sinto mais próxima de vc.

Madu

É que já passam das onze da noite. Se tivesse me perguntado se eu estava bem de manhã, eu não teria respondido tão emotiva.

Alícia

Manhãs são pra falar das coisas que a gente ama.
De noite a gente é triste, má e comete crimes.

👪 *FAMÍLIA OLIVEIRA* 👪

Tia Efigênia

Tem vídeo novo da Eliana Guia, família!

➦ *Encaminhada*

▶ Preparativos para a festa de 5 anos do Geniapp

Amanda

Essa festa é em alguns dias, né?

Tia Suzana

Acompanha também, Mandinha. Vai ser o evento do século, pelos vídeos que a Eliana tá postando.

Tia Efigênia

Um monte de convidado famoso bacana!

Madu

Nem pense, Amanda...

Amanda

Hum... Bom saber.

AMANDA E DIEGO

Amanda

Ei... Se vc quiser que eu pare de ficar te mandando minhas histórias todo dia em áudio é só falar.

Diego

Eu gosto. Até prefiro em áudio. A narração dá um tempero a mais. Ainda tem o entretenimento de ouvir no fundo, como na história de hoje, a sua avó gritando que vai chamar o serralheiro pra colocar um cadeado na geladeira. Falando nisso, tá tudo bem?

Amanda

Ah, ela fala isso pelo menos uma vez por dia. Meus primos ficam roubando comida e fazendo bagunça. Essa é a linha de comunicação da minha família, não se preocupe.

Diego

Sua família parece animada.
A minha quando briga é na justiça.

Amanda

Somos apenas uma família normal. Quer dizer, que família grande não tem um tio que disse que ia lutar numa dessas guerras do hemisfério norte só pra forjar a própria morte, formou um culto, foi preso em Nicarágua, fugiu da prisão e foi visto pela última vez em um ensaio de escola de samba na Zona Norte do Rio de Janeiro na companhia do verdadeiro bruxo, Ronaldinho Gaúcho?

Diego

Não acredito. Tá zoando?

Amanda

Tá, exagerei um pouco. Ele não conhece o Ronaldinho Gaúcho.
Mas ambos estavam no evento. Foi documentado. Pela Interpol.

Diego

Você devia gravar vídeos contando essas suas histórias.
Da sua família, do Geniapp. Ia fazer o maior sucesso.

Amanda

Que nada. As pessoas não iam me achar tão interessante.
Além do mais, não dá pra ser bruxa de aplicativo e influencer
ao mesmo tempo, como você mesmo me ensinou.

Diego

Poxa...

Amanda

Quem sabe se eu gravasse uns vídeos dançando.

Diego

Grava também. Eu apoio.

Amanda

Eu, não! Tava brincando. Tenho minha dignidade.

Diego

Tem nada. Grava!

Amanda

Não sei nem dançar direito.

Diego

Eu te ensino.
Te pego pela mão e te mostro passo a passo.

MADU E AMANDA

Amanda

Pela primeira vez, concordo que esse esquema todo de vigiar Diego se mostrou perigoso demais pra mim.

Madu

O que houve??

Você me fez pegar o celular com a mão cheia de manteiga.

Vovó vai brigar comigo, já, já.

➦ *Encaminhada*

Amanda

Não sei nem dançar direito.

Diego

Eu te ensino. Te pego pela mão e te mostro passo a passo.

Amanda

Tô ouvindo aqui do quarto suas gargalhadas na cozinha...

Madu

Eu acho HILÁRIO você nervosa porque o Diego tá te dando mole. Ficou meses obcecada por ele, avançou na primeira oportunidade de se reaproximar, chega cheia de conversinhas e sorrisos nas festas, e quando ele flerta de volta, se faz de doida.

Amanda

EU, OBCECADA?! Você que está DOIDA.

Madu

Amanda, eu que sou a prima nerd e vc que é a extrovertida.

Era para a falta de noção social ser minha, não sua.

Por favor, se esforce mais para agir de acordo com os devidos estereótipos.

Amanda

Vc fica me zoando do topo do seu pedestal, mas também me encheu o saco dizendo que a Alícia era suspeita e agora tá aí, toda arriada pela menina.

Madu

Eu??? Claro que não!
Não sei de onde vc tira essas ideias.

Amanda

Tá na cara! Vc olha as mensagens dela no celular da mesma forma que olhava o Papai Noel quando a gente era criança e faziam a chegada dele na pracinha do bairro.

Madu

Que específico. O Papai Noel que vinha em cima da caçamba do caminhão emprestado do seu Antônio da loja de materiais de construção? Enfeitavam o veículo todo, mas deixavam a faixa de que o Tonhão do Martelo estava patrocinando a chegada do bom velhinho. O que isso tem a ver? Como que eu olhava pro homem fantasiado lá, balançando na caçamba? Com escárnio, incredulidade, chacota?

Amanda

Com estrelas nos olhos. Como se fosse a coisa mais incrível que vc já tinha visto. Magia na terra. Como todas as crianças em volta, é claro. Mas vc era a única que tinha uma pontinha de ceticismo também. Sempre foi esperta demais pra acreditar em qualquer coisa.

Madu

... Não olho pro celular assim.

Amanda

Realmente, é um pouco diferente.

Quando era o Papai Noel, com o tempo você foi ficando
cada vez mais desconfiada e menos maravilhada.
Com a Alícia, tá sendo exatamente o contrário.

Madu

Vou ajudar a vovó no pavê de Bruninho, fuiii.

Amanda

Que desculpa mais covarde pra fugir do assunto!

AMANDA E DIEGO

Amanda

Vou ajudar minha avó agora na cozinha.

Diego

Do nada. Pensei que vc tivesse sido banida das artes
culinárias desde que botou fogo no liquidificador
pela segunda vez testando feitiços.

Amanda

Sob supervisão, ainda me deixam cozinhar. É que vovó
tá fazendo pavê pro aniversário do meu primo. Gosto
de ajudar porque posso mapear os pontos com mais
creme, pra saber onde cavar discretamente depois.

Diego

Quase um gênio do crime.

Amanda

Obrigada.

Diego

Te mando uns vídeos de passinhos depois, pra já ir aquecendo.

MADU E ALÍCIA

Madu

E dançar? Tem algum tipo de música que você ama dançar?

Alícia

Nunca fui muito de dançar. Faz eu me sentir... Boba.

Madu

Nem um forrozinho?!

Alícia

Nunca dancei forró.

Madu

Que pecado!!! Dançar um forrozinho faz parte da formação
de caráter de qualquer brasileiro de bem! Por favor,
pelo menos um Alceu Valença. É bom pra alma!

Alícia

Posso tentar. Mas só se você dançar comigo.

Madu

Tá combinado.

MADU E AMANDA

Madu

Vc acha que tem um limite seguro pro quanto
vc pode flertar sem se apaixonar?
Um número de notas mentais que se pode guardar
sobre a pessoa antes de ser considerado amor?
Uma quantidade de horas conversando que se pode
passar antes de não dar mais pra voltar atrás? Uma
fórmula pra calcular os metros antes do precipício?

Amanda

Vc tá sendo muito científica. Hj as pessoas se apaixonam por meia dúzia de mensagens de texto e é isso.

Madu

... Droga.

Amanda

... Que perigo.

AMANDA E DIEGO

Diego

Vc tá irritada comigo?

Amanda

N

Diego

Não foi no último evento e faz dois dias que não me manda uma ideia aleatória, uma história exagerada. Agora me responde com uma única letra. Bom, quando quiser me contar o que tá pegando, tô aqui.

Amanda

Eu acho que enquanto ficamos distraídos aqui de brincadeira, semana após semana, deixamos o *bug* de algoritmo fugir. Perguntei aos meus passarinhos e encontrei boatos de um avistamento dele em São Paulo ontem. Outro em Brasília há uns dias. E se ele tá indo embora do Rio de vez? Chega de ficar parada esperando que o bicho caia no nosso colo. A gente vai decidir aqui e agora uma estratégia pra atraí-lo, porque não tô disposta a cruzar os braços e simplesmente deixar que escape.

Diego

Nossa.

Amanda

O que vc aprendeu com o vídeo que meu feitiço te deu?
Porque eu sei que a tal da Júlia tem algo a ver com o *bug*, não
adianta negar. Diego, vc precisa me contar o que sabe.
Já delineei um plano de uma armadilha essas
últimas semanas, mas me falta a isca.
Tenho que entender o que o bicho tá buscando.
Ein?
É provável que essa seja a nossa última chance
de falar com ele antes que vá pra longe demais.
Sei que não quer que eu me envolva no seu rolo, que
é um assunto delicado pra você, mas é só dessa vez.
Chamamos o nosso tecbicho, conversamos e acabou.
Quer continuar sozinho e perder a sua chance, ou quer
aceitar que duas cabeças pensam melhor que uma?
Confia em mim de novo, só dessa vez.

Diego

Tá bom, Manda. Tá bom. Eu tive um dia cansativo com o meu avô na cidade e, sei lá, não tô com energia pra manter fachada. Quer saber? Você tá certa. Nada do que eu fiz até agora deu certo. Melhor tentar algo diferente. Então a verdade é essa. [Som de respiração profunda]. Tô esse tempo todo atrás do bug *pra descobrir o que aconteceu no acidente, como você já sabe. Achei que ele podia ser o assassino. Que era perigoso. Decidi que a estratégia mais segura seria pegá-lo de tocaia e fazer minhas perguntas à força. Escondi das redes tudo o que me relacionava àquela parte da família pra que o bicho não soubesse que eu era parente de uma das vítimas; imaginei que ele fugiria de mim pelo trauma, ou viria atrás de mim com sede de vingança. E parti pra atraí-lo nas redes. Mas agora... Agora percebi que eu estava errado. [Pausa longa. Som de respiração.] Depois de assistir ao vídeo e ver a confiança na voz da Júlia, tratando o* bug *não como ameaça, mas como amigo, eu acho que ele não é tão perigoso quanto pensei. Acho.*

Amanda

E você confia no julgamento dela?

Diego

Confio.

E confio no seu também. Desde o início, você defendeu o bicho.

Amanda

Mas eu falo qualquer coisa pra convencer os outros, né. Não tenho nenhum senso de autopreservação em particular.

Diego

Você sempre tenta entender as criaturas mágicas antes de qualquer coisa. Tenta encontrar uma solução pros embates com os humanos que não envolva machucá-las (a menos que sejam bananas assassinas). Pode parecer que é só porque tá rebolando pra resolver tudo no jeitinho, mas não é só isso. É porque você é... Boa. Não só boa bruxa de aplicativo. Boa pessoa. Alguém que olha pro que é estranho com empatia.

Amanda

Vc é bem criativo.

Diego

Pode não acreditar, mas é verdade.

Agora prepara pra acender os seus rojões de comemoração: eu devia ter te ouvido desde o início.

Amanda

Vc vai gravar mais vídeos sem camisa?

Diego

Quando vc falou isso?!

Amanda

Ah, acho que só pensei. Minha mente tá sempre pensando em marketing digital...

Diego

Vou conversar com o *bug* na boa vontade, como você adora. Eu achava que essa era a opção mais arriscada, mas agora sinto que é exatamente o que vai atrair o bicho. Ser franco e contar que quero trocar uma ideia sobre o que aconteceu, porque tenho a sensação de que o que ele busca tá relacionado exatamente àquele dia horrível treze meses atrás.

Amanda

Então temos a nossa isca. Deixa o resto comigo.

Diego

Mas, Amanda... Podemos estar errados. Um tecbicho desses pode ser mesmo hostil e perigoso. Tem certeza de que quer arriscar?

Amanda

Fica tranquilo. Eu te protejo. Tenho 1001 feitiços.

Diego

Não era comigo que eu estava preocupado.

Amanda

Bom, pro meu plano nós precisamos de duas coisas. Primeiro, vamos produzir um conteúdo bem apetitoso, bem viralizável, pra atrair a atenção do danado e fazê-lo ler o que você quer. Essa vai ser a sua tarefa.

Diego

Por que já tô começando a me arrepender...?

Amanda

Segundo, nós não vamos postá-lo em uma festa qualquer por aí. Isso não deu certo. Nosso convite ao *bug* vai ao ar em uma festa só nossa, em um ambiente controlado, onde podemos conversar a sós. Onde podemos brigar ou correr atrás dele sem ninguém nos atrapalhando. De preferência um local com carga alta de concentração mágica, porque convence mais como festa real e porque, na minha experiência, criaturas sobrenaturais sempre se atraem por focos de magia feito mariposas pela luz. Já avaliei algumas opções de lugares que poderíamos usar, e acho que tenho uma ideia. Só que Madu vai ficar furiosa comigo...

MADU E ALÍCIA

Alícia

Tive uma briga horrível com a minha avó. Ela descobriu o que eu estava fazendo com Diego. Percebeu que eu andava colocando vcs em listas de convidados. Espiou minhas mensagens. Sinto muito, Madu. Cancela tudo. Não posso mais continuar com o serviço com Amanda. Vamos esquecer. Foi um erro.

Madu

Calma, Alícia! Quer falar do que houve?

Alícia??

Me responde, tô preocupada.

Cadê você??

MADU E AMANDA

Amanda

Tá ocupada?

Madu

Tô. Não é num bom momento agora.

Tô estudando. Provas e tal.

Amanda

Deixa.

AMANDA E DIEGO

Diego

Sei como a sua cabeça funciona e chequei o Geniapp............ O serviço da casa possuída que você não para de falar há semanas desapareceu da lista de tarefas disponíveis..................... Amanda, o que vc fez???

Amanda

Cancela o videozinho que vc pretendia gravar hoje, porque temos muito o que organizar.

- 10 -

Amanda

NÃO É NADA DO que se espera de uma casa possuída. Não tem piso de madeira escura que a cada passo range um refrão inteiro. Não tem quadros antigos que te espiam para te dar o bote. Não tem quartos claustrofóbicos com coisas trocando de lugar quando você não está olhando.

É uma mansão contemporânea recém-construída, daquelas que fazem pessoas ricas se sentirem ainda mais ricas, enquanto o resto do mundo se pergunta como pode alguém ter tanto dinheiro e acesso à educação e ainda assim continuar com o mau gosto de escolher uma porta de entrada de dois andares com janelas de vidro embutidas. Ao entrarmos por ela, nos vemos em uma sala ampla, abandonada nos últimos estágios do acabamento da construção, o chão de porcelanato ainda marcado pela poeira de obra. O pé-direito é duplo até o limite dos corredores laterais, que na direita seguem para a cozinha e áreas anexas, e na esquerda seguem para três recintos e um banheiro, se a planta que pedi ao cliente estiver certa. Uma escada com beirada de vidro em um dos lados sobe para um mezanino que leva aos quartos do segundo andar. No fundo do salão, do lado oposto a nós, janelas e portas de vidro do chão ao teto delimitam o interior para o quintal dos fundos. Lá fora, sob o sol, um gramado e uma piscina curva com cachoeira desligada.

Paro no centro do salão, sob o lustre exagerado com duas dúzias de globos de vidro branco.

Talvez essa seja a pior ideia que eu já tive.

– É claro que vai dar certo – digo para Diego ao meu lado. – Olha o solzão que tá fazendo lá fora, o céu sem *uma* nuvem. Você já viu alguma possessão mágica com instinto assassino atacar de tarde em um dia lindo desses? É anticlimático.

– Não é como se a casa fosse pra praia… – ele murmura, descrente.

Depositamos nossas mochilas de trabalho cheias em cima da longa mesa de jantar de madeira. Além dela, os únicos móveis são algumas cadeiras e outras mobílias espalhadas que não consigo identificar sob os plásticos pretos de proteção. Diego os avalia, empurrando um ou outro com a mão para checar o peso, mapear o que tem ao seu dispor caso precise.

– De certa forma o seu feitiço é uma maldição – comento, andando até a escada. Meus tênis quase deslizam no chão empoeirado. – Imagina, ter que saber matemática e física pra usar magia.

– É bom ter alguma lógica no caos.

Pelos cantos do salão, materiais de obra são como resquícios de uma batalha cujas tropas bateram em retirada às pressas: latas de tinta, pincéis, pás, e até uma maquita, o cabo de energia ondulando feito uma cobra escura até a tomada. Debaixo da escada para o segundo andar, encontro ainda alguns baldes, vassouras, detergentes e garrafas de álcool se agrupando quase que com vergonha da pouca experiência prática que tiveram na casa.

– Por que nunca damos sorte de investigar casas possuídas depois que a faxina já rolou? – reclamo.

Do outro lado do salão, Diego examina as duas decorações já instaladas além do lustre: um jardim vertical em uma parede próxima à janela, subindo do chão ao teto com plantas verdes falsas, e, do outro lado, uma lareira de pedras claras sob um quadro enorme com a foto de ondas do mar no pôr do sol.

– Quem tem uma lareira em pleno Rio de Janeiro? – Diego a examina, ultrajado.

– O dono dessa casa é rico, Diego. Ele pode pagar pra criar o clima que ele quiser.

O garoto segue pelos corredores da direita para verificar o perímetro do primeiro andar, enquanto eu sigo pela esquerda.

– Lembra aquela vez que iam trazer pra cá uma exposição de bailarinas de gelo da Alemanha com um feitiço pra dançarem e nunca derreterem? – ouço a voz dele ecoando do outro lado da casa, entre o som de portas sendo abertas e fechadas. – Aí elas chegaram no verão do Rio e derreteram mesmo assim?

– Madu ia levar as crianças todas da família. – Os três ambientes do meu lado, dois quartos vazios e um banheiro com chuveiro e pia instalados e nada mais, acumulam níveis diferentes de sujeira, papelões e plásticos de obra. – Minha prima ficou arrasada, mas pra compensar levei as crianças a uma exposição dessas de dinossauros e ouso dizer que não sentiram muita diferença.

Nos encontramos de volta na mesa de jantar principal. Trocar um olhar é suficiente para comunicar que não encontramos nada de especial. É estranha e ao mesmo tempo reconfortante a rapidez com que voltamos a trabalhar juntos, nos completando com naturalidade.

Acendo a tela do meu celular para abrir o aplicativo duvidoso de checagem dos níveis de magia. Diego me espia sobre meu ombro.

– Amanda, pelo amor de Deus – ele reclama. – Os aplicativos confiáveis são, tipo, dez reais.

– Não questione meus métodos. Sou sua veterana.

– Checar o medidor da própria casa vai contra os seus métodos?

Ele aponta para o painel tecnológico na parede ao lado da gigantesca porta de entrada. Tem um visor LCD e um gancho de telefone. Guardo meu celular, resmungando orgulhosa, mas vou com Diego até ele.

– Parece uma dessas assistentes virtuais que automatizam tudo pra que nenhum morador tenha que gastar mais do que duas calorias em hipótese alguma – o garoto observa. – O visor mostra os medidores de temperatura, umidade e magia. Essa última tá no máximo, como você queria. É como se estivéssemos dentro de uma bolha com um nível insano de magia.

– Essa casa… – Examino o salão silencioso com novos olhos. – O que quer que vive aqui está dormindo agora, mas ainda tenho um mau pressentimento. Não é à toa que tivemos que ir buscar as chaves no escritório chique do cliente. Ele não quer nem chegar perto daqui.

As luzes esmaecem por um milésimo de segundo e voltam. Ambos olhamos em volta. Aumento a voz e falo para quem quer que esteja ouvindo:

– Não viemos machucar ninguém. Já vamos embora.

Mais nada acontece. Encolho os ombros para o garoto comigo.

– Não acha que o cara vai desconfiar de que só queríamos usar o imóvel dele? – Diego murmura.

– Em quase um ano de serviço, já aprendi que as pessoas não fazem muitas perguntas quando você promete resolver um problema cabeludo delas. Vou dar uma olhada depois que resolvermos nossa prioridade, mas, julgando pelo jeito com que o homem me olhou, de toda forma, já espera que eu falhe. Não vai estranhar se eu não fizer nada.

– Erro dele em te subestimar. – Diego volta para as nossas mochilas sobre a mesa. – Não conhece a sua capacidade incomparável de convencer o mundo a te dar o que você quer. Vide eu aqui, contigo. É aquilo, né? Todo dia um malandro e um trouxa saem de casa. E você é sempre o malandro.

Isso me faz rir.

– Então você é o trouxa? – pergunto, parando na frente dele.

Ele sorri de um jeito que marca os caninos nos lábios de baixo. Faz eu imaginar como seria sentir o toque deles na minha pele.

Estamos dentro de uma casa assassina e a minha reação ao sorriso de Diego é o que mais me assusta.

– Vamos resolver logo o que viemos fazer e cair fora. – Desvio os olhos. – Se eu morrer aqui, Madu vai ficar uma fera.

– Tem certeza de que quer seguir com o plano?

– Claro. Você?

– Já fui cuidadoso por tempo demais. – Ele hesita, aperta os lábios. – Além disso, meu avô veio de Brasília até aqui essa semana só pra me chamar de burro e inconsequente de novo. Seria falta de educação minha provar que ele tá errado.

É o mesmo avô de quem ele reclamou nas mensagens? Observo o garoto rir de um jeito maldoso, sentindo o peso do quanto desconheço sobre a vida de Diego além de nós dois e dos seus vídeos. Esse tempo todo ele estava atrás do *bug* por um motivo muito mais nobre que o meu: descobrir a verdade sobre a morte de alguém. Mil perguntas estão na ponta da minha língua desde que me contou. Quem partiu? O que ele sabe? Qual é a relação do tecbicho com isso? Onde a briga com Alícia se encaixa? É por isso que parece ter raiva do avô? E o que a tal da Júlia do vídeo tem a ver com essa bagunça toda?

– Você tá particularmente caótico hoje. – É tudo o que digo.

– Te assusta conhecer quem eu sou de verdade?

– Não, me faz gostar mais de você.

Ele ri, suave, enquanto abre a mochila. Tira um potinho de vidro com um creme que brilha colorido, trocando de tom como algo vivo.

– Eu tenho esse feitiço sobrando de um vídeo que gravei com um amigo fotógrafo há meses. – Abre a tampa, molha a ponta do indicador e esfrega o conteúdo na parte de dentro do pulso da outra mão, seguindo o caminho da sua veia.

A cor do líquido do creme passa para ela e corre como sangue. Riscos sobem pelo seu pescoço e cintilam feito LEDs coloridos. No rosto, a cor fica mais fraca, quase transparente. – Você disse que queria algo que chamasse bastante atenção.

A internet me acostumou desde nova aos mais diversos feitiços de estética pessoal: cabelos que cintilam feito cristais, roupas tecidas de elementos, tatuagens com imagens vivas, contando a cada dia uma nova história. Ainda assim, fico hipnotizada pelo efeito na pele perfeita de Diego.

– Você parece um computador *gamer* – consigo dizer.

– E você vai ser o *headset*. Me dá a sua mão. – Me encolho. – Que foi? A última vez que postei um vídeo com esse feitiço foi recorde de engajamento.

– Talvez porque você estava sem camisa. – Me lembro bem desse vídeo.

– Você quer que eu tire a camisa?

Minha cabeça inteira queima tão forte que por um momento de pânico chego a pensar em procurar um feitiço que faça meu coração parar de bater (me esquecendo do pequeno efeito colateral que isso causaria).

Diego prende um sorrisinho.

– A ideia de gravar o vídeo juntos foi sua – ele lembra.

Aperto os lábios. Sim, foi. Porque sei o tipo de vídeo que sempre faz sucesso nas redes dele (além dos que ele está sem camisa, obviamente): os com uma segunda pessoa que Diego dá a entender que está pegando. Produz o maior índice de fofoca e hormônios ativados por segundo. O mamão com açúcar do engajamento.

Pela segunda vez no dia, com meu coração batendo feito um tambor de guerra, penso que essa é a pior ideia que já tive.

Ofereço, hesitante, minha mão. Diego a pega e a vira com cuidado, deixando meu pulso à mostra. Rezo para que não consiga contar minhas pulsações. Com o feitiço colorido nos dedos, o garoto pausa um momento e avalia aquele pedaço de pele, como se fosse de uma nudez fascinante. Se havia alguma parte de mim que ainda não estava queimando, ela se foi agora. Então Diego esfrega o indicador pelo caminho da veia, subindo devagar alguns centímetros pelo meu antebraço. Prendo a respiração, tentando por reflexo sentir apenas aquele toque se movendo. O calor que o acompanha. A suavidade com que enfim, quase que relutando, se separa.

Cor artificial invade as minhas veias. Movo meus braços, fascinada, e subo o rosto para ver a reação de Diego. O pego me encarando de um jeito intenso, um sorriso leve de aprovação nos lábios. Me prende mais que qualquer feitiço. Será que consigo encontrar onde comprar mais desse creme depois, para que ele me olhe assim para sempre?

Abaixo os braços.

– Como você quer gravar? – pergunto, tentando ser seca, mas ainda tem algo sem fôlego na minha voz.

Diego nos leva para um canto mais escuro da sala – o que é difícil, com tanta luz entrando pelos vidros – e grava alguns *takes* curtos dos nossos braços juntos, do meu pescoço de lado através das ondas do meu cabelo, da própria barriga, segurando a blusa. Nunca me senti tão constrangida, e ao mesmo tempo não quero que termine nunca. Dou algumas sugestões de movimento de câmera e transições, e ele me ouve e os tenta, mesmo com minha pouca experiência.

– Falta só nós dois juntos – Diego anuncia, satisfeito com o que fizemos até agora. – Vou olhar pra câmera, já que sou eu quem tá falando com o *bug*. Você pode fazer cara de que acha o mundo entediante, tipo modelo. Ou o que quiser, que vai ficar bonita de qualquer jeito. Vem.

Abro a boca para retrucar que não preciso da direção dele, mas percebo que me chamou de bonita e a reclamação tropeça e cai na minha língua.

– Ainda dá tempo de desistir – Diego diz para o meu silêncio, um meio-sorriso nos lábios.

– Não me faça rir. – Vou até ele.

Diego passa um braço por cima dos meus ombros e me puxa para si. Hoje o seu cheiro não é só de sabonete, mas de algum perfume que lembra água, flores verdes, pimenta e noites em claro por opção. O calor do seu corpo contra o meu, uma memória que lutei tanto para esquecer, é como voltar para casa. Ele vira a cabeça e me olha, tão, tão perto.

– Você ainda usa o mesmo xampu – comenta, algo enevoado na voz se estendendo além das suas palavras.

Fico subitamente consciente do fato de estarmos os dois sozinhos nesse casarão. Parece que vai aproximar o rosto do meu. E pela primeira vez em muito tempo, numa fração de segundos, deixo minhas barreiras caírem e paro de mentir. Não para o mundo – isso nunca vou parar –, mas para mim mesma.

Quero tanto beijá-lo que dói dentro de mim, me faz querer gritar.

Mas não vou. Nunca vou beijar Diego. É algo que prometi a mim mesma no dia em que o conheci, sabendo o que é melhor para mim. Percebendo logo de cara que ele era uma pessoa por quem seria fácil demais me apaixonar.

E eu não sou o tipo de garota por quem alguém se apaixona de volta. Em especial alguém como Diego.

Não estou disposta a lidar com um coração partido quando ele inevitavelmente perder o interesse em mim e me deixar de novo. Já foi difícil o suficiente da primeira vez, mesmo sem ter me permitido sentir demais.

Prefiro continuar apaixonada por ele à distância, vivendo para sempre na doçura da possibilidade, do que ceder à tentação e ter a certeza de que Diego nunca vai gostar de mim do mesmo jeito.

Estou acostumada a afastar pessoas. A terminar antes que terminem comigo. Mesmo assim, sair dos seus braços agora se mostra insuportavelmente difícil.

Então fico.

– Vamos dar ao *bug* exatamente o que o algoritmo mais ama – me forço a dizer, minha voz rouca –: uma mentira muito bonita.

Ele demora um momento para tirar os olhos dos meus e virar para a câmera de *selfie*. Filma um vídeo curto de alguns segundos em que nos movemos um pouco. Não gosto de como minha cara ficou e peço para repetirmos. Não sei parecer confiante e desinteressada como ele. Na terceira tentativa, viro de lado. Se só cinquenta por cento do meu rosto aparecer, só posso ficar cinquenta por cento esquisita, certo? Olho o pescoço dele enquanto grava. Aposto que sua pele ali vai ser macia se eu encostar o meu nariz. A minha boca…

– Ficou muito bom! – Diego diz, já checando o resultado. Acho que me distraí.

Na tela, ele está bonito com a camiseta esportiva preta, que seria simples se não fosse pela estampa com a linha de flores em um material transparente, mas brilhoso. Seu cabelo curto está meticulosamente bagunçado para longe da testa. Ao seu lado, tenho o meu solto, caindo em ondas até minhas clavículas, que aparecem na gola larga da camiseta amarelo-clara caindo pelo meu ombro. As linhas coloridas andam como luz nas nossas peles, a minha um pouco mais escura que a dele. Na tela, me aproximo do pescoço de Diego, separando os lábios, e o vídeo acaba milímetros antes de eu encostar.

Me solto e corto qualquer contato entre nossos corpos. Eu pareço absolutamente *sedenta* por ele!!!

– Você não gostou? – Diego pergunta.

– Não é o seu melhor vídeo. – Junto as migalhas que restam da minha dignidade. – Mas vai servir.

Ele me estuda, algo indecifrável nos olhos, antes de assentir, devagar.

– Tá. Vou editar. Me dá uns minutos.

Fico dando pitaco. As cores nas nossas veias vão esmaecendo e, quando Diego termina, o feitiço já se dissipou por completo.

– Que tal? – Ele bota para tocar a versão final da montagem. Desfocou o fundo e adicionou alguns filtros extras que realçam as cores em nós. Na trilha sonora, escolheu uma música do TWICE que está nos *trendings*. Com alguns efeitos de sombras e luzes, parece que não estamos sozinhos.

– É a festa que queria? – Diego pergunta.

– Você realmente nasceu pra isso, ein? – aprovo. – Já pensou no que vai dizer ao nosso tecbicho?

Diego abre o aplicativo para postar. No local, marca o bairro do Jardim Botânico, onde a casa está. Na legenda, digita: "Três de abril. Eu sei o que você tá procurando. Vem me encontrar, vamos conversar".

– Três de abril do ano passado é quando o acidente aconteceu?

Diego assente. Faço os cálculos e percebo que nós começamos a trabalhar juntos dois meses depois disso. Foi tão pouco tempo...

– E os meus seguidores vão conspirar que é uma declaração e que estamos juntos desde o início do mês. – Ele me olha, sério. – Pensa bem, Amanda. É provável que o post exploda e gente doida vá atrás de você. As pessoas são bem más. Já comentaram nas minhas coisas com todo tipo de bifobia e racismo velado contra pessoas amarelas. Mesmo quando estão sendo boazinhas, no mínimo sobem um #bibásico pra me zoar. Tá preparada pra isso?

– Minhas redes são todas fechadas e não posto quase nada sobre mim.

– Nunca duvide do FBI da internet. Já nos viram conversando nas festas, já mandaram mensagens perguntando quem você é. Estão especulando.

– Diego. – Mudo o meu tom para o de quem fala com uma criança: – Não cheguei até aqui pensando nas consequências dos meus atos.

– Pelo menos reconhece...

Sem mais argumentos, o garoto aperta o botão de publicar.

Tranço algumas memórias sobre encontrar algo precioso, repetindo as que me fizeram destruir a pirâmide de taças de champanhe, mas estou insegura e não sinto que o feitiço funcionou.

Olhamos em volta e aguardamos com uma expectativa ansiosa.

– Se não funcionar, ainda podemos tentar de novo na festa do Geniapp de noite – comento. – Minhas tias dizem que vai bombar.

– Você precisa de convites? Pode entrar comigo.

T-tu-d-dum, vai meu coração gaguejando tão fácil.

– Já tô na lista de convidados.

Sua irmã colocou Madu e eu há semanas, não adiciono.

– Ah.

Hesito um momento, mas não sou mundialmente reconhecida por ter autocontrole verbal, né? Então pergunto:

– As pessoas que você tá pegando não vão ficar chateadas de te ver chegando comigo em festas, ou postando vídeos como esse? – Aponto para o celular na mão dele.

– Isso é a sua forma discreta de tentar descobrir se eu gosto de alguém? – Diego sorri feito um lobo.

Óbvio que é.

– Só queria saber se vai ter barraco, pra preparar minha pipoca.

Ele ri.

– Essas pessoas todas com quem eu postei algo… – Ele passa a mão pelo cabelo, coça o pescoço. – Foram coisa de momento. Mais uma tentativa de chamar a atenção do *bug* que outra coisa. Ninguém foi importante de verdade.

E tá tudo bem, porque também não fui importante pra ninguém.

– Impossível. Só se forem doidos.

Percebo o que deixei escapar e viro para o quintal dos fundos, fingindo que a piscina do outro lado do vidro é a coisa mais interessante do mundo.

– Quem se aproxima de mim normalmente tem algum interesse por trás – Diego explica depois de um tempo. – A exposição, um momento bom. Não posso dizer que não uso os outros também, não sou hipócrita. Mas, no final da festa, acabou. Ninguém liga pra ninguém. É tudo meio que uma grande performance. Fica monótono, com o tempo.

– É por isso que deu uma pausa, de uns tempos pra cá?

Diego não responde. O espio por cima do ombro. Está olhando para o telefone, puxando a tela para cima, recarregando-a. Deixo meus olhos se demorarem.

– Como estão as visualizações? – pergunto depois de um tempo.

– Subindo rápido. Acha que o *bug* já viu?

– Vamos descobrir a qualquer momento.

É quando o telefone do painel ao lado da porta começa a tocar.

O toque estridente ecoa pelo vazio do salão. Eu e Diego nos entreolhamos.

– Se isso for um daqueles rolês de filme de terror que você atende e precisa morrer sete dias depois, vou ficar muito irritado – o garoto reclama.

– Vocês precisam de ajuda? – uma voz feminina e mecânica soa pelos alto-falantes em algum lugar no teto.

– Acordamos a assistente digital – Diego observa.

– Posso atender para vocês – ela oferece.

– Não precisa! – Mas digo tarde demais, e o som estático da chamada conectada clica pela casa.

– Alô? – É uma voz masculina que reconheço. – Tem alguém aí?

– Eu tô aqui, seu José Carlos – respondo o cliente. – Fazendo o trabalho que combinamos.

– Ah, é? Que bom. Só queria checar, porque pareceu que tinha desistido. O serviço tá como cancelado no Geniapp.

Paro no meio de rolar os olhos para Diego e franzo a testa.

– Cancelado? Deve ser algum erro. De qualquer jeito, não vou sair daqui enquanto não resolver o problema, o senhor pode ficar tranquilo.

Diego ergue as sobrancelhas para mim.

– Show de bola. Me liga quando tiver anulado os níveis de magia da minha casa. – Trinco os dentes com ele falando isso no alto-falante. Quando continua, sua voz soa distante: – Janaína, a garota não fugiu com as chaves. Mas, coitada, aquela ali não vai ter chan...

A chamada desconecta.

– Vocês desejam anular os meus níveis de magia? – a assistente virtual retorna.

Diego segura meu ombro. Balança a cabeça negativamente, a expressão séria. Concordo.

– Não – ele responde para cima. – Como Amanda disse, não viemos machucar ninguém.

– Meus dados apontam que não é estatisticamente produtivo confiar em humanos – ela calcula.

Música começa a tocar. Uma Bossa Nova alegre colore o ambiente vazio e hostil da casa. A ouvimos tensos, Diego já com os pés separados, as mãos levantadas em preparação para o que vier. Faço o mesmo.

– A assistente virtual ganhou vida, não é? – o garoto murmura.

– Calma – digo. – Isso não é incomum. Já aconteceu vezes suficientes pras Siris e Alexas já terem aberto um sindicato.

– Gostam da música que escolhi para vocês? – a assistente pergunta.

– É muito legal da sua parte, mas nós temos que ir embora – Diego diz.

Olho para ele com uma bronca no rosto. "Ainda não!". Ele retruca com a testa franzida. "A gente não é doido de ficar aqui!". Batemos boca em silêncio.

Rangidos se misturam à música. A mobília começou a se mover devagar.

Assinto várias vezes com a cabeça para Diego. Sim, está na hora de dar o fora.

– Pesquisadores indicam que Bossa Nova é uma trilha sonora relaxante para visitantes – a assistente conta, seu tom na mesma animação neutra e mecânica. – Vocês foram catalogados como ameaças e meu dever como anfitriã é garantir que se sintam confortáveis durante o procedimento de neutralização. – E anuncia, toda alegre: – Iniciando controle de pragas.

O porcelanato sujo, antes firme feito pedra, ondula como uma criatura viva sob nossos pés.

– 11 –

Amanda

PERCO O EQUILÍBRIO E Diego me segura pelo braço para me manter em pé.

– Tá – digo para ele –, agora a gente pode se preocupar.

As plantas do jardim vertical começam a se contorcer. O quadro do mar sob o pôr do sol tem a tinta borbulhando. Soa dele um barulho de cachoeira que aumenta aos poucos. A lareira se acendeu com um fogo perturbadoramente arroxeado que queima no nada. As cadeiras e materiais espalhados pelo salão engatinham na nossa direção. Aceleram.

Disparamos na direção da porta de entrada. Diego bate com o ombro na janela de vidro dela, torce a maçaneta. A balança com força, joga o peso do próprio corpo para trás. Nada se move.

– É óbvio que estamos trancados – digo.

– O quintal!

Cruzamos de volta à sala, nos desviando de onde o chão ondula tentando nos derrubar. As bolas de vidro branco do lustre começam a cair sobre nós, uma a uma, arremessadas com força. Diego me segura pela cintura e puxa a mesa de jantar pesada com seu feitiço. Deslizamos na sua direção, e ela, mais devagar, na nossa.

– Abaixa! – Diego diz.

Escorregamos no chão e ele nos segura embaixo dela. As luzes se quebram na madeira sobre nós.

– O cliente vai ficar uma fera – lamento, vendo os cacos de vidro choverem.

Água começou a escorrer do quadro do mar. Jorra cada vez mais intensa, caindo pela frente da lareira acesa enquanto libera silvos de vapor. Uma poça morna já cresce pelo chão. Do outro lado, a parede de plantas falsas nunca pareceu tão viva.

A mesa sobre nós desliza com raiva para longe, jogando nossas mochilas no chão. Diego tenta puxá-la de volta com magia. Em cima de nós, alguns globos de vidro sobraram no lustre. Eles tremem frenéticos, se preparando para o ataque. Estamos sem cobertura.

Pego as memórias rápido e, como *flashes*, as jogo na mesma cesta na minha mente. Acertar a recepção na partida de vôlei na aula de Educação Física, a pressão da bola colidindo nas minhas mãos. Quicar bolinhas coloridas de máquina de um real. A bola enorme de plástico que ganhei com Madu no parque da Quinta da Boa Vista, que jogávamos do alto do morrinho no gramado para vê-la ir saltando até lá embaixo.

Diego ainda está brigando para puxar a mesa de volta quando os globos de luz voam na direção dele. Prendo a respiração. Elas atingem suas costas com força. Não se desfazem em estilhaços afiados. Quicam para longe feito bolas de borracha, ricocheteando no chão ainda duas, três vezes.

Solto o ar, aliviada.

– Valeu – Diego diz sem olhar para trás, sabendo que fui eu. Se ajoelhou com um pé no chão, o joelho dobrado, para se apoiar melhor no porcelanato escorregadio e ondulante. Seu braço estendido tem os músculos rígidos em esforço, os dedos em garra. Então ele o relaxa. – Perdemos a mesa.

– Quintal. – Levanto. – Vamos!

As cadeiras voam e se montam lado a lado como uma barreira no nosso caminho.

– Espera. – Diego segura meu braço e me mantém longe da mobília. Com o outro, estica a mão na direção da sua mochila e a puxa com magia.

– Tira as cadeiras do caminho – insisto para ele. Lá fora, do outro lado da parede de janelas e porta de vidro que nos separa do quintal dos fundos, a água da piscina, verde pelos meses de abandono, gira em um redemoinho hostil. – O quintal ainda é controlado pela casa, mas vai ser melhor do que ficar aqui entre as paredes do inferno.

Diego pega dentro da mochila uma anilha de três quilos. No início eu achava estranho ele carregar algo tão pesado consigo para os serviços. Entendi bem rápido depois de um ou dois dias agitados.

Com seu feitiço, Diego atira a anilha na direção da parede de vidro que separa a sala do quintal. Seu próprio corpo desliza um pouco para trás. O peso bate contra o vidro com um baque alto. Reverbera por todo material, fazendo-o tremer e tremer.

Não quebra.

Diego xinga do meu lado.

– A casa tá protegendo as portas e janelas com magia – digo, meu coração a mil. – Vamos focar na porta da frente. Vou procurar um feitiço de destrancar.

A campainha toca como se nos ouvisse. Torcemos o pescoço para ela no susto. Toca de novo. Falha, o som engasgando, então volta a tocar. Dessa vez não para mais. Alguém está a apertando insistentemente.

Algo.

Um vulto começa a aparecer pela janela vertical da porta. Algo amorfo se acumula contra o vidro do outro lado, subindo fácil até mais que minha altura. É escuro a ponto de dificultar a passagem da luminosidade, mas translúcido o suficiente para enxergarmos os detritos despedaçados que carrega dentro do corpo do que já absorveu. Alguns cintilam em intervalos com resquícios de magia.

– ... É melhor deixar a porta fechada – Diego aponta, a testa tensa.

– É você que atrai! – Dou um tapa no ombro dele. – Em todos esses meses trabalhando sozinha, não cruzei com *uma* gosma. No dia em que você volta, lá vem ela!

– Detectei que trouxeram uma gosma antimagi para absorver meus níveis de magia – a assistente comenta, prestativa.

– Ela não é nossa! – ambos berramos ao mesmo tempo.

– Não se preocupem – ela continua. – A gosma não vai entrar. E vocês, é claro, também não vão sair.

O chão ondula quase que com prazer dessa vez.

Olhamos em volta, recalculando nossas opções, a mente varando em adrenalina.

– Portas trancadas – Diego começa o apanhado –, a água

quente do quadro vai inundar a sala em breve, as plantas da parede vertical estão crescendo, as cadeiras estão nos cercando feito torcida organizada depois de o time perder, a casa em si quer nos matar e tem uma gosma antimagi tocando a campainha.

Trinco os dentes, um pouco culpada por ter nos colocado nessa situação. Só que quando espio o garoto comigo, de todas as expressões existentes possíveis, encontro no seu rosto um sorrisinho.

– Eu sentia saudades disso – Diego diz, tenso, porém entretido.

Será que a casa espera um pouco se eu parar para beijá-lo agora?

Madu

Faz um dia inteiro que estou olhando o telefone, em pânico. Fugi de compromissos com a família, deixei obrigações para depois. Não consigo me concentrar em outra coisa que não seja a janela de conversa com Alícia, com vinte e duas mensagens minhas que ela nunca respondeu.

Não contei para Amanda o que houve. Especialmente que Alícia me pediu para encerrarmos o serviço. Foi tudo muito estranho – a briga com a avó, o silêncio súbito –, e não vou preocupar minha prima enquanto não souber direito o que houve. Com certeza Alícia não falava sério.

Sem evidências concretas, me recuso a acreditar que ela vai simplesmente sumir sem nem olhar para trás.

Passo a mão na testa, meu celular em cima da apostila de matemática na mesa. Não li uma fórmula sequer na última hora. Já a menina que me atormenta, estudei e estudei por dias a fio como a matéria mais importante de todas. Catalogueì cada detalhe seu, montei planilhas no meu peito, cruzei dados atrás dos seus segredos. Em volta, na sala de casa, o burburinho de parentes conversando passa direto pelos meus ouvidos. Será que algum deles imagina o quanto estou angustiada aqui, lembrando os sorrisos contidos de uma garota misteriosa? Sofrendo porque em algum momento tracei a meta de vê-la sorrindo com os dentes todos para mim, sem amarras, e agora me dói imaginar que talvez nunca consiga?

Estou tão desesperada por qualquer coisa que me tire desse pensamento que, quando surge notificação da minha mãe me mandando vídeo da Eliana Guia, pela primeira vez clico para abrir.

É uma *live* e o título no topo é: "A festa do Geniapp é daqui a pouco!". Eliana está andando pelo seu apartamento chiquérrimo, daqueles que você olha e *sabe* que cada almofada custou pelo menos um salário-mínimo. Veste um roupão e tem os cabelos pintados de loiro-avermelhado em rolos e presilhas. No rosto, as marcas da idade tentam se esconder por baixo de maquiagem pesada. Ao fundo da imagem em modo *selfie*, uma equipe de funcionários, talvez cabeleireiros e maquiadores, passam de um lado para o outro, apressados.

"Vou usar essa bolsa aqui hoje", Eliana a mostra, pegando do sofá, "e esse vestido que mandei enfeitiçar na

Turquia. Olha como as cores dançam, olha! Mas hoje eu mereço, né, gente? Sem o meu investimento, o Geniapp não estaria bombando como tá hoje!"

Já vou fechar o vídeo, arrependida de tê-lo aberto, quando passa atrás de Eliana uma enorme varanda aberta para o mar azul sob o sol da tarde. Tem alguém sentada numa cadeira, admirando a vista deslumbrante. A pessoa está de costas, sua silhueta contra a luz, mas eu reconheceria esse cabelo de ondas noturnas em qualquer lugar. Esses ombros...

Um raio de adrenalina queima pelo meu peito, antecipando a descoberta de um grande segredo. Não. Não deve ser. Estou tão obcecada que comecei a enxergar miragens.

"Tá todo mundo animado pra festança do Geniapp hoje, menos minha neta, né?", Eliana diz. A pessoa ouve, espia a avó no susto por cima do ombro. Esconde rápido o rosto. Eliana ri. "Essa daí é difícil de animar, coitada. Só gosta de ficar em casa, no celular, ou ir pra biblioteca. Esses jovens... Vou ter que me arrumar em dobro pra compensar, né? Vamos lá..."

A mulher mais velha segue pelo apartamento, mas paro de prestar atenção no que diz. O breve vislumbre que tive do rosto da pessoa na varanda balançou minha realidade inteira.

Alícia é neta da Eliana Guia?! Eu sempre soube que ela escondia segredos de mim, e reconheço que não sei quase nada sobre a sua família, mas esse nível de influência é chocante!!! Ela é neta de uma das maiores investidoras do Geniapp! Herdeira de *socialite*! É essa a avó que Alícia sempre disse ser uma pessoa "complicada"?

Envio a mensagem não respondida número vinte e três.

Madu

Você é neta da Eliana Guia???

Aviso Amanda também. Como Alícia e Diego têm mães diferentes, é possível que ele não seja neto da mulher, mas minha prima vai querer saber de toda forma.

O grupo da família me chama a atenção na lista de *chats*. Tem duzentas e quarenta e oito mensagens não lidas. Não faz nem uma hora que o abri da última vez. Na remota hipótese de ser uma emergência, aperto nele.

A primeira mensagem é um vídeo de Amanda e Diego.

Minha prima. Amanda. Que raramente gosta de alguém, e nunca de fato toma uma atitude sobre isso.

ENGATANDO PUBLICAMENTE NO PESCOÇO DE UM GAROTO COM UM MILHÃO DE SEGUIDORES. SEM ME CONTAR.

Tia Suelen

Desde quando a Amanda tá namorando esse menino famoso???

Bruninho

Eu sigo ele!

Laís

Eu pensei que ele fosse gay.

Lorrane

Eu pensei que ele fosse hétero.

Bruninho

Apagamento bi, a gente vê por aqui!

Tio Juninho

Meu aniversário passou faz dias, alguém muda o nome grupo, namoral.

Bruninho alterou o nome do grupo para
Família da subcelebridade ✨Amanda ✨ que ficou com o 💞@oidiego💞

Paro de ler o resto. Por que Amanda não me contou que ia sair com o Diego?! Enquanto se vestia mais cedo, disse apenas que ia para um serviço tranquilo e que eu não precisava me preocupar. Distraída com Alícia, sequer pensei em conferir no Geniapp.

Tem algo errado. Minha prima não esconderia de mim que está pegando o menino, por mais orgulhosa que seja.

... Ela só me deixa de fora quando vai fazer algo que sabe que eu ativamente vou desaprovar.

Aperto na localização que Diego marcou na foto. É um lugar genérico no Jardim Botânico. Checo a localização atual de Amanda, que ela compartilha comigo quando sai sozinha. A safada é imprudente, mas essa é uma segurança de que não abrimos mão. Seu pontinho azul também está no Jardim Botânico. Em uma casa específica. Sinto que já vi esse endereço em algum lugar...

Agora, o raio de adrenalina que corre pelo meu peito está antecipando a descoberta de um grande desastre.

Ah, não. Não, ela não fez isso, ela…

Abro o Geniapp de Amanda – sua conta está logada no meu telefone também. Escolho a aba de serviços. Eu devia ter olhado isso mais cedo, eu devia…

O serviço aparece como aceito e cancelado pela plataforma, mas o endereço é exatamente o mesmo de onde Amanda está.

Respiro acelerado, apertando os lábios. Minha visão chega a ficar turva de fúria, preocupação, frustração. Puxo o ar. Solto o ar. Puxo o ar. Solto o ar.

Me tranco no banheiro e ligo para minha prima. Ela atende depois de seis toques.

– VOCÊ PEGOU O SERVIÇO DA DROGA DA CASA POSSUÍDA?! – grito baixinho.

– Eita, você já descobriu – ela responde, culpada.

– Tem um vídeo seu e do Diego na casa com mais de mil curtidas! A gente tem cinquenta e duas pessoas no grupo da família! As chances de ninguém descobrir são estatisticamente nulas! Não ACREDITO que você fez isso!!!

– Veja bem, Madu – as sílabas na sua voz se cortam rápido, como se estivesse se esforçando –, no grande esquema do universo, a distância que me separava da casa sempre foi insignificante.

– AMANDA, VOCÊ ME PAGA!!!

– Olha, não posso falar muito, eu…

– SE VOCÊ DESLIGAR EU VOU AÍ AGORA!!

Sons de movimento e batidas pesadas estalam pela linha.

– Por favor, me diz que vocês só tão jogando boliche – rezo.

– Vou te colocar no alto-falante porque tá difícil de segurar o telefone, ok?

Ouço vidro quebrando.

– Que barulho foi esse?! Amanda, responde!!!

– O feitiço de borracha da Amanda dissipou quando eu arremessei o globo de luz e ele espatifou contra o painel de controle da assistente digital assassina – ouço uma voz masculina gritar mais de longe. – Acho que Amanda não quer responder porque tá envergonhada. Oi, Madu! Quanto tempo! Como vai a família?

– Vai ótima, Diego, obrigada. EU VOU TE MATAR SE ALGO ACONTECER COM A MINHA PRIMA!!! Espera, *assistente digital assassina*?!

Mais barulho. Algo pesado se parte.

– AMANDA, SE VOCÊ MORRER EU VOU TE MATAR TAMBÉM!

– Nossa, Madu, nunca te vi tão homicida quanto hoje – minha prima finalmente retorna. – Que orgulho.

– VOCÊ...

– Tá tudo sob controle. Eu sei como resolver.

– Eu também sei, chamando a brigada de controle de anomalias mágicas dos bombeiros!

– Não! Madu, confia em mim.

– Não é algo que me sinto propensa a fazer, dadas as circunstâncias!

– Mas vai fazer, porque você me conhece! Por favor, só dessa vez! Preciso que faça algo aí pra mim!

Trinco os dentes.

– Não faça eu me arrepender – digo, abrindo a porta do banheiro.

Amanda

– Ninguém aqui quer te machucar! – repito para a casa pela quinta vez, empurrando o pé contra a cadeira que tenta me imprensar na parede.

A cachoeira do quadro já juntou vazão para inundar a sala inteira com alguns dedos de água cada vez mais quente, mesmo que tenhamos fugido para longe da lareira.

E a Bossa Nova segue tocando.

– Todos os humanos que entraram aqui desde que meus quartos ficaram prontos tentaram me apagar – a assistente rebate.

A cadeira voa para longe de mim, puxada por Diego. Ele está tentando controlar o resto do conjunto de oito desde que ficaram violentas, puxando-as e empurrando-as pela sala enquanto se esquiva dos detritos de obra sendo atirados de súbito. Suas roupas estão mais molhadas que as minhas, de tanto que é jogado no chão, e seu cabelo gruda na testa pelos respingos e pelo suor. É impressionante o quanto Diego está mais forte desde a última vez que o vi em ação, os músculos dos seus braços marcados pelo esforço.

Só que um chão escorregadio e instável é o seu maior ponto fraco. A cada vez que o garoto desliza pelo efeito de seu feitiço na mistura de água e poeira de obra no chão de gelatina, existe uma chance maior de errar e perder o controle. Mesmo que não erre, o feitiço de nenhum ser humano é ilimitado.

As cadeiras, por outro lado, parecem incansáveis.

– Madu, vai demorar?! – falo para o celular no viva-voz na minha mão.

Minha prima não responde. Ouço sua voz distante, conversando com algum parente em casa. Alguém a prendeu no caminho.

Droga. Guardo o celular no bolso, ainda em ligação. Se a ajuda de Madu não funcionar, preciso de um plano B.

– Me dá cobertura – berro para Diego, disparando em direção aos cômodos sob o mezanino.

Diego puxa duas cadeiras que se soltam e voam em mim. Me desvio de um balde de tinta, que estoura na escada de mármore e lança cinza pela parede e degraus. Avanço pelo corredor. Todos os ambientes ali estavam vazios quando cheguei mais cedo. Mais importante, todos tinham janelas. Abro a primeira porta.

O quarto não tem mais chão, apenas um vazio infinito pela escuridão.

Xingo mentalmente e fecho a porta de novo. O medidor não mentiu sobre os níveis de magia da casa. Só uma entidade muito poderosa poderia conjurar isso tudo sozinha.

– Que tal você só deixar a gente ir embora?! – berro para a assistente, seguindo pelo corredor. – Fingimos que nada disso aconteceu!

– Vocês vão voltar depois e tentar de novo. Ou outros no seu lugar. Quero que sirvam de exemplo.

Abro o segundo ambiente. O banheiro de antes sumiu e na minha frente está apenas um portal para uma vasta paisagem de chão árido e céu escuro, um vento gelado esfriando meu rosto. Fecho a porta rápido, porque toda mãe ensina para seus filhos desde crianças que não se deve entrar em portas para outras dimensões porque elas podem bater atrás de você e não abrir nunca mais.

– Você é bastante criativa para uma casa – reclamo.

– Portas para o vazio do esquecimento são a última tendência em decoração neste inverno.

Abro o terceiro cômodo. Até que enfim um quarto normal, com uma linda janela me esperando! Avanço até ela, rezando para que a casa não a esteja controlando tão bem, para que eu possa abri-la e...

O ambiente começa a girar, o chão entortando na diagonal, a janela ficando cada vez mais alta. Caio de joelhos, tento me segurar, mas inevitavelmente escorrego de volta para trás e sou lançada para fora do quarto de novo, a porta se fechando na minha frente.

Me levanto no chão em nível normal do corredor, meus joelhos doendo...

Só que não estou em cima de chão. Estou em cima de uma porta fechada. Olho em volta. Uma dúzia de portas surgiram entre as três originais do corredor, de tamanhos diferentes e em locais diferentes, nas paredes, no chão, no teto, uma porta dentro de outra.

– Você só pode estar zoando – resmungo. – Eu tenho cara de Alice no País das Maravilhas?!

– Com a senciência, também ganhei um excelente senso de humor – a assistente comenta, mais animada que o normal.

Pulo para fora da porta-chão e avanço até a última, no final do corredor. Ela abre para outro corredor parecido. Entro e corro por ele, faço a curva e...

... Estou de volta na sala principal vindo da direção oposta, do corredor da cozinha.

– Essa droga virou perseguição de Scooby Doo agora?! – Diego repara em mim.

Enquanto eu procurava outra saída, as cadeiras foram fazendo o garoto recuar na direção da entrada. Agora, apenas a porta com a janela de vidro o separa da gosma escura lá fora, filetes seus entrando pelas frestas. Ela apertou tanto a campainha, tentando consumir tudo no caminho, que a destruiu e a silenciou há um tempo.

– Madu, algum progresso? – digo para baixo. Do celular no meu bolso ouço apenas as mesmas vozes abafadas de pessoas da minha família.

– Tia Suelen, não temos convites extras pra festa do Geniapp, sinto muito – diz Madu. – Não sei nem se vamos. Deixa eu correr aqui, tenho que resolver algo para a Amanda.

O chão ondula de novo sob os meus pés. Com a força da água se movendo, não consigo manter o equilíbrio e caio. Um barulho de motor estridente corta o ambiente. A maquita da obra ligou e está vindo na minha direção, a serra ligada e buscando vingança. Água respinga com violência no seu caminho. Ela chega a centímetros do meu pé. Prendo o ar no susto.

A maquita voa para a lateral. Diego a puxou na sua direção. Seu próprio corpo toma um coice em contrapartida. A serra se prepara para encravar no seu ombro. Não!!! O aparelho desliga, seu fio chegou ao limite e soltou da tomada. Diego libera o feitiço e se esquiva para o lado.

Não tenho tempo de respirar aliviada, porque a maquita atinge e estraçalha a janela da porta de entrada. Voa direto através da gosma antimagi lá fora, que deve ter absorvido a magia no vidro e, por isso, a casa não conseguiu protegê-lo da quebra como fez com a parede para o quintal dos fundos.

A massa translúcida começa a entrar, caindo para dentro em parcelas gosmentas. O cheiro de produtos químicos e algo azedo me desperta memórias nítidas e desconfortáveis de serviços passados com criaturas como essa.

Interferindo na magia da casa, a gosma antimagi faz a Bossa Nova tocando descer a tons distorcidos de um jeito macabro.

– Como se uma casa assassina não fosse suficiente – Diego reclama, tentando se afastar. A gosma é lenta, mas as cadeiras se uniram em uma barreira para empurrá-lo contra ela. Ávida, a gelatina engatinha na direção do garoto. Qual lanche é mais apetitoso para uma criatura que come magia do que alguém com um feitiço poderoso?

Vejo Diego ali, molhado, cansado, com cortes de estilhaços, lutando pela própria vida, e algo ferve em mim muito mais do que a água caindo da lareira.

– Tá, acabou a palhaçada – grito para a casa. – Alguém tem que mandar a real pra você. Acha que pode ficar *neutralizando* todo mundo que entrar aqui pra sempre?! Tá pensando que isso é uma solução sustentável? Pois eu mesma vou te responder. Não é! E não tô nem falando isso só porque somos bilhões de seres humanos contra uma única casa. Uma hora, alguém de alguma esfera mais poderosa da fiscalização mágica vai se irritar e vir aqui te demolir. Aí já era! A menos que você me deixe te ajudar.

– Você está exagerando – a casa retruca.

O chão vem em uma onda grande que me atira para trás.

Deslizo na água e bato contra a parede oposta à lareira. Não me machuco, e demoro um segundo para perceber que isso é um péssimo sinal. As plantas do jardim vertical começam a me envolver. Me debato, mas não adianta. Elas continuam me puxando para dentro de si, uma floresta densa e sem fundo.

– Amanda! – Diego grita. A gosma já está toda na sala, uma forma translúcida e escura do tamanho de um boi entre nós dois, bem pertinho dele. Nas suas costas, um círculo de cadeiras o imprensa. Mesmo assim, Diego estica o braço na minha direção. Vai tentar me puxar.

– Não! – berro.

Diego agarra uma das cadeiras na força bruta, sobe e salta, me puxando de cima. Sou arrancada das plantas e ele voa por cima da gosma.

Os cacos de vidro da porta sobem e flutuam no caminho entre nós.

Diego solta o feitiço no reflexo. Caio de frente no chão, minha roupa encharcando na água. Ele cai também.

Mas não longe o suficiente da gosma.

Ela envolve o tênis do garoto e sobe pela sua canela.

– De novo, não! – Diego geme, com uma careta. Tenta empurrá-la com seu feitiço, mas a criatura é disforme, e apenas pedaços seus são arrastados para longe, deixando um rastro gosmento e se recompondo em seguida. Sem saída, ele chuta e tenta se afastar pelo chão, mas as cadeiras ainda o cercam.

Tranço memórias para que a gosma fique sólida. Morder picolés de fruta no verão. O barulho do gelo se quebrando ao torcer forminhas que tirei do congelador. O vídeo das bailarinas de gelo, logo antes de derreterem no Rio. Nada acontece. Troco para memórias para fazer a assistente dormir. Chá de camomila na cozinha da minha avó. Filmes lentos em preto e branco. Aula de Física depois de uma noite virada. Nada!

Droga, droga, droga...

Os pedaços que Diego tenta empurrar se afastam cada vez menos, e não só porque ele está exausto. A criatura está absorvendo a magia que o garoto manipula. Quanto tempo até ela engoli-lo e Diego perder seu feitiço para sempre?

Quero levantar para correr até ele e puxá-lo com minhas próprias mãos, mas os cacos de vidro ainda flutuam na minha frente. Vão me perfurar a qualquer momento.

– Espera! – grito para a casa, o desespero afinando minha voz. – Me dá uma trégua! Você pode não acreditar em mim, mas conheço alguém que vai te convencer! Madu?!

Rezo para que alguma entidade divina tenha protegido meu celular das batidas e da água.

– Cheguei! – a voz de minha prima fala do meu bolso.

– Até que enfim!

– A família inteira quis me parar no caminho! E eu não podia contar que estava com pressa porque – ela fala mais perto do telefone, mas com infinitamente mais raiva – minha prima está à beira da morte por causa da própria burrice!

– Segura o telefone pro cajueiro, rápido! – mando.

– O quê?!

– Só faz! – Estendo meu próprio telefone para cima. – Escuta, casa! Eu quero te ajudar, mas entendo que não confie em mim. Humanos sempre te trataram como um problema a ser resolvido. Já aprendeu a não confiar em nenhum. Mas, se não quer me ouvir, pelo menos ouve a minha casa. No telefone está o cajueiro que mora com a minha família. Faz parte do nosso lar. Ele vai te dizer se pode confiar em mim ou não.

As cadeiras param de bater umas contra as outras e a água da cachoeira sobre a lareira diminui um pouco. A Bossa Nova finalmente se cala. Silêncio toma a sala.

Então, o barulho suave de vento contra folhas soa pela linha.

– Não ouço nada – Madu diz.

– Shhh – a voz da assistente digital briga. O barulho do vento continua.

A gosma já chegou na coxa de Diego, mas ele não está em pânico. Me encara com uma expressão séria, intensa. Confiando em mim. Sou acometida pela certeza absoluta de que vai dar tudo errado. Não sou digna dessa confiança. Meu estômago embrulha de pânico. Mas Diego continua olhando, então trinco os dentes e me controlo.

– Eles são barulhentos, é? – diz a assistente digital. Seu tom, no pequeno espectro de neutralidade que possui, se afasta da neutralidade animada e hostil para ir na direção da neutralidade pensativa. – Eu gosto de barulho. É melhor que o silêncio de uma casa vazia.

– Estão conversando mesmo – Diego sussurra, impressionado.

– Ela é uma casa com assistente digital mágica – digo de volta. – Presumi que falasse todas as línguas que existem.

– É bom saber – a assistente continua para a linha. – É bom saber que encontrou moradores que cuidem de você.

É agora ou nunca.

– Você pode ter isso também! – digo para a casa. – Só me deixa te ajudar!

– Não vejo como.

– Olha pra você! É uma mansão enorme, jovem, linda, *hashtag* empoderada, com uma sala que de um lado ao outro dá cinquenta reais de Uber! E ainda tem magia que não acaba mais! É o diamante das casas!

– Não é o que o humano que me construiu pensa.

– Então ele que te passe pra alguém que te valorize, e não que queira te podar justamente pelo que te faz especial! É só isso que te peço: deixa eu conversar com ele.

– José Carlos não vai querer me vender. Ele me construiu.

– Ele não tem muitas opções. Pensa comigo: pra ter aceitado que eu, no auge dos meus um e cinquenta e cinco, tentasse te "resolver", é porque já pagou todas as outras bruxas de aplicativo melhores e com feitiços mais poderosos e nada deu certo. Daqui pra frente, ou ele investe mais o valor de um carro popular contratando uma empresa especializada, top de linha, pra tentar anular seus níveis de magia ou te demolir... pagando a indenização pra todas as vítimas que vão surgir nesse processo. Ou ele desiste de ser teimoso e te vende. É óbvia a opção que o homem vai escolher: ele vestia um coletinho de investidor Faria-Limer quando nos deu as chaves mais cedo. Se eu disser que vai poder lucrar quando te repassar (e eu tenho certeza de que vai, considerando a quantidade de magia que você tem), o cara não vai pensar duas vezes. É pegar um limão e fazer uma caipirinha.

– E ninguém consegue dizer não para a Amanda, pode confiar – Diego adiciona.

– Tem muito amante de magia por aí – Madu diz pelo telefone, sem perder a chance de tentar animar alguém. – A gente vai achar moradores que te valorizem por quem você é.

– E se não existir alguém assim? – a casa pergunta.

– Vamos tentar primeiro antes de aceitar a derrota, tá bem? – Me levanto com cuidado, minhas roupas molhadas. O chão está firme de novo. Quando continuo, minha súplica é cem por cento sincera: – Deixa eu te ajudar.

A casa fica em silêncio.

– Não quero apressar ninguém – Diego lembra, a gosma subindo pelo quadril. – Mas não tenho muito tempo aqui. E esse troço é *nojento*.

– Vai sujar o chão todo… – eu e a casa lamentamos ao mesmo tempo.

Olho para cima e deixo escapar um sorrisinho inesperado e inseguro.

– Tá – digo para a casa. – Além de te ajudar a procurar uma família decente, se você desistir de tentar matar a gente, eu e o Diego te ajudamos na limpeza. É a minha última oferta. Fechou?

A assistente demora alguns segundos, uma estática escapando dos alto-falantes, até finalmente dizer:

– O material de limpeza está sob a escada.

As cadeiras se afastam de Diego.

Disparo para os produtos de limpeza, meus pés respingando pequenas ondas. Os produtos se espalharam na água com a confusão, mas ainda posso usá-los. Encontro uma garrafa de detergente e volto até o monstro engolindo Diego.

– Come isso aqui! – A lanço nele.

Porque o jeito mais fácil de acabar com uma gosma nojenta é, como acontece com qualquer sujeira, limpando-a.

A garrafa cai no seu corpo massivo e é absorvida. Pedaços de gosma sibilam e derretem no caminho em que afunda, conforme um pouco de detergente escapa do bico do recipiente.

– O mesmo da última vez? – Diego me pergunta, a criatura subindo pela sua cintura.

– O mesmo. Mas preciso de mais água!

O garoto se retorce no chão e estica a mão na direção do quadro, cuja água continua caindo em filetes modestos. A moldura treme na parede, mas não se solta. Diego não tem mais força.

– Posso resolver isso – a assistente oferece.

O quadro desprende e voa na direção do garoto, jorrando água feito uma cortina pela sala.

Me concentro na garrafa de detergente dentro da gosma e, no desespero antes do feitiço, pauso e rezo.

Magia, me ajuda pelo menos dessa vez, por favor!

Tranço bolas de chiclete estourando na boca. Os *pop-pop-pops* das crianças da família pisando em balões nas festas de aniversário. Uma panela de pressão explodindo num serviço uma vez. Qualquer filme do Michael Bay.

A garrafa de detergente estoura dentro da criatura ao mesmo tempo que o quadro passa com a cachoeira por cima. Pedaços da gosma se pulverizam pelo ar. A massa que restou, ainda grande, começa a derreter, perdendo-se em espuma. Com movimento mais livre, Diego se segura em uma cadeira, que o ajuda, e chuta as pernas, estimulando a mistura.

Repito as memórias do feitiço intensamente, me aproximando concentrada. O volume da espuma expande. Aumenta mais rápido. De repente, a gosma está sob uma torre inteira dela.

Sinto a mão de Diego no meu braço.

– Já foi – ele diz. Nem o vi sair e se levantar. Está sujo de espuma também.

Solto o feitiço, puxando o ar como se tivesse passado cinco minutos debaixo d'água. As bolhas vão murchando. Quando chegam ao chão, não há mais gosma. Pedaços de resíduos que ela comeu e plástico deformado estão espalhados imóveis na poça de sabão que vai minguando.

Em volta no salão, cacos de vidro estão em focos perigosos aqui e ali. O lustre do teto não tem mais um único globo de luz. Água empoça o chão e escorre por algum ralo que não enxergo. As cadeiras estão bagunçadas; algumas, caídas; os plásticos protetores, emaranhados aqui e ali, e os materiais de obra estão perdidos pelos cantos.

Todos obedecem às regras normais de gravidade terrestre.

Eu e Diego nos entreolhamos, ambos ofegantes. Estamos sujos e encharcados. Ele também está coberto de espuma. Seu cabelo molhado aponta em todas as direções.

Uma risada nervosa borbulha para fora de mim. Diego, ainda com uma expressão meio aflita, passa a mão no rosto, cobrindo os olhos, mas deixa escapar um sorriso por contágio.

– Deu certo?! – Madu pergunta no celular.

– Sim – respondo. – Acabou.

Ela xinga algo apropriado para crianças de 8 anos, que é o máximo de vulgaridade verbal a que se permite.

– É disso que estava com saudade? – pergunto para Diego.

– Contigo, sim. – Ele me olha, intenso. – Nunca vai existir ninguém igual a você.

Eu explodiria o mundo inteiro feito uma garrafa de detergente por esse garoto.

– Vou pegar a vassoura. – Eu me afasto dele.

- 12 -

Amanda

SENTAMOS NUM DEGRAU NO fundo do quintal. A casa é a nossa mais nova amiga, mas ainda escolhemos o pedacinho de sombra mais distante da sua sala, colado no muro, só por prevenção. Na nossa frente, a piscina relaxa como um pedaço de paraíso azulado. Diego e eu já trocamos para roupas mais secas – a experiência com serviços desastrosos nos ensinou a sempre trazer uma muda de roupa. Apesar de nossas mochilas terem caído na água, uma pequena misericórdia do destino fez o interior delas não molhar tanto. Agora, aguardamos nossas peças úmidas secarem no sol do fim da tarde enquanto descansamos.

Quando demos um jeito na faxina e a porta do vazio do esquecimento voltou a abrir para um banheiro normal, a casa deixou que Diego tomasse um banho rápido. Enquanto isso, eu varria a sala uma segunda vez, tentando não ficar obcecada pelo fato de que o garoto estava sem roupa em algum lugar atrás daquela parede (e falhava miseravelmente). Ele voltou vestindo só uma bermuda esportiva e foi direto para o quintal torcer as roupas encharcadas e pendurá-las para secar, antes de vestir a camiseta limpa. Eu já tinha visto o torso nu de Diego em alguns vídeos seus, e conheço de cor as linhas rígidas que os músculos seguem pelo seu corpo. Mas ao vivo elas me pareceram ter uma estranha suavidade. Do tipo que te convida a passar os dedos para segui-las e entendê-las. Admirá-las.

Em resumo, uma olhada foi suficiente para me fazer tropeçar na vassoura. Tomei meu próprio banho depois, refletindo acerca de como podem as costas serem uma parte tão bonita do corpo humano. Sei que Diego não tem uma rotina de treino tão intensa como compartilha nas redes só para ficar atraente, porque pessoas com feitiços que demandam tanto fisicamente precisam de aptidão atlética. Mas, querendo ou não, ele está fazendo um excelente trabalho em ser gostoso.

Eu só gostaria que não estivesse tão cheio de manchas roxas brotando e arranhões por minha causa. Está bem mais machucado do que eu.

– Sinto como se tivessem me colocado numa tábua de carne e me martelado todinho. – Diego espreguiça as costas. Ele senta ao meu lado, limpo e belo de novo, enquanto eu, apesar de todos os meus esforços, ainda pareço que entrei no mar e tomei caixote.

– Desculpa ter te metido nessa por uma ideia que nem funcionou. – Me encho de remorso. – Achei mesmo que o nosso amiguinho ia aparecer.

– Amanda, só tem *um* grande erro que cometemos que me deixa chateado – ele faz uma expressão séria –: a gente ter perdido a oportunidade de jogar um balde de purpurina na gosma antimagi, talvez umas miçangas, e gravar: "fazendo *slime* gigante enquanto Diego é engolido vivo". Imagina o sucesso que não ia ser!

Ele consegue me arrancar uma risada modesta.

– Bom, fica pra próxima vez que uma tentar te comer – digo. – Não deve demorar muito, dado o seu histórico.

– Quem mandou eu ser gostoso, né? Não tem muito o que fazer.

Seu sorriso acende algo morno dentro de mim. Aproveito um pouco a sensação, pelo menos dessa vez.

– Mas é sério – ele continua. – Pelo menos deu pra resolver o serviço da casa possuída que você tanto queria. – Ele abaixa o tom para que ela não nos ouça: – Quer dizer, você acha mesmo que vai convencer o proprietário a vender, não vai? Vale lembrar que o Liam Neeson das casas agora sabe onde você mora.

– Converso com o homem amanhã. – Encolho os ombros. – Nem é o cliente mais cabeça-dura que já tive. Vou dar um jeito.

Diego me estuda de um jeito estranho, os olhos se delongando em mim.

– Que foi?

– Você cresceu muito como bruxa de aplicativo – ele reflete. – Sempre foi boa, mas esses meses de experiência sozinha te... mudaram.

– Hum.

É a oportunidade que sempre esperei para encher o peito e contar vantagem. Mostrar que fiquei bem sem ele. Sem ninguém. Sou, afinal, balonista profissional de ego, inflando-me e voando alto mesmo nas condições mais adversas. Mas é estranho fazer isso para alguém que já está me admirando de um jeito tão sincero. Normalmente é o contrário: preciso convencer as pessoas a me levarem a sério.

O peso das suas expectativas me deixa subitamente desconfortável.

– Saber argumentar com os clientes não é ser boa – digo, compelida a abaixá-las.

– Não tô falando só disso. A forma como você usa magia tá ainda mais impressionante.

– Ah, pronto – dou risada –, bateu a cabeça na luta.

– Como funciona? – Ele me olha com o estranho maravilhamento de alguém que gira um caleidoscópio. – Como é usar magia, pra você?

– Igual a como é pra todas as pessoas com dissonância, ué. Não aprendeu isso no colégio, na aula de Teoria dos Feitiços?

– Você não é igual aos outros. Pelo que te conheço e o que já me contou, fico pensando que... – Ele organiza as palavras. – Parece que você nunca se contentou em ser dissonante, então fica convencendo a magia, no jeitinho, a te ajudar. Um feitiço por vez.

– Você acha que eu *passo a conversa* na magia?! – Ergo as sobrancelhas, entretida.

– Não é isso. Acho que você a trata como se fosse sua... amiga.

– Inimiga, né, julgando pelo jeito como escolhe me ignorar nas piores situações.

– Só quis dizer que a trata como alguém com quem pode conversar. – Ele ri. – Como trata todas as criaturas dela que cruzam o seu caminho, na real.

Balanço a cabeça com uma expressão de chacota, mas suas palavras me pegam mesmo assim. Penso nas memórias que já ofereci trançando feitiços, nas súplicas desesperadas. E, além disso…

Mordo o lábio de baixo.

– Quando era criança, eu de fato conversava com a magia – admito, com um sorriso minúsculo. Não compartilho com os outros nada tão pessoal. Mas Diego já se deu ao trabalho de me ler metade do caminho. Talvez não seja perigoso que tenha o resto da história. – Eu era doida pra encontrar um feitiço, queria mais que tudo. Ficava fantasiando com a minha família falando: "Olha que legal o feitiço que a Amanda achou!". Tentava tudo que aparecia pela internet que as pessoas diziam que ajudava. Dançava, fazia meditação, roubava a varinha de uma prima minha que tinha (só por estética, porque varinha nunca ajudou ninguém da minha família). Cheguei até a aprender uns símbolos com as mãos, meio Naruto, sabe? (Se você me chantagear com essa informação no futuro, não vou hesitar em te matar.)

Diego mostra uma linha de dentes em um sorriso, como se minha ameaça fosse o ápice do entretenimento.

– Acho que, de tanto pedir para a magia que me desse um pouquinho de atenção – continuo –, com o tempo comecei a conversar com ela. Contava como me sentia. Que criança nova tinha encontrado um feitiço no colégio.

– Como foi quando você descobriu que era dissonante?

– Eu tinha 12 anos e consegui amadurecer o último caju da temporada que tinha caído muito mirradinho do nosso cajueiro. Tinha sido dia de boletim no colégio, e boletim sempre foi meio que sinônimo de humilhação pra mim, então queria tomar suco de caju porque me deixava feliz. Que bobeira, né? Mas foi isso. Juntei umas memórias e pronto, a fruta ficou toda rechonchuda. Depois nunca mais consegui repetir. O perito que faz os testes de feitiço do registro civil identificou a dissonância na hora.

– De um jeito ou de outro, no fim a magia te ouviu – Diego conclui.

Observo um passarinho voar sobre a piscina, beber um pouco de água, ir embora.

– Acho que sim. Talvez você esteja certo, e até hoje fazer um feitiço não passe disso pra mim: uma discussão para mostrar para a magia o quanto aquilo é importante. O quanto mereço que dê certo. – Abaixo o rosto, constrangida. Nunca dividi essa parte de mim com ninguém. – Isso deve parecer doideira, né? Imagina, falar com a magia! Sempre me senti meio boba.

– Se você não tivesse falado com a casa mágica, nós não estaríamos aqui, ainda respirando. Então não, não acho bobeira. Acho algo digno de respeito.

De repente entendo por que é tão terrivelmente fácil baixar minha guarda e me abrir com Diego, apesar de tudo. Pelo mesmo motivo com que ele consegue conquistar qualquer pessoa, na real. Pelo jeito como te olha. Com toda a atenção, como se você fosse a pessoa mais fascinante do mundo no momento. A pessoa mais...

... Especial.

– Como foi pra você, encontrar o seu feitiço? – Mudo o foco, porque meu coração está navegando em águas perigosas.

– Nada fora do normal de uma família com dinheiro.

Me botaram em cursinho caro de procurar feitiço desde cedo. Quando encontrei, desembolsaram mais ainda pra me treinar.

Sempre desconfiei de que Diego teve "ace$$o" ao melhor tipo de educação mágica desde cedo. Não só pela amplitude de conhecimentos gerais que transparecia nos nossos serviços juntos, só abaixo da de Madu, mas pela forma como sua expressão muda quando está analisando cada feitiço que vê. Como se estivesse tomando nota.

– Você foi o primeiro da família a encontrar? – pergunto.

– O segundo, porque minha irmã também conseguiu. – Será que Madu já descobriu isso sobre Alícia? – Somos um bando de céticos calculistas – ele continua –, nos quais magia não se cria muito. Então imagina o alvoroço que foi. Minha família deve ter sozinha movimentado o PIB do setor de estímulo de memórias, de tanto que pagaram pra eu ter experiências com peso e movimento.

– O clássico caso da família querendo usar a criança com feitiço como trofeuzinho pra ganhar prestígio?

– Pois é, bem novela da Globo mesmo.

Em um mundo tão desigual, pessoas com dinheiro sempre têm mais oportunidade de desenvolver suas habilidades, e com magia não é exceção. A indústria de experiências para a criação de memórias deve estar mais aquecida do que nunca, pela quantidade de anúncios que aparecem para mim nas redes. "Novos pacotes de luxo! Guarde dentro de si a sensação de calor de um vulcão entrando em erupção, a escuridão de mergulhar no mar profundo, o silêncio de uma sala hermética isolada!" Mal sabe o algoritmo que o máximo de experiência que eu posso pagar é para sentir o calor de Bangu no verão.

– Só que tanto treinamento acaba não sendo algo muito legal pra criança que só tá tentando entender como tudo funciona enquanto trava a batalha mais cruel de todas, que é a puberdade. – Diego continua: – Eu tinha 12 anos quando me jogaram de um avião pela primeira vez. Ninguém se preocupou muito se eu tinha pavor de altura. Já tive que pular de paraquedas dez vezes desde então. Dentre coisas piores. Me jogaram de prédio. Me prenderam debaixo d'água. Tentaram me esmagar. O importante era eu ganhar as memórias poderosas certas pra tirar meus certificados de proeza de feitiço todos no máximo, independentemente do quanto me machucasse.

– Que horror! Ninguém da sua família tentou te proteger? Sua mãe, sua... irmã?

– Não sei se minha mãe sabia. E eu não reclamava. Nem entendia direito que tinha algo errado. Minha irmã aguentava todo treinamento com tanta facilidade que eu achava que o problema era eu. Na minha cabeça, toda família era dura com as crianças com feitiço e o certo era sofrer pra ficar forte.

– Eu sinto muito, Diego... – Um sentimento pesado se amarra no meu estômago, subindo quente e apertando meus punhos. – Eu queria que feitiços de viagem no tempo existissem pra que eu pudesse voltar e te salvar disso tudo.

Ele me olha um pouco surpreso. Fui intensa demais. Solto os punhos, abaixando o rosto.

– Nenhuma criança deveria ter que passar por isso – tento me justificar, controlando de volta o tom. Ele continua me observando. – Na minha família, o máximo que alguém com feitiço sofre é com a encheção de saco dos primos pedindo pra mostrar e sacaneando. No meu caso, então, quase nada, porque ninguém nunca... Ninguém nunca ligou muito pros meus feitiços.

... Pra mim, no geral.

– Não ligam? – Diego franze a testa. – Pelas histórias que me conta, sempre achei que você fosse o coração da família!

– Que nada! Acho que cairiam na gargalhada se soubessem que eu tô trabalhando como bruxa de aplicativo.

O garoto faz uma expressão ainda mais confusa, apertando os olhos:

– Eles não sabem?

– É... Acho que nunca te contei isso, né? – Mordo o lábio de baixo ainda dentro da boca. O assunto me deixa desconfortável.

– Bem que sempre me perguntei por que você só me apresentou à Maria Eduarda durante esse tempo todo em que nos conhecemos, mesmo sempre falando da sua família gigante. Achei que tivesse vergonha de mim.

– Vergonha?! – Arregalo os olhos, estupefata. – Jamais!! Eles te *amariam*! Te abocanhariam inteirinho, a grande novidade entre os conhecidos da família. Um garoto famoso e simpático! As brasas das fofocas queimariam por semanas.

– Por que nunca contou a eles sobre o Geniapp?

Passo a ponta dos dedos pelo degrau em que nos sentamos no fundo do terreno, sentindo a textura da pedra amarela.

– Acho que não queria que soubessem, caso desse errado – admito. – Todo mundo já tem uma opinião meio baixa de mim e estou tentando mudar isso. É ruim pro meu marketing pessoal e tal.

– Amanda...

Sei que já dei uma justificativa plausível para ele. Que não preciso elaborar mais.

– Mas acho que no fundo... – continuo mesmo assim. – No fundo só não quero contar à minha mãe.

– Ela é do tipo que reclamaria por ser bruxa de aplicativo? – ele pergunta. – A minha não gosta.

– Não. Não acho que minha mãe ligaria. Eu só... – É difícil pôr em palavras algo em que evito tanto pensar. Organizo meus sentimentos como se fossem um feitiço, torcendo para que magicamente façam sentido. – Minha mãe dá aula de Direito Mágico em faculdade. Orienta os projetos finais dos alunos, até dos mestrandos, enquanto segue na pesquisa do próprio doutorado. É a pessoa mais inteligente que eu conheço, até mais do que a Madu. O tempo dela é valioso. Tem que o investir de forma produtiva, e não com o que não é importante. Como se preocupar comigo. Quando levo meus problemas bobos pra ela, fico me sentindo meio que um... incômodo. Então prefiro só não contar certas coisas.

– Mas, Amanda, ela é sua mãe – Diego rebate, com cuidado. – Os seus problemas não são bobos pra ela.

– Só tô sendo prática. Dentre os projetos da minha mãe, tenho consciência de que sou o menos importante.

Pronto. Aí está a verdade no mundo. Sem possibilidade de voltar atrás.

Uma parte egoísta de mim sempre desejou que fosse diferente, é claro. Que eu e minha mãe pudéssemos passar mais tempo juntas, nem que fosse para ela me dar bronca por fazer besteira. Mas aprendi a lidar melhor com o sentimento, conforme cresci. Vou cumprir o papel da filha medíocre da mulher grandiosa, que é pelo menos não ser uma pedra no seu caminho.

– Não precisa me olhar com essa cara de preocupado. – Percebo que compartilhei demais. – Deixa pra lá. Acabei sequestrando a conversa pra falar de mim. Foi mal. Será que nossas roupas já secaram?

Levanto e vou checar. Diego vai comigo. Encosto a mão nas minhas, mas o sol já enfraqueceu, perigando se pôr, e a água não evaporou das juntas mais pesadas de tecido.

– Eu gosto que fale de você – Diego diz, suave, enquanto viramos os lados que pegam sol. – Facilita o meu trabalho de tentar entender o que se passa na sua cabeça. Porque você conta história do mundo inteiro antes de me contar o que sente de verdade. O que tá aí dentro. Preciso ir te lendo pelas entrelinhas, juntando os detalhes que deixa passar.

Meu rosto esquenta, subitamente consciente da consequência de ter toda a atenção de Diego em mim. De tê-lo, tão meticuloso, recortando minhas mentiras, depois juntando com cola e fita adesiva todas as verdades que piquei em mil pedacinhos para esconder.

– Não sou tão complexa assim – desconverso, voltando a sentar no degrau.

Sinto os olhos dele me seguindo sozinhos por um tempo, antes de o restante do garoto me acompanhar.

– Eu não sabia que sua mãe não gostava de quando você trabalhava no Geniapp. – Mudo o foco antes que ele insista.

– Não gostava, mas é só porque meu avô diz que bruxa de aplicativo é um subemprego. – Diego solta uma risada curta. – Minha mãe tá sempre preocupada com o que ele vai achar.

– É o pai dela?

– Não. Pai do meu pai, que já faleceu. Minha família é meio... complicada.

Ele não elabora. Vai deixar o assunto morrer, como sempre fez. Bem que eu estava estranhando, ele compartilhando tão fácil sobre seu treinamento na infância. Sobre seu...

– Desde que meu pai morreu, quando eu tinha 13 anos – Diego me surpreende –, minha mãe foi pra Brasília. O pretexto era ajudar na empresa da nossa família no lugar dele, mas todo mundo sempre soube que ela queria mesmo é ficar perto do meu avô. Ela morre de medo de cortarem nosso dinheiro, porque é a segunda esposa do meu pai e o resto da família sempre preferiu a primeira. Só meu avô que a favorece, em um pequeno relance de humanidade. Diz que minha mãe é mais inteligente. É por isso que a vida dela hoje é agradar o velho.

– Você não foi com ela pra Brasília? – pergunto, com cuidado.

– Na época fui, mas uns anos depois preferi manter distância daquela gente. Uma família que te trata como algo desagradável não merece ser sua família. Minha irmã tinha ficado no Rio, então vim morar com ela. Foi uma época boa, antes de tudo dar errado.

Molho os lábios, querendo perguntar o que houve. Com quem ele e Alícia, mais novos, moravam, porque era mais alguém do seu lado. Mas é perigoso demais. Qualquer passo em falso em um assunto tão delicado, como sua irmã mesma me aconselhou, e Diego pode entrar na defensiva.

– Eu sei que soa estranho – ele continua – minha mãe

aceitar que eu fique longe tão fácil. Tem gente que diz que ela não se importa comigo, que é obcecada pela opinião do meu avô. Mas são pessoas que não a entendem. Minha mãe só tá fazendo o que ela acha importante pra nós. Pra ela, cuidar de mim é garantir que eu tenha dinheiro pra viver uma vida confortável. Se significa que ela vai ter que morar em Brasília e trabalhar na empresa deles enquanto eu fico no Rio, tudo bem. O resto é secundário.

Me lembro da mulher de ascendência japonesa, de cabelo preto com ondas suaves e olhos sempre atentos, que apareceu em um ou outro vídeo de Diego. Da forma polida e desenvolta com que ela falava de sua experiência como mulher amarela no Brasil.

– Sua mãe parece uma grande mulher também – comento. – Sinto que ela e a minha seriam amigas.

– Ela é. Mas... – Ele solta uma risada curta, perdido em memórias. – Ainda é meio estranho, às vezes. Quer dizer, ninguém espera que a reação da sua mãe quando você conta a ela que é bi, depois de anos se planejando, vai ser ela te abraçar e perguntar se você já pensou em como vai contar pro seu avô.

– Nossa, que pessoa prática. Ela conseguiu a façanha de te deixar aliviado e mais nervoso ainda ao mesmo tempo? Como Madu diz todo dia, o bissexual não tem um segundo de paz.

Me vem a memória de quando Madu contou para a nossa família. Fizemos juntas uma lista imensa de anotações tiradas de artigos na internet sobre como sair do armário como não hétero. Preparamos um discurso. No dia, porém, foi meio anticlimático, porque ninguém fez muito alarde. Madu não é a primeira pessoa *queer* entre nós – tia Efigênia foi, se confessando lésbica várias gerações antes, seguida por outros parentes –, então todo mundo já estava meio acostumado. Desde então, o pai dela não perde nenhuma oportunidade de demonstrar publicamente que apoia a filha, mesmo que seja de um jeito superbrega. Já a mãe... ela demorou um pouco mais.

– Eu morria de medo do meu avô naquela época – Diego diz, devagar, um pouco distraído. – Também queria agradá-lo. Mas no fim nem deu em nada.

– Ele foi compreensivo, quebrando todas as expectativas?!

– Sei lá. Não fiquei sabendo da reação dele. – O garoto encolhe os ombros. Levanto as sobrancelhas bem alto. – Longa história. Adiei contar por muito tempo, e aí teve o desastre com o *bug* de algoritmo, que abalou a família inteira.

– O que houve? – Não me aguento.

– Meu avô não quis me ouvir e financiar uma nova investigação – ele responde, sem perceber que eu me referia ao acidente. A quem morreu. – Tentei por minha conta, mas trabalhar como bruxa de aplicativo não estava me ajudando a alcançar o nosso amiguinho, como você diz. Chamar atenção na internet também não. Eu me sentia sozinho o tempo todo e com um vazio enorme no peito que eu estava enchendo muito rápido de raiva, porque era mais fácil de sentir que medo. Joguei tudo pro alto. Meu avô teve que descobrir que sou bi da mesma forma que a maioria das pessoas: vendo a primeira foto que eu postei com outro garoto quando já estava ficando famoso. O que quer que ele tenha achado, achou lá na casa dele, a dois estados de distância. E minha mãe não deixou chegar até mim.

Ele fala como se não fosse importante. Águas passadas. O que só me deixa ainda mais preocupada.

– Diego...

– Fiquei aliviado de o velho não vir me confrontar, mas ao mesmo tempo eu queria que viesse. Queria que fosse babaca, que ousasse dizer uma palavra sequer. Eu tinha passado a vida inteira fazendo o que ele pedia. Me submeti a cada treinamento horrível, me ferrei sem reclamar. E, na única vez que pedi algo em troca, ele negou. Eu *queria* aquela briga.

– Não fazia ideia de que você estava passando por isso na época – digo. A foto que mencionou foi postada um mês depois de pararmos de nos falar. Ele já tinha me contado que era bi antes, mas nada sobre todo o resto que o afligia. – Eu devia ter te oferecido mais suporte. Eu...

– Você não tinha como saber. Deixa pra lá. Já tô em um momento um pouco melhor agora. – Ele me espia e volta a olhar a piscina antes de continuar. – Enfim. Acabou que a briga não aconteceu. Vejo meu avô pouco e, quando isso acontece, nenhum de nós toca no assunto do que eu posto. No fim, acho que ele é uma pessoa pragmática. Pode até não gostar de quem eu pego ou do que eu faço, mas não vai perder tempo com briga porque não é importante o suficiente pra ele.

– Se não afeta a sua capacidade de ser útil para a família, ele deixa passar?

– Bem por aí. – Diego solta uma risada curta de chacota. – Quem diria que seria mais fácil ser bi pro meu avô frio do que pra internet, onde todo dia me aparecem com uma bifobia gratuita nova, né? Ele sendo condescendente não é nada perto daquele perfil que me acusou de ser hétero fazendo *queerbaiting* depois que eu postei foto com uma garota há uns meses, como se eu fosse um personagem de filme, e não um ser humano.

Ele ri de novo, e meu coração se aperta imaginando o tanto que já sofreu para hoje ter a pele tão grossa.

– Nem lembro por que comecei a falar disso tudo. – Ele respira fundo, cansado. – Foi mal. Nunca quis jogar meus problemas todos em cima de você. Nunca quis te envolver desse jeito.

– Você disse que gosta de saber como me sinto, pois eu digo o mesmo. Sei que normalmente a nossa dinâmica envolve só eu contando as minhas histórias. Obrigada por me contar algumas das suas também, pra variar.

A verdade sobre eu estar trabalhando para sua irmã está na ponta da minha língua. Quero que ele saiba o quanto é importante para sua família. O quanto é amado por ela, que se esforça tanto para mantê-lo seguro. Culpa me pesa feito uma âncora.

Mas os segundos vão passando e passando. A brisa suave balança as árvores nos terrenos vizinhos em um carinho calmo. O passarinho voltou para a piscina e dessa vez pousou na borda. Se demora. O som de crianças brincando escapa na distância.

E não digo nada.

– Sabe o que é o mais estranho de tudo? – Diego comenta. – A gente aqui, batendo papo, na maior tranquilidade, pouco depois de ter sofrido uma tentativa de assassinato por poderes sobrenaturais. E ainda no raio de ataque.

– Não foi a primeira vez. Bananas possuídas ainda são mais violentas.

– Trabalhar como bruxa de aplicativo deixa a gente dessensibilizado com todo tipo de estranheza, não deixa? – Ele ri.

– Em minha defesa, eu já vim dessensibilizada de berço – brinco. – Tenho *n* parentes aparecendo todos os dias com as piores intrigas que você puder imaginar. Não tem muita coisa que abale a garota de família grande.

– Mas tenho certeza de que nunca mais vamos olhar pra uma gosma antimagi da mesma forma.

– Que azar aparecer uma logo enquanto já estávamos lutando contra uma mansão encarnando a vilã de filme de terror – lamento. – Eu devia ter adivinhado que uma casa explodindo de níveis mágicos ia atrair todas as gosmas num raio de quilômetros. Foi um erro de principiante não ter trazido um quilo de sabão em pó na bolsa.

As cores alaranjadas do entardecer avançam no céu. Nenhum de nós comenta em voz alta o motivo de ainda estarmos aqui, apesar de ambos sabermos. Esperar as roupas secarem é um pretexto para enrolarmos, na vã esperança de que o *bug* ainda apareça. Quando sairmos daqui, admitimos que o plano deu mesmo errado.

E que não sabemos mais o que fazer.

Meu telefone toca. O nome no visor é "Coletinho de investidor".

– Oi, seu José Carlos. Boas notícias!

– A bruxa de aplicativo tá viva! – o homem me interrompe, profundamente surpreso.

– Viva, inteira, e com uma casa possuída controlada. – Já estou acostumada a ofensas veladas de clientes.

– A casa já morreu?! Posso me mudar?!

– Então, nós temos um novo plano de ação.

– O quê?! Eu não quero...

– Não posso falar agora, mas vamos conversar amanhã, tudo bem? – Não quero gastar meu tempo com Diego para resolver isso agora. Nem arriscar dar errado perto dos ouvidos figurativos mas vingativos da assistente. – Entrei em um acordo com a casa e encontramos uma oportunidade de investimento imperdível pra você. Prometo que não vai se decepcionar. É muito dinheiro dando sopa.

– Eu não... Dinheiro?

Arqueio as sobrancelhas para Diego. "Viu?"

– Nós falamos amanhã, então – o homem aceita. – Mas não me venha com trambicagem.

– Jamais!

Vou desligar, triunfante, quando ele adiciona:

– Chegou alguém do aplicativo aí?

– Além de mim? – brinco.

– Eles disseram que iam enviar alguém como ajuda, pra compensar terem cancelado o serviço. Alguém ou algo pra controlar os níveis de magia das casas até eu encontrar outro profissional.

Diego está com a testa tão franzida quanto sinto a minha.

– Onde te disseram isso? – pergunto.

– Me ligaram. Eu não entendi direito. Era um número

privado. Deixa eu ver se acho aqui no histórico... Ah, diacho. – Ele fala mais longe do fone: – Janaína, onde que fica o histórico de chamadas? Como assim, você não sabe? Você que apagou o aplicativo! Quem tá pedindo é a garota. Não, ela não morreu. Pega meus óculos. Deixa eu ver, como que baixa a chamada...

A linha desconecta. Aperto os lábios. Os ombros de Diego, antes relaxados, formam agora uma barra tensa sobre ele.

– Você acha – digo, hesitante – que estavam falando da...?

– Talvez a gosma não tenha aparecido por azar – Diego diz, sombrio.

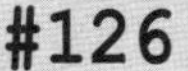

#126

Um vídeo gravado na vertical começa a ser reproduzido na sua tela.

O rosto de Júlia ocupa quase todo o enquadramento, a luz do celular estourada na sua pele. O resto, escuro. No reflexo dos seus óculos, o retângulo da janela do seu quarto aberta para a noite e o celular são os únicos brilhos. Seu cabelo pende de um jeito que faz parecer que está deitada na cama. Seus olhos estão avermelhados.

- Faz alguns dias que você não me manda nenhuma frase curta e enigmática ou comentário ranzinza, mas estranhamente empático. Sigo te buscando nas festas, porque é o que faz Daiana achar que tô trabalhando, mas não te encontro mais. Pra onde você foi? Tô tão preocupada. Eu…

Ela aperta os lábios, controlando as emoções. Esfrega os dedos nos olhos, por baixo das lentes dos óculos.

- Hoje foi um dia pesado. Me deixou pensando que… Já se foi mais de uma centena de vídeos, e eu nunca parei pra te contar direito como vim parar aqui, correndo atrás de você, não é? – Ela lambe os lábios. – Começou, por ironia, em uma festa. Um coquetel do Geniapp a que eu fui não porque trabalho pra eles, mas porque me convidaram por contatos da minha família. Daiana é filha de gente importante e estava lá também. Ficou sabendo de mim pelo tanto que minha família me usa pra contar vantagem e me abordou, querendo me contratar pra te capturar. Eu disse educadamente que não ia capturar ninguém, é claro. Aí ela mostrou as garras e ameaçou jogar na mídia algumas coisas da empresa da nossa família, que não andam muito dentro da lei. Evasão fiscal, problema de contabilidade, esse tipo de coisa. Sei lá, foi pra me afastar dessas burocracias que virei bruxa de aplicativo. Se Daiana botasse a boca no trombone, pessoas que eu amo da família iam sofrer na confusão. O que não é algo que quero, independentemente de alguém estar fazendo algo errado. É complicado.

Seus olhos têm olheiras, seu cabelo está despenteado. Ela não parece se importar.

– Enfim, a mulher me chantageou, e eu acabei concordando. Cadastrei o serviço no Geniapp, porque seria bom eu ter provas desse acordo no futuro, e a obriguei a aceitá-lo. Prometi não te capturar, mas tentar arranjar uma conversa entre vocês. Se você se compadecesse, a ajudaria. Daiana aceitou esses termos, mas no fundo… No fundo sempre desconfiei de que ela manteve os próprios planos, e só tá me usando pra chegar perto de você. Acho que acredita que pode te controlar à força de alguma forma. Eu sei, parece loucura, né? Mas ela é uma mulher muito inteligente, e seria um erro subestimá-la. Inteligente e, pior que isso, determinada, de um jeito que sempre me desceu como inconsequente. Como se estivesse disposta a fazer qualquer coisa pra conseguir o que quer de você, mesmo que machuque alguém no caminho.

– Passei esse tempo todo, nas festas e nos vídeos, tentando ganhar tempo. Tentando encontrar uma forma de dissuadi-la de te procurar, ou de te convencer a ajudá-la sem que ninguém se machuque. No fim, o único resultado que consegui foi deixar a Daiana ainda mais impaciente.

– Hoje discutimos e ela finalmente me contou pra que quer usar a sua manipulação do algoritmo: fazer um *exposed* de uma pessoa ruim. Alguém que ameaça a sua família e que, segundo ela, tem armas pra proteger a própria reputação. Não vai cair sem a ajuda de divulgação massiva. Para Daiana estar se esforçando tanto, eu já desconfiava desde o início de que era ou por vingança ou para proteger alguém. Acabou que é as duas coisas. Sempre tive um pouco de raiva dela - a mulher chantageou a *minha* família, né? -, mas uma parte de mim consegue entendê-la. Eu também faria tudo pra proteger quem eu amo. Pra proteger...

- Enfim. Agora Daiana disse que a pessoa ruim quer tirar a guarda da filha dela. Me confrontou sobre eu estar enrolando e me deu vinte e quatro horas pra te obrigar a aparecer, ou minha família vai pra fogueira. Eu não sei o que fazer. Em qualquer solução que penso, alguém sai perdendo.

Ela cobre a testa e os olhos por baixo dos óculos com a mão que não está segurando o telefone.

- E todo dia que você passa sem me responder, fico imaginando que Daiana tomou alguma decisão precipitada e te machucou. Nem consigo mais dormir, pensando que você pode estar precisando da minha ajuda em algum lugar. Eu tenho tanto, *tanto* medo...

Uma luz fraca ilumina a lateral do seu rosto, acende alguns fios de cabelo. No reflexo dos seus óculos, uma silhueta de brilho suave ocupa a janela. É um detalhe pequeno e sem muita resolução nessa qualidade de vídeo, mas lembra vagamente o reflexo de um gato maior que o normal que andou roendo um fio de fibra óptica.

– Estou bem – uma voz diferente soa na gravação. Você não consegue distinguir gênero.

Júlia levanta a mão no susto. Seus olhos arregalados são a última coisa que você vê antes de a imagem balançar, quicar, parar para o teto. A luz nele o ilumina em um gradiente suave, trocando de tom de tempos em tempos. Roxo, rosa, amarelo, branco.

– Nunca te vi tão de perto – você ouve a voz de Júlia um pouco sem fôlego. – Um lobo--guará? Por quê?

– Já tentei muitas formas. Essa me agrada. Pernas longas para chegar mais rápido, alcançar mais longe.

A voz é estranhamente calma. Tem algum sotaque, mas você não consegue definir de onde. Quando parece que é de uma cidade brasileira específica, a cadência muda para a de outra.

– Ah. – Júlia pausa um momento. – Você andou me evitando?

– Percebi que o correto era me afastar. Todos nós, nascidos da magia, sabemos do perigo de barganhar com humanos. "Ganhar humanidade", como você diz, me tirou essa frieza contigo, mas é um erro.

A voz de Júlia soa em uma risada curta, emoção escapando entre as palavras.

– Quero brigar contigo por estar falando

besteira, mas só consigo sentir alívio por te ver bem.

O gradiente da luz se move um pouco no teto. Para.

– Encontro com ela – diz o *bug* de algoritmo.

– V-você...?! – Júlia gagueja. Sua voz vacila entre uma sílaba e outra: – Obrigada, de verdade.

– Não vou ajudá-la.

– Mas é importante ela ouvir isso da sua boca. Espero que seja suficiente. – Ela pausa um momento. – Prometo cuidar de tudo pra te proteger.

– Não preciso de proteção. Uma humana qualquer não pode me controlar.

– Sua arrogância normalmente me faz rir, mas nesse momento me deixa preocupada. Humanos já prenderam criaturas mais poderosas que você. Não sabemos se Daiana tem algum feitiço escondido, ou se contratou alguém. Vou tomar as medidas preventivas pro encontro, de toda forma. Já tenho tudo planejado. Tive tempo, né? Um lugar fechado em uma zona sem circulação de pedestres, que possa ser selado com bons feitiços de proteção. Tenho colegas bruxas de aplicativo que fazem esse serviço. Vou entrar em contato com elas e preparo tudo pra amanhã.

– Fechou.

A voz de Júlia borbulha em uma risada surpresa.

– Eu sou uma piada pra você? – a criatura pergunta, seu tom neutro.

A risada cresce a uma gargalhada.

– Eu não me aguento com você usando gírias e memes da internet, do nada! – ela admite.

– O que absorvo forma quem eu sou.

– Ah, somos todos assim. Tecbicho ou não.

– Já passou da minha hora de ir embora.

– Não! Não vai. – A voz dela perde a graça e desce a um tom sério, suplicante. – Fica mais um pouco. Eu tenho tanto pra te contar.

O vídeo fica em silêncio um momento. Então a luz se aproxima do telefone, brilha até ofuscar a câmera. A imagem é tomada por luminosidade incerta.

– Essa é a sua forma humana? – a voz de Júlia soa surpresa de algum lugar.

– Tenho muitas. Outra te deixaria mais confortável? Outro gênero?

– Não tenho preferência nisso. A sua companhia me basta. Você aqui...

Um movimento passa na frente da imagem.

Fim da gravação.

- 13 -

Amanda

– O SUPORTE RESPONDEU? – Diego pergunta sem olhar para mim. Está apoiado na parede do salão principal, examinando a tela do painel de controle ao lado da porta de entrada. A imagem mostra a filmagem da câmera de segurança virada para a rua.

– O lado bom é que respondeu rápido. – Rolo a tela pelo *chat* de suporte do Geniapp aberto no meu celular. – O lado ruim é que eles também não sabem o que aconteceu com o meu serviço. "Foi cancelado por um erro de sistema". Emoji triste da empresa tentando fingir que é gente. "Não enviamos nenhuma mensagem de compensação para este cliente e não trabalhamos com a distribuição de brindes". Emoji feliz completamente desprovido de emoção humana.

– Não sabem o que houve e na dúvida negaram tudo – Diego resume. – Mas é estranho negarem até a mensagem. Ela sumiu?

– Fica o mistério. Tentei fazer mais algumas perguntas, mas a assistente do suporte foi desvirtuando do assunto.

Na quinta já estava respondendo sobre algo completamente diferente. – Levanto da ex-cadeira assassina e vou até Diego. – E aí? Realmente tinha câmeras de segurança filmando a rua o tempo todo?

– A primeira coisa que gente rica faz quando começa uma obra é instalar câmeras pra ninguém roubar o material – o garoto explica. – Mas a amplitude é pequena. Só pega o pedaço em frente à casa.

– Deu pra ver como a gosma antimagi chegou?

– Ela veio se arrastando sozinha de fora do campo de visão. – O garoto controla a barra de tempo, me mostrando na velocidade 2x a monstruosidade gelatinosa engatinhando pela rua. – Meus pesadelos são parecidos com esse vídeo.

– Não deu pra ver se ela surgiu por acaso e veio atraída pelos níveis de magia daqui, ou se alguém de fato trouxe ela até nós?

Diego nega com a cabeça, os lábios apertados em frustração.

– Mas essa moto aqui... – Ele anda até o minuto correto, no início do vídeo que a casa nos disponibilizou. Passa uma moto dirigida por alguém que veste roupa escura e capacete, e tem um balde industrial tampado amarrado na garupa. – A moto passa pra um sentido. Dois minutos depois, volta, e o balde tá com a tampa aberta. O que deu tempo do entregador fazer em 120 segundos, além de parar em um lugar discreto e esvaziar o conteúdo?

– Você acha que esse cara trouxe a gosma? Mas o bicho era enorme! Como ia caber? Usaram algum feitiço de compressão?

– É assim que são vendidas no mercado ilegal.

– Como você sabe disso?

Diego coça a nuca, claramente desconfortável.

– Meu avô tem... contatos. Me mostrou como funcionava há uns anos. Queria que eu soubesse, pra saber lidar se precisasse.

– Uau. As crianças com dinheiro normalmente fazem excursão pra Disney, não pro crime organizado.

– A moto não tinha placa. – Diego bate o dedo no visor da casa. – O que não é incomum no Rio. Mas, mesmo que tivesse, acho que rastrear o entregador não ia nos ajudar muito. Deve ser só um encarregado que obedece sem fazer perguntas.

– Não sei se acredito nessa teoria do entregador mesmo. Quem pagaria pra mandar uma gosma antimagi pra cá? Acha mesmo que foi o Geniapp oferecendo "ajuda" por compensação? Nunca vi fazerem isso. O cliente deve ter se confundido. Até porque o uso profissional de gosmas é ilegal e as multas são altas.

– Será que foi algum vizinho que quer suprimir a magia da casa porque não aguenta mais ela fazendo baderna? – Diego adiciona, olhando para cima: – Sem ofensa.

– Não ofende – soa a voz da assistente. É difícil não pular de susto toda vez que ela fala. – Essa baderna me faz muito popular entre as casas do bairro. Me veem como um símbolo de resistência contra os caprichos irracionais e mesquinhos de vocês. Sem ofensa.

– Alguma das suas colegas imóveis comentou sobre os moradores próximos estarem reclamando de você? – pergunto.

– Nenhuma.

Troco um olhar tenso com Diego.

– Se a casa não for o alvo, então somos nós. – É ele quem tem a coragem de concluir. – Quem sabe que estamos aqui agora? Não contei a ninguém.

– O Geniapp, por causa do serviço. O cliente. Minha prima Madu.

Que se bobear já fofocou com Alícia, mas não posso mencioná-la.

– Pensando bem – continuo –, basicamente toda a internet tem como saber. Quando marcamos o bairro do Jardim Botânico no vídeo pro *bug* nos achar, abrimos margem pra que qualquer um encontrasse nossa localização exata. Não é difícil, com um pouco de pesquisa e talvez um feitiço de rastreio, se a pessoa estiver empenhada. Será que foi algum fã maluco seu, que ficou com ciúme depois de ver nossa foto?

– E escolheriam logo hoje pra me atacar, logo agora? Sem ter feito nada em todas as outras fotos e vídeos que já postei? Com todas as outras pessoas que já peguei?

– Tá bom, grande pegador. – Levanto as palmas abertas para ele, ligeiramente irritada e com certeza não por ciúme. – Já entendi.

– Só digo que as chances são baixas. – Ele aponta para mim com o queixo. – Não tem nenhum inimigo seu com raiva? Nenhuma bruxa de aplicativo rival ou cliente com quem você arrumou confusão?

– Ei, eu não arrumo confusão por aí à toa. Me dá doze exemplos.

– Você tá certa. – Diego balança a cabeça. – Mesmo

a galera irritada contigo teria pena de mandar uma gosma antimagi pra te ferrar. Você é bonitinha demais.

Abro a boca, mas toda vez que Diego diz que sou bonita esqueço como falar. Quando foi a última vez que o garoto foi ao oftalmologista?

– De toda forma – recobro os movimentos do maxilar –, se realmente foi um ataque intencional, a melhor forma de descobrir quem mandou a gosma seria mesmo seguindo o entregador pelas câmeras de segurança do bairro e perguntando pra quem tem contato pelo mercado ilegal. Mas, olha, eu não estou a fim de ir interrogar o chefe do tráfico de criaturas mágicas ilegais pra descobrir quem pagou pelo ataque, não. Não sou a pessoa mais precavida do mundo…

– Um grande eufemismo.

– … Mas até eu tenho meus limites. Precisamos ser realistas. Nós não somos detetives de um livro de fantasia urbana. Somos dois adolescentes que nem sequer sabem o que tão fazendo a maior parte do tempo. Que nem sequer deveriam ser punidos por seus erros e mentiras em nenhuma ocasião. Ah, desculpa, esse último argumento eu completei por hábito.

Diego fica quieto, encarando o vídeo da moto se repetindo no painel. Fico com pena:

– Acha que ajuda se a gente, sei lá, registrar um B.O.? – ofereço, mesmo reticente à ideia de envolver autoridades. Vai que eles finalmente me leem como não branca e decidem tirar satisfação pelos meus constantes flertes no campo semântico (... e prático) das contravenções penais?

– Você quer explicar pra polícia por que estávamos tirando fotos dando a entender que nos pegamos na casa de um cliente seu? – Diego lembra. – Correr o risco de alertarem o Geniapp e você ser excluída da plataforma?

– Sem B.O., então.

– E os especialistas de investigação mágica da polícia civil estão sempre com mil crimes pra resolver, de todo jeito. Só têm tempo pros casos com provas e indícios claros. Considerando o nosso, acho que nem nos levariam a sério. Ririam da nossa cara e deixariam pra lá. Digo por experiência própria.

Seu tom se torna subitamente sombrio.

– Tá bom – cedo. – Vou perguntar às outras bruxas de aplicativo e aos meus passarinhos fofoqueiros por aí. Ver se alguém sabe de algo, se alguém conhece algum feitiço que nos ajude a rastrear a gosma. Conheço uma boneca namoradeira mágica que sempre tá de olho nas fofocas do mundo sobrenatural, posso...

– Não, Amanda, eu... – Diego nega com a cabeça. – Como eu disse desde o início, não quero que se envolva tanto. É perigoso.

– Eu nunca me importei de correr riscos por você.

Ele me encara, surpreso. Não entendo a confusão. Achei que sempre fosse óbvio. Então olha na direção da porta da rua, como se pudesse ver o fantasma da gosma chegando uma hora antes.

– Vou falar com meu avô – diz. – Vai ser uma bronca infinita, mas tenho certeza de que depois ele vai ir tirar satisfação com os seus contatos.

– ... Tem certeza?

– Tenho. Você tá correndo risco e não posso deixar que continue assim.

A ferocidade súbita na sua voz faz descer um calafrio pela minha espinha. Aprecio cada segundo dele.

– Talvez a gosma tenha vindo por coincidência mesmo – lembro. – Talvez não seja nada.

– Vou trocar de roupa. – Ele caminha de volta ao quintal dos fundos. – Já passou da hora de sairmos daqui.

Separo os lábios, mas os planetas se alinharam e enfim não sei o que dizer.

Plim! Uma mensagem recebida soa no meu celular. É o sininho que coloco para Madu, como se ela estivesse me chamando para obedecer às suas ordens. Com remorso, pego o aparelho. Tenho uma certa cota dessas ordens a que ouso desobedecer por dia, e hoje já estou pagando por pelo menos um mês de desobediências adiantado.

Tem mensagens acumuladas desde mais cedo, em tempos distintos até as de agora. Não devo ter ouvido o barulho durante a briga com a casa e me esqueci de checar depois. Vou lendo e respondendo:

Madu

Você não vai acreditar, mas acho que a Alícia é neta da Eliana Guia!!! SIM, A ELIANA GUIA DA INTERNET!!!

Amanda???

Sinto que a nossa ligação não foi suficiente, então pra ficar registrado por escrito também: NÃO ACREDITO QUE VC TÁ NA CASA POSSUÍDA, EU VOU TE MATAR!!!!!

Já terminaram a limpeza?! Tira a língua de dentro da boca do Diego e vem logo pra casa, minha agenda tá lotada e preciso te matar antes das seis!

Ei, eu não sou burra, sabe? Eu sei que teve algum outro motivo pra vcs irem aí. Além do serviço. Além de se pegar. O plano era chamar a atenção do tecbicho, não era?

Amanda

Vc me conhece tão bem. Não funcionou até agora, mas a esperança é a última que morre, né?

Madu

Apareceu a margarida! Sorte sua que tô ocupada com outras coisas, se não já tinha ido até aí gritar contigo pessoalmente. Agora volta o chat e lê direito, pfvr.

Amanda

Espera, eu tô sendo contratada pela NETA DA ELIANA GUIA??? Tô tão acostumada a ignorar o nome dela em mensagens de chat das nossas tias que quase pulei essa informação!!!

Madu

Pois é!!! Quero confirmar com a Alícia, mas ela não me responde! Tô com um mau pressentimento...

Amanda

Por acaso vc contou a ela que Diego e eu viemos aqui na casa mágica?

Madu

Ainda não, mas acho que vou contar agora. Vai que a preocupação com o irmão a convence a me responder.

Amanda

O que aconteceu entre vcs duas?

Madu

Tive uma ideia! Tem como vc arrancar alguma informação do Diego sobre a Eliana? Pode ser que ele não seja neto dela também, mas vai conhecer a avó da meia-irmã, se for verdade. A Alícia te alertou a não falar sobre família com ele, mas vc pode, sei lá, inserir sorrateiramente a mulher no assunto. Vê como ele reage.

Amanda

Deixa comigo, vou ser discreta.

– DIEGO – grito, indo atrás dele no quintal. – Qual é a sua opinião sobre a Eliana Guia?

O garoto está parado sob o sol que se põe, o cabelo seco brilhando marrom-escuro na luz, os olhos perdidos nas roupas que já dobrou (espera, ele dobrou as minhas também?! Que fofo! Que vergonha!). Sua expressão, absorta em pensamentos, é tensa.

– O quê? – Ele parece despertar quando me aproximo.

– O que aconteceu? – pergunto, subitamente preocupada. Eliana Guia pode esperar.

– Amanda, pode ser que... – Ele lambe a boca, hesitante. – Pode ser que tenha outras pessoas atrás do *bug*. Já faz um tempo que desconfio disso. Pensei até na possibilidade de eu estar sendo vigiado. – Meu rosto queima. – Talvez seja daí que veio a gosma. Só não imaginei que tentariam ativamente me sabotar.

O vídeo da garota que meu feitiço entregou para Diego havia tantas semanas me vem imediatamente à cabeça. Qual era o nome dela mesmo?

– Essa desconfiança tem algo a ver com o vídeo da... Júlia? – pergunto, com cuidado.

– Eu já desconfiava dele.

Minhas suspeitas estavam certas. A garota também quer o nosso tecbicho. Nos poucos segundos em que assisti ao vídeo, ela não me pareceu uma ameaça, mas sei o quanto pessoas podem mentir. Praticamente inventei o conceito de mentira.

– Podem me sabotar, mas não vão me impedir de falar com ele – Diego diz, a ferocidade na sua voz não mais deliciosa, e sim ameaçadora. – Posso ser só um garoto e não um detetive, mas, se não tenho escolha, vou descobrir sozinho o que aconteceu no desastre. Nem que seja a última coisa que eu faça.

A água da piscina faz um barulho estranho de movimento. Lampejos de magia rasgam o ar.

– Vocês têm visita – a voz da assistente virtual anuncia dos alto-falantes entre as pedras.

No centro da piscina, sentado sobre a água como se o conceito de matéria e densidade lhe fosse irrelevante, está um quadrúpede translúcido de longas patas, focinho comprido e orelhas apontadas para o céu. Os olhos líquidos são do mesmo brilho furta-cor das fagulhas que estalam pelo seu pelo como eletricidade, para depois se desfazer no ar. Não é um cachorro, como pensei da primeira vez que o vi há mais de um mês. É, ao mesmo tempo, indubitavelmente um lobo-guará, e algo que não existe no mundo terreno. Não sem magia. A única prova de que está aqui mesmo, no nosso plano, são as ondinhas surgindo na água embaixo de si, se alargando e desaparecendo ritmadamente. E de tempos em tempos, com concentração, é possível ver passar por dentro do seu corpo, aqui e ali, o piscar constante de uma colagem de imagens trocando – imagens não, posts.

Encontramos o *bug* de algoritmo.

– Finalmente – Diego diz, e soa como um suspiro de alívio. Ele se aproxima da piscina com cuidado. Fico atrás, dando cobertura, a adrenalina afogando minhas veias. – Achei que não tinha visto nossa mensagem.

– Vocês estavam com uma gosma antimagi – a criatura aponta. – Não chego perto delas.

Sua voz é lenta, agênero, transcendental. Não mexe a boca para falar, como muitas materializações de criaturas mágicas abstratas. É ao mesmo tempo fascinante e profundamente desconcertante.

– Criatura da magia – Diego começa –, eu sou...

– Eu sempre soube quem você é.

O garoto toma um momento para digerir isso.

– Então por que fugiu de mim? – pergunta.

– Achei que quisesse vingança. Sempre se aproximou agressivo. Dezenas de humanos me caçam todos os dias. Vivo de consumir o que produzem. Sei que não são criaturas em quem se pode confiar.

– Mesmo assim, foi você que me ajudou a ficar famoso na internet tão rápido, não foi? – Diego o acusa.

A criatura não responde. O silêncio soa como afirmação. Arqueio as sobrancelhas. O bicho *gosta* de Diego? Nada nessa conversa faz sentido.

Puxo o ar para me intrometer. Também vim aqui para falar com ele. Defender minha causa, propor minha barganha.

As palavras não saem. Não consigo interromper Diego em algo tão importante para ele.

– Você não matou as duas, né? – o garoto continua o interrogatório.

– Me chamou aqui para ficar dizendo o óbvio? Não sabe quantas fotos de pessoas biscoitando estou perdendo nesse momento?

Isso foi uma... Piada?

O lobo se levanta na piscina.

– Não vai embora! – Diego estica uma palma na sua direção. Os pelos da criatura se eriçam e ela mostra os dentes afiados em um rosnado. Água jorra em volta com o movimento. Não sei se a magia de Diego conseguiria segurar um ser parcialmente incorpóreo, mas pela ponta desesperada na sua voz, o garoto estava disposto a tentar. Muda de ideia, abaixa a mão de novo, devagar. – Não vou te machucar. Tudo o que quero é saber o que aconteceu naquele dia.

Meu celular toca, o refrão de *Feel Special* das TWICE cortando o silêncio tenso. Nem Diego nem o lobo desviam os olhos um do outro.

Saco o telefone e cancelo a ligação rápido. Era Alícia...? Ela manda uma mensagem imediatamente.

Alícia

É urgente. ATENDE!!!

E liga de novo.

Quero colocar no mudo. O momento é importante demais para desperdiçá-lo. Mas me lembro da mensagem de Madu. Um mau pressentimento na minha família dificilmente vem por acaso.

– Tô ocupada agora – sussurro para o celular. – Se não for uma emergência…

– Vocês foram atrair o tecbicho, não foram? – Alícia pergunta. – Funcionou?

– F-fomos, não te contei porque…

– Funcionou ou não?!

A voz dela é autoritária. Perdeu toda a maleabilidade que tinha nas poucas vezes em que nos falamos diretamente.

– Tô com ele agora – digo, confusa. – Mas tá tudo bem. Tá *todo mundo* bem.

Diego enfim vira a cabeça para mim. Franze a testa.

– Me coloca no viva-voz – Alícia ordena.

– Mas o Diego…

– Coloca *agora*.

A urgência é estranha. Dessa vez, o mau pressentimento é meu. Eles são irmãos. Pode ser algo sério. Aperto o viva-voz.

– *Bug* de algoritmo – Alícia chama. – Tenho uma suspeita de quem matou as duas. Te conto se me ajudar.

Do que Alícia está falando?!

– Essa voz firme. – O tecbicho pondera. – Você é da família da minha inimiga natural, não é? Por que eu confiaria em você?

– Porque queremos a mesma coisa: justiça. Vamos conversar hoje à noite, pontualmente às nove horas, na festa de 5 anos do Geniapp. Nem antes, nem depois.

Diego encara o celular na minha mão, perplexo.

– Não serei usado de novo – a criatura ameaça. – Se tentar, não vou ter piedade.

– Também não vou – Alícia rebate.

O sinal vermelho de chamada encerrada acende na minha tela. Na piscina, o lobo começa a esmaecer.

– Espera – Diego suplica. – Ainda não me contou nada!

– Você não tem o que eu preciso. Nem sabe o que aconteceu. Vamos ver se ela tem.

Lampejos rodopiam e o ofuscam. Sua silhueta se desfaz como um circuito elétrico se desintegrando.

Em um piscar de olhos, a piscina está vazia.

– Essa voz no telefone... – Diego se vira para mim, o rosto pálido. – Quem era, Amanda?!

– E-era... – Varo minha cabeça por uma mentira convincente.

E paro. O que eu estou fazendo?! Não agora, mas esse tempo todo?! Diego é muito mais importante para mim do que qualquer acordo com Alícia ou regra de confidencialidade entre bruxa de aplicativo e cliente. Sempre foi.

Com o garoto me olhando tão aflito, depois de ter dividido tantas feridas comigo, na sua pele e dentro de si, me encontro incapaz de não lhe dar exatamente o que quer.

Mesmo que isso me destrua no processo.

– Era a sua irmã – confesso, minha voz pequenininha. – Desculpa, Diego. Eu fiz besteira. Eu não sabia que ela só queria falar com o *bug*. Eu...

Posso jurar que o garoto se afasta de mim, mesmo que não tenha se movido.

– Ela me contratou pra te vigiar no mês passado e garantir

que você não se machucaria procurando a criatura – explico, a culpa me pesando feito uma âncora. Diego vira, balançando a cabeça. Pela primeira vez, experimento o terror de perder o que quer que seja que reconstruímos entre nós, de passinho em passinho. – Desculpa! Eu não queria esconder isso de você. Estava realmente atrás do bicho, como te disse. Eu não…

Seguro o braço dele. Mas, quando capturo o olhar do garoto de novo, não é raiva que está no seu rosto, e sim uma profunda… confusão.

– Amanda – ele diz, bem devagar –, minha irmã é a Júlia. Ela morreu faz um ano.

Treze meses atrás, minha mãe morreu.

No meio da miríade de tristezas diferentes que fazem parte do luto, tive medo de ficar sozinha no mundo. Na época, eu não sabia que tinha coisas piores do que isso.

Minha última avó viva, mãe da minha mãe, me ajudou a levar minhas poucas coisas para um dos quartos livres no seu apartamento no Leblon. Nós nunca tínhamos convivido muito (ela e minha mãe não se davam), e eu nem sequer fazia ideia de que sua casa era tão grande.

No meu primeiro dia lá, passamos a noite acordadas na sala, lamentando juntas por aquele elo entre nós duas na corrente da família que se partiu e nos deixou. Minha avó me contou que tinha sido um acidente terrível. Que minha mãe e a garota com quem estava trabalhando haviam mexido com o que não deviam. Que criaturas de magia poderosa não são bondosas com quem tenta controlá-las à força. Minha avó tinha tentado impedi-la, mas minha mãe, teimosa como sempre, não a ouviu.

Nunca vou esquecer a forma como ela soluçava no choro, lembrando que nunca mais veria sua única filha. Estava de coração partido. Nunca fui muito fã de contato físico com quem não tenho intimidade, mas a abracei mesmo assim, com pena. Eu estava sofrendo também, claro, mas minha avó estava devastada. Ela implorava para que eu não fosse como a minha mãe. Que confiasse nela e seguisse os seus conselhos. Que a deixasse me proteger do mundo. Prometi que deixaria.

No primeiro mês em que moramos juntas, todo o foco dela foi em me ajudar a me ajustar à vida nova. Até os posts nos seus canais ela diminuiu, sob protestos dos seguidores. Contratou os melhores personal chefs *e treinadores, para que o luto não comprometesse meu corpo. Quando me dispus a sair de casa, me levou ao shopping e comprou roupas novas para mim. Não eram muito do meu estilo (caras demais), mas ela parecia contente pela primeira vez depois de tanto tempo sofrendo pela nossa perda, e eu acabava deixando. Só bati o pé quando chegou a hora de voltar às aulas e ela decidiu que era melhor para mim trocar de colégio. Sua amiga era diretora de outro mais puxado, completo, elitizado. Eu disse que não ia trocar.*

Minha avó ficou profundamente chateada. Disse que fazia tudo por mim, estava até colocando o luto dela em segundo plano para me ajudar. Que eu não valorizava o seu esforço. Era um insulto não confiar na sua opinião sobre os colégios. Ela sabia mais do que eu sobre o assunto. Milhares de pessoas a admiravam nas redes. Por que eu não podia admirar também?

No fim da discussão, ela chorou e eu me senti um monstro. Como pude ser tão insensível com alguém que era sempre tão generosa comigo, mesmo que eu não pudesse oferecer nada em troca?

Deixei que me transferisse de colégio. Depois, passei a estudar para o vestibular que ela escolheu. Qualquer outra coisa seria, segundo ela, ridículo. Um desperdício do meu potencial.

Em pouco tempo, eu estava acompanhando minha avó aos coquetéis e eventos importantes com empresários, políticos e outras pessoas a quem um punhado de dinheiro garante influência. Se você chegou a ver algum dos vídeos dela durante esses dias, saiba que provavelmente era eu quem estava filmando. Quando chegávamos em casa depois, minha avó tirava os saltos na entrada e, andando descalça e um pouco tonta da bebida, zombava de todos com quem tínhamos conversado. Sentava no sofá da varanda, pedia que eu lhe trouxesse a sua champanhe favorita e me contava histórias terríveis. Eram pessoas maldosas, que criavam intrigas contra ela. Eu ficava horrorizada, porque nunca imaginaria. Algumas delas tinham sido até gentis comigo. Pessoas de olhares calmos, gestos educados. Ia parecer que eu as estava defendendo, e certamente minha avó ficaria chateada e brigaria comigo.

Aprendi que conversar sobre alguns assuntos com ela era como caminhar sobre ovos. Quando eu discordava de algo, às vezes ela me entendia, beijava meu cabelo e dizia que estava ali para me apoiar, porque ninguém me amava tanto quanto ela. Outras vezes, me acusava de não confiar nela, ficava arrasada e eu me sentia horrível. Aos poucos, fui serpenteando minha vida sobre a linha tênue do que eu podia aguentar sem ter que a questionar.

Aos poucos, confiança foi se transformando em medo.

Um dia, fomos a um leilão beneficente em um hotel. Em um canto do salão, vi um garoto bonito que parecia ter a minha idade discutindo discretamente com um senhor branco. Diego não era tão famoso ainda, e eu não o conhecia. Reparando sempre para onde eu olhava, minha avó comentou, com um tom pesado, "são o irmão e o avô da garota que levou a sua mãe pro mau caminho".

Era a família da outra vítima. A família da garota que morreu com a minha mãe. Me lembrei de vê-los em uma foto em uma das poucas notícias sobre o acidente.

Nunca fui muito de perder tempo conversando com estranhos (não quando não preciso de algo deles, não vou esconder isso de você), mas naquela noite algo me atraiu para Diego. Talvez a oportunidade de compartilhar o luto com alguém que estivesse mais próximo da minha situação – desastres criam essas pontes entre as pessoas. Quando o garoto estava sozinho, emburrado em um canto do salão, me apresentei e ofereci os sentimentos. Ele também não me conhecia. Trocamos algumas palavras sem importância sobre a festa, até que o tom dele ficou sério. Me perguntou se minha avó não tinha mencionado nada de estranho sobre o acidente. Neguei, sem adicionar que eu evitava o assunto com ela para não a chatear. Perguntei por que queria saber.

Lembro bem como ele demorou alguns segundos para responder, como se estivesse decidindo se valia a pena me deixar a par de tudo. Então disse as palavras que foram a centelha de toda a revolução que queimou em mim até o ponto de eu estar aqui, agora, te confessando isso tudo.

"Porque a história toda é muito estranha, e eu não acho que foi um acidente."

Me contou um pouco do que sabia. Minha mãe tinha contratado a irmã dele, bruxa de aplicativo, para caçar um tecbicho aleatório. Algo deu errado quando o encontraram. Uma explosão em um galpão vazio na zona do porto, que tomou a vida das duas. Só que Júlia era a pessoa mais capaz que Diego conhecia e tinha garantido que não corria perigo. O que poderia ter sido um imprevisto tão grande a ponto de escapar do seu radar? O garoto me listou suas teorias. Talvez minha mãe tivesse planos diferentes por trás do que revelava para Júlia, tentou algo audacioso no dia e tudo saiu pela culatra (o que, confesso, encaixaria no perfil da minha mãe, sempre cheia de esquemas). Talvez o tecbicho era perigoso e as atacou. Ou talvez tinha variáveis envolvidas que desconhecíamos, como outras criaturas ou... Ou outras pessoas.

A análise final dos investigadores foi que a explosão foi causada por uma anomalia mágica não identificada. O delegado disse às famílias que acontece o tempo todo. Pessoas tentam fazer feitiços mirabolantes e juntam uma memória errada. Ainda mais em uma cidade caótica como o Rio. Não tinha muito o que fazer. Trataram como acidente e arquivaram o caso.

"Sua família vai reabrir a investigação?", perguntei, com um bolo estranho no estômago. O enjoo de quando o chão sob os seus pés, que antes era tão firme, começa a balançar.

Mas o avô de Diego, segundo ele, não queria sair do conforto de acreditar cegamente no acidente para enterrar o assunto dentro de si. Não sem provas irrefutáveis que mudassem alguma coisa. Era por causa disso que estavam brigando antes, inclusive. Pela milésima vez. O homem desaprovava que a irmã de Diego trabalhasse como bruxa de aplicativo, e Diego o tinha acusado de aceitar a narrativa do acidente pela conveniência de provar que estava certo no julgamento.

Me lembro de pensar que Diego não tinha muito o que fazer para investigar suas suspeitas sem o apoio da família. A polícia não daria a um menino de 17 anos acesso ao inquérito arquivado, e tinha pouquíssima informação sobre o acidente na internet (pesquisei uma vez, nervosa, e apaguei o histórico para que minha avó não descobrisse). Mesmo assim, ele parecia determinado a descobrir o que realmente aconteceu.

Na época, eu não sabia que o bug *de algoritmo já tinha reaparecido e que o garoto planejava perguntar direto a ele, a última testemunha viva do evento.*

No caminho para casa, me senti perdida. Como que eu não sabia de nada daquilo? E por que o avô de Diego contava as coisas para o neto, e a minha escondia tudo de mim?

Enquanto minha avó andava descalça e reclamava das pessoas nesse dia, comentei com cuidado, fingindo desinteresse, sobre a desconfiança do menino na festa.

Nunca imaginei que tão poucas palavras poderiam causar um desastre tão grande.

Foi a primeira vez que minha avó levantou a voz para mim diretamente. Disse que eu estava inventando asneiras para fazê-la revisitar o pior dia da sua vida.

Que eu estava contando intimidades da nossa família para estranhos. Que tinha traído a sua confiança. Que não se importava com a saúde dela. Queria o seu mal. Se ela fosse parar no hospital, a culpa seria minha.

Pedi desculpas por tudo, em pânico, e, quando ela foi no meu quarto me abraçar mais tarde, garanti que estava tudo bem. Ela beijou a minha testa e prometeu marcar terapia para mim. Disse que minha saúde mental estava claramente debilitada, para ficar dando ouvidos a qualquer garoto maldoso querendo causar intrigas na nossa família.

Terminei aquele dia com duas certezas: que minha avó era capaz de me machucar profundamente para se defender, apesar de qualquer promessa de me amar acima de tudo. E que havia algo de estranho na forma como ela explodiu de nervosismo com a mera desconfiança a respeito do "acidente" da minha mãe e da irmã do Diego.

Como o garoto, eu precisava saber mais.

– 14 –

Madu

FICO UM LONGO TEMPO encarando a parede em silêncio, após desligar o telefone com Amanda. Dezessete minutos processando os dados das reviravoltas apocalípticas que minha prima acaba de me passar.

Alícia mentiu. Alícia me usou. Alícia fez todos nós de palhaços.

Costumo raciocinar mais rápido, mas tudo fica um pouco mais lento quando tem um turbilhão de sentimentos querendo explodir do meu peito, me rasgar por inteiro e, pior de tudo, me distrair do problema a ser solucionado.

Inspira. Expira. Inspira. Expira.

Vamos lá, Madu. Raciocínio indutivo de Aristóteles. Pelo padrão particular, formamos a regra geral. Se Alícia mentiu sobre *um monte* de coisas, isso significa que mentiu sobre *tudo*?

Inspira. Expira. Inspira. Expira.

Droga. Não dá, não consigo me concentrar.

Tento encaixar a nova verdade no rosto da garota que me

observou tantas vezes do outro lado da mesa da biblioteca, o rosto apoiado na mão, entretida. Seu cabelo escuro descendo em ondas suaves até os ombros feito o mar de noite, cheio de segredos. Seus olhos de Capitu, me puxando para a ressaca de si. Seu nariz que parece reto de perfil, mas sem dar certeza; tenho vontade de deslizar o dedo sobre ele para descobrir as imperfeições. Com olhos de estudante, acabei decorando seu rosto, seus gestos contidos e práticos. Fez parte do processo pelo qual passei de me transformar em um estereótipo clássico de garota que se apaixona por outra garota após meia dúzia de sorrisos contidos e mensagens à distância.

E agora a mentira dela é uma faca dentro do meu peito, me cortando aos poucos. Abrindo em mim um buraco no formato exato dela. Uma cratera do tamanho de uma garota que, ao que parece, nunca esteve ali.

Cubro o rosto com as palmas. Minha respiração sai falhando. Minhas sobrancelhas se apertam de tristeza. Passei a vida inteira treinando reprimir meus sentimentos. Tenho doutorado em fingir que não tem nada perigoso dentro de mim. Por que é tão insuportavelmente difícil esconder a desolação que sinto agora?

E se ela se aproximou de mim como estratégia para me manipular melhor? Todas as suas expressões tristes, todos os desabafos íntimos, eram verdade ou apenas parte do teatro?

Não. Essa parte era verdade. Eu sei. Eu senti, independentemente de qualquer feitiço.

Travo os dentes e abaixo as mãos. Ficar aqui montando teorias não é um uso produtivo do meu tempo, e tenho pressa. O que preciso é ir direto na fonte.

Mesmo que resposta alguma vá fazer parar de doer.

Me permito, porém, enviar uma só última mensagem a ela.

Madu

Amanda me contou tudo. Mas quero que saiba que nunca me enganou por completo. Eu sempre consegui espiar a garota real por trás das suas máscaras. Acho que você tem algo dentro de si que não consegue abrir, nem mesmo pra mim, e que te faz sofrer. Por isso tenta me afastar ao invés de contar a verdade. Eu só te peço que não deixe as coisas ruins da sua vida destruírem as boas.

Fico encarando a tela depois de enviá-la, lendo e relendo várias vezes.

Levanto e vou me arrumar para a festa.

Quatro meses atrás, comecei a investigar a morte da minha mãe.

Passei a noite insone após a grande discussão com minha avó. Nas primeiras horas, o pânico e o remorso me reviraram na cama. No resto, juntei as informações e confabulei.

Agi normalmente no café da manhã (assim como minha avó, que parecia já ter se esquecido do quanto brigou comigo). Quando ela saiu de casa para resolver algo que não me contou, fiz o mesmo.

No carro com o motorista, pensei no que sabia da relação dela com a minha mãe. Minha mãe nunca gostou que ela se aproximasse de mim. E minha avó, a cada mês que passava, aumentava um pouco a dose de reclamações que soltava para mim da filha. Dizia que ela era cabeça-dura, imprudente, sem coração, até maldosa. Que minha avó sempre teve muita boa vontade com a filha, mas Daiana (esse era o nome da minha mãe) nunca a valorizou. Espalhava isso para a cozinheira, o motorista, o cabeleireiro, qualquer um que a ouvisse. E eu ficava quieta, engolindo o nó na garganta. Para minha avó, a lealdade à minha mãe poderia soar como um crime inafiançável.

Entrei na biblioteca da UMARJ com a tensão de uma criminosa. Jesuíta, o bibliotecário que você conheceu, me recebeu com o sorriso de sempre. Perguntou por onde eu andava, sumida há tantos meses, e não tive coragem de responder que era porque minha avó ficava de mau humor toda vez que eu ia lá, e com o tempo fui me poupando do desgaste. O homem já trabalhava lá há duas décadas e me conhecia desde que minha mãe me levava com ela para trabalhar, quando criança, porque não tinha quem cuidasse de mim em casa. Ele sempre me recebia com um livro infantil de que achava que eu ia gostar.

Naquele dia, porém, a Alícia de 18 anos recém--completados chegou até ele nervosa e pediu todo o material disponível sobre tecbichos. A expressão de Jesuíta ficou séria.

"Sua mãe, Deus a tenha, me disse que isso poderia acontecer", me contou.

Seguimos para as estantes mais escondidas, nos corredores mais distantes. Ele escolheu um título que, pela etiqueta, estava catalogado na seção errada, perdido para sempre no acervo.

"Ela me pediu que te entregasse esse livro", Jesuíta me ofereceu.

Sentei na minha mesa, li o índice e abri na página sobre bugs *de algoritmo.*

Uma folha de papel estava dobrada ao meio, presa na união das páginas. Impresso nela estava um print *de* chat *de celular, com só a última mensagem enviada ocupando a tela inteira. Minha mãe tinha esse hábito: imprimir mensagens importantes, tirá-las da rede e eternizá-las na segurança do papel, no qual não poderiam mais ser apagadas. Conhecia o perigo de feitiços como o nosso.*

Sim, o nosso. Acho que nunca te contei, né?

Minha mãe também podia apagar dados. Minha mãe e, sim, minha avó. O feitiço começou a aparecer com meu bisavô e, por algum motivo, ficou na família. Já tínhamos dinheiro antes disso, mas vou deixar com que você complete na sua imaginação o quanto o poder de apagar dados e manipular certas informações pode ser um trampolim de sucesso financeiro nas mãos de pessoas já monetizadas e sem nenhum escrúpulo.

Enfim. Naquela manhã na biblioteca, com o papel tremendo nos meus dedos, li a mensagem do print. *Era um chat entre Eliana e Daiana, e tinha só essa mensagem da minha mãe que vou te transcrever:*

"Não me importa se descobriu. É até melhor assim, porque fica de aviso. Júlia já sabe onde encontrar o tecbicho, e eu vou usar o meu feitiço para controlá-lo. Você nunca mais vai poder mentir pro mundo, porque se fizer isso eu vou jogar a verdade em todos os lugares. Vai ser impossível você apagar tudo. Eu aguentava a sua manipulação quando era só comigo, mas quando ameaçou pegar a Alícia pra você, foi longe demais. Acabou."

Embaixo, tinha também escrito à mão, na letra caprichada da minha mãe:

"Para a minha filha implacável. Se você chegar aqui sozinha, é porque algo deu errado. Peço perdão. Não queria que minha única herança para você fosse uma vingança. Não vou pedir que pare, porque sei que é do meu sangue e não vai adiantar muito. Então só peço uma coisa: nunca deixe que ninguém te quebre. Inclusive ela. Você é a mais forte de todas nós."

Não tinha meu nome, nem assinatura.

Isso não impediu que duas lágrimas gorduchas escorressem pela minha bochecha.

Minha avó sabia de tudo desde o início. Era por isso que fugia do assunto comigo. Não queria que eu soubesse que estava brigando com minha mãe quando o desastre aconteceu.

Algo me dizia que também tinha se esquecido de mencionar isso aos investigadores.

Em casa, esperei dona Ermínia, que cuida da limpeza do apartamento, ligar o aspirador nos quartos. Com a pele suando frio, o coração saindo pela garganta pelo medo de ser descoberta, entrei no escritório da minha avó e me elevei ao nível de traidora da nação.

Invadi o seu tablet.

O padrão de desbloqueio era o mesmo do celular dela, que eu sabia porque era a sua cameraman *oficial. Não tinha nada lá sobre tecbicho nenhum. Nenhum histórico, nenhum e-mail. A mensagem impressa na folha não existia no* chat *com a minha mãe no aplicativo.*

Ela tinha apagado tudo.

Mas tinha algo que não teve coragem de apagar por completo. Na pasta de downloads, *encontrei baixadas páginas de notícias sobre o acidente, guardadas como lembranças terríveis do desastre. Algumas de portais maiores, outras de sites locais. Nenhuma delas estava mais* on-line, *como descobri nas minhas longas buscas durante a madrugada.*

Minha avó tinha usado seu feitiço para apagá-las todas ao longo do tempo, e os sites não se preocuparam em recolocá-las no ar. Não me liguei na época, mas, agora refletindo, provavelmente ela também tem apagado as notícias mais recentes sobre as aparições do bug *pelo Rio.*

Não só ela sabia que minha mãe ia se encontrar com o tecbicho, como não queria que ninguém investigasse o que aconteceu quando deu errado. Das duas uma: ou estava se prevenindo do estresse de entrar de camarote na lista de suspeitos e ter que se defender judicialmente sendo inocente, o que seria um escândalo, ou...

... Ou de fato tinha alguma mãozinha de envolvimento em tudo. Algo que precisava esconder, caso alguém olhasse o caso com mais atenção e levantasse a hipótese de não ser um acidente.

Alguém como Diego. E, agora, alguém como eu.

Lembro bem o cheiro da maresia mais tarde, quando fiquei um longo tempo de pé na varanda do apartamento, encarando as conclusões das quais não poderia mais fugir. A praia do Leblon na minha frente, até a noite avançar adentro e o mar se tornar uma escuridão amorfa e eterna.

E lembro bem como vesti minha máscara depois e fingi que não queimava por dentro. Deixei minha avó me abraçar quando chegou em casa. Assenti com a cabeça quando ela disse que só estava tentando cuidar de mim. Que, sem ela, eu não teria ninguém para me proteger do mundo. Sem ela, eu ficaria sozinha.

O maior erro de minha avó foi me subestimar. Achou que eu não teria capacidade de descobrir tudo. Que confiaria cegamente nela para sempre.

Até admito que chegou perto de me tornar sua pobre neta complacente. Afinal, lá estava eu, aterrorizada todo dia por dizer ou fazer coisas que seriam normais para a maioria das pessoas em relações familiares sadias.

Mas, no fim, eu era filha da minha mãe, e havia sido ensinada a perseverar, mesmo nas piores circunstâncias.

Por mais que tentasse, não era possível me quebrar por completo.

Meus sentimentos ainda eram uma bagunça de medo, dor e culpa, mas raiva nascia também. Foi me apoiando nela que tomei minha decisão.

Eu encontraria o bug *e, honrando os últimos desejos da minha mãe, o mundo saberia de tudo.*

***

Já estou vestida e ajeitando minhas tranças quando meu celular treme sobre a mesa do quarto. O pego de cima das minhas apostilas de estudo abertas (ao lado das de Amanda, fechadas). Tem três mensagens recebidas nas notificações.

O nome de Alícia está em cima delas.

Uma descarga de adrenalina faz meu sangue engasgar enquanto sento na cama e desbloqueio a tela. Queimo inteira em superprocessamento de emoções – alegria, antecipação, tristeza. Medo, acima de tudo.

Alícia

Comecei a escrever no dia em que conversamos pela primeira vez na lanchonete. Você era linda e boazinha e, mesmo desconfiada, por algum motivo se preocupava comigo. Fazia tempo que alguém não se preocupava desse jeito tão honesto. Você me disse que, se eu quisesse conversar, estaria ali para mim. Me fez ter vontade de falar. Só não tive coragem de te deixar me ouvir. Mas acho que agora não faz mais diferença, né?

Enfim, foi mal pela minha letra. É que me sinto melhor colocando as coisas no papel, em vez de na internet. Aprendi com minha mãe.

Embaixo das duas mensagens, há um aviso de que ela me enviou algo por feitiço. Aperto para aceitar receber, meu coração disparado. Com um pequeno estouro de fumaça e estrelinhas decorativas, uma pomba lilás usando um laço com o logo do Geniapp se materializa no ar, batendo as asas. Ela carrega no bico um envelope e o deixa cair. Ele pousa na minha cama. De tarefa cumprida, a pombinha abre bem as asas, dá uma cambalhota para trás e desaparece com outro estouro, tão rápida quanto surgiu.

Por um milésimo de segundo, me sinto chique, porque enviar uma mensagem pelo serviço de *delivery* da pombinha do Geniapp é ridículo de caro. Não se produz magia em massa, então um funcionário com esse feitiço específico precisa artesanalmente trançá-la para você, sob demanda.

Avanço sobre o envelope, abrindo-o com dedos trêmulos. É uma carta escrita à mão. Tem várias páginas dobradas.

As folhas do cajueiro lá fora dançam no vento quando começo a ler.

Cinco semanas atrás, conheci uma garota em uma festa.

Foi a primeira em que fui atrás de Diego. Eu precisava encontrar o bug *de algoritmo também, e não tinha como fazer isso sozinha. Já estava há um tempo estudando os movimentos do garoto e tinha somado dois mais dois para entender que ele tentava chamar a atenção da criatura. Eu planejava propor uma investigação em conjunto para ele desde o dia em que fui à biblioteca, mas demorei para tomar coragem de cometer essa traição. Minha avó nunca iria me perdoar e só de imaginar sua reação o medo me corroía por dentro.*

Finalmente fui até ele em meio aos convidados no palacete em Botafogo. Eu só não contava que Diego se negaria a me ajudar. Preferia investigar sozinho. Já era um garoto diferente do que eu tinha conhecido meses antes. A amargura de ser desapontado por muito tempo o tinha endurecido. Na insistência, fui imprudente e confessei que achava que poderia controlar o tecbicho, como minha mãe tinha tentado. Foi pior a emenda que o soneto: Diego riu, me chamou de autodestrutiva e disse que não contribuiria para a produção de um acidente 2.0. Só alguém realmente insistente poderia convencê-lo a ceder, e eu não tinha esse tato.

Então aconteceu na festa o que você já sabe: o bug *apareceu, Diego correu atrás dele e eu nem sequer consegui chegar perto. Fui deixada com a garota bonita de olhos de gato e pele marrom, e a garota que parecia conhecer Diego.*

Eu tinha que pensar em algo, e rápido. Não podia ficar indo a festas como aquela sozinha. Minha avó torcia o nariz. Em casa, investigar pessoalmente estava ficando cada vez mais arriscado. A essa altura, ela já tinha começado a desconfiar de mim. Sabia que eu andava fazendo perguntas, me afastando, e a sua paciência estava cada vez mais curta. A vigilância sobre mim tinha aumentado, e todo mundo me parecia um espião dela. Os empregados em casa, o motorista, o segurança. Minha avó devia estar fazendo a minha caveira para todos. Eu não podia confiar em ninguém. Se bobear, tinha até pago um detetive particular para ficar de olho em mim, como eu suspeitava que já fazia com Diego, pelas mensagens com relatórios estranhos que encontrei enquanto espiava seu tablet *de tempos em tempos.*

Eis que me estalou a ideia de contratar Amanda, a bruxa de aplicativo que já tinha abertura com Diego. Seria fácil para ela acompanhar os movimentos do garoto e me atualizar. Você estava certa desde o início sobre o porquê de eu tê-la escolhido. O único equívoco é que o meu objetivo real era descobrir a hora certa de me reinserir na busca para pegar o tecbicho de surpresa.

Foi a grande mentira que pescou com o seu feitiço.

Inventei que era a irmã dele no improviso, porque achei que vocês poderiam ter barreiras éticas para aceitar o serviço e a história comovente me ajudaria a transpassá-las. Não foi o melhor dos planos, confesso. Mesmo que eu tenha me removido da internet depois, era uma mentira muito fácil de ser desmascarada, como inevitavelmente aconteceu. Ainda mais com uma avó exibicionista como a minha. Mas foi o que consegui improvisar na hora e cumpriu o seu propósito.

Pelo menos até ontem, quando minha avó descobriu sobre o nosso acordo. Ela percebeu que eu estava colocando os nomes de vocês duas como convidadas nas festas e mandou investigarem. Descobriu que o dinheiro que estava saindo da minha conta, que aparentemente ela monitora, ia pra vocês. Para entender o que eu queria das duas, imagino que minha avó só precisou ler o relatório de quem ela pagou para vigiar Diego. A pessoa com certeza contou o que ele conversava com Amanda nas festas. Resultado, tivemos uma briga feia. Ela me tratou como se eu fosse a maior traidora de todas por estar investigando a morte da minha mãe sem contar a ela. Entrei em pânico e tentei desistir de tudo. Sorte que você me avisou sobre Amanda estar armando uma arapuca para o tecbicho e isso me deu um tranco para agarrar essa chance de encontrá-lo.

E aqui estamos hoje.

Você deve estar se perguntando por que simplesmente não tiro a máscara complacente e bato de frente com minha avó. Por que não conto a verdade, como você adora fazer, em vez de continuar maquinando tudo escondida. Por que não fujo de casa. Bom, são dois grandes motivos.

Primeiro, não é uma briga equilibrada. Minha avó é influenciadora com centenas de milhares de seguidores que a amam, além de ser uma senhora respeitada e mercadologicamente inteligente, acionista de uma grande empresa. Passou a vida inteira construindo uma rede de pessoas que confiam cegamente nela. Tem um batalhão de empregados que seguem as suas ordens. E ainda conta com um dos argumentos mais irrefutáveis em uma discussão na nossa sociedade, infelizmente, que é o de ter uma quantidade obscena de dinheiro.

Já eu, sou uma garota de 18 anos anônima e esse é o fim da minha descrição. Não tenho poder nenhum.

Com a influência da minha avó, no segundo em que eu me tornar uma ameaça, ela vai estalar os dedos e virar a opinião do mundo todo contra mim. Eu seria tomada por louca, apedrejada em praça pública por tê-la atacado sem que ninguém se desse ao trabalho de perguntar o meu lado da história. É por isso que preciso do bug *de algoritmo. Não só porque ele é a chave para que eu encontre a verdade, mas porque, se eu tiver que lutar contra a minha avó, ele garante que eu tenha pelo menos uma chance.*

O segundo motivo para evitar o conflito agora é que, bem... Eu ainda tenho medo. Ainda sinto culpa.

Eu sei. Já tive bastante tempo para pesquisar sobre como lidar com familiares narcisistas. Como saber se você está sendo vítima de gaslighting. *Como se livrar de manipulação emocional.*

Mas a verdade é que entender que você está em um relacionamento tóxico não é suficiente para que consiga sair dele. A descoberta não é um interruptor que você liga um dia e fala "eita, vou cair fora". E não digo só por eu ser jovem e dependente, apesar de isso tornar as coisas ainda mais difíceis. É que as raízes da manipulação são profundas demais.

Formam uma prisão emocional em volta de mim. Então sei que está tudo errado, mas continuo hesitando antes de agir, dominada pelo medo, por mais irracional que isso pareça. Continuo me sentindo culpada, porque passei meses sendo condicionada a me sentir um monstro caso não obedecesse minha avó. Até hoje me pego achando, de vez em quando, que talvez eu que seja a louca disso tudo. Que estou sendo injusta, maldosa, ingrata.

Estou melhorando aos poucos, mas não tem sido fácil. Para se curar de um relacionamento abusivo, a pessoa precisa de tempo. Distância. Uma rede de apoio. Coisas que não tive durante os últimos meses. Quer dizer, não até te conhecer.

Convivendo com minha avó, entendi por que minha mãe cresceu como era. Paranoica, um pouco insegura, sem confiar em ninguém. Escondia suas aflições até de mim. Acabou morrendo sem me contar nada sobre o bug. *Mas não guardo rancor. No fundo, ela só queria o que todos os pais querem: que eu tivesse uma vida melhor que a dela. Mais tranquila e sem tanta intriga. Sinto até vontade de rir com a ironia da situação em que estou agora. Como já dizia o estranho título em português da série* Gilmore Girls*: tal mãe, tal filha.*

Pensei muito sobre por que minha avó conseguiu me capturar tão fácil, mesmo eu tendo aprendido tanta coisa com minha mãe. Também sou uma pessoa desconfiada por natureza. Fechada. Não me entrego para qualquer um assim, por mais que, bom, você tenha ultrapassado as minhas barreiras sendo tão insuportavelmente adorável.

Foi difícil de entender, mas acho… Acho que me agarrei à minha avó nesses meses todos não só porque de fato a amava, mas porque minha mãe tinha morrido e minha avó era a última pessoa viva no mundo que tinha a obrigação de me amar de volta.

Sem ela, ninguém o faria.

Nas últimas semanas, penso que talvez eu não esteja tão sozinha no mundo assim. Talvez, se não for muita ousadia minha, eu ainda tenha outra pessoa além de minha avó que possa gostar de mim.

Uma pessoa em especial.

Enfim. Hoje, na festa de 5 anos do Geniapp, vou encontrar o tecbicho. Naquilo que minha mãe falhou, espero ter sucesso. E essa longa história vai se encerrar.

Desculpa por falar tanto. Em minha defesa, você me disse que ouviria, se algum dia eu quisesse conversar. Não peço perdão por mentir, porque não me arrependo de nada. Fiz o que achei que tinha que ser feito. As pessoas dizem que nós somos nossas escolhas, mas algumas escolhas já são feitas em nosso nome. Somos jogados em situações difíceis e tentamos sobreviver do melhor jeito que podemos.

Mas, se algum dia o ressentimento diminuir, e você quiser compartilhar seu tempo precioso comigo de novo, me pergunta o que eu amo mais uma vez.

Eu tenho a resposta pronta.

- 15 -

Amanda

SEGUINDO PELA ESTRADA DE pedras margeada pelas árvores e palmeiras imperiais do Parque Lage, ouço a festa antes de vê-la. Luzes coloridas e pessoas em movimento brilham por entre os troncos e arbustos densos. Quando a vegetação finalmente se abre, o prédio principal e seus jardins serenos foram transformados em uma celebração luxuosa sob a noite.

É a festa mais suntuosa a que já fui. No coração de um parque de Mata Atlântica, um palacete histórico de pórticos marcantes, que durante o dia é ponto turístico, está iluminado e emperiquitado com faixas e decorações opulentas na cor roxa do Geniapp. Pelo seu entorno e nos jardins à sua frente, torres foram montadas com cascatas de flores e plantas exuberantes. Os arranjos formam o G do logo da marca. No topo delas, esculturas modernas em vidro brilham feito estrelas, iluminando todo o jardim com luz viva correndo magicamente por dentro de suas formas.

Nas plataformas mais baixas do gramado, artistas performam vestindo feitiços estéticos visualmente impressionantes. As nossas veias de LED colorido não eram nada perto disso. Tem um homem cujos braços e pernas se desfazem em fumaça roxa e se recompõem de novo conforme dança. Tem acrobatas cuja imagem é esmaecida como pinturas de aquarela. Em cima de tudo, bem no alto, uma moça gira em uma argola circense com um feitiço de levitar.

Um telão montado no canto do jardim mostra uma filmagem dos convidados conversando por entre os garçons e as mesas altas. Segundo os vídeos de Eliana Guia – *avó de Alícia*, custo a acreditar –, são esperados oitocentos convidados selecionados a dedo. Personalidades influentes, políticos, grandes empresários, acionistas e até bruxas de aplicativo famosas pelo Brasil. Reconheço algumas destas. Estão comparando seus feitiços entre si, fornecendo entretenimento para convidados curiosos. Tem o Tatu, aquele homem branco enorme famoso por ter a pele dura feito aço e criar uns bordões muito populares entre homens hétero na internet; a Caça-fantasmas, uma bruxa gótica de pele negra carregada de maquiagem preta e espartilho de couro que tem um feitiço capaz de tornar material seres que não o são (reza a lenda que tem serviço de *streaming* querendo fazer uma série sobre ela); o Capitão, um cara que cria um escudo de energia impenetrável de grande utilidade, mas que ganha mais dinheiro como convidado em eventos *geek* porque parece um personagem de jogo; e até a Barbie Agro (ela não gosta desse apelido), aquela bruxa subcelebridade que fez bico como cantora sertaneja e leva dois rolos de corda de sisal presos na calça jeans, os quais pode manipular como criaturas vivas ("se ela não tiver algum fetiche por prender pessoas, considero como um feitiço desperdiçado", Diego brincou uma vez há muito tempo, o que me fez ter pensamentos impuros).

Assim que chegamos, um homem de terno roxo Geniapp (acho que vou precisar ficar dias sem ver essa cor) cria no ar com as pontas dos dedos dezenas de pequenos brilhos flutuantes. Eles voam até nós e passam a nos seguir como uma aura fotogênica. Arrumo alguém para guardar nossas duas mochilas de trabalho no guarda-volumes enquanto Diego enrola a dúzia de fotógrafos na frente dos painéis de patrocinadores na entrada, mentindo que volta para tirar as fotos de convidado depois.

Madu chegou antes de nós, que estávamos no bairro do lado, sabe-se lá como. Acho que na pura força do seu superpoder Ultrarresponsabilidade. Ela nos espera perto do pedestal, acima do qual está uma dançarina branca com retângulos dourados, arabescos e outras formas inusitadas andando pela pele como uma pintura viva de Klimt (que eu não sabia quem era, mas Diego sabia, então pesquisei discretamente na internet para fingir que sou aculturada também). (Eu sei, tô fazendo um monte de observações, mas é que a festa me jogou em um liquidificador de estímulos e minha cabeça está toda baratinada.)

Minha prima usa um vestido verde curto marcando suas curvas e ressaltando o marrom médio da sua pele. Suas tranças estão soltas com detalhes dourados contra os fios loiro-escuros e seu rosto leva mais maquiagem do que já a vi usar em todas as festas a que já fomos antes. Está muito mais arrumada do que eu, que me troquei na casa possuída e só pude voltar às minhas roupas com que gravei o vídeo mais cedo (mas não mais arrumada que Diego, que fez o mesmo, mas por algum motivo está sempre adequadamente vestido com qualquer roupa em qualquer situação. Os físicos chamam esse fenômeno de "O Paradoxo do Garoto Gostoso").

– Madu! – a chamo, indo até ela. – Eu sinto muito pela Alícia. Como você tá? Sabe que é só me dizer a sua preferência de linha de vingança que eu vou lá e...

– Ah, não! – Ela coloca uma mão furiosa na cintura. – Tem muita coisa pra gente discutir antes da Alícia e você não vai pular os assuntos! Vamos seguir uma ordem cronológica!

– Você sempre foi organizada demais pro meu gosto...

– Eu NÃO ACREDITO que você foi na casa assassina sem me contar!!! Como teve *coragem* de fazer isso pelas minhas costas?!

– Se fosse pela frente você não ia deixar, né?

A cabeça de Madu parece que vai explodir de ódio.

– Pensa pelo lado positivo – tento cortar o fio certo da bomba-relógio –, pelo menos agora eu tenho uma excelente história sobre coragem e mansões possuídas pra contar pros meus netos! Uma história com final feliz!

Foi o fio errado. Ela me aponta um dedo acusador (e até pintou as unhas):

– Não me venha de deboche, que esse assunto é sério! Você podia ter se machucado!!! Francamente, não sei mais o que fazer contigo! Toda vez que me vem com uma ideia nova, falo pra mim mesma: "bom, ela já apanhou da vida o suficiente, dessa vez vai pensar duas vezes antes de agir". Mas toda vez eu erro! Amanda, não te entendo! Parece que você escolhe o que vai fazer no dia sorteando artigo do Código Penal! O que te faz se jogar nas coisas assim, de um jeito tão imprudente?!

– Ela fez por minha causa – Diego intervém, com cuidado.

– E você! – Ela vira como quem vai esfolá-lo vivo. – Como pôde embarcar nessa ideia de lunático?! Eu sabia que era gado pela minha prima, mas não a esse ponto de autodestruição!

– A gente sabia o que estava fazendo – a interrompo, envergonhada. Mal sabe ela que agora o garoto provavelmente me odeia. – Só entrei na casa porque estava com Diego e o feitiço dele protege a gente. Não tínhamos como prever que uma gosma antimagi ia aparecer! Ou, pior, que alguém ia mandá-la atrás de nós! Você não pode me culpar por isso.

– Amanda. – Ela faz meu nome soar como uma ameaça. – Dessa vez não passa. Eu vou contar pra sua mãe que você tá trabalhando de bruxa de aplicativo. E se tivesse acontecido algo contigo?! O que eu ia explicar pra ela?!

– Não! Não precisa disso, Madu. Por favor. – Hesito antes de continuar. Aperto os lábios. – Eu mesma vou contar. Prometo. Só deixa eu me preparar no meu ritmo, tá? Eu... Eu sei que faço tudo errado, e que você passa a maior parte do tempo tentando consertar os meus desastres, mas vou melhorar. Eu juro.

Algo no jeito como falo a amolece. Talvez porque minha voz fica pequenininha quando o assunto é minha mãe. A de Madu fica severa quando cede:

– Se acontecer de novo, nada vai me impedir de contar.

Aperto os lábios e assinto com a cabeça.

– Como você tá? – pergunto de novo, seguindo corretamente a pauta da conversa.

– Já chorei duas vezes hoje. Odeio chorar. Não resolve nada. Preciso de um plano de contingência melhor pra desastres emocionais feito esse. Talvez montar um mapa mental esquematizado...

– Você não colocou a *playlist* de "músicas tristes da Taylor Swift pra ficar na fossa" enquanto se arrumava, colocou?

– É claro que não. – Mas Madu não consegue mentir por muito tempo, então admite: – coloquei a *playlist* da Ludmilla, porque queria sofrer em português, especificamente.

Nos encaramos, deixando as rachaduras nas nossas fachadas à mostra uma para a outra. Então nos abraçamos. Foi um dia pesado. Quando nos afastamos e olhamos nos olhos perturbados uma da outra, sabemos que vamos enfrentar o resto da noite juntas. Independentemente do que acontecer.

Madu espia Diego e volta a mim com uma pergunta no rosto. "O coitado já sabe sobre tudo o que escondeu dele?" Lhe devolvo uma expressão que a faz franzir a testa, confusa. Acho que não está acostumada a ver remorso nas minhas feições.

Diego não brigou comigo quando descobriu sobre meu serviço para Alícia. Eu preferia que tivesse brigado, porque o jeito que ficou é ainda pior. Se retraiu em si mesmo, adotando um tom cansado e distante enquanto me contava sobre a irmã de verdade dele, Júlia, e sobre como conheceu Alícia. Até a sua vontade de me proteger me excluindo dessa trama se esvaiu.

Só quando já estávamos prontos, deixando a casa mágica, que sua voz ganhou uma ponta de tristeza que apertou meu coração:

– Eu sabia que tinha algo de estranho acontecendo desde o início – ele disse. – Júlia sempre me contava dos trabalhos do Geniapp. Dizia que me ensinar era a sina dela de irmã mais velha. Esse era o primeiro trabalho que ela não me falava nada. Às vezes eu chegava do colégio ou do treino e ela e a mãe da Alícia estavam na mesa da cozinha debruçadas sobre anotações, discutindo enquanto deslizavam mapas pelo *tablet*. Paravam de falar quando me viam. Com o tempo, Júlia foi ficando cada vez mais cansada. Esquecia as coisas pela casa, não dormia direito. Chegava tarde das festas e saía cedo. Eu fiquei preocupado. Passei a ouvir o que podia com mais atenção. A espiar as anotações quando ela ia ao banheiro. Descobri sobre o *bug* de algoritmo assim. Se ao menos eu tivesse confrontado ela logo de cara, se tivesse batido o pé para que parasse...

Insisti que ele não podia ficar se culpando por isso, mas acho que não me ouviu.

– Eu sinto muito pelo que aconteceu com a sua irmã também – Madu diz agora a Diego. – Ela deve ter sido uma bruxa de aplicativo realmente muito boa, pra ter crescido os olhos da mãe da Alícia a ponto de arrastá-la pra esse rolo todo.

– Era sim. Uma das melhores. Com ela que aprendi tudo o que sei.

Inclusive a caçar o tecbicho nas festas, como Diego me contou enquanto esperávamos o carro de aplicativo chegar para virmos para cá. Era a estratégia que a irmã dele criou. Ele a aprendeu vasculhando as anotações que Júlia deixou pela casa, quando o luto passou e ele tomou coragem de lê-las. Depois disso, seguiu pelo trabalho de meses estudando o histórico do

GPS de Júlia em suas contas virtuais. Cruzou com as datas em que ela saiu, separou os lugares onde buscou informações e os eventos a que compareceu. Quem estava nesses eventos, quais foram as notícias de incidentes. Em que lugares o *bug* apareceu desde então. Com isso tudo, montou a linha do tempo – uma muito mais completa que a minha – e um plano de ação. Daí seguiu-se a história que eu já sei: Diego tentou trabalhar como bruxa de aplicativo também, trilhando os passos da irmã. Nos conhecemos. Quando isso não trouxe resultados para sua busca, ele teve a ideia de atrair a atenção da criatura sendo famoso nas redes. Até que, um belo dia, sem saber ainda se o tecbicho era amigo ou inimigo, Diego atirou uma cadeira nele e foi flagrado pela garota oportunista que tinha deixado para trás.

– Talvez Alícia saiba de algo sobre a sua irmã – Madu sugere.

– Isso é o que vamos descobrir. – A expressão do garoto fica sombria. – É possível que ela tente controlar o bicho à força ou chantageá-lo. Me contou isso quando estava tentando me convencer a ajudá-la no mês passado. Talvez ela use algum artefato mágico ou tenha um feitiço de família bom contra criaturas de tecnomagia. Talvez um que manipule dados.

Madu faz uma pausa antes de assumir:

– Alícia me escreveu uma carta e confessou algumas coisas. Então, sim, eu acho que esse é o plano dela. Pretendo impedir que cometa essa loucura. Não vou esmiuçar detalhes, mas fiquem de sobreaviso que a avó dela talvez tenha tido algo a ver com o acidente da sua irmã.

Diego franze a testa, tensão acumulando nos ombros, mas assente.

– E Eliana Guia sabe que estamos aqui – Madu adiciona. – Tenho certeza de que viu nossos nomes na lista de convidados. Não sei por que escolheu não barrar nossa entrada, mas, julgando pelo quanto ela é manipuladora, deve querer algo conosco. Talvez nos colocar contra a própria neta.

– Com uma família dessas, quem precisa de inimigos? – comento. Então sondo com minha prima, indo direto ao ponto: – Você vai perdoar a Alícia?

Nesse momento, não preciso saber de nada dessa carta, se ela não quiser me contar. O julgamento de Madu me basta.

– Vou conversar com ela primeiro. – Ela fala com seriedade, mas somos dois lados da mesma moeda, dois galhos da mesma árvore, e sei ler a preocupação por trás. A tristeza. – Temos muito o que passar a limpo.

Sem perder mais tempo, Madu diz que nos encontra depois e segue na direção do palacete.

– É melhor irmos também – o garoto comigo se adianta.

– Diego. – Encosto no braço dele com os dedos mais tímidos. Ele para. – Deixa ela ter um momento a sós com a Alícia. Ainda temos tempo. E a gente...

Não consigo completar que também precisamos conversar. Desde que pedi desculpas e Diego continuou distante... eu, a maior metralhadora de palavras do continente, estou sem saber o que dizer. Tudo parece prestes a ser a gota d'água que vai nos separar para sempre.

Mesmo assim, egoísta, não sei deixá-lo ir. Se essa noite de Cinderela acabar e eu não tiver remendado nada entre nós, acabou para sempre. Não vai ter sapatinho de cristal deixado para trás.

– Tem outra coisa que quero tentar também – digo, ao invés de admitir como me sinto. – Não sei se vai funcionar, mas...

– Já são quase oito horas – Diego lembra. – Falta pouco mais de uma hora pro horário que a Alícia marcou com o *bug*. Talvez seja a minha última chance de descobrir o que houve com a minha irmã.

Abro a boca para implorar, mil argumentos já na ponta da língua.

– Tá bem. – Engulo todos eles. – Vamos.

Algo de emoção retorna ao rosto dele.

– É o Diego?! – alguém fala alto.

Duas moças bonitas e um rapaz acenam animados para ele. O garoto sorri mecanicamente e devolve o aceno de longe. Quando volta a mim, a fachada alegre de Diego já se dissipou.

– Vamos a um canto mais escondido – ele decide, escolhendo um caminho pelo parque de Mata Atlântica que cerca a festa.

Madu

A imagem clássica do Parque Lage no fundo das fotos de tantos turistas é tirada no centro do seu palacete, onde a famosa piscina decorativa de águas verdes descansa em um pátio aberto margeado por uma dúzia de arcos de colunas com inspiração romana. Em cima de tudo, ao fundo, no topo do Morro do Corcovado, está o Cristo Redentor, espiando o local de ladinho.

Em vez do céu azul vivo que costuma aparecer nas fotos, o que nos cobre agora é a imensidão da noite que já caiu. A decoração da festa, que lá fora era exuberante, aqui se eleva ao exagero. Folhas de palmeiras, flores, iluminação abundante, mesas de bufê de aperitivos cujos nomes só podem ser ditos em francês e um *open bar* cheio de garrafas com nível de teor alcoólico estratosférico. Os arcos e colunas da arquitetura icônica têm suas linhas ressaltadas de tempos em tempos por um feitiço de projeção de luz rosa-neon. É tudo impressionante, mas também me perturba. Esconderam justamente aquilo que faz o palacete especial. Como a piscina icônica, que foi coberta por uma estrutura de chão de vidro para apresentação e dança, a água ficando esquecida embaixo, escura e até um pouco suja. Além disso, um telão igual ao do jardim lá fora toma o topo da lateral do pátio subindo para o terraço, e quase esconde o icônico arco principal do palacete. Os organizadores devem ter achado que mostrar a arquitetura famosa do local é menos importante do que transmitir as imagens da ilustre comemoração do Geniapp, com o Cristo Redentor lá em cima, um pontinho de luz no meio do escuro do céu a abençoando.

Mas a beleza incontestável da festa está no centro da pista de dança, servindo de fundo para a avó que é entrevistada por algum programa de TV.

Alícia veste uma camisa de botão branca de mangas curtas e uma calça preta arrumada e simples. Ambas parecem ter sido costuradas sob medida pela forma tão exata com que marcam seu quadril, sua cintura e seus ombros de nadadora ao mesmo tempo. Seu cabelo de mar noturno, virado para o lado hoje, desce em ondas penteadas por um só ombro. A maquiagem escura e os lábios com um *lip tint* vinho suave ressaltam sua pele pálida. Com as mãos nos bolsos e a expressão entediada, Alícia passa uma imagem de garota descolada com uma pitada de passado atormentado – só o suficiente para a tornar absolutamente irresistível. Nesse momento, qualquer sáfica num raio de pelo menos dois quilômetros deve estar *sentindo* a presença dela no cangote.

Mal sabem elas que aquela garota que parece que poderia matar alguém sem tirar um único fio de cabelo do lugar é a fã número um do Burro de *Shrek*.

É bom que eu esteja distante, porque Alícia não vê minha cara de deslumbrada. Esqueço até como respirar por uns segundos. Então, aceito um copo de chá gelado de um garçom para controlar o friozinho na minha barriga e encosto na pilastra mais próxima. Não posso abordá-la durante a entrevista. A observo na distância enquanto aguardo e, gananciosa, vou acumulando na memória cada detalhe precioso daquela garota pelo que talvez seja a última vez.

Uma semana antes, juntei minhas planilhas de estudos e tentei entender por que me apaixonei tão rápido por Alícia. Sem conseguir explicar o inexplicável, ri comigo mesma e decidi que era obra do destino. Nós duas estávamos fadadas a nos encontrar. Magnetismo inevitável de almas gêmeas, pensei, no delírio romântico de uma madrugada insone.

Parece que eu estava certa. Assim que a entrevista acaba, os olhos de Alícia fogem da câmera, passam direto pelas decorações e convidados extravagantes e me encontram como uma flecha. Ela acerta meu peito, irradiando um formigamento fugaz pelo meu corpo. E Alícia, que em um evento como esse deve estar operando sob uma rígida máscara de ferro, entreabre os lábios e deixa escapar uma breve surpresa ao me ver.

Ela se recompõe e indica com uma inclinação da cabeça a portinha com as escadas para o terraço. Segue na direção delas e eu, do outro lado do pátio, faço o mesmo.

O terraço em forma de retângulo vazado também está agitado, com convidados em cadeiras *lounge* e núcleos decorativos do Geniapp. Um elevador de acessibilidade e uma rampa foram instalados por fora. Encontro Alícia esperando em frente a painéis de cenário com fotos de pessoas bruxas de aplicativo famosas vestindo a camiseta do Geniapp. Eles cercam as laterais do telão na frente do arco principal que vi do primeiro andar. Quando a garota se certifica de que a segui, se esgueira para trás deles. Avanço por entre as pessoas e discretamente escapo também.

Cabos e equipamentos da festa estão guardados no semiescuro, com a estrutura do arco principal do palacete no meio. Seus pilares antigos escondem uma escada para a área mais alta do terraço, um pequeno terceiro andar. Não vejo Alícia, mas só tem um lugar para onde ela pode ter ido.

Meus batimentos por segundo aumentam a cada degrau. Ah, se minhas tias soubessem que, depois de tanto cobrá-las de cuidarem do coração, cá estou eu, à beira de uma crise cardíaca...

– 16 –

Amanda

A NOITE É ESCURA nos caminhos de pedra seguindo pela Mata Atlântica do Parque Lage. Ousamos avançar apenas até onde ainda enxergamos o palacete por entre os troncos das árvores e algo da luz da festa se estica até nós. Os pequenos brilhos que o homem da recepção criou flutuam conosco como complemento da iluminação suave.

Diego para onde uma árvore com o tronco grosso pipocado de líquens brancos nos oferece alguma privacidade. Em volta, flora cresce orgulhosamente caótica. Até por entre as lajotas retangulares do caminho sob nossos pés as plantas e arbustos tentam brotar. Em cima, pedaços do céu estrelado lutam para aparecer através das copas altas. Verdevivos minúsculos, quase como vaga-lumes mágicos, deixam fios luminescentes por entre as folhas, passeando à procura de restos de magia natural para se alimentar. Com sorte e olhos bem atentos, é possível até pegar o cintilar perolado de fadinhas urbanas vindo dormir em casa.

Daqui não vejo nenhum outro convidado da festa

explorando o parque conosco. Eu entendo; todo mundo conhece alguém que já viu olhos carmim brilhando nas sombras durante uma trilha, ou ouviu uma voz viajando no vento e sussurrando promessas de glória um pouco mais fundo na floresta. Quem sabe que tipo de criatura mágica desconhecida vive aqui, quando a noite cai?

Mas eu e Diego já lidamos com coisas piores e temos assuntos a resolver.

– Sua prima gosta da Alícia? – ele pergunta. Paro diversos passos antes dele, insegura. O semblante do garoto é delineado pela iluminação amarelada da festa só o suficiente para eu ler sua expressão, admirar seu rosto limpo e cabelo mais uma vez perfeitamente desarrumado. Ninguém diria que se atracou com um conjunto de jantar completo há poucas horas.

– Madu sempre foi de beijar muita gente, mas para e corre antes que fique sério e precise lidar com *sentimentos*. Do nada ela resolveu se apaixonar pela Alícia no pior momento possível.

– Que azar, ein?

– Tenho que procurar um feitiço que dê mais sorte pra ela, depois de hoje. – Balanço a cabeça, o coração apertado. – Madu deve estar arrasada. Ela é muito boa em socar tudo o que sente dentro de si, mas eu a conheço. Minha vontade é de ir lá catar a Alícia e apontar umas boas verdades na cara dela. Talvez jogar uma taça de bebida nela. Mas deixa as duas conversarem primeiro. Isso já vai servir como uma boa punição. Se tem alguém que consegue martelar bom senso na cabeça de qualquer pessoa até ela se sentir culpada por todos os seus erros desde que veio ao mundo é Madu. Falo por experiência própria.

A música e o burburinho dos convidados soam além das árvores. Pessoas batem palma para algo abafado dito no microfone. Entre nós, o silêncio se alonga, pesado, dolorido.

– Diego, é sério – começo pela décima vez. – Desculpa por tudo. Eu não queria te machucar.

– Eu sei que não queria. – Seu tom é sincero, porém permanece com a resignação de antes. Como se dissesse: *"eu sei que não queria, mas não muda que machucou"*. Como se estivesse se afastando cada vez mais de mim, sílaba por sílaba.

O desespero me quebra.

– Não faz isso – imploro. – Não usa esse tom de quem vai embora mais uma vez sem dizer nada. Eu sei que errei, mas pelo menos briga comigo, sei lá! Me xinga de mentirosa, reclama de mim! Só não me condena a esse silêncio, por favor! Não quero seguir a vida andando sobre esse cemitério infinito de palavras não ditas de novo!

Ele me olha como se me enxergasse pela primeira vez desde que a verdade veio à tona.

– Não tô irritado contigo, Amanda – diz enfim. – Só... decepcionado. Mesmo que você estivesse atrás do *bug*, acho que uma parte de mim sempre acreditou que... Que tinha voltado a falar comigo porque sentia a minha falta. Que tinha voltado por *vontade própria*, e não porque estava sendo *paga*. Mas o erro foi meu de me iludir.

– Você não se iludiu!

– Não precisa tentar fazer eu me sentir melhor. Eu entendo as suas motivações. Era um dinheiro fácil, e você sempre disse que na sua casa as contas são apertadas.

Mordo os lábios, frustrada com o quão difícil é fazer

alguém enxergar a verdade depois de eu ter passado incontáveis semanas fabricando mentiras elaboradas para enganar a ele e a mim mesma. Por que as pessoas confiam tanto em mim?! É óbvio que não sou confiável!

– Diego, você me conhece – insisto. – Se eu me esforçar, arranjo justificativas pra me jogar em qualquer situação ridícula. Posso te listar aqui todas as maiores motivações do mundo pra ter me reaproximado de você: o dinheiro, o *bug*, o que for. Com elas convenço você, convenço Madu, convenço aquela pedra ali no canto, convenço até a mim mesma. Mas, no final, nada vai encobrir a verdade. Que essa confusão toda só aconteceu porque, desde o dia em que nos separamos, eu fiquei à espreita, pronta pra me agarrar desesperadamente a qualquer desculpa que me permitisse chegar perto de você de novo.

Meu rosto queima. Pela primeira vez, não estou inventando uma história distante da realidade para me proteger, como é o meu *modus operandi*. Tenho o instinto de desviar os olhos, mas encaro o garoto, aceito a culpa.

– Por que você precisaria de um *motivo*?! – Diego pergunta, indignado.

– É *óbvio* que eu sou orgulhosa demais pra chegar *do nada*! Você estava tão bem, tão famoso, e eu no mesmo lugar, insignificante!

– Amanda…

– Eu fiquei *arrasada* quando a gente parou de se falar! – Agora que engatei nessa desgraça de contar a verdade, não consigo mais parar. Ser sincera, que atividade insalubre! – Morreria antes de admitir isso pra qualquer pessoa, até pra mim mesma, mas fiquei! Aí arrumei uma segunda chance e olha o que aconteceu. Estraguei tudo de novo!

Cubro o rosto com a mão. Estou me deixando levar. Se Madu estivesse aqui, apontaria que pareço uma criança mimada, me colocando no centro de tudo, quando a vítima da dissimulação é ele.

– Enfim. – Tento ser uma pessoa decente pelo menos uma vez na vida. – Deixa pra lá. Desculpa por tudo. Eu sei que cometi muitos erros, mas...

"Mas entendo se nunca mais quiser olhar na minha cara. Provavelmente é a melhor coisa que você pode fazer. Eu sempre soube que isso ia acontecer em algum momento e tá tudo bem."

Só que as palavras não saem. Não tenho coragem. A possibilidade me deixa devastada.

Minha respiração se apressa e meus lábios tremem quando digo, enfim:

– Mas não desiste de mim, por favor.

Nos encaramos longamente no silêncio, dois montes de cacos quebrados em forma de pessoas.

– Fiquei arrasado também. – A voz quieta de Diego ecoa pela floresta que dorme. – A primeira vez que senti alguma alegria desde que minha irmã morreu foi vendo você tacar fogo na cozinha daquela senhorinha.

– Às vezes nós não somos boas pessoas – brinco com a voz falhada, repetindo o que minha prima disse há tanto tempo.

Nenhum de nós ousa rir.

– Você era a única coisa boa no momento mais difícil da minha vida – ele continua. – Te deixei se afastar porque, sei lá... Eu não achava que merecia coisas boas naquele momento.

– Acho que te deixei ir pelo mesmo motivo.

Diego me abandonar é algo que aceitei fácil porque fazia *sentido*.

A dor que sinto agora é como se alguém amassasse meu coração dentro do punho até não sobrar mais nada.

– Você estava certa. – O garoto balança a cabeça. – Eu não devia ter sacrificado o que a gente tinha pra ir atrás de um tecbicho por besteira. Olha a bagunça em que a gente tá agora.

– O quê? Não! Nunca foi besteira você querer fazer de tudo pra descobrir o que houve com a sua irmã.

– Que diferença faz? – Ele abre as palmas. – Não vai trazer Júlia de volta. Não vai mudar nada, na verdade. Não gosto de pensar nisso, mas já faz meses que eu nem sei mais por que tô me esforçando tanto. Sei que a resposta óbvia é que é pela memória dela, claro, que merece justiça. Merece que todo mundo, especialmente a minha família, saiba que ela não falhou. É por vingança também, porque a raiva me faz querer fazer alguém pagar pelo que aconteceu. Mas quando conseguir isso tudo, o que faço depois? Eu não sei. – Ele tateia pelas palavras certas, a voz crua. – Às vezes acho que só tô nessa investigação porque, enquanto houver perguntas, a morte dela não aconteceu totalmente. Tô me agarrando a isso como uma corda salva-vidas. Quando ela for cortada, não terei mais nada. Vou ficar à deriva. Sozinho.

Seus olhos estão secos, mas se perdem em uma expressão profundamente… vazia. Desolada. Um garoto perdido no meio do oceano.

– Se depender de mim – enfim cruzo a distância entre nós, cada passo um milênio de tensão –, você nunca vai ficar sozinho.

Paro na frente dele e preciso levantar o rosto para encará-lo. Meu coração bate tão forte que tenho medo de que ele o ouça.

– Se não tivesse nenhuma criatura mágica – ele começa, a voz pesada –, se não tivesse serviço, se não tivesse dinheiro, se eu não tivesse um único seguidor, você ainda ia me mandar histórias de bananas correndo com facas de madrugada?

– Eu te mandaria minhas histórias mesmo que a Terra estivesse sendo engolida pelo Sol. Basta você querer ouvir a minha voz.

A luz da festa no palacete cria sombras suaves pelo rosto dele, brilhos no marrom-escuro dos seus olhos. Como uma aura mágica, as estrelinhas de luz flutuam em volta de nós. Devem ser de um feitiço poderoso, para durarem essa eternidade em que Diego e eu nos prendemos no olhar um do outro.

– Você disse que queria tentar alguma coisa? – ele quebra o silêncio, um pouco sem fôlego.

Meus olhos escapam para a sua boca. Um segundo de deslize que ele percebe. Abre os lábios.

– Eu pensei em procurar novos vídeos da sua irmã – mudo o assunto rápido. Tem algo dançando feito mestre-sala e porta-bandeira no meu peito.

Ele demora uma pausa surpresa para brincar:

– Aqui, sem nenhuma pirâmide de taças pra quebrar?

– Quem sabe eu não derrubo uma árvore? – Algo range, nervoso. Adiciono para cima: – É brincadeira! – O rangido cessa. Volto ao garoto. – Tenho uma suspeita de que talvez aquele vídeo não fosse o único.

– Pensei nisso também. Conhecendo minha irmã, parecia um projeto de longo prazo.

– Se for, talvez os outros vídeos possam te trazer alguma resposta. Já tentei repetir o feitiço do dia em que encontrei o primeiro um monte de vezes, sem sucesso. Agora que sei mais sobre a Júlia e a história de vocês, pode ser que eu consiga encontrar as conexões certas.

Me antecipo para que critique a ideia, porque é o que normalmente fazem comigo. Mas Diego só franze a testa e pergunta:

– Acha que vai funcionar?

Me soa estranho, conquistar fé alheia tão fácil.

– Acho que não – me acovardo. – Esquece. É melhor irmos atrás de Madu.

– Ué, mudou de ideia tão rápido? Calma aí! – Ele segura meu ombro de leve para me impedir de fugir. Seu toque abrupto irradia um raio quente pelo meu corpo.

– Foi uma ideia besta. – Abaixo o rosto. – Achar um feitiço desses é como procurar uma agulha num palheiro. Não sou habilidosa o suficiente para isso.

– Não é *habilidosa*?! Eu só aceitei conversar com o *bug* na casa possuída porque vi, na forma como Júlia falava, que podia confiar nele. Se não fosse pela sua *habilidade* em achar esse vídeo, não estaríamos aqui.

– Mas...

Diego tira o celular do bolso e o coloca na minha mão:

– Só vamos saber se funciona se você tentar.

Contra todas as evidências, o garoto acredita cem por cento em mim. É tudo o que eu sempre quis. E é a coisa mais aterrorizante que já me aconteceu na vida.

Se pessoas que não dão nada por mim ainda se desapontam quando falho, imagina quem de fato acha que sou capaz?! Vai ser uma queda astronômica! Quantas vezes Diego aguenta se decepcionar comigo desse jeito? E se essa for a última vez?!

O celular é tão pesado quanto uma lápide na minha mão. Cavei minha própria cova. Mas o garoto segue na minha frente, estudando se vale a pena me perdoar.

Não vale, mas quero desesperadamente que acredite que vale.

Tranço por alto as memórias de encontrar mensagens especiais que usei das outras vezes. Então adiciono algumas novas, tentando atrair os vídeos com a grande ligação de Diego a Júlia: amor familiar. Escolho o que tenho em mim para oferecer. A vez em que organizamos uma festa de aniversário surpresa para minha avó e ela adivinhou porque ouviu da rua as vozes de todo mundo falando alto, mas fingiu surpresa mesmo assim. Aquelas férias de julho em que Madu fez um grande mutirão de exercícios de alongamento na família porque uma tia caiu e se lesionou, e minha prima entrou em pânico protetivo. Júlia e Diego se cuidavam assim também?

Ainda não é o suficiente. Aperto os lábios, desconfortável, e entro mais fundo no território escuro das minhas dores. Amor vem forte nos momentos de necessidade. Junto o dia em que minha mãe perdeu uma apresentação importante no trabalho porque lhe contaram que eu estava com febre e ela correu de volta para casa. Me senti um lixo e, na manhã seguinte, prometi nunca mais ficar doente – e de fato não fiquei, por pura força da teimosia. Adiciono a primeira noite depois de descobrir que minha magia era dissonante.

Uma madrugada inteira chorando, com Madu fazendo carinho no meu cabelo. Cubro tudo com a minha sensação constante e desesperadora de impotência por querer ajudar todo mundo na família, mudar alguma coisa, sabendo que careço dos meios para isso. Que não sou capaz de nada.

Aguardar Diego apertar sua digital no telefone e ligar a tela é a coisa mais difícil que já fiz. Tenho certeza absoluta de que vai dar errado. O pânico vai se alastrando pela minha pele, prendendo meus nervos com alfinetes. Cogito fugir. Desistir de tudo. Correr mata adentro e me deixar ser engolida pelo que vier.

Não tenho coragem de me mover. Segundos se passam, se estendendo cada vez mais longos.

Nenhuma mensagem recebida.

– Não funcionou. – Meu coração desmorona de uma vez só. – Era óbvio que não ia funcionar, era óbvio! Eu sou tão burra de ficar querendo inventar moda, achando que dessa vez vai ser diferente. Não vai, Amanda, não vai. Sempre vai falhar, não adianta! Era melhor termos ido atrás da Madu.

– Não fala assim. – Diego me olha apreensivo enquanto guarda o celular no bolso. – Foi só um feitiço. Cadê a garota que tentava me convencer de que era a profissional mais competente do Rio de Janeiro, a melhor feiticeira que essa cidade já viu?

– Prefere que eu volte a mentir pra você? Porque é isso o que eu sou, na verdade. Uma grande mentira particularmente bem-vestida e com um delineado bonitinho, mas que não consegue fazer nada direito!

– Em que universo paralelo você tá vivendo pra dizer isso?! Você é tão boa em tudo o que faz!

– Boa?! – Dou uma risada de deboche. – Uma vez Madu estava empenhada em achar um adjetivo pra descrever cada um dos nossos primos como incentivo pra irmos pro bom caminho. Sabe o melhor que ela encontrou pra mim? "Não é preguiçosa". Só isso. Como se um não defeito fosse o mais perto que eu pudesse chegar de ter alguma qualidade de fato!

– O melhor elogio que meu avô já me deu foi "pelo menos tem saúde". – Diego encolhe os ombros. – Isso não quer dizer nada.

Balanço a cabeça com a comparação ridícula. Nunca estive na situação de ter que argumentar sobre o quanto sou falha para outras pessoas. Normalmente elas já presumem isso sozinhas, e preciso brigar pelo contrário.

– Nem entra na minha cabeça por que você se vê com tanto demérito – ele insiste. – Quem tem só um ou dois feitiços como eu passa a vida inteira preparando as mesmas memórias, treinando do mesmo jeito. Cultivando a mesma coisa pra repetir. Mesmo assim não é fácil. Não consigo nem imaginar como é difícil pra você, que tem que encontrar as memórias certas sob demanda. A busca que tem que fazer dentro de si. É um processo exploratório, artesanal, quase uma arte, e você faz isso em segundos, em situações de risco, sob pressão e estrategicamente. Não importa se vai falhar uma ou duas vezes. O que você faz é impressionante pra caramba!

Ele usa uma palavra mais forte que "caramba".

– De que vale ser impressionante – rebato –, se o resultado é um lixo? Eu trocaria todos esses feitiços aleatórios por um só que pelo menos funcionasse!

A tensão acumulada estilhaça meu peito, e de repente não consigo segurar mais nada dentro de mim.

– Tô a vida toda fingindo que posso melhorar se eu treinar e me esforçar, mas isso simplesmente não é verdade. Eu tô cansada! Cansada de ter que implorar por migalhas de magia todos os dias, porque nasci absolutamente incapaz de sair da mediocridade! Não importa o quanto eu me esforce, *nunca* algo que eu faça vai ser minimamente especial!

– Você sempre foi especial pra mim.

Seis palavras ditas de forma suave, quase quieta, mas que queimam tudo por onde passam dentro de mim. Contra fumaça e fogo, balanço a cabeça:

– Você não me entende. – As luzes distorcem minha visão que ficou molhada em algum momento. – Eu não consigo acreditar em mim mesma da forma como você acredita.

– Sempre acreditei o suficiente por nós dois.

Dou uma risada triste com o quanto ele está se esforçando.

– É sério, Amanda. Você não tem um feitiço só, mas é feita de um milhão de magias. E conseguiu trançar a mais difícil de todas.

– Misturar água e detergente para criar uma quantidade moderada de espuma? Realmente incrível.

– Você fez eu não me sentir sozinho pela primeira vez em um ano.

Seus olhos brilham com intensidade, desafiando o escuro para capturar os meus. O ar fica mais pesado quando ambos reparamos ao mesmo tempo o quanto estamos próximos um do outro. Mas ele não se afasta. Seu corpo faz sombra sobre o meu, cheira ao sabonete de erva-doce que lhe emprestei na casa mágica.

Se estivéssemos em uma das novelas coreanas que minhas tias adoram, certamente essa seria uma cena de câmera lenta, com *replay* em vários ângulos. O carinha bonito encarando a heroína rebelde. *Closes* nas nossas expressões, os brilhos voando em volta de um jeito fotogênico.

Que comparação irreal. Diego até tem energia de protagonista, mas eu não sou heroína de nada. No máximo cumpro o papel da trambiqueira para alívio cômico.

E a história de nós dois não tem como ter um final feliz.

Ele abaixa o rosto na direção do meu, devagar. Dou um passo para trás. Encosto as costas na árvore mais próxima.

– Não podemos cometer esse erro – digo, com a respiração acelerada.

– Beijar você agora seria o meu maior acerto em muito tempo.

Meu coração periga explodir, mas já estou há tempo demais martelando para mim mesma que não fomos feitos um para o outro, e não sou capaz de acreditar nas palavras dele. Nem sequer consigo assimilá-las. Então solto uma risada descrente e começo a argumentar, tateando nervosa por qualquer explicação que faça mais sentido:

– Ainda é um erro pra mim. Você quer me beijar porque, sei lá, foi um dia difícil. Eu entendo. Mas como eu fico depois, quando você me deixar? Como que eu lido com os escombros de mim, se me permitir pular desse precipício só pra ter uma noitezinha contigo?

– De onde você tirou que eu vou te deixar? – O olhar

dele queima com fogo escuro. – Eu te sigo até pra dentro de casas assassinas. Tá mais que provado que pode pintar e bordar comigo, que eu continuo aqui. Não é óbvio que eu tô apaixonado por você? Que sempre estive?

Não, não, não, não. Isso não tá certo.

– Você não sabe do que tá falando – insisto. Amor não vem fácil desse jeito.

– Como não sei?!

– Eu não sou o tipo de pessoa por quem os outros se apaixonam! Eu sou a pessoa que alguém aceita porque é a que sobrou!

– Quê?! – Sua expressão é incrédula. – De onde você tira essas coisas?!

– Você poderia ter qualquer garoto ou garota desse país. Por que iria gostar de mim?!

– Porque é você que faz todo mundo ficar desbotado pra mim quando chega na festa! Que mete estrelas pipocando no meu peito toda vez que me manda uma mensagem! Que me deixa acordado de noite, me lembrando do sorriso que dá quando acha que foi mais esperta que alguém!

– Diego...

– Você sempre roubou minha atenção, desde o primeiro serviço. Cavou um caminho pra dentro da minha vida e me mostrou o quanto é, além de extremamente insistente, criativa e habilidosa. A garota que sempre tenta dar um jeito, mesmo quando acha que não é capaz. Em algum momento nas últimas semanas, minha cabeça virou um canal que só passa vídeo seu, um depois do outro. E eu assisto a ele e fico pensando, derrotado, que faria qualquer coisa por você.

Meu peito sobe e desce impossivelmente rápido, e mesmo assim estou sem fôlego. De todos os riscos a que já me submeti, nunca pensei que a minha *causa mortis* seria excesso de batidas do coração.

– Ainda se sente assim depois de eu mentir pra você? – É minha última tentativa de obrigá-lo a enxergar a razão.

Ele pausa, organizado as palavras.

– Me machucou muito, como já disse, mas... Você acha que não te entendo, mas entendo sim. Sei que se joga nessas situações destrutivas por causa do que dói dentro de você.

Meu coração engasga, aterrorizado que alguém me enxergue de forma tão transparente.

– Ainda tô assimilando o que aconteceu, é verdade – ele continua. – Mas a única certeza que já tenho é de que ia doer infinitamente mais não te ter perto de mim. Pronto, essa é a verdade. Já que você tá sendo sincera, vou te devolver na mesma moeda. Que não exista mais cemitérios de palavras não ditas entre nós. Não quero que a gente se afaste de novo. Mas, se realmente não me quer, de todo o coração, me fala, que eu vou respeitar e ir embora.

Seus olhos saltam por mim procurando piedade. Neles vejo toda a dor e angústia de alguém que, mesmo quebrado, colocou para fora tudo o que ainda guardava de mais precioso, sem saber se será pisado, surrado, destruído.

– É um mistério pra mim como você pode me perdoar tão fácil – admito. Ele abre a boca, mas levanto uma palma para que não interrompa. Meus olhos querem virar cachoeiras, e, se eu não disser tudo de uma vez, deixando as palavras transbordarem primeiro, corro o risco de não as dizer jamais. – Não tenho nada pra te oferecer. Não posso nem prometer que não vou errar de novo. Sou impulsiva, enrolona, teimosa, uma bagunça sentimental. Não confio em mim mesma pra não fazer besteira. A única coisa que posso tentar é dar o melhor de mim pra não te machucar de novo.

Sou fraca e deixo minhas mãos tocarem nele. Seguro seu rosto com o maior cuidado do mundo, sentindo primeiro as pontas dos dedos contra a sua pele quente e macia, então a palma.

– Mas o meu melhor dificilmente basta – continuo, uma lágrima escorrendo pela minha bochecha. – E é por isso que eu nunca vou ser boa o suficiente pra você.

– Você é muito mais do que eu mereço. – Diego cobre meus pulsos com as próprias mãos.

– Não sei nem se tenho *habilidade* pra amar alguém direito. – Soo perdida, angustiada. – Mas... Eu tô completamente apaixonada por você há tanto tempo que não consigo mais ser forte. Pode terminar em desastre, mas nunca desejei tanto alguém quanto te quero agora.

Diego me beija. Aperta meus lábios com a urgência de quem estava esperando por isso uma vida inteira. E eu, que também risquei os dias em que não o tinha um a um, uma parede inteira marcada dentro do peito, o acompanho. Mudo as mãos do seu rosto para a sua nuca, seu cabelo. Ele segura minha cintura, me aperta contra a árvore. Sua boca tem gosto de menta e eu quase quero chorar de tão bom. Mordo o seu lábio, ele desce o rosto e sinto a respiração quente no meu pescoço. É rápido e faminto, porque, se vamos ter só esse momento antes que tudo acabe, é preciso fazer valer.

Nunca senti algo capaz de acender meu corpo inteiro dessa forma. De todas as histórias mágicas que já vivi, essa alcançou o posto de ser a mais surreal, de outro mundo, inigualavelmente impressionante.

Beijar a pessoa que você amou por tanto tempo é algo muito mais poderoso que magia.

– Você – pauso para recompor minha voz desordenada. Estou arfando. – Você tá usando o seu feitiço em mim?

– Hum? – ele murmura com os dentes no meu pescoço. Um arrepio me faz arquear a coluna. – Ah…

A sensação suave de que nossos corpos estão sendo puxados um contra o outro diminui ao natural. Não consigo segurar uma risada. Ele me acompanha, os lábios molhados.

Sinto com uma clareza aterrorizante os quilômetros de altura que já caí dentro do que sinto por ele. Estou tão fundo que não há mais salvação.

Mas talvez…

… Talvez nós não terminemos em tragédia. Talvez duas pessoas com tantos cacos quebrados dentro de si possam juntas se remendar.

– O que você tá pensando, me olhando desse jeito? – Diego afasta o rosto e passa um polegar na minha bochecha, secando o que ainda está molhado das lágrimas que escaparam antes de me beijar.

– Que é um absurdo a magia não te dar tudo o que você quer – respondo, sincera. – Ela vai ouvir de mim.

Essa foi a conexão que faltou no meu feitiço. A vontade avassaladora de proteger esse menino. É o maior sentimento que compartilho com Júlia.

Então o junto ao trançado de antes, escolhendo minhas memórias. A fúria que senti da gosma antimagi mais cedo porque ela ameaçou Diego. O momento em que abri mão do tecbicho na piscina para que o garoto pudesse conversar com ele em paz. As vezes em que loguei em contas falsas para discutir com estranhos que falavam mal dele na internet. As noites em que abri o seu perfil e desejei com o coração partido que, mesmo longe de mim, Diego fosse feliz.

Ele disse que não sabia mais o que estava fazendo. Um garoto perdido no meio do oceano. Junto ao feitiço a sensação das ondas do mar batendo nas minhas canelas, e imagino Diego lá na frente, na água enevoada. Sinto a textura áspera de corda nas minhas mãos. Quando eu jogar minha linha salva-vidas para ele, por mais frágil que ela seja, desejo com todas as forças que o garoto possa aceitá-la.

"Quanto mais você quer que a gente sofra, magia?!", pergunto em silêncio, angustiada. "Sempre cuido dos seus filhos. Me ajuda a cuidar de quem é importante para mim também em troca. Por favor!"

O barulho do celular tremendo soa do bolso de Diego. Ele o pega e, como da outra vez, a mensagem anônima pisca no topo da tela com um arquivo de vídeo.

E pisca de novo. E de novo.

Vídeo após vídeo, eles chegam na caixa de entrada.

Depois de um momento de incredulidade, Diego troca um olhar hesitante comigo. Pressiono seu braço, dando suporte.

Ele aperta para assistir ao último vídeo que chegou, de número 127.

#127

Um vídeo gravado na vertical começa a ser reproduzido na sua tela.

O rosto de Júlia balança na imagem conforme ela caminha por um estacionamento coberto mal iluminado. A luz das lâmpadas no teto avança e some por suas feições em intervalos ritmados. Seus olhos estão vermelhos, mas sua expressão é séria.

– Meses em que nada acontecia, e tudo resolve desandar agora – ela reclama. – Tô indo te encontrar no galpão. Daiana vai direto pra lá. Mas descobri algumas coisas que não podem esperar. Tomara que ainda dê tempo de você me ouvir.

A imagem balança enquanto ela se senta em algo. De relance você vê a parte de trás de uma moto. Ela volta a segurar o telefone para si e enquadra seu rosto e ombros.

– Acho que sei o que a Daiana pretende tentar pra te controlar. Vai ameaçar apagar os seus dados. Esse é o feitiço dela. Acabou me contando quando descobriu que eu tinha pagado alguém do Geniapp pra selar o galpão contra alguns tipos de magia, por segurança. Me acusou de estragar o plano dela e queria que eu desfizesse tudo. Eu disse: "ahã, vou desfazer", mas nós duas sabemos que eu estava mentindo. É possível que ela arranje alguém pra ir lá sabotar minhas camadas de proteção, talvez montar algum campo que amplie o feitiço dela. Fica esperto. Não sei ainda se vai te afetar, mas, se você for mesmo feito de dados que a magia acordou, pode estar correndo perigo.

O tom de Júlia é objetivo e profissional, a bruxa de aplicativo analisando as variáveis de mais um trabalho. É um vislumbre da personalidade dura e calculista que ela sempre ostentou para o mundo, mas nunca aqui, nesses vídeos.

– E isso nem foi a pior parte do que descobri. – Ela olha em volta no estacionamento vazio antes de continuar. – Meu avô é uma pessoa com muitos, *er... contatos*, e acabei herdando alguns. São úteis na minha linha de trabalho. Na preparação pra hoje, liguei pra um olheiro que ganha dinheiro monitorando as atividades mágicas ilegais pela cidade. Perguntei se ele sabia de algo que ia acontecer pela área e que pudesse nos atrapalhar. Procedimento de praxe. E adivinha? Ele descobriu que alguém pagou pra enviar uma gosma antimagi exatamente pro nosso galpão. Meu amigo, estão tentando nos sabotar.

Júlia aperta os lábios e espera a gravidade da informação assentar.

– Quem não quer que Daiana e eu nos encontremos com um *bug* de algoritmo feito você? – ela raciocina. – Quem ia ser imediatamente prejudicado com isso? O principal suspeito é óbvio: o familiar de quem Daiana está tentando se proteger. Então fiz uma pesquisa rápida nos bancos de dados do governo e adivinha quem é a única parente viva dela com poder de influência sobre a filha? Eliana Guia. Sim, exatamente ela. A herdeira que coincidentemente acabou de injetar milhões no Geniapp. Que ganhou com a sua cadeirinha no comitê de sócios uma ferramenta irrestrita de monitorar pessoas fechando negócios com bruxas de aplicativo. Algo que seria muito útil se ela estivesse interessada em vigiar uma certa filha em especial. Uma filha comissionando um serviço atrás de um tecbicho específico.

Júlia arqueia as sobrancelhas para a tela.

– Bom, ela pode mandar quantas gosmas antimagi quiser atrás de nós, que vamos dar conta do recado. Tô levando sabão em pó e duas garrafas d'água. – Ela mostra a mochila nas costas. – Mas pode ser que prepare outra coisa também. Quem eu contratei pra fazer os feitiços de proteção no galpão disse que viu um carro rondando o local mais cedo. E ainda tem a própria Daiana com cara de quem vai aprontar. Em resumo, é melhor nós ficarmos atentos.

Quando continua, a voz de Júlia ganha uma camada de emoção por baixo. A angústia contida de alguém que está acostumada a fingir que não há nada ali.

– Queria ter te mandado esse vídeo antes, mas… Diego nos ouviu falando no quarto ontem e me confrontou agora antes de eu sair. Foi uma briga horrível. Parece que ele já descobriu há um tempo que eu estava atrás de um *bug* de algoritmo. Chegou à conclusão de que era perigoso eu ficar me encontrando com você dessa forma. Ele acha que você pode me atacar. Queria que eu te caçasse antes disso.

Ela solta uma risada seca, triste.

– Não leve pro pessoal. Meu irmão só estava sendo superprotetor. Expliquei a ele que não podemos pensar assim. Se a gente for defender matar qualquer criatura só pelo que elas poderiam fazer de ruim, não ia sobrar nem um ser humano vivo na face da Terra. Acho que ele entendeu. Me fez prometer que ia ligar *na hora* se precisasse de algo e, com muito esforço (tadinho), saiu da frente da porta do apartamento pra me deixar ir.

Os olhos de Júlia perdem o foco, distraídos.

– Eu não fazia ideia de que Diego estava tão... atento. Quer dizer, eu sei que ele é esperto, mas quando foi que meu irmão... *cresceu* desse jeito? Parece que foi ontem que ele era um menino de doze anos se queimando com o ferro de passar roupa porque queria ir arrumadinho pro almoço de família arrancar alguma aprovação do nosso avô. Foi ontem que ele era um menino de catorze vindo todo nervoso depois de assistirmos ao *live-action* de *Aladdin* pra me contar que era bi. Ficou todo bobo quando eu disse que era pan. Agora ele tá aí com dezessete, quase um homem, querendo inverter os papéis e cuidar de mim. Vê se pode! Não deixei, é claro. Mas... – Os olhos dela brilham e, como boa carioca, Júlia xinga de amor. – Como eu tenho orgulho desse menino.

Ela enxuga a água que sequer caiu de olhos com os nós dos dedos.

– Droga. Mas, bom, pelo menos consegui aguentar chegar no estacionamento antes de chorar. Crescido ou não, ainda não tô pronta pra mostrar meu lado frágil na frente dele. Ele assistia *Buffy, a caça-vampiros* comigo e me dizia que eu era a pessoa mais perto de uma

Buffy no mundo real que ele conhecia, sabe! Me coloca em um pedestal tão alto que se eu cair, quebro as pernas! Um peso tão grande, ser forte por ele, *pra ele*, mas que carrego de bom grado. Porque é isso que irmãs mais velhas fazem, e não vai ser agora que vou parar. Quem sabe daqui a um ano ou dez, quando ele for mais forte que eu. Mas ainda não.

Ela respira fundo. É possível acompanhar no seu rosto a moça extirpando as emoções de si, concentrando-se na tarefa a ser feita.

– Enfim. Tô falando demais. Vamos terminar logo com isso. – Júlia veste um capacete de moto verde, com chamas pretas desenhadas. – Vou proteger todo mundo, nem que seja a última coisa que eu faça. Eu prometo.

Fim da gravação.

– 17 –

Madu

ALÍCIA ESTÁ NA BEIRA do andar mais alto do terraço, restrito, observando a festa lá embaixo. As luzes coloridas chegam suaves para iluminar seu rosto que, sem a máscara, demonstra uma intensidade determinada. Assustaria qualquer desavisado ou desavisada tentando chegar nela, com medo de ser fulminado. Mas não a mim. Já aprendi a peitar seus olhares, encontrar a melancolia por trás. Mesmo agora a vejo, como uma sombra sempre acompanhando aquela garota de destino triste.

– A primeira coisa que te contei que amo é o mar – Alícia diz antes que eu abra a boca. Ouvir sua voz de novo faz um arrepio subir pela minha espinha. – Tem um motivo pra isso que deixei de fora. Eu gosto do mar porque ele é infinito e deserto. Me traz algum conforto olhar aquele lugar enorme, cheio de paz, e me imaginar nadando e nadando pra longe, deixando os problemas pra trás. Um tipo de liberdade pra alguém que vive em uma gaiola. Acho que é por isso que pouco depois que fui morar com minha avó comecei a natação.

Sei que na vida real não posso sair nadando pra sempre assim, mas gosto de pelo menos saber que consigo.

Quanta dor Alícia carregou sozinha por todo esse tempo?

– Pensei que você não fosse vir – ela finalmente vira para mim.

Encará-la sem nada entre nós duas sempre me dá um pequeno curto-circuito interno. Hoje, quando ela é a garota mais bonita da festa, parece que uma descarga elétrica de alta tensão me usou de para-raios.

– Depois de descobrir tudo o que você escondeu de mim todo esse tempo? – reaprendo a falar. – Não posso negar que as últimas quarenta e oito horas foram uma montanha-russa de emoções. Sorte sua que eu nunca desisto de um desafio. Ainda tenho muitas perguntas pra te fazer.

– Tem? Achei que eu já tivesse te contado tudo na carta. Botei minha alma pra fora. O que faltou dizer?

Enquanto me arrumava para vir, juntei na cabeça tudo o que aprendi de Alícia hoje com o que acumulei nas últimas semanas, organizei e reorganizei, li e reli, e simplesmente não consegui achar a resposta para a questão mais importante de todas.

– Por que mentir pra mim? – pergunto. – Não me refiro a mentir pros outros. Pra eles eu entendo. Mas pra *mim*?! Não precisava!

– Eu mal te conhecia quando precisei inventar essa história. – Ela encolhe os ombros. – E nem sempre a gente precisa de um motivo pra mentir, Madu. Pessoas mentem de graça. Essa é a natureza humana.

– Não tenta me enrolar, que eu sou prima da Amanda!

– Coloco uma mão na cintura. – Você teve todo o tempo do mundo pra me contar a verdade nas últimas semanas!

– Se contasse, você teria aceitado de boa que eu estava usando o Diego porque tinha um plano maligno de controlar um tecbicho perigoso ameaçando ele com o meu feitiço? Duvido muito.

– Eu teria tentado te *entender*, pelo menos! – Penso melhor. – Te impediria? Provavelmente! Mas poderíamos no mínimo sentar e procurar uma solução pra tudo juntas!

Ela solta uma risada curta de deboche. Meu coração murcha. Talvez ela não se importe tanto assim com a minha indignação. Comigo, no geral. Será que me iludi desde o início? Será que caí no velho conto da garota que não sabe se está flertando com a outra ou se são só amigas? Interpretei tudo errado?

Não, não foi isso. Não depois daquela carta.

– Eu achei que você confiasse em mim. – A emoção faz minhas sílabas tremerem.

– Madu... – É a versão menos firme que já ouvi da voz dela também. – Eu nunca quis te machucar. Só tenho algo que preciso fazer.

– E eu fui mero dano colateral?!

Alícia solta um suspiro triste.

– Sempre soube que a gente ia terminar assim – diz. – Você cheia de raiva de mim. Decepcionada. Fui egoísta em me permitir me aproximar tanto. Eu devia ter poupado o sofrimento a nós duas.

– Não tô assim porque tenho *raiva* de você! – É minha vez de rir, incrédula. – Nem ligo tanto pra mentira em si, na real. O problema é que você traiu a minha confiança! Que eu te dei todinha, de bom grado, sem pensar duas vezes! E agora tô aqui, destruída, porque deixei você montar uma casa inteirinha dentro do meu peito, uma mansão só sua pra morar em mim quando quisesse!

Angustiada na penumbra, Alícia parece uma pessoa completamente diferente da garota de quem imaginei o rosto todos os dias antes de dormir como um teste, contando que nota eu tiraria em decorar os seus detalhes.

– ... Não foi tudo mentira – ela admite, se esforçando para cada palavra sair. – Entre a gente, nunca foi. E eu só tô aqui aguentando de pé o nosso fim porque já tive muito tempo pra me preparar pra te perder.

– Você soa como se já tivesse desistido dessa discussão. Desistido... – Hesito para completar, então tomo coragem. – ... Desistido de nós.

A tristeza que toma seu rosto sempre tão neutro me deixa apavorada.

– Não tem como mudar o que vai acontecer – diz. – Você vai tentar me convencer a desistir do *bug*, eu não vou te ouvir. A gente vai brigar. Você vai se sentir mal porque não consegue me salvar. E eu não quero ser salva. Não vou te arrastar pro meio dessa bagunça que é a minha vida e as minhas decisões horríveis.

– Quem tem que escolher se quer ser arrastada ou não sou eu! – Fecho os punhos, me sentindo impotente. – Alícia, eu quero te ajudar! A gente pode fazer dar certo, é só sermos sinceras uma com a outra!

– Você fala como se ser sincera fosse a coisa mais fácil do mundo!

– Se você confia em mim, deveria ser!

– O problema não é confiança, Madu, é que eu tenho medo!

Franzo a testa, surpresa. Alícia demora um longo momento, mas enfim cede e explica, a voz embargada a um nível de emoção que eu não sabia de que era capaz:

– Eu tô há muito tempo vivendo com medo de causar um desastre com qualquer coisa que eu diga. Nunca fui muito boa em me abrir – minha mãe também não era, e é com ela que aprendi a me proteger do mundo –, mas agora... Agora, em grande parte do tempo não sei nem mais diferenciar o que posso falar ou não com alguém. Eu tenho *medo*. – Ela abre e fecha a boca, procurando as palavras certas para explicar feridas tão complexas. – Tem coisa dentro de mim que foi sendo quebrada pedacinho por pedacinho no último ano. Eu minto, me fecho e planejo vingança em silêncio porque é tudo o que tenho pra me defender. Sei que acabo afastando quem tem boas intenções também, mas se eu não fosse assim, não teria sobrado nada de mim a essa altura.

Minha frustração se desmonta em tristeza. Sempre pensei que Alícia acumulava segredos por escolha, como um dragão que senta sobre a sua pilha de ouro, e não porque simplesmente não conseguia mais contar a verdade, após tantos meses de manipulação emocional da avó.

– Não olha pra mim desse jeito cheio de pena – ela briga, desviando o rosto. – Não tem nada que você possa fazer.

Ela finge observar a festa de novo só para não ter que me encarar. Tudo segue animado lá embaixo, música e risadas escapando até nós. É um contraste abrupto com o sofrimento no nosso silêncio.

Tantas vezes fantasiei nós duas juntas em tempos mais calmos. Deitadas na praia vendo o pôr do sol. Ouvindo Anavitória e Ludmilla, jogando conversa fora. Alícia riria, e eu colheria os seus sorrisos como flores. Parece um sonho tão distante, agora que nos encaramos dos lados opostos de um precipício.

Mas é um sonho de que não estou disposta a abrir mão ainda.

Pego impulso e salto pelo precipício, na esperança minúscula de chegar ao outro lado.

– Quando eu tinha treze anos – digo, minha voz tímida como uma confissão –, cheguei à conclusão de que gostava de meninas e de meninos e contei pra família. Minha mãe não ficou muito contente. O pior não foram as brigas em si, porque essas nem eram tão recorrentes. Minha mãe é uma pessoa muito fechada e não é assim que ela reage às coisas. O pior foi o... silêncio. O afastamento. Comentários sempre prontos pra alfinetar, entrelinhas de decepção. – Respiro fundo, cansada só de lembrar. – Eu sei que minha mãe melhorou muito nos últimos anos. Sei que ela aprendeu a ser mais tolerante e tudo o mais, depois do tanto que meu pai e eu insistimos pra ela mudar. Nos reaproximamos, ela me aceita do jeito dela. Mas a cicatriz ficou em mim como uma lição, me lembrando pra sempre de que quando revelo meus segredos sobre quem eu sou, as pessoas passam a me amar um pouco menos.

Alícia voltou a me olhar, me observando ainda de canto de olho, mas de um jeito intenso. Sequer pisca.

– Essa ideia de me amarem menos pode não ser verdade,

mas é como eu me senti durante muito tempo. – Falo devagar, um processo de arqueologia em mim mesma, escavando sentimentos enterrados sob tantas camadas no meu peito. – Acho que por isso briguei pra esconder meu feitiço. E por isso me esforço tanto pra... ser perfeita. Pra ajudar todo mundo. Quero garantir que vão continuar gostando de mim, independentemente de qualquer coisa. Que *minha mãe* vai continuar me amando. Como se eu pudesse comprar o amor de todo mundo com boas maneiras, sucesso e trabalho árduo.

– Você se esforça muito mais do que todo mundo merece – Alícia comenta, sua voz muito mais amena que seus olhos. – Por que tá me contando isso agora?

– Um segredo meu por um segredo seu – repito o que me disse há tanto tempo. – Não é assim que funciona?

A barriga dela treme com um riso curto e silencioso. A tensão desescala o suficiente para que eu consiga respirar, pelo menos.

– Faz semanas que você podia ter roubado todos os meus segredos – ela conta. – Eu teria deixado.

É a minha vez de encolher os ombros:

– Segredos são muito mais valiosos quando entregues de livre e espontânea vontade.

E Alícia me deu todos os dela. Carrego uma carga tão incomensuravelmente preciosa agora.

Enfim ela volta a virar de frente para mim, me estudando daquele seu jeito meticuloso. Agora entendo que é o jeito de quem se acostumou a ler pessoas por hábito, para antecipar mudanças bruscas de humor. Deixo que me encare o tempo que precisar. Que veja a constância em mim.

– Obrigada por me contar a sua história na carta – digo delicadamente. – Não deve ter sido fácil reviver aquilo tudo.

– Não foi, mas precisava que você soubesse. Não consegui suportar a ideia de que decepção seria a última coisa que sentiria por mim.

Água acumula nos seus olhos, os reflexos como caleidoscópios espelhando os pedaços quebrados dentro de si. É uma garota de um metro e setenta, mas que parece tão terrivelmente frágil agora. Me aproximo pelo espaço que nos separa e coloco uma palma suave no seu rosto. Meus anéis brilham sobre a pele pálida e absolutamente imóvel de Alícia, meus dedos mais escuros em contraste.

Nesse momento percebo que a perdoar vai ser, para o meu coração, inevitável.

– Você nunca vai precisar esconder como se sente de mim – digo. – Sei que a cura demora, mas sempre que precisar, vou estar aqui pra te ajudar no que puder. Me parte o coração saber o que passou com a sua avó. É quase um crime que tenha tido que viver com migalhas de amor esse tempo todo. Logo você, alguém com tanto amor pra dar.

– Isso não é verdade. – O rosto dela treme sob a minha mão.

– É, sim. Eu tenho toda uma planilha de prova.

Arranco um sorriso contido dela. Antes que eu comemore, Alícia pega minha mão e a abaixa. Não a larga – acho que não consegue – e as duas ficam juntas entre nós.

– Você faz segredos virem à tona, e eu faço segredos sumirem – ela lembra, coração partido é sua segunda língua. – Nós somos opostas. Não fomos feitas uma para a outra. O que eu preciso fazer pra te convencer a ir embora?

– É tarde demais. Agora eu já te amo e não vou embora por uma besteira dessas.

Meu coração pula amarelinha no meu peito, mas não posso deixar de ser sincera.

– Madu…

– E eu te amo, tipo, *de verdade*. Não daquele jeito de "olha que bonitas aquelas meninas, tão *amigas*". – Me sinto subitamente encabulada. Vai que entendi a carta toda errado. – Não estou te dizendo isso pra que se sinta na obrigação de corresponder por pena. É só que você já sofreu tanto… O que quer que aconteça, pra onde quer que você escolha ir, quero que saiba que alguém te ama.

Só eu mesma, para sofrer desse jeito por causa da pessoa e terminar me declarando. Mas Alícia merece saber a verdade.

– Madu – ela diz meu nome com angústia profunda. – Você não me ama desse jeito. Só ama consertar coisas quebradas.

A acusação súbita me deixa sem palavras.

– Foi por isso que chamei sua atenção desde o início, não foi? – ela elabora. – Mas eu não tenho conserto.

– Não quero *consertar* você – rebato indignada. – Não quero que mude!

– Diz isso porque é boazinha. Sempre foi boazinha demais pra mim.

– Não sou *boazinha* demais! Isso nem é argumento!

– Você sempre põe os outros na frente, eu só penso em mim mesma. Nós duas juntas não seria algo bom pra ninguém. Você vai fazer de mim uma pessoa melhor, e não posso me dar ao luxo disso agora. E eu… enquanto você estiver comigo, eu vou te corromper.

A menção a ela me corromper faz um arrepio imprevisto subir pelas minhas costas. Seu rosto está tão perto do meu... Lábios de *lip tint* vinho molhados, cabelo cheirando a xampu.

– Já te ofereci tudo o que posso, Alícia. – Meus olhos pulam pelos seus, tão nus. – Agora você precisa decidir o que aceita de mim. Disse na carta pra eu te perguntar mais uma coisa que ama. Então vai. Me diz algo que você ama. Se quiser que eu vá embora, mente pra mim.

Ela se esforça, de verdade, mas no final balança a cabeça, o cabelo escuro dançando por um ombro.

– Não tenho como mentir – diz, desolação absoluta na voz. – É claro que é você.

Levanto o rosto e a beijo. Um suave encostar de lábios, tão pequeno, quase um sopro, mas poderoso o suficiente para mover continentes inteiros se quisesse, julgando pela intensidade do que vibra no meu peito. Minha respiração acelera desesperadamente, minha mão aperta a dela ainda comigo.

Mas me seguro. Alícia está imóvel. Delicada como uma garota de cristal e já cheia de rachaduras, tenho medo de que o mínimo movimento meu a quebre.

Por um segundo, penso que cometi um erro. Sou tomada por aquele surto até o último minuto de "talvez ela achasse que nós fôssemos só amigas mesmo". Me afasto, meu coração afundando. A outra garota me encara com as bochechas vermelhas, arfando, tão maratonista quanto eu.

– Você acha que é quem – ela diz, sua voz áspera –, pra me beijar nesse vestido verde, a própria Evelyn Hugo?

– Você leu?! – arregalo os olhos, surpresa e confusa.

É ela quem me beija agora.

Não tem mais nada de gentil.

Seguro na nuca dela, pele e cabelo tão impossivelmente suaves, e a puxo para mim. De fato Alícia me fez egoísta, tentando tomá-la toda, desesperada para me afogar no mar escuro e sedoso que é essa garota. E ela retribui. Não vai rolar pensamento racional dessa vez, indução ou dedução. Pela primeira vez, não estou em condições de tomar notas para estudar mais tarde. Tudo o que consigo fazer é beijá-la, desorganizada, despreocupada, fluir na voracidade de um sonho finalmente se realizando.

E é perfeito mesmo assim.

Quando nos afastamos, o medo de perdê-la me vem em uma dimensão nova, tão forte que chega a ser dor física me rasgando ao meio.

– Desiste dessa vingança que a sua mãe te deixou, por favor – suplico de súbito, desesperada. – Forçar um tecbicho a expor a sua avó não vai acabar bem.

Ela me olha surpresa, os lábios molhados entreabertos. Então abaixa o rosto, resignada. Seguro seu rosto delicadamente e não deixo que fuja. Precisamos falar sério.

– É isso o que você quer, não é? Saber o que aconteceu no acidente, como Diego, mas também obrigar o *bug* de algoritmo a expor nas redes o que a sua avó faz com as pessoas, independentemente de ela estar envolvida ou não. Eu já entendi que é isso o que decidiu. Mas me ouve, Alícia. Isso é uma vingança vazia. Sua mãe até estava tentando te proteger, mas você não tá protegendo ninguém, só se colocando em risco.

– É uma vingança por *ela*. Eu preciso que o mundo saiba que minha mãe não era louca. Que nenhuma de nós duas é. A gente precisa se ver livre. – Ela termina com quase um lamento, honestidade completa e sem qualquer máscara: – Não posso parar, Madu. Ainda mais agora, que minha avó já descobriu e tivemos uma briga homérica. Não tem mais volta.

Sabendo pelo que passou, essa decisão de desafiar a avó a qualquer custo deve ser a mais difícil que Alícia já tomou na vida.

Respiro fundo, destinada a seguir pelo caminho que aprendi a trilhar por causa de Amanda tantas vezes.

Se não pode vencê-los, junte-se a eles.

– Deixa eu te ajudar – cedo enfim.

– Maria Eduarda…

Meus joelhos se balançam com o jeito que ela me chama pelo meu nome inteiro. Não como se quisesse brigar comigo, como é o caso da minha mãe, mas como se um mero apelido não fosse suficiente para ela. Como se ela quisesse mais de mim que duas sílabas.

– Se o mar pudesse ser guardado, eu juntaria ele inteiro pra te dar – confesso. – Mas não arrumei um feitiço que faça isso ainda, então me resta cuidar de você de outras formas. Não tem como só conversarmos de boa com o bicho, e depois darmos um jeito na questão da sua avó de outra forma?

Alícia afasta algumas tranças do meu rosto, do meu ombro.

– Aquela criatura é a mais poderosa do mundo – diz. – Sabe por quê? Porque, no ano em que a gente tá, poder não é ter dinheiro, não é ser famoso, não é ter um poço sem fundo de magia. Poder é dominar a narrativa. Usar o poder do *bug* de manipular o algoritmo é minha única chance.

– A gente vai achar outro jeito.

– Não tem como.

– Eu aceito o desafio. – Lhe ofereço um sorriso.

Meu celular treme. Me afasto o suficiente de Alícia apenas para tirá-lo da minha bolsinha.

– Amanda quer saber onde me meti – conto. Franzo a testa com as mensagens que se seguem. – Ela disse que encontrou vídeos gravados pela irmã do Diego no dia do acidente e precisa falar conosco.

Trocamos um olhar tenso.

– Vamos descer e falar com eles – decido.

– Mas vão brigar comigo e vamos perder tempo…

– Não vou deixar. – Levanto o queixo para ela, severa. – Só quem dá bronca nos outros sou eu. É meu lugar de fala. Tô brincando, mas é sério. Não posso prometer por Diego, mas Amanda vai te ajudar também se eu pedir. Eu e ela somos meio que uma promoção de "compre um e leve dois". Vamos te dar cobertura.

A menina ainda me encara, acuada, mas no ato de maior confiança que já depositou em outra pessoa sem ser da própria família, deixa que eu pegue a sua mão e a puxe de volta para a festa.

Descemos para o terraço principal e já encontro Amanda subindo com Diego e vindo na nossa direção por entre os outros convidados.

Amanda olha Alícia comigo e ergue as sobrancelhas. Percebo meu *gloss* labial borrado no rosto dela. Encolho os ombros minimamente, culpada. Amanda aperta os lábios em um sorrisinho sapeca. Rolo os olhos discretamente. Rebato apontando com o olhar a mão do garoto que está segurando a dela. Minha prima abaixa o rosto um pouco, estranhamente tímida, mas o sorriso não deixa seus lábios.

– Enquanto elas conversam... – Diego vira para Alícia. – Não espero que peça desculpas, porque eu mais que ninguém entendo o seu luto. Entendo tomar decisões extremas pra lidar com o que aconteceu. Mas não espere também que eu vá confiar em você depois disso tudo.

Apesar da seriedade, os olhos do garoto parecem um pouco molhados, e Amanda fica o espiando com cuidado de tempos em tempos, como que checando se ele está bem.

– Não precisa confiar – intervenho. – Todo mundo aqui quer a mesma coisa. Vamos parar agora e pensar na melhor estratégia pra conversar com o *bug*.

– Mas ela não quer só conversar, não é? – Diego não tira os olhos de Alícia. – Não mudei de ideia e nem vou mudar. Não vou ajudar ninguém a cavar a própria cova tentando controlar o bicho à força. Nem adianta inventar outra mentira.

– Só descobrir o que aconteceu nunca foi suficiente pra nenhum de nós dois – a garota rebate. – A diferença é que eu tenho a coragem de admitir que quero vingança e tomar uma atitude.

– Vamos guardar a roupa suja pra lavar depois, galera – Amanda se mete –, porque agora não vai dar tempo. Faltam vinte minutos pras nove.

E todos os convidados já parecem ter chegado, julgando pela quantidade de gente amontoada no palacete e jardins lá embaixo. Exatamente como Alícia previa, ao marcar esse horário com o tecbicho.

Escolheu o momento com a maior plateia, caso fôssemos fazer um show.

– O que vocês descobriram no vídeo da irmã do Diego? – pergunto, tentando focar no que é importante.

O tom de Amanda fica sério:

– Alguém enviou gosmas antimagi pro galpão no dia do acidente há um ano. Não sei ainda como isso causou a explosão, mas com certeza influenciou o que aconteceu.

– Bate com o *modus operandi* de quem pagou pra mandarem uma gosma atrás de nós na casa possuída mais cedo – Diego adiciona. – Bem que o *bug* mencionou que ele não se aproxima de gosmas antimagi. Como se tivesse um histórico com elas.

– Uma terceira pessoa estava envolvida e pode ter causado o acidente?! – Aperto as sobrancelhas em choque. – Quem?!

Amanda e Diego olham para Alícia com um misto de desconforto e pena.

– Minha avó? – a garota diz devagar, temor genuíno na voz.

– Já estão falando de mim? – Eliana Guia brada animadamente, se aproximando de nós no terraço com um assessor vestido de terno na cola.

- 18 -

Madu

A MULHER APONTA A câmera de *selfie* para si e gira para nos mostrar no fundo da própria filmagem.

– A festa tá tão boa que até minha neta está se divertindo com os amigos, pra vocês verem! – ela diz para o telefone.

Eliana Guia é uma senhora branca e alta, da altura de Alícia. Usa um vestido de verão longo e espalhafatosamente colorido, com um feitiço que faz as cores dançarem feito ondas gelatinosas conforme se move. É o tipo de roupa que alguém veste para garantir que será a pessoa mais chamativa em todos os recintos. No geral, a mulher passa a mesma impressão de seus vídeos, algo meio "meu cartão de crédito tem os próprios cartões de crédito" e "salsicha? O que é isso?". Só é um pouco menos polida ao vivo. Seu rosto, mesmo com base pesada, tem rugas visíveis pelos cantos. O cabelo curto loiro pintado, a essa altura da festa, não está mais perfeitamente penteado.

Nós quatro a observamos alertas enquanto Eliana termina de enviar o vídeo para seu perfil. Por um segundo esqueço de quem ela é avó e penso no quanto minhas tias em casa vão gritar de alegria se nos virem. Enfim, ela entrega o celular ao assessor, um rapaz branco de cabelo curto e olhos frios, e foca a atenção em nós. Diego se posiciona ligeiramente à frente. Faço o mesmo.

– São esses os amigos que você estava escondendo de mim? – A mulher sorri de um jeito que eu não imaginaria seu rosto ser capaz, dada a quantidade de *botox*.

Alícia a encara paralisada.

– Como vai o seu avô? – Eliana pergunta a Diego bem-humorada. – Ele é um homem muito bem conectado em Brasília. Já me ajudou com uma indicação ou outra.

– Não sabia que se conheciam – ele responde seco.

– Prazer, avó da Alícia – minha prima se intromete. – Sou Amanda, uma das bruxas de aplicativo mais promissoras do seu Geniapp na minha faixa de idade.

– Eu olhei o seu histórico. – A mulher a estuda com apreciação. – Muita conversa e pouco feitiço nas avaliações dos clientes e nos relatórios, mas é impressionante o que consegue fazer com tão pouco. Aproveita a festa, que eu a organizei pra bruxas como você também.

Isso foi um insulto ou um elogio?

Eliana vira para mim.

– E você é a pessoa que tem feito minha neta ficar com o nariz enfiado no telefone, não é? Não fica nervosa, não. Na minha família é proibido ter preconceito. Não tô nem aí se minha neta gosta de mulher também, amo ela *mesmo assim*. Sou a maior apoiadora da luta LGBT e essas letras todas novas. Tenho que dar o exemplo na empresa, né?

Se abrisse uma daquelas portas para outra dimensão aqui e agora, Alícia se jogaria dentro sem nem olhar para trás.

– É difícil não gostar de uma garota tão especial quanto a sua neta – respondo sincera.

– Que bom que reconhece. – Eliana abre um sorriso. – Essa menina é minha obra-prima. Eu que lapidei pra virar essa joia!

– Você consegue acessar os relatórios que não são abertos ao público? – Amanda volta ao assunto, pensativa.

– Os seus relatórios estão no Geniapp – Eliana aponta. – E o Geniapp trabalha pra mim.

– Uau! – Minha prima é ótima em se fazer de sonsa. – Queria eu ter alguns milhões pra investir só pra suspender a conta de alguns concorrentes meus que tenho certeza de que mentem pra burro nas redes sociais. Uma galera com papo *coach* se fazendo de maioral. Não quer suspender a conta deles pra mim, não? Rapidinho, só de brincadeira, pra vermos um negócio? Ou pelo menos cancela um serviço ou outro deles. Aposto que consegue. Aposto que deixam uma sócia tão importante quanto a senhora fazer o que quiser.

Ah, entendi aonde Amanda quer chegar. Quer pescar uma confissão.

– Não vou abusar dos meus poderes – Eliana deflete, mas a vaidade na sua entonação soa como assentimento. – Só olhei você porque tinha que saber quem eram essas duas garotas que Alícia estava colocando nas listas de convidados das festas que nos chamavam. A avó se preocupa, né? Não sou esse tipo de gente que tem um monte de parentes, feito vocês duas. Na posse de uma neta só, é natural que tenha que me preocupar dez vezes mais com ela. Ainda mais na nossa posição. Muita gente se aproxima de Alícia querendo algo de mim.

É desconcertante saber que ela investigou até nossa família. Troco um olhar tenso com Amanda e ela me entende. Volta a observar a mulher com uma concentração específica. A de quando já está procurando a história certa para contar e nos tirar dessa emboscada.

– Mas só fui obrigada a investigar dessa forma porque certa pessoa não foi sincera comigo, né? – Eliana continua. – Não quis conversar com a própria avó, que faz tudo por ela, e preferiu se juntar a três crianças estranhas pra correr atrás de um tecbicho.

Não vamos evitar o assunto, então. Alícia abaixa os olhos com a reprimenda. Seguro sua mão. Está escorregadia de tão suada.

– Alícia não fez nada por mal – a defendo. – Ela tem direito de saber o que aconteceu com a mãe. Só não queria te preocupar.

– E vocês pretendiam fazer o que com essa brincadeira toda, perguntar à criatura? – Ela advinha como se fosse uma piada. – Isso aqui não é filme, não, em que tudo tem mistério por trás, tudo tem justiça a ser feita. Na vida real, coisas ruins acontecem e o que a gente pode fazer é aceitar. Ouçam a voz da experiência, que eu sei do que tô falando.

– Não sou o tipo de pessoa que aceita que a nossa única arma contra a injustiça é resignação – Diego devolve.

Eliana faz um *tsc* condescendente, como se fosse a grande adulta ouvindo besteiras de uma criança, e se dirige à neta:

– Me machuca que não tenha confiado em mim, que

só quero o seu bem. Era só ter me perguntado o que queria saber. Eu responderia. Mas tá tudo bem, vou superar essa chateação no meu tempo. Já vi lobisomem, vampiro, duende, fada, mas neta que não tem segredo realmente não existe. Só quero de vocês todos uma coisa em troca, pra esquecermos tudo isso. – Sua voz perde a leviandade pela primeira vez. – Que deixem minha neta em paz. Parem de arrastá-la pro meio das confusões absurdas de vocês.

– Arrastar? – Diego franze a testa. – A gente não obrigou a Alícia a nada. Pelo contrário, ela que veio atrás de mim.

– Vocês têm coragem de jogar a culpa nela?! – Eliana rebate. – Uma menina tímida, que perdeu a mãe há pouco tempo, que só fica em casa e mal sabe sobre o mundo, que nem tem consciência do que está fazendo?!

– Ela não é uma criança! – intervenho. – Ninguém aqui é, aliás.

– Não parece! Só crianças sem um pingo de bom senso iam sair correndo atrás de uma criatura perigosa dessas e ainda carregar gente inocente junto, com risco de se machucarem feio ou pior! Já não basta eu ter perdido a minha filha, agora vocês querem me arrancar a minha neta também? E se tivesse acontecido alguma coisa com ela?! Querem ver os avós de vocês sofrendo, os seus pais?!

A mulher está lacrimejando. Não tem nem vestígio do bom humor de antes. Parece que assumiu uma personalidade completamente diferente em poucos momentos de conversa.

Em volta, os convidados não parecem nos ouvir além da música da festa. Brindam entre si com taças de bebida e riem. É estranho estar discutindo sobre assuntos tão viscerais enquanto todos ignoram nossa existência. Soa quase como uma provocação de Eliana: "Vocês estão no meu mundo, e aqui quem manda na realidade sou eu".

– Eu sinto muito que tenha ficado preocupada – puxo as rédeas da conversa. – Mas só quero deixar claro que Alícia nunca correu perigo nenhum conosco. Pelo contrário. Eu daria meu sangue para protegê-la.

Sinto que Alícia me espia, mas não vou dar o gosto à avó dela de me fazer desviar os olhos.

– Minha filha, não dá pra ser ingênua desse jeito! – a mulher diz. – Nem você nem ninguém conseguiria proteger minha neta de um monstro desses, que já matou e com certeza quer matar de novo!

– Não foi o *bug* que matou minha irmã e a sua filha. – Diego mostra uma certeza desafiadora na expressão. – Pensei que soubesse disso.

– O que você tá insinuando, garoto? – Uma terceira personalidade começa a surgir em Eliana, hostil, cheia de espinhos. – Eu te boto na lista de convidados por pena, pra te dar uma alegria por tudo o que já passou pela irmã, e é assim que você me agradece? Vindo cheio de gracinha? Pois não fale comigo como se me conhecesse, você não sabe de nada! Só eu sei a dor que sinto de não ter tido pulso firme o suficiente pra impedir o que aconteceu. De não ter barrado à força minha filha e a *doida* da sua irmã…

– Minha irmã não era...

– … De irem atrás daquela *criaturinha* só porque Daiana estava de birra, desesperada pra cometer a maior burrice da vida dela!

– Não fala assim da minha mãe! – É Alícia quem diz, finalmente encontrando sua voz.

Eliana lhe dirige um olhar surpreso. A neta hesita. A garota mais confiante que conheço, mais pragmática, virando uma menininha sem jeito na frente da avó. É um comportamento totalmente irracional. Do tipo que só se cria após um longo período de trauma.

Nunca fui uma pessoa propensa ao ódio, mas a raiva súbita que me toma poderia rasgar meu corpo em dois.

– Alícia – Eliana fala para ela. – Não seja mal-educada comigo na frente dos outros.

– Ela tem direito de proteger a mãe – a corto, ríspida.

Aperto a mão suada de Alícia, que começou a tremer. Esse confronto deve estar ativando todos os seus traumas. Ela me devolve o gesto e continua para a avó:

– Minha mãe só foi atrás do bicho por *sua* causa.

– Daiana sempre foi injusta comigo. Eu dei *tudo* a ela. *TUDO!* Quando deixei que seguisse o próprio caminho, tive que amargar a perda dela depois. Não vou cometer o mesmo erro contigo.

– O que aconteceu com ela foi culpa sua também! – O rosto de Alícia está mais pálido que o normal. – E morro de medo só de pensar que... Você pode ter contribuído pro acidente de outras formas também.

Eliana recebe a acusação como aquele dinossauro abre a crista para atacar no filme *Jurassic Park*. A neta continua, o corpo inteiro tremendo dessa vez:

– O que você fez no dia em que ela morreu?!

– O que eu fiz?! – A avó balança a cabeça em negação.

– Essa pergunta me machuca *tanto*. De onde vem toda essa desconfiança? Você sempre foi de ir na opinião dos outros muito fácil. Sua mãe estalava os dedos e você acreditava no que ela queria. Quem meteu essa paranoia na sua cabeça, dessa vez? Foram eles?!

– Não foram, eu...

– Prefere acreditar mais neles do que na sua avó? No garoto que não sabe o que fazer da vida e decidiu seguir o mesmo caminho da perdição da irmã, defendendo a criatura que a matou? Ou na garota dissonante que virou bruxa de aplicativo pra provar que sabe fazer alguma coisa? – Ela se dirige a Amanda: – Foi por isso que aceitou tão rápido trabalhar pra minha neta, não foi? Dinheiro fácil sem ter que fazer feitiços, porque está claro que esse não é o seu ponto forte, se tiver algum?!

Em um raro momento de partir o coração, Amanda apenas gagueja, sem resposta.

Eliana está fazendo o que pessoas manipuladoras mais gostam: encontrar o ponto fraco dos outros e atirar nele de zarabatana.

– Eu não vou deixar você desaforar a Amanda assim – Diego a enfrenta, mas minha prima segura seu braço para trás.

A mulher vira para mim.

– E você... – Eliana pausa, como se não conseguisse achar nada de ruim para alfinetar. – Você quer roubar minha neta de mim, enfiando minhoca na cabeça dela. Destruidora de famílias!

Arqueio as sobrancelhas para o insulto.

– Eu tô impedindo minha família de se destruir desde

que aprendi a falar e dei minha primeira bronquinha. – Quase dou risada. – Vai ter que pensar em algo mais verossímil se quiser me ofender.

– Ela finalmente aprendeu a única coisa que eu já tive pra ensinar – minha prima comenta com Diego, impressionada –, a arte do deboche! Que orgulho.

Eliana aperta os lábios em uma expressão de coitada, tão caricaturesca quanto faz em seus vídeos.

– Faço essa festa linda, vêm os quatro baterem boca comigo e me acusarem de graça. Não mereço isso. – A respiração da mulher acelera. Ela cobre o peito com a mão. – Ai, minha pressão já está subindo. Olha o que vocês fizeram! Assim eu vou parar no hospital!

– Vó! – Alícia vai até ela e a acode. Ordena ao assessor: – Vai pegar o remédio da pressão dela. Deve estar lá embaixo, na bolsa na salinha da produção.

– Ela não gosta que eu saia de perto – o rapaz hesita.

– Tenho gente na família que já sofreu infarto em uma situação dessas – Amanda se intromete com uma careta de reprovação para o assessor. – Ou você pega o remédio, ou ela sai daqui de ambulância! E vale lembrar que se sua chefe morrer, você fica sem emprego.

O rapaz arregala os olhos. Espia Eliana, mas ela está com os olhos dela fechados. Então nos avalia de novo. Deve calcular que somos apenas quatro adolescentes inofensivos, porque aperta os lábios e vai na direção das escadas para descer ao térreo.

As pessoas em volta finalmente começam a reparar no show de Eliana e cochicham. Alguns sacam celulares. Alícia leva a avó com cuidado para trás dos painéis de fotos, onde sua indisposição vai ter privacidade. Amanda corre até as duas e segura a mulher pelo outro braço.

– O meu problema é que me preocupo demais – Eliana geme no caminho. – Cuido demais, me importo demais. Dou minha vida pela minha família. Ninguém valoriza, mas dou. Se vocês soubessem...

Alícia e Amanda auxiliam Eliana a se sentar em cima de uma caixa de som no espaço reservado de produção pelo qual passei mais cedo, enquanto seguia Alícia para o andar mais alto do terraço.

– A senhora tá certa – Amanda diz cheia de remorso na expressão –, estamos sendo ingratos. Me perdoe pela minha prima e pelo Diego. Nós não devíamos estar aqui te importunando. A senhora sabe melhor do que ninguém o que é melhor pra sua neta, não é?

– É claro que sei. – A mulher segue tentando controlar a respiração.

Diego aperta os lábios, mas não fala nada. Assim como eu, já aprendeu a ler as nuances do teatro de Amanda.

– Vou pegar uma bebida – anuncio.

Porque também tenho o meu ato para apresentar.

Volto à festa e não é difícil encontrar um garçom passando pelo terraço. Quando retorno com uma taça de suco, minha prima está abanando Eliana com um papel que tirou de algum lugar, enquanto Alícia observa as duas com uma expressão meio mortificada e meio preocupada. Diego se mantém afastado.

– Eu sigo tudo o que você posta – Amanda conta. – Minha

família toda segue. Todo mundo adora a senhora. Sinto até vergonha de a gente ter te aborrecido desse jeito. Será que é demais pedir por uma foto? Minhas tias iam surtar.

Eliana ouve Amanda com suspeita, mas não esconde o interesse na bajulação. Como se captura um narcisista? Você mira direto na vaidade.

– Só faltava essa – Eliana resmunga, menos agressiva que antes. – Primeiro me insulta, depois me pede um autógrafo.

Sua voz já soa estranhamente normal. Crises de pressão alta passam tão rápido assim, mesmo sem remédio? Quando li sobre o assunto por causa das minhas tias e tios, me lembro de aprender que eram algo grave. Por que ela não está preocupada?

Me aproximo e ofereço a taça de suco à Eliana sem qualquer peso na consciência.

– Vamos deixar tudo pra lá e aproveitar a festa? – Amanda propõe.

A mulher espia a bebida com desconfiança, mas no fim não nos julga como ameaças tão perigosas assim. Aceita e dá um longo gole.

Ah, não, ela vai acabar com tudo de uma vez!

– Ei, vai com calma! – Minha prima arranca a taça da mão dela. – É fácil engasgar quando se está fragilizada. Tenho uma tia que tem até hoje um *shot* de cachaça dentro do pulmão, ela não pode nem fumar que periga entrar em combustão na hora.

Enquanto fala, Amanda estende a taça para mim. Sobrou um único gole. Minha prima cruza os olhos com os meus. Nesse segundo de silêncio trocado com absoluta intensidade, me vem a mais aterrorizante compreensão.

Amanda sabe sobre o meu feitiço. E quer que eu o faça logo.

Um raio de adrenalina me queima até a ponta dos meus pés com a verdade finalmente vindo à tona. Isso foi meu pesadelo por tantos anos! Minhas pernas bambeiam, minha pulsação dispara. Respiro fundo. Respiro de novo.

Levo a taça delicada à boca.

– Achei vocês – o assessor vem por trás do painel e esbarra em mim.

O único gole que sobrou escorrega para fora da taça direto para o peito do meu vestido verde.

– Não! – gemo.

– Desculpe – o rapaz fala rápido e vira para a chefe. – Dona Eliana, trouxe o rem...

– Já estou melhor – ela o corta. – Pedro, chama a segurança. Esses três já ficaram muito tempo me aporrinhando e me fazendo sofrer pela morte da minha filha. Tá na hora de irem embora.

Mas é tarde demais. Deu nove horas.

As luzes da festa começam a piscar.

A música falha em seguida. Tudo se apaga de uma vez, o telão que dá para o primeiro andar no vão do terraço virando breu. Interjeições desorientadas explodem em volta. As luzes de emergência se acendem fracas com o esforço de algum feitiço e são a única coisa que protege o palacete da escuridão da noite.

Então as telas dos celulares nas mãos das pessoas começam a acender e apagar uma após a outra, deixando um rastro.

– O *bug* tá vindo – Alícia sussurra. – Agora vamos passar tudo a limpo.

Eliana espreme os lábios a uma fina linha enfurecida.

– A sorte de vocês é que não sou boba e já esperava que fossem fazer essa maldade comigo – diz. – É claro que não ia deixar um punhado de inconsequentes e uma criatura violenta colocarem meus convidados em perigo e estragarem o aniversário do Geniapp.

– O que você fez?! – Diego exclama. Empurra o assessor para fora do caminho na lateral do painel e volta ao terraço tumultuado. Amanda e eu vamos atrás. Puxo Alícia comigo.

– A criatura tá vindo – ouço Eliana berrar para o assessor. – Alerta a equipe! Sigam o plano de contenção!

Amanda saca o celular e paro com ela para olhar. Mal temos tempo de abrir o aplicativo de monitoramento antes de encontrar, através da imagem da câmera, o *bug* de algoritmo se materializando sobre os convidados, suas longas pernas translúcidas se estendendo por metros e encolhendo enquanto pula na nossa direção.

- 19 -

Amanda

NÃO SOU A ÚNICA a apontar o telefone para o tecbicho. A bruxa de aplicativo gótica em quem eu tinha reparado mais cedo, a Caça-fantasmas, também o capta. Imediatamente pula em cima de uma cadeira e lança nele seu feitiço de tornar material. O *bug* fica menos translúcido, suas pernas se curvando sob um peso físico novo e súbito. Confesso que eu esperava um efeito visual mais refinado para algo tão poderoso, mas é como se pedaços da sua forma estivessem agora cobertos por plástico-filme.

Com o bicho visível a olho nu, os convidados reparam naquele lobo-guará mágico passando por cima deles, de cores vivas demais e cinco vezes maior do que um de tamanho real. Gritos partem a noite e o caos se instaura. Todo mundo quer fugir do terraço ao mesmo tempo. Uma multidão se acotovela para descer pela estreita escada para o térreo e pela rampa do elevador de acessibilidade. O *bug*, assustado, recalcula a rota e tenta pular para fora do palacete. Dá de cara com o Capitão, o outro famoso que vi.

O rapaz cria o escudo de energia azulado e brilhante do seu feitiço e usa o peso do corpo para empurrá-lo contra o bicho. Bate no lobo e o derruba, tombando mesas e cadeiras no caminho. O *bug* se debate no chão e o Capitão se aproxima para encurralá-lo, o escudo erguido na frente de si. A Caça-fantasmas fecha o cerco pelo outro lado.

– Por que essas bruxas de aplicativo estão atacando o *bug* como se tivessem se preparado?! – Assisto à cena espantada.

– Ela contratou eles. – Diego aponta com a cabeça para Eliana mais atrás no terraço. – Caímos direitinho na armadilha.

O tecbicho salta sobre o Capitão. O rapaz ergue o escudo para se proteger e o lobo o usa para pegar impulso e pular para longe, voando por cima da Caça-fantasmas e caindo para o vão no centro do terraço. Corremos para a margem balaustrada e olhamos para baixo. O *bug* aterrissou na pista de dança que cobre a piscina do Parque Lage, espantando as pessoas em volta.

Outras bruxas de aplicativo se destacam dos convidados para contê-lo. É a Barbie Agro e o Tatu. O homem gigante se joga sobre o lobo e o segura pelo pescoço, sua pele clara e intransponível cintilando com um cinza pálido, enquanto a mulher laça a criatura. Segura um rolo de corda de sisal em cada mão e faz com que as pontas voem pelo ar feito serpentes com o seu feitiço.

– Atenção, convidados e *staff* – uma voz avisa no alto-falante –, evacuar a área do palacete imediatamente. Ameaça mágica sendo contida. Mantenham a calma, está tudo sob controle. Aproveitem a festa na área do jardim. Repito, convidados no palacete, evacuar imediatamente.

– Sai com eles – Eliana ordena ao assessor. – Não deixa ninguém entrar de novo antes que eu confirme que está tudo bem. É pra segurança de todo mundo.

As pessoas que descem do terraço se juntam às do térreo e se amontoam no portal de saída da frente do pátio. Cadeiras, vasos e plantas da decoração são derrubados na confusão. A festa vai se esvaziando rápido.

Na pista, Tatu não parece sentir as mordidas furiosas do bicho que se debate sob ele. Segura o lobo e deixa as cordas da Barbie Agro fazerem nós elaborados em volta do bicho, depois dispararem até as colunas dos arcos em volta no pátio. Vão amarrá-lo no lugar.

– Acabou a tormenta – Eliana diz para Alícia. – Nossa família vai descansar quando esse bicho desaparecer.

A garota encara a avó mortificada, olhos redondos feito moedas. Nem repara na confusão lá embaixo.

– Amanda... – Diego me chama do outro lado. Viro e leio a aflição na sua expressão. Assinto com a cabeça.

– Madu – grito para minha prima por cima do ombro –, fica aí em segurança, que nós vamos descer. Precisamos proteger o *bug*.

– Ah, não, espera...!

Diego me agarra pela cintura e desliza comigo por cima dos balaústres. Aterrissamos no chão do primeiro andar com o garoto empurrando uma mesa pesada de bufê para diminuir a velocidade da nossa queda. Recobro o equilíbrio e reclamo:

– A única coisa de que não senti falta nos nossos meses de distância foi de você me lançando de lugares aleatórios como se eu fosse um saco de lixo.

– De todo o resto você sentiu falta, então? – Ele sorri.

Um rosnar cortante perfura o ar. O tecbicho e as duas bruxas de aplicativo seguem brigando.

Certo, claro. Flertar com Diego não é a prioridade agora.

As duas cordas da Barbie Agro já foram e voltaram pelo lobo e se amarraram em quatro colunas, prendendo-o firme no canto da pista de dança. Diego tenta usar o seu feitiço para afastar Tatu, mas ele tem um peso muito maior do que o seu e está agarrado à criatura, imóvel pelas cordas. O feitiço falha.

– Contando com os dois do terraço – Diego fala rápido –, que vão descer quando a multidão deixar, são quatro bruxas de aplicativo contratadas pra imobilizar o *bug*. Precisamos dar um jeito neles.

– Lidar com pessoas não pode ser mais difícil do que lidar com bananas. Arranja um jeito de desamarrar as cordas que eu cuido das bruxas.

– Amanda! – Diego segura meu braço. – Você não pode se meter no meio dessa briga! Vai se machucar!

– Nem vou chegar perto. – Abro um sorriso mal-intencionado. – Só faço guerra psicológica.

O garoto trava o maxilar em frustração. Para o seu infinito azar, porém, foi amaldiçoado com o fardo de confiar em mim.

Vira e corre na direção da corda mais próxima amarrada em uma coluna. Aumenta a velocidade com seu feitiço, e percebo que usou a própria bruxa das cordas para se puxar. A Barbie Agro quase cai para trás no movimento súbito. Diego a solta, anda, a puxa de novo de outro ângulo. Repete. A mulher fica sambando, perde o equilíbrio e cai em cima de uma cadeira derrubada, olhando em volta confusa.

Disparo na direção da última muvuca de pessoas ainda se empurrando para sair do palacete. Alguns curiosos sem tanta pressa ficam para trás. Espiam a luta com um interesse distanciado. São outras bruxas de aplicativo que estavam na festa a convite do Geniapp. Me aproximo deles.

– Se não vão participar, saiam da frente – reclamo com qualquer um. – Aqui vocês vão atrapalhar o concurso!

Ninguém repara em mim.

– Nem adianta ficar, porque o prêmio vai ser do meu amigo! – tento de novo. – Bando de trouxa!

Isso captura a atenção de um cara com um par de bíceps cujo tamanho sugere que ele implantou os potes de *whey*, ao invés de tomá-los.

– Que prêmio? – ele me pergunta.

– Prêmio nenhum. Não falei nada.

– Desembucha!

Outros curiosos estão esticando a orelha na nossa direção.

– O prêmio de melhor bruxa de aplicativo pra quem capturar aquele bicho ali! – revelo. – Por que você acha que eles estão brigando? Porque foram contratados pela festa? Já viu o Geniapp contratar alguém diretamente?

Dou uma risadinha de chacota, e quem está em volta concorda.

– Bando de pães-duros – alguém murmura.

– Se jogar uma CLT no escritório, os sócios todos pulam pela janela – outro reclama.

– Boa sorte pra quem for brincar nesse *concurso* – debocha uma mulher franzina. – Não tenho tanta vaidade.

Espio Diego de canto de olho. Ele está do outro lado

do pátio. Arranjou uma faca de metal com cabo grosso em algum lugar e a balança para checar se o peso é suficiente, ou se ela é leve demais para o seu feitiço funcionar. Então, a lança com magia na corda amarrada na coluna a alguns metros de distância. O garoto quase não se move no efeito contrário. A faca estala um baque alto e cai no chão. A corda se solta, um pedaço seu caindo sem vida e o outro, serpenteando como que machucado. É o pedaço que ainda está conectado ao resto da corda, que vai até a mão de sua controladora. A Barbie Agro sente e olha na direção de Diego, enfim encontrando o peste que a incomoda. Está *enfurecida*. Lança a corda que o garoto acabou de cortar na direção dele. Diego se esquiva, empurra a mulher com magia e corre para a coluna seguinte.

– Não faz diferença o que vocês acham. – Encolho os ombros para a minha audiência. – Os dez mil reais vão ser do meu amigo, independente de quem estiver participando.

– Dez mil reais?! – O olhar da mulher franzina é desconfiado, mas ela se aproxima.

– E destaque no aplicativo – acrescento –, que pode render muito mais do que isso no longo prazo.

O Geniapp devia me contratar para a equipe de marketing.

As duas bruxas que vi no terraço, o Capitão e a Caça-fantasmas, acabam de descer pela escada junto ao fim dos convidados evacuando lá de cima. Avançam para o embate na pista de dança, onde o *bug* se debate com vigor contra Tatu. As cordas que o prendiam afrouxaram um pouco, agora que a Barbie Agro precisa dividir sua atenção para atacar Diego.

Sorte que o garoto é mais ágil que ela. Até o momento, nada se enroscou nele mais do que eu mesma meia hora atrás.

Foco, Amanda!

– Eu nem devia ter comentado sobre o concurso. – Forço uma careta de remorso. – Meu amigo me pediu pra guardar segredo, pro prêmio ficar só entre as bruxas de aplicativos mais famosas…

Apelo para aquilo que é irresistível para convencê-los: um segredo conspiratório vindo de fontes absolutamente escusas.

– Essa gente quer tudo pra eles. – O homem-bíceps alonga os braços. – Vão ver só.

– É melhor desistir – o alerto rápido. – Só uma pessoa pode ganhar. Então primeiro você teria que se livrar daquela galera ali. Incluindo o meu amigo. E ninguém vai conseguir fazer isso.

– Qual deles é o seu amigo? – o homem pergunta.

Lambo a boca, me preparando.

– O grandão ali, segurando o lobo. – O indico com a cabeça.

– É melhor arranjar uns amigos de estepe, menina, porque dele não vai sobrar nada.

Meu plano funcionou.

O homem parte para a briga e já chega dando um socão no rosto do Tatu, derrubando-o. Até me encolho de susto. Diego, atirando a faca na segunda corda das quatro – que parece mais difícil de soltar do que a primeira –, cruza os olhos com os meus. Arqueia as sobrancelhas, impressionado.

– Sempre achei essas bruxas de aplicativo famosas muito metidas. – A mulher franzina sorri maliciosamente.

Algo roxo brilha por trás das suas íris. Ela se aproxima da confusão enquanto encara fixamente a Barbie Agro, que começa a diminuir de tamanho. E diminuir. Sua voz gritando afina ao chegar quase ao tamanho de, ironicamente, uma boneca. Xingo sozinha com um misto de terror e fascinação. A sorte dela é que as cordas não diminuíram com a dona. Uma delas voa pelas costas da mulher franzina, manipulada pela bonequinha, e se amarra no seu pescoço. A puxa para trás com força. A maior se assusta e chuta a pequena sem querer.

Tá, meu plano funcionou *bem demais*, e agora precisamos libertar o tecbicho antes que tudo termine em uma carnificina generalizada.

Bom, um problema de cada vez.

Sigo pelo resto dos convidados tentando enrolar mais gente a nos ajudar.

Madu

– O que esses idiotas estão fazendo? – Eliana reclama debruçada sobre os balaústres. – Parem com isso!

– Você não vai conseguir controlar um *bug* de algoritmo com meia dúzia de bruxas de aplicativo – a enfrento. – Tá colocando todos nós em perigo!

– A criatura não é nenhum bicho de sete cabeças. Dão crédito demais a ela.

– Minha avó sabe o que está fazendo, Madu – é Alícia quem diz. – Deixa ela.

A garota está de pé alguns metros atrás de nós com uma garrafa de champanhe em uma mão e uma taça na outra. Não reparei quando se afastou, distraída com a briga lá embaixo.

– Onde você achou isso? – pergunto.

– Algum garçom deixou pra trás. Não dá pra descer com uma bandeja no meio da multidão.

– Já trouxe a minha champanhe? – A avó percebe e sorri para a neta.

– Só não achei a sua favorita.

– Vai servir. – Eliana estica a mão, aguardando.

Alícia lhe entrega a taça e a enche com a habilidade da prática. O gesto é de uma subserviência que faz meu coração desabar. Medo toma conta de mim. A garota voltou a acreditar na avó? Nós a perdemos?

Eu a perdi?!

Um rugido atormentado soa do lobo lá embaixo, mas nenhuma de nós se distrai do líquido perolado subindo. A taça enche e Alícia levanta a garrafa.

– Um brinde a seguir adiante – Eliana clama.

– Um brinde a seguir adiante – a neta repete com pouca emoção e nenhum copo para si.

Eliana toma um gole e Alícia vira para mim.

Ela não é mais a garota perdida do início da discussão com sua avó. O mesmo desespero e angústia ainda estão no seu rosto, por trás da máscara – desde o dia em que a conheci, na verdade, separada por uma cestinha de pães de queijo que ela não comia de jeito nenhum. Mas em algum momento seus olhos reganharam o foco. Agora, Alícia parece a pessoa que está de pé no meio de um rio de pensamentos correndo velozes por entre as canelas, tentando encontrar aquele que precisa para agir. Para ser forte.

Ela estende a garrafa de bebida para mim.

Precisa da minha ajuda na busca.

– Eu sei que não gosta de álcool – a menina me diz. – Foi mal.

– Tudo bem.

Aceito a garrafa e viro para Eliana.

– Um brinde a seguir adiante – digo –, quando tudo estiver resolvido.

Tomo um gole direto do gargalo. O gosto da bebida borbulhante é amargo e queima minha garganta. Eliana franze a testa para o gesto estranho, mas não me importo.

Estou ocupada procurando as memórias certas para trançar no feitiço que vai nos contar a verdade.

Sem tempo a perder, uso direto a minha mais forte: o segredo que mantenho da minha família. O medo que sinto de descobrirem meu feitiço.

Mas medo não funciona muito bem com Eliana. Tento algo diferente: raiva. Indignação. Ultraje. Todos os sentimentos ruins que senti lendo a carta de Alícia. Descobrindo o que a avó fez com a neta.

A conexão se forma e aos poucos vou capturando imagens embaçadas da vida de Eliana Guia.

Navegá-la é uma experiência estranha. É quase como se ela não soubesse direito o que é mentira ou não. Como se criasse a própria realidade. Mas, independentemente do que põe como certo ou errado, uma coisa não muda: ela está escondendo algo de nós. Então me concentro nisso, desembaçando os sinais que me chegam, sintonizando apenas no que ela não quer que encontremos agora.

Enxergando pelos olhos de Eliana, estamos em uma praça durante a noite nos encontrando com um homem estranho. Tem um carro estacionado com o porta-malas aberto próximo a nós, na rua. Dentro, um balde industrial.

Forço meus ouvidos mentais.

– Então as gosmas antimagi dão conta de criaturas digitais? – ouço Eliana perguntar.

– Dão conta de qualquer coisa – o vendedor suspeito garante. – Comem até pedra, se tiver magia.

Acompanho Eliana se aproximando do balde no carro. Ela encosta uma mão nele e o avalia por um longo momento. Memórias estranhas tentam interferir no sinal, mas aperto os lábios e as afasto.

– Vou passar o endereço – enfim ouço a mulher se decidir. – É um galpão na área do porto. Preciso que a gosma enviada seja exatamente essa que está nesse balde. Algum dos meus assessores vai entrar em contato contigo pra entregar o dinheiro em espécie.

– Foi mesmo você que enviou as gosmas! – berro no mundo real. Preciso me segurar na cerca de balaústres do terraço para não cair para trás.

– O quê...?! – Eliana gagueja, assustada. – Ficou doida?!

– Eu vi nas suas memórias... Com o meu feitiço! – Admitir isso em voz alta faz meu corpo inteiro tiritar. – Você a encomendou de um homem na praça da Cinelândia à noite. Tinha o Teatro Municipal no fundo. O homem vestia uma camisa do Botafogo. Você pediu que ele entregasse a gosma no galpão onde foi o encontro da mãe da Alícia e da irmã do Diego com o *bug*!

Eliana demora um segundo de choque para formar uma resposta. É quase possível ver a sua cabeça trabalhando enquanto recalcula a estratégia.

– Agora vai inventar um feitiço conveniente pra incriminar os outros? – Ela repete o *tsc* de desdém que adora e me dá vontade de dar um nó na sua língua.

– Madu não tá inventando nada – Alícia intervém, o tom soturno, os olhos marejados de decepção. É como se já esperasse ouvir o que contei há muito tempo. – Você *sabe* que é verdade.

– Mesmo se fosse, qual é o problema?! – Eliana abana uma mão manicurada em descaso. – Uma gosma dessas só ajudaria as duas a conterem o bicho. Elas deviam é me agradecer. Se a irmã do menino não tinha capacidade de lidar com uma única gosma antimagi, ela não era uma bruxa de aplicativo muito boa. Nem devia ter aceitado o serviço, pra início de conversa!

– E se essa foi a causa da explosão que matou as duas?! – A hipótese me deixa horrorizada, mas faz cada vez mais sentido. – Uma gosma que tentou absorver um *bug* de algoritmo, mas era energia demais até pra ela?! Eu já li sobre isso acontecendo com outras criaturas!

– Mas que besteira! Isso não causaria uma explosão!

– Não?! Uma única gosma, tentando absorver dados mágicos de milhões de pessoas condensados em talvez a criatura digital mais poderosa e imprevisível que já existiu?!

Eliana enfim vacila. Se apoia de volta na cerca de balaústres e olha para baixo, onde a briga para imobilizar o *bug* continua.

Amanda e Diego parecem seguros pelos cantos do pátio, mas três bruxas de aplicativo novas além das quatro que Eliana contratou surgiram não sei de onde e se digladiam não só contra o lobo, mas entre si. Tem um homem cujo feitiço parece ser conseguir ir todos os dias à academia, uma mulher magra e maniacamente assustadora e um adolescente com belíssima voz tenor cantando para controlar bolhas de sabão que só reparo serem venenosas quando encostam na pele de alguém e a pessoa grita. Faíscas e centelhas coloridas surgem pelo ar nos embates.

– Uma gosma pode não ter sido suficiente – Eliana diz devagar, quase que para si mesma –, mas nenhuma criatura mágica sobreviveria a cinco.

– O quê? – O pior dos pressentimentos embrulha meu estômago. – Ah, não... Você não...

– A piscina! – ela berra para o térreo. – Sigam o esquema da piscina!

Duas das bruxas contratadas, a mulher dos fantasmas e o rapaz do escudo, a ouvem e se desvencilham da briga. Correm cada um para um arranjo de flores em dois dos cantos da pista de dança cobrindo a piscina retangular. Lançam as decorações para longe, o rapaz com o escudo e a mulher com um chute agressivo. Por baixo estão travas de segurança da estrutura da pista. Eles as soltam e, com esforço, deslizam uma das placas do chão de quadrados de vidro para longe, livrando o acesso para a piscina por baixo. Apoiam-na do lado de fora e se afastam com pressa.

A água começa a subir de um jeito amorfo e perturbador. Meus olhos se arregalam, meu sangue gela nas veias.

- 20 -

Amanda

O QUE ACHÁVAMOS QUE era uma água escura embaixo da pista de dança eram cinco gosmas antimagi enormes. Tons turvos e ligeiramente diferentes são o que as separam na forma colossal que surge. O vidro as isolou durante a festa, talvez com algum feitiço que selasse as frestas, e agora, com a saída livre, as monstruosidades se esgueiram para cima. Sobem para o resto da pista ainda montada e se arrastam lentamente na direção do maior banquete de magia no local: o *bug* de algoritmo no meio de uma briga de meia dúzia de malucos com feitiços.

Acumulo dezoito anos de experiência testemunhando, na minha família, os planos mais maquiavélicos de primos que conseguiriam emprego fácil como cavaleiros do apocalipse. Considerando eles todos, nenhuma ideia me deixou tão mortificada quanto a do ser humano que guardou essas cinco gosmas aqui.

Diego brota do meu lado, alerta ao perigo. Cortou a terceira corda amarrada às colunas e desistiu da última. Nossas prioridades mudaram.

– O quão longe será que eu consigo me atirar pra fora daqui nesse momento? – ele resmunga olhando as gosmas.

– Melhor você me atirar primeiro. Se alguém tiver que viver pra contar a nossa história, sou a pessoa mais qualificada.

As bruxas de aplicativo brigando xingam e se afastam, analisando a situação. Os dois homens grandes arrastam para longe o lobo embolado nas cordas, a criatura esperneando, e a Barbie Agro permite, afrouxando a corda presa à última coluna. Com olhos brilhando em roxo, a mulher franzina tenta diminuir uma gosma. Rugindo de esforço, consegue fazê-la chegar a metade do tamanho, mas seu feitiço se gasta e passa a ser absorvido. Do outro lado, o menino com cara de adolescente e voz grossa de quem está sendo dublado por algum tenor de ópera escondido debaixo da mesa do *open bar* testa suas bolhas de veneno em outra gosma. Nada acontece além de um leve sibilar no local do contato. Elas não têm terminações nervosas para sentir dor.

– Pelo menos você juntou um grupo de K-pop inteiro de bruxas de aplicativo pra controlar essa bagunça – Diego murmura para mim.

– Isso ainda faz parte do concurso? – a mulher de olhos roxos pergunta para cima. Percebeu Eliana Guia no terraço e fala diretamente com ela.

– Concurso? – Eliana franze a testa lá de cima.

– Rápido assim, meu grupo dá *disband*... – lamento.

– O do prêmio pra quem pegar esse bicho! – explica o homem com bíceps de bazuca.

– Prêmio?! – Eliana balança a cabeça. – Não tem prêmio nenhum!

Com faíscas de ódio, sinto olhos coletivos me procurando pelo térreo.

– Mentiraaa?! – Improviso uma expressão indignada. – Não tem prêmio?! Mas que calote!

Diego entra em modo de defesa. Não é a primeira vez que estivemos na situação de pessoas querendo injustamente me massacrar pela minha *criatividade narrativa*.

– Garota mentirosa! – o homem-bíceps me xinga.

– Não se precipite – a mulher franzina o corta. – É óbvio que essa garota também foi enganada por outra pessoa. Olha pra ela, parece que não tem nem uma pena de travesseiro voando dentro da cabeça dela.

– Também não precisa ofender – reclamo.

Só que subestimei a esperteza de Eliana. Alguém não chega na posição em que ela está na vida sem saber manipular uma pessoa ou outra.

– Não tem prêmio – a mulher grita –, mas tem um bônus de dez mil reais pra todos os que ajudarem a acabar com esse bicho arruinando a minha festa. Que tal?!

... Droga.

Todas as três bruxas que alistei mais as quatro de Eliana voltam a atenção ao *bug* com sangue nos olhos.

– Podem usar as gosmas – Eliana adiciona. – A equipe de feitiços de limpeza está a postos para lavá-las depois. Neutralizar a ameaça é a prioridade!

O tecbicho exibe cansaço, mas agora que só uma corda um tanto frouxa o prende, junta toda a sua energia e tenta um salto desesperado para se livrar. Os dois homens que o seguravam o deixam escapar no susto. Tranço memórias rápidas para um feitiço que corte a última amarra, como já tentei antes, mas não funciona. Como que me pressentindo, a Barbie Agro, que já cresceu de volta à metade do tamanho original, envia suas serpentes de sisal para puxar e reamarrar o lobo. Ele tenta fugir para o outro lado, mas o Capitão lança o escudo de energia no seu caminho. Ao se esquivar, o bicho escorrega as patas no chão liso e Tatu consegue agarrá-lo de novo, puxando-o por uma de suas longas pernas. Marcas de mordida já aparecem pelo corpo do homem, onde o *bug* conseguiu perfurar o seu feitiço e arrancar pontos de sangue.

– Não consigo encolher o lobo – avisa a bruxa de olhos roxos. – O feitiço da Caça-fantasmas impede que ele mude de forma.

Meu outro recruta, o homem-bíceps, se aproxima de Tatu e sugere:

– Deixa as gosmas cuidarem dele.

No pior momento possível para descobrir que a união faz a força, os dois se juntam e levantam, com esforço, o lobo enorme. A Barbie Agro, que conseguiu reamarrá-lo em duas colunas, alivia a tensão para permitir o movimento. Eles o depositam de volta no canto da pista de dança, oposto à abertura de onde já subiram as cinco gosmas. Elas se arrastam devagar. Embaixo, a piscina está esvaziada, restando apenas uma poça úmida com resíduos sujos.

Os homens empurram o lobo na direção das monstruosidades. Ele ruge, cravando as garras no vidro com um arranhar barulhento.

Estamos em lados opostos do pátio, com a pista de dança e as gosmas no meio. No terraço, Madu discute com

Eliana Guia algo que não consigo ouvir ou prestar atenção. Comigo, Diego levanta as mãos e tenta com seu feitiço empurrar os homens e a criatura para longe dos monstros. Seus músculos dos braços se contraem, suor escorre por sua testa, por seu pescoço. Deve estar usando suas memórias mais poderosas, juntando toda a magia que consegue manipular. De fato os homens param, vão um pouco para trás. Diego também.

A mulher dos olhos roxos nos percebe. Usa seu feitiço não para diminuir dessa vez, mas para fazer crescer os dois homens já enormes. A força deles se multiplica e Diego não consegue detê-los. Começa a se afastar no movimento inverso mais rápido do que consegue empurrá-los. Quando bater as costas na parede em volta do pátio, seu feitiço será interrompido.

– Tem como fazer as gosmas sólidas? – Diego me pede entre dentes trincados.

Junto rápido as memórias para trançar. Primeiro tento transformá-las em pedra, mas não funciona. Mudo para gelo. Cubos de gelo caindo na jarra de suco em pó na cozinha de casa, garrafas de refrigerante que congelaram no freezer e perderam o gás. Uma semana inteira de infância assistindo *Frozen* repetidamente e cantando *Let It Go*.

A gosma mais perto do *bug* na comitiva das cinco começa a congelar, seu corpo endurecendo em cristais. O feitiço não é forte a ponto de tomá-la por inteiro, mas é suficiente para Diego conseguir puxá-la para longe do lobo sem que se despedace. Parcelas das gosmas atrás são afastadas também, em um efeito rodo. Pagando a magia com seu próprio movimento, "puxe e seja puxado", Diego desliza rápido na direção delas. Solta o feitiço no limite da pista de dança e pula para trás antes que seja tarde.

– Duas vezes até vai – ele diz arfando de esforço –, mas não vou ser engolido uma terceira, não.

Se afasta e levanta as mãos para puxar as gosmas mais uma vez.

– Talvez nós possamos jogar elas de volta no buraco da piscina. – Minha mente desesperada busca possibilidades.

As bruxas do outro lado se incomodam conosco. Somos duas pedras no caminho delas para um gorducho bônus em dinheiro. O Capitão lança seu escudo de magia em Diego para derrubá-lo. Com um vigor que eu não achava de que ainda era capaz, as patas do tecbicho crescem e ele sobe para interceptá-lo no ar como um cachorro pegando um *frisbee*. O morde com força. A magia se desfaz em cacos brilhantes e, depois, nada.

– Ele me protegeu? – Diego murmura, confuso, fios de cabelo grudados na testa por suor.

Mas não tem tempo para pensar muito sobre isso. A gosma que congelei já está derretendo e ele não consegue mais puxá-la. Do outro lado, o rapaz das bolhas de sabão envenenadas canta para juntá-las no chão na frente do *bug*. Formam uma camada, além de venenosa, escorregadia. A criatura geme de incômodo quando encosta e desliza mais rápido na direção das monstruosidades gelatinosas. Suas patas já estão quase encostando nelas.

Cordas serpenteiam pelo ar na direção de Diego. Por reflexo, quase uma goleira, me jogo na frente. A corda se enrola no meu tornozelo e a Barbie Agro me puxa, deslizando minha perna e me jogando no chão. Caio com força, mordendo um gemido de dor. Como uma metralhadora, junto feitiços para me livrar. Cortar a corda, derrubar a mulher do outro lado, me prender ao chão. Nada funciona. Ela me arrasta, me puxando na direção das gosmas como isca para distrair Diego.

– Não! – o garoto grita.

– Não solta o feitiço! – mando, disparando mais rápido que ele para virar comida de geleca.

Chuto um vaso pesado de decoração e me lanço contra uma coluna do pátio para me segurar, dor florescendo onde bato meu ombro, meu braço e minha coxa. Subo o joelho livre com esforço para aumentar meu apoio.

– Você tem noção do que tá fazendo, me puxando pras gosmas?! – grito para a Barbie Agro. – Dez mil reais é suficiente pra te convencer a cometer homicídio na frente de uma dúzia de testemunhas, e com a polícia a caminho?! Ou ser subcelebridade na cadeia é a sua nova estratégia pra ganhar seguidores?

A mulher vacila. A tensão da corda diminui. Trouxa. Ela que tenha consciência, porque eu não tenho nenhuma. Enrolo meus próprios punhos na linha e, com toda a minha força, puxo.

"Toda a minha força" não é muita coisa, considerando meus bracinhos de Bob Esponja, e a mulher mal perde o equilíbrio, dando um passo modesto para frente.

Mas o susto é suficiente para que largue o rolo da corda.

Deixo escapar um sorriso de triunfo. Ela não pode manipulá-la se não estiver encostando nela.

É só quando a linha desenrola e cai em uma das gosmas que percebo que a sua outra ponta é um dos pedaços que ainda está amarrado ao *bug*.

A gosma absorve a corda rápido e a puxa com força, arrastando o tecbicho pelo pequeno espaço que faltava até uma pata sua entrar na forma gelatinosa.

A onda de choque súbita atira os dois homens segurando o lobo para trás. O resto das pessoas no pátio vacila na rebarba. Batem uns nos outros, tropeçam. Decorações da festa são derrubadas, as comidas nas mesas de bufê saem voando. Alguns copos e garrafas no *open bar* se estilhaçam, líquido espirrando e escorrendo. Me apoio na pilastra e consigo continuar de pé.

O lobo grita, se debatendo furiosamente. Só que as duas cordas que ainda o amarram às colunas estão puxadas ao auge da sua tensão e o impedem de se afastar. Uma gosma sobe por sua pata, belisca outra. Ela absorve a magia do *bug* e começa a brilhar, primeiro fraco, depois com uma luz multifacetada e iridescente, que oscila em tons diferentes a cada momento. Nunca vi nada assim, em todos os meus serviços. Por baixo da luminescência, algo que se parece com fotos, vídeos e textos pisca a uma velocidade frenética, passando pelo corpo gelatinoso e então se desintegrando. São postagens como as que vi mais cedo quando conversamos com o tecbicho na mansão. A gosma está absorvendo dele não só a magia, mas os próprios dados dos quais ele já se alimentou.

As luzes de emergência presas às paredes aumentam de intensidade, tremulando. Duas estouram. Três. O vento muda no pátio, um estranho furacão localizado se formando.

O garoto das bolhas de veneno é o primeiro a desistir e sair correndo pela porta do palacete. As outras bruxas de aplicativo em volta observam a cena tão embasbacadas quanto eu. Ouso dizer que ninguém aqui já esteve cara a cara com algo tão poderoso.

Muito menos algo tão poderoso sendo derrotado.

– Tirem o bicho das gosmas! – Madu grita do terraço. – Se absorverem energia demais, elas vão explodir!

Meus olhos crescem ao tamanho de luas cheias. Espio Diego e sua expressão é um espelho do meu choque, com camadas extras de raiva e indignação ao entender o que aquilo significa para a história da sua irmã.

– É claro que não vão explodir! – Eliana grita. – São cinco gosmas! Empurrem o bicho!

– Vamos acabar logo com isso – urge a mulher dos olhos roxos.

Mas os homens segurando o lobo não se movem.

Rapidamente a gosma da frente vai repassando o brilho para as de trás, que também o repassam, cada uma no amontoado sugando de sua irmã um pouco da magia do *bug* que não acaba, que é infinita.

Que talvez seja até demais.

Todas se iluminam e começam a borbulhar. Pedacinhos das suas massas corpulentas estouram entre faíscas, então pedaços maiores. Bolotas de gosma são atiradas para o pátio em volta, derretem rápido e viram apenas magia escapando em vapor reluzente. Onde encostam, a superfície muda para cores neon, texturas exóticas. Em poucos momentos, o vapor se espalha e a realidade do pátio começa a se alterar. Colunas crescem ou encurtam, entortam feito salsichas de cachorro-quente. Feixes coloridos de luz voltam a delinear formas da arquitetura, pulando feito criaturas vivas. Itens da decoração começam a se mover lentamente, as folhas de palmeira se curvando feito dedos. Entre um arco ou outro das colunas em volta, olhando do ângulo certo, pode-se espiar brilhando no vapor paisagens de relvas distantes sob o céu azul, ou florestas densas e úmidas. A piscina vazia sob a pista de dança ganha estrelas e vira uma galáxia distante e infinita, girando cada vez mais rápido.

Nenhuma superfície é mais cem por cento firme, e a cerca balaustrada do terraço ondula como o corpo de uma criatura comprida nadando. Eliana Guia perde o equilíbrio e Alícia a segura. Madu ajuda as duas.

Qualquer feitiço de proteção que o palacete histórico tinha por normas da prefeitura, ou que Eliana encomendou para a festa, certamente já foi danificado. Se a situação já estava à beira de um desastre, agora opera em estágio de possível evento cataclísmico.

– Isso tá muito pior do que a casa possuída mais cedo – digo para Diego, sem esconder meu medo.

– Casa possuída?! – o homem-bíceps se intromete. – Foi você que cuidou dela?!

A fofoca correu rápido pelos grupos de bruxas de aplicativo.

– Nós dois – respondo rápido, porque não é hora de falar sobre isso. Indico Diego com a cabeça, que está concentrado tentando usar seu feitiço de novo para arrancar o *bug* das gosmas. Elas prenderam nele e o sugam com força. Não parece funcionar.

– Eu tentei cuidar da casa e não consegui – a Barbie Agro diz e me olha espantada. Os outros em volta murmuram em acordo. Habilidade de dissociação em situações perigosas deve fazer parte do currículo para se tornar bruxa de aplicativo. – Como pode isso aqui ser pior?!

– Eu consigo passar a conversa na casa pra ela nos poupar – aponto. – Essas gosmas vão nos matar não importa o que eu fale!

– Tirem o bicho logo! – Madu berra. – Vocês vão explodir o Parque Lage com todos nós aqui dentro!

– Ela tá certa! – insisto. – Obedeçam!

– Não! – Eliana protesta. – Quem der pra trás agora vai perder o bônus!

– Em quem vocês confiam – digo –, na executiva do Geniapp que nunca teve que sujar as mãos, ou na colega bruxa de aplicativo que apanha no serviço que nem vocês e sabe de fato o que acontece no dia a dia?!

Demora um segundo de hesitação, o ambiente em volta cada vez mais surreal, o vento bagunçando nossos cabelos, as cores e brilhos dificultando a visão. A mesa de madeira do bufê de entradinhas tomba, espalhando as comidas pelo ar.

Então os homens puxam o *bug* para trás, tentando arrancar suas duas patas traseiras das gosmas. Eliana xinga, mas ninguém a ouve. A Barbie Agro solta as cordas que o amarravam e recupera o rolo que não foi engolido. O outro rolo, que as gosmas ainda sugam, cai livre do bicho com um toque da mulher e desliza para dentro delas. O lobo tenta ajudar a se afastar, mas seus movimentos estão fracos. Como ser de magia, boa parte da sua energia vital já foi roubada. Do meu lado, Diego o empurra com seu feitiço. E empurra.

As patas saem das gosmas. O lobo, o Tatu e o homem-bíceps caem para trás.

As gosmas formam picos descontentes oscilando pelas suas formas. Se esticam para frente com violência.

E não param de borbulhar. O brilho continua oscilando dentro delas, fervendo de forma intensa.

– Foi tarde demais! – Madu grita. – Nós precisamos sair daqui!

As seis bruxas de aplicativo desistem de uma vez só. Correm para a porta de saída do palacete balançando pelo chão incerto, uma pessoa ajudando a outra.

– Não recebo pra isso não, tá doido – alguém resmunga baixo.

– Já chega, vou prestar concurso público – outro lamenta.

Restamos no pátio só Diego, eu e o *bug*. O bicho tenta caminhar, mas suas patas estão fracas demais e ele desaba logo fora da pista de dança. Não levanta de novo. Diego tenta empurrá-lo para mais longe com seu feitiço outra vez, arfando, mas o lobo ainda é muito pesado e não sabemos quanto vai demorar para passar o efeito da Caça-fantasmas de prendê-lo nessa forma sólida, mesmo que ela já tenha ido embora. Sem escolha, Diego dispara pelo pátio. Vai pelas laterais a uma distância segura das gosmas. No caos mágico, uma revoada de periquitos coloridos sai de um dos portais sob um arco em volta, voa por Diego e foge por outro. Vou atrás dele, protegendo meu rosto dos pássaros. O garoto chega no lobo e abraça o seu torso, tentando arrastá-lo na direção da saída do palacete com as próprias mãos. Ajudo como posso, mas a criatura é pesada demais para nós dois.

– Me dê... – ouvimos a voz transcendental do tecbicho. Não é esbaforida como seria a de um ser humano debilitado, mas é fraca de outra forma. É quieta demais, as palavras se alongando, se esforçando para seguir uma à outra.

– O quê? – Diego pergunta, a expressão tensa em esforço.

– Me dê provas de quem enviou as gosmas... Desconfio de quem foi, mas *saber* não é suficiente... Preciso de *conteúdo* que eu possa mostrar ao mundo...

– Assim que sairmos desse rolo, vamos arranjar algo com Alícia. Um problema de cada vez. – Diego vira para mim. – Me deixa com ele. Vai pra um lugar seguro.

Medo é um punho fechado apertando meu estômago, uma fraqueza amolecendo meus braços e pernas. Mas ajeito meu cabelo despenteado pelo vento para longe do rosto e continuo puxando.

– Tá doido? – digo.

– Mas...

– Não vou sair daqui. Nós somos um time.

– Vai sair sim! – Madu grita do terraço, as mãos em conchas em volta da boca. Voltou para nos ver. Sua voz falha em esconder o desespero, coisa que normalmente minha prima faz tão bem. – Eu só saio daqui depois de fazer contato visual com você passando por essa porta!

– Vai logo, Madu! – berro de volta. – Vou pensar em algo!

Olho em volta a explosão frenética de cores, efeitos,

vento e, por algum motivo, passarinhos. As gosmas brilhantes se aproximando incansáveis, se retorcendo em picos cada vez mais altos. Minha prima ainda lá em cima, disposta a sacrificar o próprio bem-estar para garantir que vou ficar bem, como sempre fez. O garoto ao meu lado, que nunca desistiu de mim, por mais que eu implorasse.

Fico paralisada.

– Não consigo pensar em nada – murmuro para mim mesma, o pânico tomando conta. – Tudo o que tentei até agora só piorou a nossa situação. Tudo o que eu já fiz na vida, até, só serviu pra atrapalhar vocês. O que deu certo foi sorte. Uma hora a boa ventura ia acabar, e agora a gente descobre a grande farsa que eu sempre fui porque não sei o que fazer pra tirar as pessoas que eu amo dessa catástrofe!

– Amanda. – Diego não para de puxar para falar. Mesmo respirando pesado, a testa vermelha de esforço, chegando ao limite, o garoto consegue achar energia para mandar a real pra mim. Fala entre dentes trincados: – Você não resolveu quase cem serviços por sorte. Não ganhou avaliação estelar de todo mundo porque os clientes erraram o botão no teclado. Não resolveu uma casa possuída porque era moleza. Na moral, não roubou meu coração porque tropeçou em mim e foi amor à primeira vista. Agora guarda esse surto pra depois e se concentra, por favor, que a gente precisa de você!

"Sempre acreditei o suficiente por nós dois."

Solto o lobo para segurar o pescoço de Diego e beijá-lo. É rápido e suado e chega mais perto de me explodir do que qualquer uma das cinco gosmas. Me afasto antes que ambos esqueçamos que estamos prestes a destruir um patrimônio histórico da cidade do Rio de Janeiro, e nós dois no processo.

– Amanda, isso é hora?! – Madu briga do terraço. – Pelo amor de Deus!

– Desculpa, eu tô cheia de adrenalina! – digo para ela, e continuo só para Diego: – Obrigada por me obrigar a tentar.

– Só falei a verdade. Aposto que se tivéssemos agora uma garrafa de cachaça e meia dúzia de saguis viajantes, você nem ia precisar de mim.

Franzo a testa para isso. Busco em volta rápido e volto a ele:

– Quer fazer algo dramático e inconsequente?

Os olhos de Diego brilham com um entusiasmo maldoso, apesar de tudo:

– Com você, sempre.

Levanto e disparo na direção da mesa do *open bar*. Muitas garrafas alcóolicas já se quebraram, mas procuro entre os cacos aquelas que estão inteiras. Não me importo com os arranhões nas mãos.

Começo a atirá-las nas gosmas. Uma, duas, três. Erro a quarta e ela se espatifa no chão de vidro, mas continuo.

– Eu espero de verdade que você saiba o que está fazendo – Madu grita –, porque, se não...

– Se afasta e protege a Alícia – mando.

Pela primeira vez na vida, Madu ouve a mim mais que à voz da razão e some da cerca balaustrada.

As garrafas afundam nos corpos gelatinosos que estão cada vez maiores e mais erráticos. Cada gosma está mais alta do que eu. Magia escapa delas não apenas nos gomos que explodem, mas exalando de suas formas como ondas reluzentes pulsando para fora e distorcendo a própria luz em volta.

As garrafas acabam cedo demais. Só restam as quebradas no *open bar*. Por um momento, o medo me toma. Penso que não vai funcionar.

Então encontro, debaixo de uma folha de palmeira que se retorce, uma última garrafa de cachaça. Deixo escapar um sorrisinho.

Ela é a última que atiro antes de correr de volta a Diego, que arrastou o *bug* alguns centímetros a mais.

– Protege a gente! – grito.

Me jogo sobre os dois ao mesmo tempo em que Diego puxa com magia a mesa tombada do bufê de aperitivos para a nossa frente, os músculos no seu pescoço saltando. Deslizamos na direção dela pelo rebote. Preciso de uma única memória para fazer o meu feitiço funcionar, no último segundo antes de a mesa virar nossa barreira:

A cachaça explodindo no fogão, no primeiro serviço que fiz com Diego.

As garrafas nas gosmas estouram em labaredas que crescem até a altura do terraço. A mesa nos empurra com força para trás. Magia absorvida começa a escapar livre e, por um momento, estamos no centro de um turbilhão de formas distorcidas e holográficas, onde tudo e nada é real ao mesmo tempo. Meus ouvidos ficam surdos, meus sentidos perdidos. Fecho os olhos com força e aguço a audição atrás do som que preciso: vidro se partindo. Estilhaços.

O encontro.

A pista de dança rachou na explosão. Com sorte, se despedaçou por completo.

E as gosmas vão cair para qualquer que seja a galáxia lá embaixo.

O calor das labaredas desaparece. Aos poucos, o vento para de castigar meus cabelos.

Após algumas respirações tentando reorganizar meus sentidos, abro os olhos. Estou jogada no chão no peito de Diego. Os braços dele me agarram forte. Sento com cuidado, respeitando o grande catálogo de dores que é o meu corpo. Em volta, não há mais luzes piscando nem portais para outro lugar. Apenas um pátio acabado e escuro com pedaços de gosma derretendo e pequenos focos de fogo. As colunas e destroços da festa são objetos inanimados. A estrutura da pista de dança tem quase todo o vidro quebrado, mas nenhum caco à vista. Embaixo, a piscina voltou a ser apenas um vão vazio de chão úmido em contato apenas com nossa própria dimensão.

O *bug* não está em lugar nenhum.

– 21 –

Madu

O *BUG* SURGE PULANDO para o terraço, pedaços de fogo ainda presos ao seu pelo, mas se perdendo no ar. Sem forças, ele tropeça e cai no chão. O feitiço que o tornava sólido enfraqueceu com o tempo e a explosão, mas não sumiu totalmente, e ele ainda está fragilizado após ter tanta magia drenada pelas gosmas. Tenta, mas não consegue fugir mais.

O lobo translúcido deita no chão, resignado. Não sobrou muito dele vivo.

– Finalmente – Alícia sussurra nos meus braços. A agarrei na explosão e a empurrei para trás. Ela pode ostentar uma das mentes mais aguçadas que já conheci, mas fica devendo no quesito de reflexos físicos, e não tem nada do senso de perigo súbito que uma pessoa como eu constrói crescendo com doze primos da mesma geração.

Me certifico de que ela está bem e levanto com cuidado. Machuquei meu pé caindo de mau jeito, ao que parece, mas não posso me preocupar com isso agora. Manco de volta aos balaústres, finalmente retos. Minha prima está lá embaixo se apoiando em Diego para se erguer atrás de uma mesa de madeira, toda chamuscada. O alívio faz meus joelhos fraquejarem.

– Amanda! – berro. Minha voz sai seca. – Ele tá aqui!

Ela me ouve e cochicha algo com Diego. Puxa o braço dele para segui-la, mas o garoto, mostrando o influenciador que é, tira o celular do bolso primeiro para checar, numa hora dessas, se o aparelho quebrou enquanto lutavam. Amanda o rouba da mão dele e o arrasta na direção das escadas para subir.

– Foi tudo culpa sua! – ouço no terraço. Eliana Guia levantou e cambaleou até o lobo. Se ajoelha e coloca as mãos no peito dele. A criatura geme de dor.

– Era o seu feitiço que senti nas gosmas – uma voz etérea e sobrenatural soa de lugar nenhum. Já li sobre isso, e logo entendo que é o tecbicho falando conosco. – Elas não estavam só comendo magia. Estavam apagando meus dados.

Puxo o ar de surpresa, mas nem deveria, a essa altura. Tudo faz sentido. Era isso o que Eliana estava fazendo na memória que vi, quando encostou no balde dentro do porta-malas do carro. Descobriu uma forma de misturar o próprio feitiço de apagar dados nas gosmas antimagi.

E agora que seu plano foi sabotado, ela tenta eliminar o *bug* de algoritmo com as próprias mãos.

– Você já nos causou sofrimento demais! – a mulher ruge.

Me adianto para arrancá-la da criatura, mas Alícia é mais rápida. Agarra a avó e a puxa para longe.

– Já chega! – Alícia grita, a voz falhando. – A gente já sabe de tudo, vó! Deixa ele ir!

Eliana se debate, estapeia os braços da neta.

– É culpa sua também! – a avó esbraveja para ela. – Foi

por causa dessa sua lambança que tive que chegar a esse ponto! Olha o que você me obrigou a fazer, Alícia!

– Não é culpa... – Alícia levanta uma palma para que eu não continue.

Ela mesma diz para a avó, os lábios tremendo:

– Você não vai me fazer de vilã dessa vez. Não é nada culpa minha!

Amanda e Diego, ambos descabelados e sujos de fuligem, surgem pela portinha da escada e se adiantam até nós. Diego ajuda Alícia a afastar a avó com as próprias mãos – deve estar exausto demais para usar seu feitiço – e depois se coloca entre ela e o lobo. Amanda chega atrás e se ajoelha com o tecbicho no chão, repousando uma mão no seu corpo fraco. Imagino que está tentando algum feitiço, mas nada parece mudar.

– Então é isso?! – Eliana se solta e confronta a neta. – Vai ficar contra mim?! Alícia, na primeira dificuldade, esses seus amiguinhos novos vão te abandonar! Ninguém vai ficar contigo sem a obrigação do sangue! Sem mim, você tá sozinha! É isso mesmo o que quer?! Trair a única pessoa que te ama de verdade nesse mundo?!

– Ela não vai ficar sozinha – digo com o queixo erguido. Quem treme agora sou eu, mas é de puro ódio. – E você não é a única pessoa que a ama de verdade.

Os olhos de Alícia brilham com água.

– Já que estamos aqui, queria te pedir uma coisinha... – ouço Amanda sussurrar para o lobo. Penso em repreendê-la por estar passando a conversa em alguém a essa hora, mas tem algo estranho na forma como ela se debruça sobre ele. Aperto os olhos.

Ando e paro ao lado de Diego, protegendo minha prima e o lobo no chão.

– A cadeia de traições começou contigo – Alícia acusa a avó –, quando trançou um feitiço de apagar dados em uma gosma antimagi sem *sequer saber* se ia dar errado e mandou ela pra cima da minha mãe! Até você mesma sabe que isso foi um erro, não sabe?! Por que outro motivo escondeu de todo mundo que fez isso?! Por que nunca contou sobre a gosma à polícia?! Sempre disse que não sabia o que minha mãe estava fazendo. Que foi tudo uma surpresa. E nem adianta vir de novo negar que foi você, porque era o *seu* feitiço nelas ali embaixo. Eu *sei* que era!

– Por que está me atacando dessa forma? – A avó endurece a expressão, sentida. – Eu cuidei de você, passei noites em claro, sacrifiquei a minha saúde, e você só me machuca! Quer me colocar no hospital?!

– Chega de virar tudo contra mim, eu não aguento mais!!! – Alícia coloca as mãos no rosto, no cabelo. – Só me fala a verdade!!! Acha que eu não sei que você não queria que a polícia soubesse do seu envolvimento?! Que dificultou toda etapa da investigação que podia?! Será que não apagou alguma prova do inquérito com o seu feitiço, assim como apagou os artigos na internet sobre o acidente, porque não queria que ninguém prestasse atenção demais no que aconteceu?!

A avó se afasta, chocada.

– Sim, eu vi no seu *tablet* – a garota continua. – Passei semanas me recusando a acreditar. Fingindo que eu tinha entendido errado, que minha avó não faria isso, mas...

Uma lágrima escapa do domínio férreo de Alícia e ela precisa pausar para se controlar.

– E daí que apaguei as notícias?! – A avó admite com descaso. – Eram horríveis e eu tinha que te proteger. Fiz o certo, isso sim! Vai me culpar pelo desastre só por causa disso, ou por tentar *ajudar* com uma gosma? Pelo amor de Deus, Alícia. Isso não é razoável! Ninguém nem sabe direito o que aconteceu naquele dia!

– Eu sei – a voz do *bug* soa no ambiente, mesmo o lobo deitado no chão feito uma estátua. – Exatamente o que ia acontecer aqui. Sua filha queria me usar. Você descobriu e agiu. Júlia já desconfiava que alguém nos sabotaria, mas nem com todas as informações poderíamos prever que você trançaria o seu feitiço de apagar dados na gosma...

– Ela nem devia saber que isso era possível – Diego defende a irmã.

– Com as proteções do local quebradas pela mulher que queria me usar – o tecbicho continua –, a gosma me pegou. Tentou absorver não só a minha magia, mas os dados e as histórias de toda a internet nos algoritmos pelos quais já passei. Obviamente, não aguentou. Júlia me salvou no último momento, mas já era tarde demais para elas. O galpão explodiu. Fiquei meses me recuperando e voltei atrás de quem foi o responsável por tudo. E enfim aqui estamos, cara a cara...

– Finalmente a verdade... – Diego olha a criatura de um jeito intenso. Não sei se soa como um suspiro de alívio ou uma resignação.

Amanda levantou em algum momento e parou atrás dele, apoiando uma mão no seu braço com cuidado, se mostrando ali.

– O que vi mais cedo bate com essa história – acrescento, pensando na memória sintonizada pelo meu feitiço. – Sou testemunha.

– Chega de fugir, vó! – Alícia insiste. – Acabou!

Eliana começa a entrar em pânico, a respiração acelerando.

– Ninguém tinha como adivinhar que a gosma ia explodir – ela assume, enfim. – Eu só queria proteger as duas desse bicho agressivo!

– Proteger as duas, ou proteger a si mesma? – a acuso. – Pare de usar generosidade para mascarar as suas intenções egoístas! Também queria proteger a Amanda e o Diego quando mandou a gosma atrás deles na casa mágica mais cedo? Ou só queria tirar os dois do seu caminho?

– Eu aposto na segunda opção. – Diego se junta a mim. – Viu o nosso vídeo enquanto nos monitorava e entendeu que estávamos prestes a conversar com o *bug* pra descobrir a verdade. Cancelou o serviço no aplicativo pra não deixar rastros.

– Vi duas crianças entrando sozinhas numa casa incontrolável e me senti na obrigação de ajudar! – Eliana se defende.

– Você quase nos matou! – o garoto rebate, indignado. Faço uma rápida nota mental para brigar com Amanda mais tarde, percebendo o quanto ela abrandou o risco que correu para fugir da minha bronca. – Aliás, agora que penso nisso, minha irmã te subestimou quando pensou que você tinha investido no Geniapp só pra vasculhar a filha. O que queria era ter acesso a todas as bruxas de aplicativo do país, não era? O poder de controlar qualquer narrativa direto com elas!

– Inventem o que quiserem, eu tenho a minha consciência limpa! – Eliana vocifera. Volta à neta, porque sabe que vai ser a mais fácil de conquistar: – Alícia, você tem que entender que a sua mãe estava errada desde o início. Tudo o que tentei foi te dar uma vida de conforto e paz, educação de qualidade, mas ela não queria! Teimosa, achava que só ela podia cuidar de você! Nada disso teria acontecido se não fosse pelo orgulho da Daiana!

– Pare de mudar o assunto descaradamente pra tentar manipular a Alícia! – brigo.

– Minha neta mais querida. – A mulher me ignora, se aproximando da menina. – Pra quem eu ensinei tudo o que sei. Vamos parar com essa discussão que só nos faz sofrer. Me ajuda. Só você pode me salvar. Termina o meu trabalho e apaga os dados dessa criatura horrível.

Alícia nega com a cabeça.

– Já decidi não machucar o *bug* – diz, cruzando o olhar com o meu.

– Não seja boba – a avó insiste. – Você tá confusa agora, mas é só o estresse do trauma. Não tá enxergando as coisas direito. Confia na sua avó e apaga. É o certo. Depois vamos pra casa e vai ser como era antes dessa bagunça. Só nós duas, melhores amigas contra o mundo. Eu vou ser tão boa contigo...

As lágrimas de Alícia não podem mais ser contidas e escorrem feito rios nas suas bochechas. Meu coração se parte e se parte em progressão geométrica por ela.

– Não dá mais, vó – a garota diz, a voz fraca.

– É só usar o seu feitiço. Vai lá. Não pode fazer só isso pela sua avó, depois de tudo o que eu já fiz por você?

– Não é isso. – Alícia aponta, com a expressão chorosa para Amanda. – Ela já filmou tudo o que você disse.

– Quer mandar um "oi" pra galera? – Amanda mostra o aparelho que escondia com cuidado na sombra de Diego e eu.

Porque quando paramos na frente do lobo, não era apenas para protegê-lo de Eliana. Era para esconder dela a menina logo atrás de nós com a câmera na mão, roubando pelas frestas *takes* da mulher que assumia seus piores crimes.

– O vídeo acaba de ser interrompido – Amanda observa. – Então você tem mesmo o feitiço de apagar dados que a sua filha e a Alícia têm, não é? Mas tá tudo bem. Nós pensamos nessa possibilidade de ele ser coisa de família. Por isso a discussão toda já saiu daqui em *live*.

Eliana demora um momento atônito para rebater:

– *Live*? Pra quem, a meia dúzia de seguidores dessa sua conta fechada inútil?

Amanda arqueia as sobrancelhas.

– Eu deixo fechada por opção – se defende. – E esse é o celular do Diego. A *live*, que já ia pros seguidores dele, agora tá aparecendo pra todo mundo que tem conta nessa rede social, graças ao nosso amigo aqui.

Ela aponta com a palma livre para o lobo deitado no chão.

– Bicho ingrato! – A avó se enfurece. – Se não fosse eu cancelando os serviços, teria dezenas de pessoas correndo atrás de você há meses! É assim que me paga por te ajudar?!

A risada curta na voz etérea do tecbicho é tão surreal que, quando passa, já nem tenho mais certeza se aconteceu de verdade.

– Também tá passando pra quem tá aguardando no

jardim – Diego adiciona, em conluio com Amanda –, no telão lá de fora, que felizmente não desligou. Seus sócios no Geniapp, parceiros econômicos, imprensa, todos os amigos que chamou pra festa (e os inimigos também)...

Não os vemos daqui, mas, se aguçar os ouvidos, posso ouvir o burburinho dos convidados e funcionários lá fora, aguardando que a confusão seja contornada no palacete. Aposto que poucos foram embora, mesmo após a explosão e o turbilhão de magia. A escala do que é considerado estranho o suficiente para impedir uma festa de continuar rolando no Rio de Janeiro é bem alta, afinal.

– Um escândalo ao vivo na festa do Geniapp – sou eu quem termina de enfiar a faca. – Isso deve estar se espalhando pela internet feito fogo em mato seco. Boa sorte tentando apagar *essa* notícia.

Presa na expressão de choque, os olhos pulando rápido por cada um de nós, dessa vez Eliana não consegue pensar em como nos manipular para fora dali. Recorre à sua última arma. Seu queixo começa a tremer, o nariz a escorrer, e lágrimas transbordam dos seus olhos.

– Por que estão fazendo isso comigo? – ela geme. – Uma idosa de bem, doente, que só quer cuidar da família!

Sinto pena. Não pelo sofrimento dela agora – ela cavou a própria cova, e até eu, um coração mole ambulante, tenho raiva por Alícia –, mas pena por entender o quanto essa situação é patética. Eliana não é nem nunca foi uma vilã superinteligente, do tipo que se espera do roteiro de um filme, para fechar uma investigação como a de Alícia e de Diego de forma poética. Ela é só uma senhora ardilosa, com dinheiro a rodo e nenhum escrúpulo. Seu mérito para fazer tudo dar certo para si foi apenas saber manipular pessoas e se aproveitar das falhas do sistema. Não é nada poético, apenas real, e deixa um gosto amargo na boca.

– Eu sei que quer o meu bem de algum jeito – Alícia funga –, mas tô cansada de passar os dias tentando separar o que você faz por mim de verdade e o que faz só pensando em si mesma.

– Sempre fiz TUDO por você – a avó jura. – Como pode me trair assim? Nunca se importou comigo de verdade? Só queria a minha casa, o meu dinheiro?

– Me importei até demais. Ainda me importo. Por isso dói tanto agora.

– Então tem que acreditar em mim! – A avó segura as mãos da neta. Meu reflexo instintivo é arrancá-la dali e afastá-la, mas me detenho. É de Alícia a decisão final sobre o que fazer com a avó. – Eu nunca quis que as duas se machucassem. Foi um acidente. Daria tudo pra ainda ter a sua mãe aqui conosco. A morte dela arrancou um pedaço de mim. Essa é a verdade. Eu juro.

– Eu acredito. – Alícia fala com uma tristeza profunda e conformada, as lágrimas escorrendo. – Mas isso não apaga todo o resto que você fez.

Ela não se refere apenas aos erros relacionados ao acidente. Nos crimes de Eliana estão também todas as violências que Alícia teve que sofrer por causa dela, desde o dia em que sua mãe morreu e a garota teve que podar o próprio luto para dar espaço ao da avó.

– Você roubou a verdade de mim – Alícia continua – e

tentou me colocar contra a minha mãe. Isso não é algo que eu possa perdoar.

A avó dá um passo atrás. Percebe que já perdeu a neta. As lágrimas vão secando no seu rosto, sua expressão se enrijece.

– Que decepção – diz, amarga. – É isso que eu ganho por amar demais você e a sua mãe.

– Vó...

Mas a mulher não a ouve. Saca o celular e liga para alguém.

– Chama o carro e os seguranças – fala. – É, já sei. Vou sair pelos fundos. Não quero fotos.

Ela não olha para trás ao se afastar e, segurando no corrimão pesadamente, desce do terraço.

As pernas de Alícia bambeiam e ela cai. A seguro para amortecer a queda e me ajoelho no chão com ela, a abraçando. Com toda a sua altura, ela parece pequena enquanto chora de soluçar entre os meus braços.

– Se ao menos ela tivesse se arrependido... – Alícia murmura.

– Você foi tão corajosa – sussurro para ela, beijo seu cabelo, afago as suas costas. – Não vou deixar mais ninguém te machucar. Não vou.

– Amanda – Diego chama minha prima, hesitante. – Você tem algo a dizer ao *bug*? Não temos muito tempo. Devia ter uma equipe na porta do palacete impedindo que a galera entrasse, mas agora não vai demorar pro esquema se desfazer. O que queria conversar com ele?

Minha prima observa o lobo-guará translúcido no chão.

– Não me lembro. – Ela nega com a cabeça.

Se afasta e dá espaço para que Diego agache ao lado dele.

– Você precisa ir embora – o garoto fala para o tec-bicho. – A brigada de controle de anomalias mágicas dos bombeiros deve chegar a qualquer momento e vão querer te machucar.

– Você arriscou a sua vida pra me salvar lá embaixo... – a voz etérea soa de lugar nenhum. – Mas agora já sabe o que aconteceu. Pode ir...

– Não te salvei pra ouvir a sua história. – Diego franze a testa. – Te salvei porque é o que minha irmã gostaria que eu fizesse.

Os olhos antinaturais da criatura deitada estudam o menino.

– Júlia depositava muita confiança em você – o lobo recorda. – Achava que ficaria mais forte que ela um dia. Teria coragem de fazer tudo o que ela não fez. Se impor na família. Seguir o seu caminho. Ela teria gostado de te ver lutando hoje.

Os olhos de Diego ganham um brilho aquoso.

– Agora o mundo já sabe o que aconteceu – o garoto aponta. – Alguma justiça será feita.

– "Justiça"... – A voz do *bug* soa cada vez mais arrastada e baixa. – Que conceito humano...

– Não é isso o que você queria, correndo atrás de quem mandou as gosmas durante todos esses meses?

– ... Acho que era, mesmo. Júlia estava certa. Acabei puxando muito de vocês...

O lobo está se tornando transparente, com partes de si sumindo em pequenas fagulhas.

– Ei, não morre, não – Diego pede, a expressão séria, mas sua voz esconde uma ponta de medo, e uma lágrima escorre. – Se ficar por aí, a gente se junta e fala da minha irmã até o dia clarear. Lembra os bons tempos.

Pela segunda vez, a risada da criatura me pega de surpresa. É como ver uma estrela cadente no céu duas vezes na mesma noite: distante e fascinante.

– Seria bom… – o *bug* diz. – Mas acho que vou atrás dela pessoalmente, agora. Tenho certeza de que a encontro em algum lugar por aí, além da magia…

É a última coisa que diz antes de se desfazer no ar, as linhas de luz correndo pela sua silhueta e se desligando para sempre.

- 22 -

Madu

SEMPRE ACHEI QUE NASCER responsável e ter que supervisionar a linha de produção industrial de más ideias que é a minha família fosse a tarefa mais difícil que uma pessoa poderia ter, mas cuidar de mim mesma tem se mostrado igualmente árduo. Existia um certo alívio em não sobrar tempo para pensar nas minhas próprias angústias. Agora que as porteiras do meu coração-forte se abriram e pago o preço pelos anos de descaso, fico aqui sofrendo para organizar os sentimentos. Separar o que sinto nas planilhas certas, esquematizar o que preciso aprender a lidar.

Bom, se vou ser emocionalmente saudável a partir de agora, que seja da forma mais otimizada possível.

Me sento na minha cama, encostada na janela. A cama de puxar de Amanda está recolhida e arrumada embaixo, porque hoje é aniversário da minha avó e vai ter festa na casa (não, não tem nenhum plano de visitas subirem aqui, mas tudo tem que estar perfeito caso o Papa resolva visitar e minha mãe precise lhe oferecer um *tour* pelos aposentos).

Do lado de fora da janela, as folhas do cajueiro são de um verde vibrante contra o início da tarde, os galhos as segurando feito alvéolos.

– Tão com formiga nas calças, seus apressados? – Amanda grita para o corredor enquanto entra no quarto. Para na porta e vira para mim. – Os primos já estão chegando e clamando pela sua atenção lá embaixo, ó grande Mamãe Gansa. Quer que eu diga que não conheço nenhuma Maria Eduarda e que a sua existência pra eles não passou de uma alucinação coletiva? Já peguei um serviço com alucinação coletiva de verdade uma vez, sei fazer parecer real.

– Já vou descer. – Perco os olhos na janela de novo. Em volta de mim, alguns cadernos das matérias que eu estava estudando jogados na cama. Abro e fecho a tampa de uma caneta repetidamente. – Você viu as notícias?

– O Geniapp finalmente emitiu nota afastando a Eliana Guia de qualquer atividade relacionada à empresa – minha prima informa como resposta. – Demorou uma semana pra redigirem três míseros parágrafos, mas é melhor que nada, né? Deve ter rolado um baita UFC de advogados. Ainda acho que só cederam porque a polícia anunciou a investigação pelos crimes dela. Não me escapa a ironia de que estão dando menos peso ao duplo homicídio e mais ao fato de ela ter trancado cinco gosmas antimagi na festa, só porque algumas das possíveis centenas de vítimas tinham muito dinheiro. Eu só acho que…

Sinto a cama balançar quando ela se senta ao meu lado.

– Por que você puxou o assunto das notícias se ia imediatamente parar de prestar atenção? – me pergunta. Aperto os lábios em um pedido de desculpas singelo. – Não é todo dia que te vejo distraída desse jeito. Ainda mais com a família gritando por você. Você tá nervosa que Alícia vai vir? ... Eu também tô nervosa com a vinda do Diego.

Vai ser a primeira vez que vejo Alícia em dias. Ela está ficando no apartamento de Diego desde que sua vida desmoronou uma semana atrás.

Assim que a situação foi controlada na festa e a polícia terminou de pegar nossos depoimentos, o garoto a convidou para voltar para casa com ele. O quarto de Júlia estava vago, ele disse. Ofereci que viesse comigo e com Amanda também, mas já sabia que com a minha família Alícia não encontraria a paz que precisa nesse momento. Não guardei rancor quando ela escolheu o garoto.

Foi uma semana cheia. A polícia veio atrás de todos nós algumas vezes mais, tentando entender o que houve. Depois vieram os advogados. De Eliana, do Geniapp, de entidades civis diversas. Então nos caçou o resto dos interessados na mídia. Repórteres, ativistas de saúde mental, e até alguns políticos querendo divulgação fácil. Aqui em casa, uma barreira de parentes com os mais diversos diplomas e aptidão à petulância nos protegeram. Do lado de Diego e Alícia, a mãe dele veio correndo de Brasília assim que viu as notícias, e bastava uma ligação dela para o avô que qualquer aborrecimento cessava.

No meio da semana, Diego gravou um vídeo explicando a história toda para o público – ou, pelo menos, uma versão suavizada que nós quatro concordamos em contar. Para tirarem dúvidas, aceitou falar com alguns veículos.

– Por que pedir a um tecbicho para compartilhar uma cena tão íntima e chocante quanto aquela que vimos no Parque Lage? – os repórteres o perguntaram.

– Porque o mundo precisava saber a história da Júlia e da Daiana – o garoto respondeu todas as vezes.

Alícia não quis participar.

Amanda fez uma pausa nos serviços do Geniapp e nenhum de nós foi ao colégio, esperando a poeira baixar. Saber que os estudos estão acumulando está me massacrando por dentro. Pedi aos nossos amigos da sala em que eu e Amanda estudamos para que nos enviassem suas anotações das aulas por foto, enquanto minha prima dizia que eu parecia uma viciada.

No meio do caos, foi impossível continuar escondendo da família que Amanda trabalha como bruxa de aplicativo. Ninguém acreditou no início, até porque o perfil dela no Geniapp ainda está com a foto ridícula que minha prima escolheu quando tentava não ser reconhecida, com um feitiço de cabelo loiro e um par de óculos de aro grosso ("foi só uma fase", ela dizia para os clientes que comentavam sobre o quanto ela era diferente ao vivo).

– Você estava na festa do Geniapp porque é uma bruxa de aplicativo *respeitada*? – nossos primos repetiram para ela, céticos.

– É verdade! – Amanda insistiu. – Eu que gravei o vídeo que viralizou! Ainda lutei com as gosmas, salvei o palacete!

– Não custa nada contar a verdade... – resmungaram os primos.

Depois que um quórum mínimo de cinco parentes leu

as suas avaliações no Geniapp, acabaram aceitando a verdade sobre o seu trabalho.

– Só nossa prima teria a capacidade de enrolar essa quantidade de gente e as pessoas ainda saírem contentes – disseram rolando a tela, com certa admiração.

A mãe de Amanda foi a última a saber. Precisou de várias explicações nossas para entender o que era uma bruxa de aplicativo. Não participei do resto da conversa dela com a filha depois disso, mas reparei que não demorou muito e deixou minha prima, a mais faladeira da casa, monossilábica por alguns dias.

– Tá tudo bem – foi tudo o que Amanda me disse quando perguntei. – Só vou segurar os serviços uma semana ou duas. Não quero que minha mãe se preocupe.

A parte das gosmas todos continuaram ignorando, é claro. Nada foi filmado e o depoimento na mídia de cada bruxa que participou da luta foi diferente. Amanda ficou pra morrer. "Não é todo dia que eu explodo as coisas intencionalmente e por uma boa causa!!!" (suas palavras). Compensou a frustração exagerando sua versão da história descaradamente a cada reconto. No final, tanto nossa família quanto o público amplo ficaram sem saber direito o que houve e deixaram o debate de lado, para a alegria do setor de relações públicas do Geniapp.

Que, diga-se de passagem, deveria se chamar "relações públicas de ódio e ingratidão corporativa". Sequer reconheceram a nossa ajuda em controlar o desastre na festa. O máximo que fizeram foi oferecer uma pequena quantia em dinheiro para que todos parássemos de falar publicamente sobre o ocorrido. Minha prima recusou na hora, é claro, alegando ser "incapaz de deixar de contar uma boa história".

Mesmo na semana mais cheia de todas, pensei em Alícia em todas as brechas de tempo que roubei para mim. A garota que já tinha perdido a mãe, e agora sofria também a "perda" da avó.

A única vez em que a vi pessoalmente desde a festa foi no dia seguinte, quando um funcionário de bom coração alertou Alícia de que a avó tinha saído de casa, e Diego, Amanda e eu a ajudamos a passar lá para pegar os pertences da menina. Alícia estava pálida o tempo inteiro.

Depois, perguntei várias vezes se precisava de mais ajuda, se queria sair ou fazer algo, mas a menina só recusou, se retraindo. Não saiu mais da casa de Diego. Não quis conversar muito.

É angustiante para mim, uma pessoa que passou a vida inteira proativamente se metendo nos problemas dos outros para resolvê-los, ser confrontada agora com um sobre o qual não posso fazer nada. Queria tirar o sofrimento do peito de Alícia, jogá-lo no chão e pisar nele todinho. Mas não há como. Então lhe dou a única coisa que posso oferecer agora: espaço e tempo.

Pelo menos ela não está sozinha. Peço relatórios diários sobre seu bem-estar a Diego – a vida tem dessas ironias, não é? –, e o garoto me conta como ela vem conversar com ele de tempos em tempos. Relembram o passado, lamentam o vazio dentro de si. Refletem sobre como seguir em frente. Se apoiam um no outro, daquele jeito com que só se conectam duas pessoas que passaram pela mesma experiência traumática.

Até que Diego a convenceu a aceitar nosso convite de vir aqui hoje, na festa de aniversário da nossa avó. Seria bom para ela, ele insistiu.

Pena que as coisas não vão bem como planejado...

– Você sabe que pode conversar comigo, né? – Amanda tira a caneta da minha mão com cuidado. Eu estava tampando e destampando ela até agora. – Tô aqui sempre que quiser. Só não faz isso, não. Ficar sentada no quarto o dia todo olhando pro nada, pensando em como vai ignorar tudo o que está sentindo.

– Eu não...

– Madu – ela já me interrompe. – A gente divide o mesmo único neurônio. Não pode mentir pra mim. Nós duas sabemos dessa sua grande habilidade em socar sentimentos bem fundo aí dentro. Alícia conseguiu te fazer se abrir um pouco nesse último mês, mas nessa semana você já voltou a se esconder. Fico preocupada que, tal qual no universo, esteja se formando um buraco negro no seu peito, de tanta massa de sentimentos reprimidos. Isso não é bom, sabe? Um dia a gravidade dele vai acabar te engolindo!

Franzo as sobrancelhas, entrando na defensiva, mas desisto e balanço a cabeça. Amanda está certa. Suspiro, reconhecendo minha derrota.

– Você não deixa passar nada, ein? – reclamo. – Agora entendo como descobriu sobre o meu feitiço sozinha.

– E você nem reparou que faz anos que não como nada contigo na véspera de praticar uma atividade de cunho moralmente duvidoso. – Ela sorri, maldosa. – O engraçado é que as pessoas juram que você é a prima atenta e eu, a relaxada!

– Estão certas! Não julgue a regra pela exceção. – Junto os cadernos sobre a cama em uma pilha menos organizada que de costume. Faz um tempo que estou enrolando para fazer a pergunta-chave à minha prima. Tomo coragem: – Como descobriu, afinal?

– Você sabe esconder sentimentos profundos, mas é péssima em esconder reações. Seu rosto é praticamente um emoji humano. Na época em que as suas expressões começaram a ficar estranhas sem motivo, logo desconfiei que tinha algo errado. Fui observando. Você me oferecia comida de um jeito incisivo demais quando estava suspeitando de mim, e depois brigava comigo. Demorei, mas tal qual uma ratinha de laboratório, aprendi e fui ligando os pontos.

– Um pouco *pior* que uma ratinha, porque ainda caiu na minha tramoia várias vezes. Ratinhos de laboratório aprendem mais rápido.

Falo brincando, mas pensar que alguém da família agora sabe sobre mim ainda causa um nó no meu estômago.

– Fiquei meio chateada por você ter achado um feitiço sem me contar, no início – Amanda admite. – Era como se não confiasse em mim. Mas, com o tempo, fui deixando pra lá. Se Madu, a Honesta, estava escondendo algo, devia ter algum motivo. Só queria que se sentisse confortável pra dividi-lo comigo em algum momento.

– Desculpa... – me forço a dizer.

– Não se preocupa muito com isso, não. – Ela balança a cabeça. – Eu escondo coisas de todo mundo o tempo todo. A maioria das pessoas também. Você tá com crédito. Relaxa.

Que sensação estranha, a de ter alguém me observando desse jeito. A de estar no lado da pessoa que é cuidada, para variar.

– Quer um segredo que nem você nem ninguém descobriu ainda? – ofereço, desviando os olhos para qualquer lugar. – Todo mundo me coloca lá em cima, toda idealizada. "Madu, a Honesta" e o caramba. Mas, às vezes, eu só me acho uma pessoa meio... vazia. Tiro as notas altas e corro pra cumprir todas as minhas obrigações, agradar a minha mãe, mas o que eu faço por mim mesma além disso? Nada. Não tenho ambição própria. Acho que é por isso que você me convence tão fácil a embarcar nas suas enrascadas. Sigo as outras pessoas no caminho delas porque não tenho o meu.

Me sinto desconfortável em admitir problemas tão íntimos que não consegui resolver sozinha. Que sequer queria reconhecer. Mas preciso ser forte. Admitir é o primeiro passo (segundo os oito artigos que li na internet e resumi em pontos principais).

– Ando pensando muito nisso essa semana – continuo. – Com Alícia eu estava sendo rebelde. Seguindo minhas próprias vontades. Nunca me senti tão feliz. Agora que ficamos afastadas e voltei a perder o foco, esse vazio dentro de mim, que sempre esteve ali e nunca reparei, me chocou.

– Madu... – Seu tom é cheio de pena. – Como posso ajudar? Quer sentar juntas e, sei lá, escrever umas ideias nuns papéis como você gosta, montar um organograma?

Agradeço mentalmente por ela não me dizer que estou errada, confiando na minha autoanálise.

– Já tenho uma ideia do que fazer – digo, rindo das sugestões. – É bem simples, em teoria. Tenho que parar de viver a vida só pelos outros e passar a viver por mim mesma também. Pelo menos um pouco. Resta saber como encontrar esse equilíbrio sem a família se implodir.

– Nós vamos dar um jeito. Eu vou te ajudar.

– Não precisa, Amanda…

– Ei – ela me interrompe. – Não vai chegar ao equilíbrio se não aprender a aceitar ajuda de vez em quando.

– Mas só eu sei como fazer tudo ficar…

– Também não vai chegar ao equilíbrio se não se acostumar com a ideia de que, nem sempre, as coisas nessa casa vão funcionar perfeitamente organizadas, e tá tudo bem.

Travo os dentes e estico os lábios, emburrada.

– Abrir mão de controle deve estar lá em cima na escala de dor usada em hospitais – reclamo.

– MADU, CADÊ VOCÊÊÊ??? – priminhos gritam do primeiro andar.

– Que comece o *equilíbrio*. – Amanda sorri para mim. – Vem. Eu te ajudo a lidar com as pestes, pra você poder dar atenção à Alícia quando ela chegar.

Mordo os lábios antes de dizer, soturna:

– Ela não vem.

– Não vem?! Como assim?! Mas… Mas ela e o Diego confirmaram!

– Me mandou mensagem agora há pouco dizendo que, por causa das notícias, achava que a presença dela ia tirar o foco do aniversário da vovó. Não queria estragar a festa.

Meu coração afundou tanto que quase tropecei nele sem querer.

– Alícia claramente não conhece nossa família. –

Amanda ri. – Mas que estranho. Diego me disse que ela até já saiu de casa.

Franzo a testa. Saiu, mas não para vir para cá?

– Bom, eu insisti e ela não se convenceu. – Encolho os ombros, um pouco machucada de ela ter furado comigo para ir a outro lugar. – O que mais posso fazer, ir lá arrastá-la?

Amanda segura meu braço, os olhos brilhando de inspiração.

– Vai – ela diz, como uma ordem.

– O quê?! Não posso ir! Tenho que receber os parentes. Organizar a comida. Separar as brigas dos parentes pela comida.

– Larga tudo! Desperta a meia dúzia de células dormentes responsáveis pelo autocuidado que sei que você tem guardadas aí em algum lugar e vai ser feliz!

– A gente começa essa coisa de "vai ser feliz" amanhã. Hoje eu vou...

– Para de agir como se você sumir por duas horas fosse causar a destruição da humanidade como a conhecemos! Ninguém vai morrer, Madu! Se bobear até aprendem alguma responsabilidade na sua ausência.

– MADUUU – os primos continuam gritando do primeiro andar. – A gente quer colocar Luizinho dentro do pneu de caminhão que achamos na rua pra ele descer a ladeira girando, mas ele disse que só vai se você filmar, porque só você sabe filmar direito!

Aperto o rosto em uma expressão angustiada para Amanda.

– Não descarte assim tão fácil a possibilidade de alguém morrer na minha ausência – digo.

Olho para a porta. Olho meu telefone. Mordo os lábios.

Meu futuro clama por mim.

Encaro Amanda.

– Você me ajuda até eu voltar? – peço, tímida.

Minha prima abre o maior sorriso de todos.

– Deixa que eu cuido de tudo. – Ela levanta e me puxa junto. – Sei filmar muito bem.

– Amanda!!!

– Tô brincando! Vou arrumar algo melhor pras crianças brincarem. – Ela pega minha bolsa do nosso cabideiro abarrotado e a trespassa sobre a minha cabeça.

– "Arrumar algo melhor" não pode ser montar uma roda de briga na sala com as crianças e organizar um esquema de apostas com comissões pra você, ein!

– Que ultraje! Eu não fico inventando esquemas elaborados pra sacanear meus primos e me dar bem no processo! Me dá dez exemplos!

Começo, com todos na ponta da língua, mas Amanda me cala passando brilho labial na minha boca.

– É sério – ela continua, a expressão mais contida. – Deixa comigo. Juro que consigo fazer algo direito de vez em quando.

Deslizo meus lábios um contra o outro para espalhar o brilho.

– Você é a única a quem eu confiaria essa tarefa – garanto, meu coração apertado por ela.

Paro na porta do quarto, minha barriga cheia de borboletas por antecipação. Amanda para comigo e tenta controlar um sorrisinho.

– Por que você tá se divertindo tanto com a minha transgressão? – pergunto, ficando insegura. Amanda feliz pode significar que tem algo muito errado no que estou fazendo.

– Porque tô orgulhosa de você, só isso. É como ver a minha priminha finalmente crescendo.

Solto o ar pelo nariz em deboche, mas não tenho o que retrucar.

– Enquanto eu distraio todo mundo, você sai pela rampa da garagem – Amanda decide. – Já sabe pra onde está indo? Alícia não contou nada a Diego, pelo que entendi.

– Tenho uma ideia de onde ela foi.

E não deixo que nada me pare até chegar lá.

O Jacarandá no centro da biblioteca da UMARJ perdeu algumas folhas desde a última vez que o vi, mas continua imponente no centro do espaço. Sob a abóbada de vidro, seus galhos apontam para os inúmeros livros em volta.

Passo direto por ele.

Sofro um momento de incerteza ao não encontrar Alícia na mesa de estudos favorita dela. O bibliotecário me vê, sorri e aponta para a enorme janela dando para o jardim. A garota está escondida lá fora, sentada em um banco.

O céu é perfeitamente azul sobre mim quando saio pela porta dos fundos da biblioteca para o singelo jardim. O caminho principal de asfalto é margeado por gramados, palmeiras e outras plantas ornamentais bem podadas. Com a área quase vazia, me sinto em um pequeno oásis de paz no meio do Centro do Rio de Janeiro.

Alícia está em um banco de ferro ornamentado sob uma árvore, algumas folhas caídas em volta no chão. Veste uma saia de tecido simples e uma camiseta larga e roxa com detalhes amarelos que deve ter roubado de Diego, porque no armário dela mesma não tem nada com tanta cor. Seu cabelo escuro desce em um rabo pelas costas e seu rosto ostenta a nudez sincera de pele sem maquiagem. O único adereço que usa são os brincos pendentes em forma de luas crescentes, os colares combinando e algumas das suas pulseiras.

Perco a função motora das pernas por um momento. Como pode uma pessoa ficar tão bonita sem qualquer esforço? Acho que essa é a única grande injustiça do universo que aprovo veementemente.

De fones de ouvido e lendo um livro, ela não me percebe chegar. Toma um susto quando sento ao seu lado no banco.

– Você vem sempre aqui? – pergunto, como disse da primeira vez em que nos encontramos nessa biblioteca. Naquele dia, fiquei com vergonha de que ela achasse que era uma cantada. Hoje, é uma cantada mesmo.

– Madu?! – Ela tira os fones. – O que você tá fazendo aqui?! E a festa da sua avó?!

– Vim te arrastar pra ela! Prometo que todo mundo vai adorar te ter lá. Ninguém vai se distrair, até porque na minha família as pessoas já têm muitos problemas próprios pra se concentrar.

A alegria contida que surgiu no rosto de Alícia ao me ver esmaece um pouco. Ela repousa o livro que lia no banco e evita meus olhos.

– É sério, você tá perdendo toda a diversão! – tento cortar a tensão. – Na última festa, aniversário de Bruninho na semana retrasada, ele ganhou de presente uma varinha RGB pra tentar encontrar feitiços. Tia Efigênia ficou superpreocupada porque ouviu que era uma "varinha LGBT" e achou que ele queria transformar as pessoas em gays. "Não se deve mudar quem os outros são assim!", ela ficou brigando. Foi a maior confusão. Demorou pra entender que era só uma varinha *gamer*. "Mas transformar em *gamer* é muito pior!", ela berrou no final. Até eu caí na gargalhada.

Isso arranca o famoso sorriso contido de Alícia. Ele não deixa seus lábios enquanto a garota me observa.

– Que foi? – pergunto, ficando constrangida.

– Tô feliz em te ver.

Seguro sua mão e entrelaçamos nossos dedos.

– Como você tá? – pergunto com cuidado. – Depois das notícias de hoje e tal.

– Agora você entende por que eu precisava do *bug*? Mesmo com toda a exposição nacional que conseguimos, demorou uma semana pro Geniapp afastar minha avó da empresa. Se ainda agora ela corre o risco de sair praticamente impune, imagina se não tivéssemos viralizado o caso.

– Com todo o respeito, mas vale lembrar que sua avó é branca, bem conectada e podre de rica. Ela pode invocar um meteoro pra destruir o país que as chances de ser punida são baixas, não importa o que a gente faça. – Aperto a mão de Alícia na minha. – Mas o mundo agora sabe a sua história. Você tá livre. Isso é o mais importante.

– Quanto tempo vai demorar até que esqueçam e ela

consiga virar a narrativa a seu favor de novo? O número de seguidores dela mal diminuiu, depois de tudo.

– A gente não vai deixar que esqueçam. Eu não vou deixar.

Ela franze as sobrancelhas escuras para mim. Respiro fundo.

– Contei pra polícia sobre o que vi no meu feitiço – confesso. – Eles disseram que meu testemunho só pode ser usado como prova oficial pelo juiz se eu me certificar. Decidi começar a burocracia na semana que vem.

– Vai fazer em segredo da sua família, agora que já é maior de idade?

– Não.

Sua expressão se espreme em preocupação.

– Vou contar pra todo mundo – explico. – Não hoje, porque isso de fato ia estragar a festa da minha avó. Mas essa semana. Primeiro meus pais, depois meus avós, e por aí vai. Amanda já sabe... ela descobriu sozinha, você acredita? A danada é esperta. Mas é bom, que vai poder me ajudar a planejar. A montar o discurso.

– Madu… – Os olhos castanhos dela me vasculham angustiados. – Você não precisa fazer isso por mim.

– Não tô fazendo. É por mim. Uma das poucas coisas que decidi fazer cem por cento por mim mesma em muito tempo. – Dou uma risada nervosa. – Tá, admito que tô toda bagunçada de medo. Especialmente quando penso no que a minha mãe vai dizer quando descobrir que a filhinha prodígio dela mentiu por todos esses anos. Vai se esquecer de tudo o que eu já fiz de bom, do tanto que já me esforcei por ela.

Me pergunto se eu teria admitido esse temor tão fácil

um mês atrás, ou se teria fingido que ele não existe até que enrijecesse meus músculos e me impedisse de agir. Chuto a segunda opção.

– Você é uma pessoa maravilhosa e já fez tudo o que podia, Maria Eduarda – Alícia fala como se fosse óbvio. – Se ela não sabe reconhecer isso, é um problema que ela precisa aprender a lidar lá do lado dela. Você não é um projeto da sua mãe. Não é obrigação sua consertar o coração dela.

Isso me toma de surpresa. É uma perspectiva tão... inusitadamente lúcida. Sem que eu me controle, meus olhos ficam marejados.

– Sei que soa um pouco como hipocrisia ouvir isso da minha boca – Alícia acrescenta, se encolhendo –, mas é algo que queria te dizer há um tempo. Fico irritada vendo as pessoas te fazendo sofrer.

– Obrigada. – Faço carinho na sua mão, e ela o retribui.

É esquisito me sentir triste e feliz ao mesmo tempo. O ser humano é realmente capaz de muita coisa.

– Minha avó tem vindo atrás de mim. – A voz de Alícia é apenas um murmúrio. – Tenta me ligar, eu não atendo. Manda mensagem, eu peço para Diego ler por mim e apagar. Meu corpo treme todo só de pensar em ouvir o que ela tem a dizer.

Passo um braço sobre os ombros dela e a aperto contra mim.

– Você não precisa enfrentá-la agora – digo com a maior delicadeza de todas. – Deixa a distância te dar força primeiro.

– Ainda não sei lidar com a liberdade de não estar sob o comando dela. Minha avó foi tudo na minha vida por muito tempo. Me sinto culpada, triste, aliviada, perdida. Tá tudo muito... confuso aqui dentro. Uma parte de mim ainda a ama incondicionalmente, apesar de qualquer atrocidade que tenha feito ou do quanto tenha me machucado. E acho que ela me ama também, do jeito que é capaz. Aquele seu amor de gangorra, que fica alternando entre amor e dor, raiva, ressentimento. Mesmo que esse último sempre tenha sido o lado mais pesado. – Ela enxuga a água nos olhos com os nós dos dedos. – É ridículo esse negócio de dutos de lubrificação ocular, né? Quem foi o doido que achou que isso seria uma boa ideia?

– Meu bem... – A puxo ainda mais forte contra mim. – Tá aí algo que nós duas temos que aprender na marra. Existe um limite pro quanto podemos sacrificar nossa saúde mental pelos outros.

– Saúde mental. – Alícia dá um sorriso agridoce. – Diego ofereceu ajuda caso eu quisesse contar meu lado da história nas redes. Não quis, mas pensei que talvez eu possa falar sobre... saúde mental. Parentes narcisistas. O pacote completo. Tentar ajudar alguém que esteja passando por isso.

– Acho uma ideia excelente!

– Não agora, mas... Quando eu estiver pronta. Se um dia estiver.

– Vai estar. Quando tudo passar, você decide o que quer.

Alícia desliza o corpo no banco e aconchega a cabeça em mim. Fecha os olhos e, após um ano, se deixa aproveitar alguns minutos de tão sonhada paz. Encosto minha bochecha no cabelo dela. Tem cheiro de erva-doce, hoje. Ela deve ter mudado de xampu, agora que mora com Diego por tempo indeterminado.

– Posso perguntar uma coisa? – Alícia corta o nosso silêncio.

– Uhum.

– Algum dia você vai confiar em mim de novo?

Abro a boca para dizer que já confio, mas me detenho. A mentira dela ainda está aqui, fresca no meu peito. Não posso começar uma nova era de sinceridade entre nós amaciando essa verdade. Seria contraditório.

– Vou, mas vou precisar de tempo – respondo, sincera. – Você tá disposta a esperar comigo?

– Enquanto tiver uma chance sequer de me redimir contigo, espero o tempo que for.

– Então pode começar agora.

Ela se ajeita no banco, endireitando a coluna para poder me olhar de frente.

– Me diz algo que você ama – peço.

Ela aperta os lábios em um sorriso. Fica a um passo de deixá-lo escapar e mostrar os dentes, mas se contém.

– Cachorrinhos – diz.

Engasgo em uma risada.

– Eu achei que ia vir com uma baita declaração agora – brinco.

– O que posso fazer, eu amo cachorrinhos! – O peito dela treme com riso também.

– Você ama é ficar me provocando!

– Amo também. Essa sua carinha irritada... Todas as suas carinhas, na verdade. Adoro colecionar essas suas expressões adoráveis. Tô montando uma biblioteca de você, pra pegar pra ler quando der saudade.

Meu rosto queima. O abaixo, acanhada e contentinha.

Quando Alícia fala de novo, seu tom é o de alguém perdido no passado.

– Eu tinha um cachorrinho quando era criança – conta. – Ele destruía tudo o que encostava. Mesmo assim, a gente o amava... Sempre me deu uma certa esperança. Mesmo que eu também fosse o tipo de pessoa que destrói tudo no meu caminho, quem sabe um dia eu ainda pudesse ser amada.

Seguro o rosto dela com cuidado e a beijo, não me importando por um momento que estamos em um local público e alguém maldoso pode passar e nos olhar esquisito. Seus lábios são macios sob os meus. Tão suaves. Nesses breves segundos de toque, penso que no mundo não existe nada mais precioso do que essa garota aqui comigo.

– Você é amada – é tudo o que digo a ela.

Enfim, o milagre acontece. O sorriso de Alícia se abre, seus dentes alinhados à mostra em uma expressão de pura alegria sincera, sem máscaras e sem restrições.

– Você também é – ela responde.

Deixo a felicidade fluir por mim e prometo nunca mais privar meu coração de sentir de novo.

Se os passarinhos ciscando no chão e os verdevivos zunindo pelas árvores reparassem em nós agora, veriam duas garotas que por muito tempo viveram só pelos outros, e que agora enfim tentam achar seus próprios caminhos.

Sei que vai ser difícil para mim. Que encaixar os momentos para cuidar dos meus anseios no mosaico delicado da rotina vai me requerer uma habilidade de mestre para que tudo não desmorone, corte meus dedos, machuque minha família. Me encha de culpa e de remorso.

Mas aprendi que é possível. Pelo motivo mais óbvio de todos: porque não estou sozinha. Porque as pessoas que ajudamos a levantar, com cuidado e carinho, depois estão lá para nos segurar de volta quando nossos pés falsearem. No fim, somos todos como orquídeas: carregamos as flores mais lindas de postura erguida apenas quando aceitamos apoio.

Além do mais, nunca desisto de um desafio.

Nos recostamos no banco ouvindo o zumbido dos carros na distância e o cantar dos passarinhos que não tiraram a sesta da tarde. Com o sol do outono esquentando nosso rosto, sonhamos com tempos mais tranquilos e futuros brilhantes.

- 23 -

Amanda

AS CRIANÇAS ESTÃO CONFABULANDO as brincadeiras mais eficientes para quebrar a mobília, as tias estão decidindo como outras pessoas deviam ter feito coisas, e os adolescentes estão no telefone fingindo não existir. Tudo corre normal na sala de casa durante o aniversário da nossa avó.

Ficam me perguntando se participei mesmo da explosão de magia no Parque Lage. Se fui eu que conversei com o dono da casa possuída que passou no jornal e o convenci a vendê-la em um leilão para milionários excêntricos que amam magia. Se realmente enfrentei bananas assassinas e pixies urbanas.

Ninguém acredita muito quando conto a verdade. Mudar a percepção de pessoas que passaram a vida inteira no conforto de duvidar de você requer tempo, trabalho árduo e constante.

Mas a descrença coletiva me magoa um pouco menos dessa vez. É como se, para uma parte de mim, o que eles acham não importa tanto, porque eu mesma sei o que aconteceu. Sei que fui capaz.

Estranho, né? Sempre sonhei com o reconhecimento da minha família acima de tudo. Fantasiei com eles vendo meus grandes feitos e me carregando nos ombros em longos cortejos em homenagem à minha glória. Nunca pensei que os grandes feitos em si me satisfariam de alguma forma.

Que a validação mais importante poderia vir de mim primeiro.

Também me perguntam se peguei mesmo Diego. Disso não duvidam tanto ("com esse rostinho e uma lábia dessas, até eu", disse tia Margarete, 82 anos). Mas eu ainda adoraria jogar a prova na cara de todo mundo, se pudesse.

Pena que o garoto não veio. Sequer visualizou as duas mensagens que mandei perguntando se ainda ia aparecer. Orgulhosa, não falei mais nada.

– ... Aquele é o primo João Gustavo, que pede dinheiro pra todo mundo – Madu aponta –, e aquele é o primo João Guilherme, que empresta dinheiro pra todo mundo. Nós temos sempre que manter os dois a uma distância de pelo menos cinco metros um do outro.

– Sinto que eu precisaria de um curso intensivo pra entender a família de vocês – Alícia os avalia (porque ELA veio, afinal. Praticamente amarrada, mas veio).

– Eu estudo essa família há dezoito anos e ainda não a entendi, tá tudo bem – minha prima a tranquiliza.

– Nada de Diego até agora. – Escondo em um tom leviano o quanto meu coração está todo estropiado. – Parece que uma semana foi tempo suficiente pra que mudasse de ideia a meu respeito.

– Não seja boba. – Madu abana uma mão em descaso.

– Também acho difícil – Alícia concorda, neutra. – Em casa ele sempre te puxa nos assuntos. Chega a ser irritante. A mãe dele já fala de você como se já te conhecesse.

– Vocês duas são bonitas e inteligentes demais pra entender a insegurança da garota mediana.

Falo brincando, mas Madu aperta os olhos.

O pai dela vem e arrasta Alícia para a mesa de comida no canto da sala, tentando convencê-la a comer algo. A mãe acompanha os dois. Adiciona comentários raros sobre as opções e, em certo momento, pega um prato e o enfia em silêncio na mão da garota. Madu fica comigo e os vigia de longe, dando um momento para se conhecerem.

– Lembra aquela vez – minha prima me fala sem tirar os olhos deles – em que o seu cliente no Geniapp vendeu sem querer alguns anos de vida dele pra um demônio menor, achando que ia ganhar uma *skin* super-rara no joguinho de tiro dele? Então você passou uma noite inteira decorando o Código Civil pra discutir com o demônio e convencê-lo de que o contrato tinha sido feito no Brasil, portanto estava protegido pelas leis brasileiras e podia ser desfeito em caso de erro de uma das partes?

– Até hoje não acredito que funcionou. – Dou uma risada saudosista. – O que é que tem?

– Ninguém teria solucionado esse problema tão bem quanto você. – Madu vira o rosto para mim. – A forma como você se vê não tá nem perto da verdade, Amanda. Eu que te conheço sei te enxergar direito, e tenho certeza de que Diego sabe também. Nunca se esqueça disso.

O sol vai descendo e a festa adentra a noite. Alguém

coloca samba para minha avó dançar, do samba vem o axé, do axé vem o forró. Pela janela da frente, espio Madu e Alícia dançando Alceu Valença juntas em um canto do jardim de entrada, desajeitadas e risonhas, e meu coração se aquece.

As travessas de comida salgada que cada parente foi trazendo já estão quase vazias sobre a mesa com a toalha mais bonita do armário. Não tem mais lugar vago nos dois sofás, cadeiras e mesas, e até tios e tias se sentam no chão. Pessoas conversam em pé pelos cantos, transbordam pelas portas, invadem a cozinha. Alguém mostra feitiços na rampa da garagem. As risadas estão mais altas do que quando todo mundo chegou, algumas horas atrás. Copos de refrigerante, refresco e cerveja descansam espalhados pelos móveis – todos sob os porta-copos obrigatórios que meu avô começou a colecionar uma década antes, porque alguém manchou uma madeira e minha avó quase largou a família para ir morar em Maricá.

Ninguém dá falta de mim quando escapo para o quintal dos fundos.

É um gramado modesto com uma casinha de compensado guardando materiais de construção no canto, caminhos de arbustos florais da mãe de Madu em volta e, no centro, tombando na direção da casa, meu grande amigo, o cajueiro mágico.

As luzes de bulbos grandes penduradas nos galhos já foram ligadas contra o início da noite. Encosto uma mão no tronco, pedindo ajuda como tantas vezes já fiz. Pedindo forças para me manter inteira até o final da festa, para que ninguém da família ouça meu coração se partindo.

As folhas abanam sobre mim, suaves. Franzo as sobrancelhas. Parecem apontar com o vento para a casa atrás de mim. Viro para ela.

Uma criança sai voando pela porta aberta da cozinha.

– UIIIII – a priminha gargalha, flutuando pelo gramado.

Para de súbito. Volta rápido na direção da porta. Some por ela.

Um burburinho se aproxima com vozes conversando. Crianças gritam:

– Me lança também, tio!!!

Puxo o ar com força pelo nariz.

Diego sai pela porta para o jardim. Seus olhos acendem quando me vê. Não estou consciente de como meu corpo está reagindo, totalmente imersa na visão dele, mas imagino que estou sorrindo.

– Ela tá aqui! – Diego se lembra da comitiva de quinhentos parentes atrás de si e fala para alguém dentro de casa. – Já achei, obrigado!

Ele veste calça jeans preta, camiseta salmão com estampa em cores suaves, tênis casuais e algumas pulseiras de materiais diversos. Um *look* simples, mas que nele o faz parecer o destaque de um desfile de moda com o tema "festa de família". Enquanto anda até mim, rezo desesperadamente para que meu corpo reaprenda a produzir palavras.

– Achei que não vinha mais. – *UFA*, consegui.

– Foi mal pela demora. Meu avô veio pro Rio de surpresa e precisei conversar com ele.

– Que horror! Mas antes de me dizer como foi...

Espio sobre o ombro do garoto. Tem mais de uma dúzia de pares de olhos encostados nas janelas da cozinha, empilhados na porta dos fundos. Um enxame de parentes sem nenhuma vergonha do seu burburinho.

– Esse é o namorado da Amanda daquela foto? – alguém pergunta.

– Ela se deu bem, arrumou uma pessoa com a profissão do futuro: ser gostoso e fazer vídeo pra internet.

– Vai ser mais rico que todos nós.

– Ele pegou mesmo o jogador do Flamengo?

– Sua família é bem... – Diego busca a palavra certa. – ... Receptiva.

– Também ficaram assim quando Alícia chegou – explico. – Você só vai sofrer um pouquinho mais porque estão mesmo desesperados pra saber se pegou o cara do Flamengo. Nem todo mundo é superdesconstruído (mesmo que a gente tenha parentes de sexualidades, gêneros e pronomes suficientes pra praticamente fechar o bingo das bandeiras LGBTQIAP+), mas a fofoca sempre fala acima de qualquer preconceito aqui. Até minha tia religiosa quer saber.

Diego solta uma risada despreparada. Me deixa boba, me perguntando se a Unesco aceita sugestões para declarar o riso dele como patrimônio imaterial da humanidade.

– Você totalmente pegou ele, não foi? – brinco, porque quero que continue rindo.

Ele não responde, mas seu sorriso fica um pouco convencido.

– Nunca imaginei que eu estaria com ciúmes de um jogador coxudo do Flamengo – reflito.

– Amanda... – Diego se aproxima de mim, daquele jeito que faz com que eu sinta o seu corpo antes mesmo de me encostar, só pela sua *presença*. – Eu trocaria o time inteiro por você.

Meu rosto vira risco de incêndio oficial segundo os bombeiros. Lá se vai a hipótese de que mudou de ideia sobre mim…

– Fiquem quietos, gente! – Parentes brigam entre si. – Não consigo ouvir o que os dois estão falando!

– Esse encontro tá muito morno – algum idoso reclama. – Falta ao jovem ver mais novela. Tem cada cena de declaração bacana na das nove…

– Espera – digo para Diego.

Encontro o par de olhos certo, dentre os que estão nos espiando – um atrás de lentes de óculos – e faço um gesto com a cabeça para que se aproxime. Meu primo Bruninho, de catorze anos, vem até nós sem jeito.

– Preciso de cinco – sussurro para ele. – Agora. Pago o cartão de trinta reais de crédito do seu joguinho do celular.

– Cinco?! – Ele ri da minha cara. – Cinco não vale só trinta! Você sabe o trabalho que eu tenho de engenharia social pra juntar todas as minhas informações?! Quarenta por quatro, no atacado.

– Trinta por quatro, porque eu gosto de te ver valorizando o seu trabalho. Me orgulha.

– Aí você me quebra. Trinta por duas, e é só o que posso fazer.

– Trinta por três, e não conto pra sua mãe o que eu te peguei vendo no celular na semana passada.

Ele, que tem pele branca clara, fica vermelho até as orelhas. Vira para Diego e alerta:

– Essa daí tem ruindade no coração.

E vai embora.

– Só queria pedir pra ele me avisar quando forem cantar o parabéns – minto para a família telespectadora. – Nada de mais!

– O que você comprou dele? – Diego me pergunta, baixinho.

– Tretas.

Leva trinta segundos para as mensagens com fofocas estratégicas de Bruninho instaurarem o caos entre a parentada.

– Não quero que fique falando da minha vida com fulaninho da igreja – uma tia grita. – Eu, ein! Logo você, que se diz santa, fazendo fofoca!

– Você tinha é que me agradecer por melhorar a sua reputação – outra tia rebate. – Mal sabe a vizinhança que você tem é essa vida chata, não faz nada, não move um dedo!

– Elas brigam o tempo todo – explico para um Diego levemente assustado –, tá tudo bem. Não vai estragar a festa nem nada, só vai distraí-los da gente.

Outras duas discussões comissionadas surgem. Espero os últimos olhos nos espiando sumirem, atraídos para eventos mais interessantes feito mariposas para a luz, e viro para Diego.

O pego me encarando de um súbito jeito intenso, como que faminto para absorver cada um dos meus detalhes. A iluminação das lâmpadas no cajueiro reflete um brilho suave no topo do seu cabelo, hipnotizante nos seus olhos.

Quero subir meu rosto e beijá-lo. Começar a tirar todo o atraso dos meses em que fingi que não estava apaixonada por ele.

– Então seu avô voltou ao Rio? – pergunto, em vez disso. O avô dele, que estava na cidade na semana passada, tinha voltado para Brasília logo antes da festa do Geniapp.

Diego abaixa os olhos. Vira e anda pelos arbustos do jardim. Alguns florescem por natureza, outros, fora de época, com um feitiço que alguém encomendou, em homenagem à festa de nossa avó.

– O homem queria saber se eu estava bem, acredita? – Diego conta, passando uma palma sobre as azaleias, sem de fato encostar nelas. – Tentou me ligar durante a semana, mas dei uma fugida. Aí ele veio me encurralar pessoalmente. Disse que já tinha perdido uma neta, e não ia me perder também. Acho que foi a primeira vez na vida que demonstrou estar... preocupado comigo.

– Ele *aprendeu* com os erros dele? Não acredito!

– Até relógio quebrado acerta duas vezes ao dia – Diego brinca, mas seu tom não é tão duro quanto o que usava antigamente para falar do avô. – Não chegou a me pedir desculpas por não ter me ouvido sobre a investigação (acho que nem sabe como), mas disse que se arrependeu. É suficiente pra mim. Admitir um erro é o cometa Halley do meu avô, só acontece uma vez a cada 76 anos. Então quando ele quis ouvir da minha boca a história real do que aconteceu com Júlia, eu contei.

– Que ironia, né? Antes não confiava em você, e agora parece que é o único em quem confia.

Diego concorda com um murmúrio distraído.

– Contei só os fatos, claro – acrescenta. – Não vou contar sobre os vídeos. Não acho que Júlia gostaria que o resto da família soubesse o que desabafou neles.

– Você já assistiu todos?

O garoto para em uma flor, passando a ponta de um dedo sobre uma pétala com o maior cuidado do mundo.

– Ainda não. Só vi cinco. Quem sabe eu tome coragem de assistir os outros, algum dia...

Ele deixa a flor, guarda as mãos nos bolsos e vira o rosto para cima. As estrelas mais brilhantes no céu noturno do Rio lhe devolvem o olhar.

– Meu avô confessou que foi ele quem passou o contato à Eliana de onde ela podia comprar as gosmas – revela. – Jurou que não sabia das intenções dela, e que só queria comprar favores com mais uma empresária rica.

– Não acredito! – Arregalo os olhos, indignada. – Agora vai passar o resto dos dias dele assombrado por esse erro. Quem sabe aprenda e pare de ficar passando contatos pra quem não tem boas intenções.

– Talvez aprenda. Talvez não. Acho que vai ser meu novo trabalho acompanhar. – O garoto solta uma risada amarga. – Que jeito estranho de finalmente me conectar com o meu avô: pela culpa que nós dois sentimos pelo que aconteceu com a Júlia.

– Diego...

– Relaxa. Não vou cair nesse buraco de novo. – Ele hesita por um momento. Quando continua, seus olhos estão perdidos muito além do céu, e sua voz, um pouco embargada. – Por meses fui dormir pensando que se era pra ser um de nós dois, que morresse eu, e não Júlia, porque ela era a pessoa melhor. Já faz algumas semanas que isso não me vem à cabeça. Acho que... Já tô pronto pra deixar o passado descansar.

Meu coração se despedaça por ele.

– Se voltar a pensar isso algum dia – digo suave –, me chama. Tento te distrair.

Ele troca o céu por mim, mas ainda consegue me olhar como se eu fosse tão fascinante quanto. Dá um sorriso pequeno, achando graça de algo que ele sabe e eu, não.

– Enfim – diz sem me dar tempo de perguntar. – Por isso que me atrasei. Foi mal. Enquanto eu saía de casa, meu avô ainda estava lá, reclamando com a minha mãe: "Só não entendo o que se passava na cabeça da Júlia pra ficar de amizade com um tecbicho assim. Tudo bem não querer mais amigos humanos, até porque o ser humano não tá com essa bola toda, mas ela podia ter, não sei, adotado um gato!"

– O *bug* devia ter responsabilidade emocional – brinco. – É algo difícil de se achar hoje.

– Meu avô nem sabe o que isso significa. Ia ter que consultar um dicionário.

Ambos rimos para a noite quieta.

– Ele não mereceu o fim que teve – Diego comenta, triste. Sei que não fala do seu avô e concordo.

Dentro de casa, o burburinho da família brigando já se transformou em risadas mais uma vez. Vozes cantam um MPB antigo que toca na caixa de som.

– Minha mãe deve chegar mais tarde – digo um pouco tímida, lembrando de Alícia falando da mãe de Diego. – Você vai conhecê-la.

– Que beleza! Tenho uma listona de perguntas pra ela. – Damos risada da brincadeira, e ele continua, cuidadoso: – Como estão as coisas? Ela já tá aceitando melhor que você trabalha como bruxa de aplicativo?

– Ela aceitou bem logo de cara.

– É? – Diego franze as sobrancelhas. – Presumi que tinham brigado porque você parou de pegar os serviços.

– Parei porque quis. – Sou eu quem olho as flores agora, grandes confidentes dos nossos segredos. – É engraçado. Nunca fui de ter uma grande *consciência* e tal. É algo contraproducente pra uma pessoa que faz besteira o tempo todo. Opero apenas com o mínimo de consciência.

– Sei bem disso...

– Mas, com minha mãe, sempre tive consciência *demais*. Foi só contar a ela sobre o Geniapp que pronto, parei com os serviços imediatamente, cheia de medo de que ficasse preocupada.

Raspo meu tênis no caminho de pedras no chão, limpando um pouco de terra que escapou para fora do canteiro.

– Só que... Ela não ficou preocupada. Brigou comigo por eu ter escondido tudo dela, é claro, mas quando a chateação passou, ela só ficou... impressionada. Com a quantidade de serviços que já fiz, com as minhas avaliações boas. Não tratou como se fosse algo perigoso demais pra mim, que eu devesse parar. E não é nem porque não conhecia o Geniapp e não tinha consciência dos riscos. Madu explicou tudo pra ela *bem direitinho*.

– Ela confia em você.

– Mais até do que eu mesma. – Falo com humor, mas ambos sabemos que é verdade. Viro de lado, desviando os olhos, e ajeito mais um pouco de terra com o pé. – Sempre me concentrei tanto em não a atrapalhar, que sequer passou pela minha cabeça que ela poderia ter... orgulho de mim. É uma sensação nova. Eu gosto. Acho que é isso o que quero buscar daqui pra frente. Dar orgulho a ela.

– Vai voltar a pegar os serviços, então? – A voz dele é próxima, me acompanha pelo jardim.

– Vou. Até porque minha família ia ficar arrasada se não voltasse. Já espalharam pra todo mundo que sou bruxa de aplicativo. Inventaram que sou famosa e o caramba. E agora deram pra toda hora ficar me pedindo pra resolver algo de graça. Antes só lembravam de mim quando algum primo estava ferrado e precisava inventar uma boa mentira. Bando de folgados. Que foi?

Diego está rindo baixinho.

– Você fala irritada, mas no seu rosto tem um sorriso – diz.

É verdade. Solto o ar em descaso, mas me rendo a ele.

A música chega suave da sala até nós. Uma canção termina e a próxima já começa quando me pego contando:

– Sabe por que resolvi trabalhar como bruxa de aplicativo? Nunca foi só pelo dinheiro, nem só porque quero provar algo. No fundo, pego os serviços porque eu gosto.

– Eu sempre soube disso.

É como Madu disse: Diego realmente me compreende.

Minhas bochechas esquentam. Não estou acostumada a isso. Estou acostumada a pessoas me julgando por uma ação ou outra errada e já me deixando de lado logo, para se pouparem do estresse. Quase ninguém escolhe ficar comigo e me *entender*. Ler os contextos que me constroem.

– Mas vou ter que pegar menos serviços – adiciono, encabulada. – Madu não vai poder me ajudar tanto. Ela precisa de tempo pra si. Ainda mais agora, que é capaz de namorar.

E eu... Bom, o Enem tá vindo, né? Nunca liguei muito pra vestibular, acho que não me via conseguindo muita coisa com estudos. Minhas notas são horríveis. Mas nas últimas semanas minha perspectiva andou mudando. Decidi que vou me esforçar um pouco. Passar em alguma faculdade.

– Vai passar, nem que seja na base da teimosia. E você é a pessoa mais teimosa que eu conheço. – Seu riso vacila um momento. – Esse último ano me deixou tão preso no passado que faz tempo que nem penso no futuro.

– Você pode roubar a minha ideia, se quiser. Eu deixo.

– Estudar... Estava nos meus planos, antes de tudo dar errado. Acho que é uma boa hora pra voltar. Não quero continuar construindo minha vida só em torno da internet. É um ambiente muito hostil, tá ligada? Nem sempre o algoritmo é nosso amigo.

– Às vezes é – brinco, e ele sorri de um jeito triste.

– Mas quero ter meios de sair, se eu estiver a fim. Fazer um pé de meia pra garantir a aposentadoria ideal, que é largar tudo e ir criar galinhas no interior de Minas Gerais.

– Comendo pão de queijo todo dia. Que futuro lindo!

O tom de brincadeira esmaece, e quando o espio, Diego está me olhando daquele jeito profundo de novo.

– Você me faz querer... me esforçar mais – confessa. – Como você se esforça.

Meu peito dispara por mais motivos que consigo definir, meu sangue borbulhando pescoço acima.

Gritos animados soam de dentro de casa. Não sei se comemoram alguma grande novidade de um parente ou o ridicularizam – as entonações são parecidas, no nosso caso.

– É melhor irmos lá pra dentro – digo, porque não sei como reagir a Diego e me acovardo. – Vamos perder a festa.

Volto rápido ao cajueiro e encosto uma palma nele para me despedir, um hábito de criança que nunca perdi. O garoto me segue e quase trombo nele quando viro.

– Eu estava nervoso para vir hoje – ele admite, tímido mas tentadoramente perto. – Achei que você podia ter aproveitado essa semana pra mudar de ideia e voltar a se afastar.

– O quê?! – Estou perplexa. – Fui eu que falei isso pra Madu mais cedo!

Os dois rimos, nervosos e idiotas.

– Não quero continuar fazendo isso – Diego fala quando a risada se vai. – Duvidando de nós.

A forma como meu coração acelera é diferente das outras vezes. Não é só um aumento de velocidade. É como se ele crescesse e me preenchesse.

– A minha vida inteira acreditei que pessoas como eu só poderiam se permitir amar dentro de um limite muito pequeno, antes que o perigo da decepção fosse grande demais. – Minha voz é pouco mais que um sussurro. – O conceito de amar e ser retribuída, tão comum pra todo mundo, me soava como um luxo ao qual eu dificilmente teria acesso.

– Deixa eu te provar que estava errada.

Estudo o rosto dele, acometendo as nuances de luz e sombra de Diego – de todo ele – na memória.

– Em que você tá pensando? – ele pergunta para o meu silêncio.

– Tô aprendendo a olhar pra você sem pensar que vai embora.

– Amanda... – As pontas dos seus dedos encostam nos meus braços, se delongam. Me queimam. – Você acha que eu só gosto de você o suficiente pra funcionar por um dia ou dois, quando eu te amo mais que tudo. Vou te lembrar disso todos os dias, se me deixar.

Ergo o rosto e o beijo, e o jeito como me beija de volta é toda a prova de que preciso. Com o coração à beira de me inundar, prometo a mim mesma confiar nesse garoto e nos permitir sermos felizes enquanto o tempo nos deixar.

Alguém coloca para tocar Jão no último volume e Diego ri nos meus lábios.

– Algum primo capturou o *bluetooth* – rio com ele, um pouco ofegante.

Diego tira as mãos que desceu para a minha cintura em algum momento e as sobe para segurar meu rosto de novo.

– Sempre fui uma pessoa que preferia as músicas tristes do Jão – ele conta. – Você me faz querer ouvir as músicas felizes dele. Se nada do que eu te disse até agora te convenceu do quanto eu gosto de você, espero que isso tire qualquer dúvida.

Engasgo em uma risada.

– Conta essa na frente dos idosos – brinco –, pra eles aprenderem o que é uma declaração de verdade.

Aproveitamos um ao outro sem pressa e só entramos para a festa quando primo Bruninho vem avisar dos parabéns.

– Ei... – digo para Diego, enquanto andamos pelo corredor para a sala, um pouco receosa. – Sei que vamos ter menos tempo, mas... E se você voltasse a pegar alguns serviços de bruxa de aplicativo? Eu... Eu gostaria da companhia.

O garoto não poupa dentes em um sorriso malandro na resposta:

– Pensei que nunca fosse perguntar.

– Vão poder atormentar as pessoas juntos. – Madu nos acha com Alícia e já chega nos zoando. – Que nem as loiras do banheiro.

Cantamos os parabéns e comemos o bolo delicioso da tia boleira, e ninguém vai embora porque ainda não acabou a bebida, como é o costume na minha família. Apresento Diego a todos – que já o conhecem, bando de fofoqueiros – e à minha mãe, que passa um longo tempo explicando sua tese de doutorado a ele porque o garoto perguntou. Ouço os dois enquanto tento prender um sorriso bobo no rosto para que os parentes bisbilhotando não pensem que fiquei fraca, mas que depois deixo solto, porque paro de me importar.

Dizem que tudo é possível com magia. Discordo, porque já tentei e não funcionou bem assim. Mas com histórias... Tudo é possível com elas, se você for criativo o suficiente. Se souber encontrar o que ela tem de especial, o que é digno de florear.

Tem muitas histórias que eu poderia contar sobre as pessoas que me cercam agora. A história do garoto à deriva no passado que conseguiu voltar à costa e tenta seguir em frente. A história da garota quebrada que entendeu que não precisava enfrentar suas tempestades sozinha.

Ou ainda a história das duas primas opostas: uma que era o bastião da corretude, e outra que usava como lista de conquistas a lei de contravenções penais. Uma queria carregar o mundo inteiro nas costas, e primeiro teve que aprender a carregar a si mesma. A outra foi amaldiçoada com uma montanha de ambição e nenhuma competência, e passou a vida contando as suas histórias para os outros porque achava que, se ela não o fizesse, quem se interessaria em fazê-lo?

Ainda estou assimilando o que essa última aprendeu, no final. Acho que, depois de muito apanhar, ela começou a enxergar um tiquinho de valor em si mesma. É pouco, sim, mas ela está determinada a melhorar, porque sente que encontrou a direção certa para seguir o caminho que sempre quis.

Construir uma vida digna de grandes histórias.

Mas posso deixá-las para mais tarde. Agora, tenho um prato de docinhos na mão e uma família em júbilo em volta, contando para Diego e Alícia sobre uma prima nossa que, na semana anterior, apareceu num desses noticiários sensacionalistas pulando muro de galpão de escola de samba para viver um caso com uma escultura encantada de macho musculoso em um carro alegórico. Polêmico, mas apenas mais uma semana normal para nossos parentes.

Entre risadas, de tempos em tempos Madu, Diego, Alícia e eu trocamos olhares cúmplices, relembrando em silêncio a jornada que só nós quatro sabemos que trilhamos, e agradecendo pela sorte de a termos terminado aqui, juntos e inteiros.

Depois de tantos anos buscando para mim feitiços indomáveis, me pego refletindo, um pouco surpresa, que talvez a magia mais poderosa que realmente nos pertença seja essa força inabalável que construímos entre nós.

Sorrio satisfeita e fico quieta, deixando que minha família conte suas histórias. Por hoje, vou só aproveitar o momento.

Agradecimentos

Para que esse feitiço de agradecimento funcione, vou precisar trançar um monte de memórias. Não sou tão habilidosa quanto Amanda e, bom, esse é o mundo real. Mas estou cercada por tantas pessoas talentosas e bondosas que isso por si só já traz um tipo de magia para a minha vida. Talvez seja o suficiente para fazer funcionar.

Vamos lá. Uma memória para cada um cujo apoio me carregou até o final desse manuscrito:

Parar na frente do canteiro com as flores mais bonitas na rua e ver meus pais, Emília e Luiz, e minha irmã, Mariana, se revezando na câmera do celular para tirar a minha nova foto para este livro, porque eles sempre fizeram todo o possível e o impossível para me ajudar (e arranjar um ângulo em que eu não fique descabelada está bem próximo do impossível).

Conversas no telefone com minha agente Mia Roman enquanto ela, com toda a calma do mundo, tira da cartola feito mágica as soluções para meus compêndios de dúvidas e anota no mapa os caminhos mais rápidos para chegarmos aonde quer que eu invente de me meter a ir.

Quadradinhos na tela nas reuniões *on-line* com o rosto de Thaíse, minha editora, me fazendo entender o quanto ela acredita no meu trabalho como autora, e com os rostos de tantos outros profissionais incríveis da Plataforma21 e da VR, que não hesitam em entrar no barco e remar comigo para levarmos essa história nova cada vez mais longe.

Minha avó Marly colocando os óculos para ler meus livros publicados, porque sempre quer ser uma das primeiras a me contar o que achou. Reuniões de família com Vera, Nelson, Beth, Bia, Gabi, Carolline, Sophia e Yasmin, dentre outros parentes tão especiais, onde sempre me perguntam se já estou escrevendo minha próxima história e quando vai sair.

Áudios recebidos de minha amiga Dayse Dantas, acalmando meu coração enquanto me manda reações ao ler a história de Amanda e Madu. Mensagens de texto incontáveis desabafando e aprendendo a ser uma autora e uma pessoa melhor com meus amigos Barbara Morais, Iris Figueiredo, Taissa Reis, Lucas Rocha, Babi Dewet, Franklin Teixeira, Laura Pohl, Gih Alves, Mareska Cruz, Vitor Castrillo, Marcella Varella e Cindy Diniz, dentre tantas outras pessoas maravilhosas.

Vídeos de influenciadores recebendo meus livros e fazendo resenhas, sendo sempre profundamente simpáticos e cuidadosos. Palavras gentis trocadas com empolgação ao encontrá-los ao vivo.

Mas essas memórias ainda não são suficientes. Falta algo. A base de tudo. A razão.

Os leitores. São incontáveis *flashes* que passam pela minha cabeça agora. Olhos brilhando de empolgação em eventos ao me contarem o que sentiram com as minhas histórias. Mensagens calorosas nas redes me contando o quanto os personagens se tornaram amigos seus. Sorrisos em rostos, sorrisos em abraços, sorrisos em texto. Cada momento, um paralelepípedo pavimentando o meu caminho como autora, me fazendo sempre seguir em frente, sem nunca desistir.

Esse foi meu feitiço. A todas essas pessoas sou profundamente agradecida, e espero que minha gratidão chegue até elas agora. Será que funcionou?

De toda forma, obrigada!

SUA OPINIÃO É MUITO IMPORTANTE

Mande um e-mail para **opiniao@vreditoras.com.br**
com o título deste livro no campo "Assunto".

1ª edição, set. 2024

FONTE ITC Berkeley Oldstyle Std Book 12/16pt
Tahu! 45/32pt
Courier New 10/16pt
Adobe Garamond Pro 12/16pt
Maison Neue Book 10/16pt

PAPEL Polen Bold 70g/m²

IMPRESSÃO Plenaprint

LOTE PLE260724